"Hardin e Tessa são raiva, intensidade e amor. São como peças de um quebra-cabeça, que para um encaixe perfeito precisam se completar."
— *Blog Mais que Livros*

"Anna Todd não poderia ter estreado no mundo literário de uma forma melhor!"
— *Blog Fascínios Literários*

"*After* é explosivo. Ardente e arrebatador."
— *Blog Papiro Digital*

"*After* me fez suspirar, murmurar, dar risadas, levou-me ao desespero, e por fim me surpreendeu."
— *Blog Silêncio que eu to Lendo*

"Me apaixonar por *After* foi uma das coisas mais fáceis da minha vida."
— *Blog Desejo Adolescente*

"Prepare o coração, as cenas sensuais desse livro são de tirar o fôlego..."
— *Blog Coração de Tinta*

"*After* foi uma leitura surpreendente e que me consumiu por inteira."
— *Blog Leitoras Sempre*

Também de Anna Todd:

After
After – Depois da verdade
After – Depois do desencontro
After – Depois da promessa
Before – A história de Hardin antes de Tessa

ANNA TODD

AFTER
DEPOIS DA ESPERANÇA

Tradução

ALEXANDRE BOIDE
CAROLINA CAIRES COELHO

paralela

Copyright © 2014 by Anna Todd
Todos os direitos reservados

Publicado em Língua Portuguesa por acordo com a Gallery Books,
um selo da Simon and Schuster, Inc.

A Editora Paralela é uma divisão da Editora Schwarcz S.A.

*Grafia atualizada segundo o Acordo Ortográfico
da Língua Portuguesa de 1990, que entrou em vigor
no Brasil em 2009.*

TÍTULO ORIGINAL After We Fell

CAPA Tamires Cordeiro/ Inspirada no design da capa do Grupo
Planeta, Espanha

IMAGEM DE CAPA © Natalie Pelosi/ Getty Images

IMAGEM DE MIOLO Departamento de Arte do Grupo Planeta, Espanha

PREPARAÇÃO Marina Vargas

REVISÃO Renata Lopes Del Nero e Thaís Totino Richter

Dados Internacionais de Catalogação na Publicação (CIP)
(Câmara Brasileira do Livro, SP, Brasil)

Todd, Anna
    After : depois da esperança / Anna Todd ; tradução Ale-
xandre Boide, Carolina Caires Coelho. — 1ª ed. — São Paulo :
Paralela, 2015.

    Título original: After We Fell.
    ISBN 978-85-8439-006-9

    1. Ficção norte-americana I. Título.

15-04268   CDD-813.5

Índice para catálogo sistemático:
1. Ficção : Literatura norte-americana   813.5

13ª reimpressão

[2020]
Todos os direitos desta edição reservados à
EDITORA SCHWARCZ S.A.
Rua Bandeira Paulista, 702, cj. 32
04532-002 — São Paulo — SP
Telefone: (11) 3707-3500
editoraparalela.com.br
atendimentoaoleitor@editoraparalela.com.br
facebook.com/editoraparalela
instagram.com/editoraparalela
twitter.com/editoraparalela

AFTER
DEPOIS DA ESPERANÇA

1

TESSA

Não consigo evitar a ansiedade que toma conta de mim quando entro no campus. O campus da WCU de Seattle não é tão pequeno quanto Ken deu a impressão que seria, e todas as ruas em Seattle parecem fazer uma curva e subir e descer morros.

Eu me preparei da melhor maneira possível para garantir que tudo corresse como o planejado hoje. Saí com duas horas de antecedência para ter certeza de que chegaria na hora para a primeira aula. Metade do tempo passei no trânsito, ouvindo um programa de rádio sobre relacionamentos. Eu nunca tinha entendido a graça desses programas até hoje cedo, quando uma mulher desesperada ligou e contou a história de sua melhor amiga, que a traiu com seu marido. E os dois fugiram juntos, levando o gato dela, Mazzy. Aos prantos, ela manteve um pouco da dignidade... Bem, na medida do possível para alguém que ligou para uma emissora de rádio para contar seus problemas. Eu me vi por dentro de sua história dramática e no fim tive a sensação de que até ela sabia que ficaria melhor sem aquele cara.

Quando passo pelo prédio da administração para pegar meu cartão de identificação e o passe do estacionamento, tenho só trinta minutos até a aula começar. Estou com os nervos à flor da pele e não consigo afastar a preocupação com a possibilidade de me atrasar para a primeira aula. Por sorte, encontro com facilidade o estacionamento dos alunos, que fica perto da minha sala, então chego com quinze minutos de antecedência.

Quando me sento na primeira fileira, não consigo me livrar de uma leve sensação de solidão. Não encontrei Landon na cafeteria antes da aula, e ele não está do meu lado enquanto sento aqui, nesta sala, lembrando do meu primeiro semestre de faculdade.

A classe se enche de alunos, e começo a me arrepender da minha decisão quando percebo que, a não ser por mim e por outra menina, a turma toda é formada por caras. Pensei em intercalar esse curso — que eu não queria fazer — com outros neste semestre, mas de modo geral, apenas me arrependo por ter escolhido ciência política.

Um cara bonito de pele morena clara se senta em uma cadeira vazia ao meu lado, e eu tento não ficar olhando muito. Sua camisa branca de botões está limpa e perfeitamente passada, e ele usa uma gravata. Parece um político, com o sorriso branco e brilhante.

Ele percebe que estou olhando e sorri.

"Posso ajudar?", ele pergunta, a voz cheia de autoridade e charme.

Sim, com certeza ele vai ser um político um dia.

"Não, de-desculpa", gaguejo sem olhar em seus olhos.

Quando a aula começa, eu evito olhar para ele e me concentro em fazer anotações, lendo a programação das aulas várias vezes e olhando para meu mapa do campus até a turma ser dispensada.

A aula seguinte, história da arte, é muito melhor. Eu me sinto mais à vontade cercada por um grupo de alunos mais descontraídos. Um garoto de cabelos azuis se senta ao meu lado e se apresenta como Michael. Quando o professor pede para nos apresentarmos, descubro que sou a única estudante de Letras na turma. Mas todo mundo é simpático, e Michael tem um ótimo senso de humor e faz piadas ao longo da aula, divertindo todo mundo, inclusive o professor.

A aula de escrita criativa é a última, e com certeza a mais agradável. Eu me distraio com a tarefa de escrever meus pensamentos, o que é libertador, divertido, e eu adoro. Quando o professor nos dispensa, parece que só dez minutos se passaram.

O resto da semana passa da mesma maneira. Oscilo entre pensar que estou me adaptando e achar que estou mais confusa do que nunca. Mas, principalmente, tenho a sensação de estar o tempo todo esperando por algo que nunca vem.

Quando a sexta-feira chega, estou exausta e meu corpo todo está tenso. Essa semana foi desafiadora, no bom e no mau sentido. Sinto falta da familiaridade do campus antigo e de ter Landon por perto. Sinto falta de encontrar Hardin entre as aulas e sinto falta até de Zed e das flores brilhantes do prédio de estudos do meio ambiente.

Zed. Não falo com ele desde que ele me resgatou de Steph e Dan na festa e me levou até a casa da minha mãe. Ele me salvou de ser totalmente violada e humilhada, e eu nem agradeci. Deixo de lado meu livro de ciências políticas e pego meu telefone.

"Alô?" A voz de Zed parece tão estranha, apesar de tê-la ouvido há menos de uma semana.

"Zed? Oi, é a Tessa." Mordo o interior da minha bochecha e espero pela resposta dele.

"Hã... oi."

Respiro fundo e sei que tenho que dizer por que liguei.

"Olha, me desculpa por não ter ligado para agradecer antes. Foi tudo muito rápido esta semana, e acho que uma parte de mim estava tentando não pensar no que aconteceu. E sei que isso não é uma desculpa... então, sou uma idiota e sinto muito e..." As palavras vêm depressa e mal consigo processar o que estou dizendo, mas ele me interrompe antes de eu terminar.

"Tudo bem, eu sei que você estava passando por muita coisa."

"Eu deveria ter ligado para você mesmo assim, principalmente depois do que você fez por mim. Não sei nem dizer como me sinto grata por você estar naquela festa", digo, desesperada para que ele entenda o tamanho da minha gratidão. Eu estremeço ao lembrar dos dedos de Dan subindo pela minha coxa. "Se você não tivesse aparecido, só Deus sabe o que eles poderiam ter feito comigo..."

"Ei", ele me interrompe com delicadeza. "Eu cheguei antes que qualquer coisa pudesse acontecer, Tessa. Tenta não pensar nisso. E você definitivamente não precisa me agradecer por nada."

"Preciso, sim! E estou muito magoada com o que a Steph fez. Nunca fiz nada de mal com ela, nem com nenhum de vocês..."

"Por favor, não me inclui entre eles", Zed diz, claramente um pouco ofendido.

"Não, não, me desculpa. Não quis dizer que você estava envolvido. Só quis me referir ao seu grupo de amigos." Eu me desculpo por meus lábios se moverem antes de minha mente aprovar as palavras.

"Tudo bem", ele diz. "De qualquer forma, não somos mais um grupo. Tristan vai para New Orleans daqui a alguns dias, e eu não vi Steph no campus esta semana."

"Ah...", faço uma pausa e olho ao redor do quarto onde estou hospedada nessa casa enorme e meio desconhecida. "Zed, me desculpa também por ter acusado você de enviar a mensagem de texto pelo telefone do Hardin. A Steph confessou que foi ela durante o... *incidente* com o Dan." Sorrio para tentar afastar o tremor que o nome dessa pessoa me causa.

Ele solta um suspiro que pode ser também uma risadinha.

"Tenho que admitir que eu parecia o maior suspeito de ter feito aquilo", ele responde com gentileza. "E aí... como estão as coisas?"

"Seattle é... diferente", respondo.

"Você está em Seattle? Pensei que talvez, como o Hardin estava na casa da sua mãe..."

"Não, estou aqui." Eu o interrompo antes que ele me diga que também esperava que eu não viesse por causa de Hardin.

"Você fez novos amigos?"

"O que você acha?" Sorrio e estendo o braço para pegar meu copo de água pela metade.

"Vai fazer em breve." Ele ri e eu também.

"Duvido." Penso nas duas mulheres que estavam fofocando na sala na Vance. Todas as vezes que as vi esta semana, elas pareciam estar rindo e não consegui me livrar da sensação de que era de mim. "Me desculpa por ter demorado tanto para ligar."

"Tessa, está tudo bem, pare de se desculpar. Você pede desculpas demais."

"Desculpa", digo e bato a palma da mão de leve na testa.

Primeiro Robert e agora Zed disseram que me desculpo demais. Talvez eles estejam certos.

"Você acha que vem nos visitar logo? Ou ainda... não podemos ser amigos?", ele pergunta com delicadeza.

"Podemos ser amigos", digo. "Mas não faço ideia de quando vou poder ir até aí." Na verdade, eu queria voltar para casa neste fim de semana. Sinto saudade de Hardin e das ruas menos movimentadas do leste. *Mas espera... por que acabei de dizer "casa"?* Eu morei lá só seis meses.

E então eu me dou conta: Hardin. É por causa de Hardin. Onde ele estiver é a minha casa.

"Ah, que pena. Talvez eu viaje para Seattle em breve. Tenho alguns amigos aí", Zed diz. "Tudo bem?" Ele pergunta depois de alguns segundos.

"Claro que sim."

"Legal." Ele ri. "Vou para a Flórida para ver meus pais este fim de semana. Aliás, estou atrasado para o meu voo... mas quem sabe no próximo fim de semana."

"Claro. É só me avisar. Divirta-se na Flórida", digo um pouco antes de desligar. Coloco o telefone em cima de minha pilha de anotações e poucos segundos depois ele vibra.

O nome de Hardin aparece na tela e, respirando fundo e ignorando o frio na barriga, atendo.

"O que você está fazendo?", ele pergunta imediatamente.

"Hã... Nada."

"Onde você está?"

"Na casa da Kim e do Christian. Onde *você* está?", respondo com sarcasmo.

"Em casa", ele diz de modo casual. "Onde mais estaria?"

"Não sei... na academia?" Hardin tem ido sempre à academia, todos os dias, a semana toda.

"Acabei de voltar de lá. Agora estou em casa."

"Como foi, Capitão Brevidade?"

"O mesmo de sempre", ele responde de modo seco.

"Aconteceu alguma coisa?", pergunto.

"Não. Tudo bem. Como foi o seu dia?" Ele muda de assunto depressa, e me pergunto por quê, mas não quero pressioná-lo, ainda mais porque já me sinto culpada por ter ligado para Zed.

"Foi bom. Longo, acho. Ainda não gosto da aula de ciência política", resmungo.

"Eu já disse para você desistir. Pode escolher outra aula para sua eletiva de ciência social."

Eu me deito de costas na cama.

"Eu sei... Vou ficar bem."

"Vai ficar em casa hoje à noite?", ele pergunta, e o alerta está claro em sua voz.

"Vou, já estou de pijama."

"Que bom", ele diz, e reviro os olhos.

"Telefonei para o Zed há alguns minutos", digo. Melhor acabar logo com isso. A linha fica em silêncio, e eu espero pacientemente até que a respiração de Hardin se acalme.

"Você *o quê*?", ele esbraveja.

"Liguei para agradecer por... pelo fim de semana passado."

"Mas por quê? Pensei que nós estivéssemos..." Percebo que ele não está conseguindo controlar a raiva e respira pesado ao telefone. "Tessa, pensei que estivéssemos tentando resolver nossos problemas."

"E estamos, mas eu devia isso ao Zed. Se ele não tivesse aparecido quando apareceu..."

"Eu sei!", ele grita, como se estivesse tentando evitar um assunto.

Não quero brigar, mas não posso esperar que as coisas mudem se esconder as coisas dele. "Ele disse que estava pensando em fazer uma visita", digo.

"Ele não vai aí. Fim de papo."

"Hardin..."

"Tessa, não. Ele não vai. Estou fazendo o melhor que posso, tá? Estou me esforçando pra cacete para não perder a cabeça, então o mínimo que você pode fazer é colaborar."

Solto um suspiro, derrotada.

"Está bem."

Passar um tempo com Zed não vai ser bom para ninguém, nem mesmo para o Zed. Não posso iludi-lo de novo. Não é justo com ele, e acho que nós dois nunca vamos conseguir ter uma relação estritamente platônica, não na opinião de Hardin, nem na de Zed.

"Obrigado. Seria bom se fosse sempre fácil assim fazer você obedecer..."

O quê? "Eu *nunca* vou simplesmente obedecer, Hardin, isso é..."

"Calma, calma, estou só te provocando. Não precisa ficar toda nervosinha", ele diz depressa. "Tem mais alguma coisa que preciso saber, já que você começou?"

"Não."

"Ótimo. Então me conta o que está acontecendo naquela rádio de merda pela qual você está obcecada."

E quando começo a contar sobre uma mulher que estava à procura de seu antigo amor de colégio enquanto estava grávida de seu vizinho, os detalhes engraçados da história e o escândalo que se seguiu, eu me animo e dou risada. Quando começo a contar sobre o gato, Mazzy, estou rindo histericamente. Digo que deve ser difícil estar apaixonada por um homem e grávida de outro, e ele não concorda. Claro, ele acha que o homem e a mulher causaram o escândalo porque quiseram, e faz piada por eu ter ficado tão envolvida com essas histórias do rádio. Hardin ri enquanto vou contando a história, e eu fecho os olhos e finjo que ele está do meu lado.

2

HARDIN

"Desculpa!", Richard diz com a respiração ofegante. Uma camada de suor cobre seu corpo enquanto ele limpa o vômito que escorre do queixo. Eu me recosto no batente da porta e penso se devo ou não sair e deixar ele dar um jeito em sua própria sujeira.

Ele está assim o dia todo: vomita, treme, sua, geme.

"Isso vai sair de meu organismo logo..."

Ele se debruça sobre o vaso sanitário e vomita mais, como um gêiser. Ótimo. Pelo menos, ele chegou ao vaso dessa vez.

"Espero que sim", eu digo e saio do banheiro. Abro a janela da cozinha para o vento frio entrar e pego um copo limpo do armário. A pia range quando abro a torneira para encher o copo e balanço a cabeça.

O que diabos devo fazer com ele? Ele está se desintoxicando no banheiro inteiro. Suspirando pela última vez, pego um copo de água e um pacote de bolacha de água e sal, levo para o banheiro e coloco na borda da pia.

Dou um tapa em seu ombro.

"Come isso."

Ele faz que sim com a cabeça, concordando — ou por causa dos tremores da abstinência. Sua pele está tão pálida e suada que me faz lembrar de argila. Não acho que comer biscoitos vá ajudá-lo, mas não custa tentar.

"Obrigado", ele resmunga por fim, e eu o deixo sozinho de novo para vomitar em todo o meu banheiro.

Esse quarto — meu quarto — não é o mesmo sem ela. A cama nunca está bem arrumada quando eu me deito à noite. Já tentei enfiar as pontas do lençol embaixo do colchão como Tessa faz, mas simplesmente não consigo. Minhas roupas, limpas e sujas, estão espalhadas pelo chão, garrafas de água e latas de refrigerante vazias enchem as mesas de cabeceira, e está frio. O aquecedor está ligado, mas o quarto está... frio.

Mando uma última mensagem de texto para desejar boa noite à Tessa e fecho os olhos, rezando para dormir e não sonhar... pelo menos uma vez.

"Tessa?" Eu chamo do corredor, anunciando que estou em casa. O apartamento está silencioso; há apenas sons suaves no ar. Tessa está no telefone com alguém?

"Tessa!" Eu chamo de novo e giro a maçaneta do quarto. A cena diante de mim faz com que eu fique paralisado. Tessa está deitada no edredom branco, os cabelos loiros grudados em sua testa por causa do suor, os dedos de uma das mãos segurando a cabeceira da cama e a outra segurando cabelos castanhos. Enquanto ela mexe o quadril, sinto o sangue nas minhas veias gelar.

A cabeça de Zed está enfiada entre suas pernas de pele macia. As mãos dele percorrem seu corpo.

Eu tento me movimentar na direção deles para agarrá-lo pelo pescoço e jogá-lo contra a parede, mas meus pés ficam presos no chão. Tento gritar com eles, mas minha boca se recusa a abrir.

"Ah, Zed", Tessa geme. Cubro os ouvidos com as mãos, mas não adianta — a voz dela vai diretamente para o meu cérebro; não tenho como escapar.

"Você é tão linda", ele diz, e ela geme de novo. Uma de suas mãos sobe até os seios dela, e ele a acaricia enquanto a chupa.

Estou paralisado.

Eles não me veem; nem sequer se deram conta de que estou no quarto. Tessa diz o nome dele mais uma vez, e quando tira a cabeça do meio de suas coxas ele finalmente me vê. Fica olhando para mim enquanto sua língua percorre o corpo dela até o queixo, mordiscando por todo o caminho. Não consigo parar de olhar para os corpos nus deles, e minhas entranhas foram arrancadas do meu corpo e jogadas no piso frio. Não suporto ver isso, mas sou forçado a olhar mesmo assim.

"Amo você", ele diz para ela enquanto sorri para mim.

"Também amo você", Tessa geme. Ela desce as unhas pelas costas tatuadas dele enquanto ele a penetra. Por fim, minha voz sai e eu grito, silenciando os gemidos deles.

"Puta que pariu!", eu grito e pego o copo no criado-mudo. Ele se arrebenta quando o jogo contra a parede.

3

HARDIN

Estou andando de um lado para o outro, meus dedos furiosos agarrando meus cabelos molhados de suor, todas as roupas e todos os livros nos quais estou pisando vividamente registrados nas solas de meus pés descalços.

"Hardin, você está bem?" A voz de Tessa está cheia de sono. Ainda bem que ela atendeu. Preciso dela aqui comigo, mesmo que seja por telefone.

"Eu... eu não sei", resmungo.

"O que foi?"

"Você está na cama?", pergunto a ela.

"Sim, são três da madrugada. Onde mais eu estaria? O que aconteceu, Hardin?"

"Não consigo dormir, só isso", admito, olhando para a escuridão do nosso, do meu quarto.

"Ah..." Ela suspira aliviada. "Por um segundo fiquei preocupada."

"Você falou com o Zed de novo?", pergunto.

"O quê? Não, não falo com ele desde que contei para você que ele queria me visitar."

"Liga para ele e diz que ele não pode ir." Eu pareço um maluco, mas não estou nem aí.

"Não vou ligar para ele a essa hora, o que deu em você?"

Ela está tão na defensiva... mas acho que não posso culpá-la.

"Nada, Tessa. Deixa pra lá", respondo suspirando.

"Hardin, o que está acontecendo?", ela pergunta, claramente preocupada.

"Nada, é só que... nada". Desligo o telefone e aperto o botão até a tela se apagar.

4

TESSA

"Você não vai passar o dia inteiro de pijama de novo, vai?", Kimberly pergunta na manhã seguinte quando me vê sentada na bancada da cozinha.

Enfio uma colher de granola na boca para não ter que responder. Porque é exatamente o que pretendo fazer hoje. Não consegui dormir direito depois do telefonema de Hardin. Desde então, ele me mandou algumas mensagens de texto, nenhuma delas mencionando seu comportamento estranho de ontem à noite. Quero ligar para ele, mas ele desligou tão depressa que talvez seja melhor não ligar. Além disso, não dei muita atenção a Kimberly desde que cheguei. Passei a maior parte do meu tempo livre conversando com Hardin ao telefone ou fazendo minhas tarefas das aulas novas. O mínimo que posso fazer é conversar com ela durante o café da manhã.

"Você nunca veste roupas", Smith se intromete, e quase cuspo a granola na mesa.

"Visto, sim", respondo, com a boca ainda cheia.

"Você tem razão, Smith, ela nunca veste roupas", Kimberly ri, e eu reviro os olhos para ela.

Nesse momento, Christian entra na cozinha e dá um beijo na testa dela. Smith sorri para o pai e para a futura madrasta antes de olhar para mim de novo.

"Pijamas são mais confortáveis", digo a ele, que faz que sim com a cabeça, concordando. Ele olha para baixo, para seu pijama do Homem-Aranha. "Você gosta do Homem-Aranha?", pergunto, querendo começar uma conversa que não seja sobre mim.

Ele pega a torrada com os dedinhos.

"Não."

"Não? Mas você está usando um pijama dele", respondo e aponto para sua roupa.

"Foi ela que comprou." Ele inclina a cabeça na direção de Kim. E então sussurra: "Não conta para ela que eu odeio o Homem-Aranha; ela vai chorar".

Dou risada. Smith tem cinco anos, mas parece ter vinte.

"Não vou contar", prometo a ele, e terminamos de comer num silêncio confortável.

5

HARDIN

Landon sacode a água de seu chapéu, que pinga no chão, e encosta o guarda-chuva fechado contra a parede de modo exagerado e teatral. Ele quer que eu veja que ele está fazendo um grande "esforço" para me ajudar.

"Bom, o que era tão urgente para eu ter que vir aqui debaixo dessa chuva congelante?", ele pergunta, meio engraçadinho, meio preocupado. Olhando para o meu peito nu, ele diz: "Estou curioso para saber o motivo de eu ter vestido *roupas* para vir socorrer você. O que foi?".

Faço um gesto na direção de Richard, que está deitado no sofá, adormecido.

"Ele."

Landon se inclina para olhar por trás de mim.

"Quem é esse?", ele pergunta. E então, endireitando-se, olha para mim boquiaberto. "Espera... É o pai da Tessa?"

Reviro os olhos diante da pergunta.

"Não, é só outro desabrigado fodido que eu deixei dormir no meu sofá. É o que todos os hipsters estão fazendo hoje em dia."

Ele ignora meu sarcasmo.

"Por que ele está aqui? A Tessa sabe?"

"Sim, ela sabe. Mas ela não sabe que ele está em crise de abstinência há cinco dias, vomitando na casa inteira."

Richard resmunga enquanto dorme e pego Landon pela manga de sua camisa xadrez e o puxo em direção ao corredor.

Essa situação claramente está fora da alçada do meu irmão postiço.

"Abstinência?", ele pergunta. "De quê? De *drogas*?"

"É, e de álcool."

Ele parece refletir sobre isso por um segundo.

"Ele ainda não encontrou a sua bebida?", ele pergunta e então ergue uma sobrancelha para mim. "Ou ele já tomou tudo?"

"Não tenho mais bebida nenhuma aqui, idiota."

Ele espia o homem adormecido no meu sofá.

"Ainda não entendi onde eu me encaixo nisso."

"Você vai ser a babá dele", eu digo e ele imediatamente dá um passo para trás.

"Nem pensar!", ele tenta sussurrar, mas sua voz sai mais parecida com um grito abafado.

"Relaxa", digo e dou um tapinha em seu ombro. "É só por uma noite."

"Pode esquecer, não vou ficar aqui com ele. Eu nem conheço o cara!"

"Nem eu."

"Você conhece melhor do que eu; ele seria seu sogro um dia se você não fosse tão babaca." As palavras de Landon me atingem com mais força do que deveriam. Sogro? O título parece esquisito quando o repito em minha mente... enquanto olho para o homem nojento em meu sofá.

"Quero vê-la", peço.

"Quem... a Tess?"

"Sim, a Tes-*sa*", eu o corrijo. "Quem mais?"

Landon começa a brincar com os dedos como uma criança nervosa.

"Bem, por que ela não vem para cá? Não acho que seja uma boa ideia eu ficar com ele."

"Deixa de ser medroso, ele não é perigoso nem nada do tipo", digo. "É só não deixar ele sair do apartamento. Tem bastante comida e água aqui."

"Parece até que você está falando sobre um cachorro...", Landon comenta.

Esfrego as têmporas irritado.

"O cara está mais ou menos nesse nível. Vai me ajudar ou não?"

Ele olha para mim, furioso, e eu acrescento: "Pela Tessa?". É um golpe baixo, mas sei que vai funcionar.

Depois de um segundo ele se rende e concorda.

"Só uma noite", ele diz, e eu me viro de costas para esconder meu sorriso.

Não sei como Tessa vai reagir ao fato de eu ignorar nosso acordo de dar um "tempo", mas é só uma noite. Uma noite com ela é tudo de que preciso agora. Preciso *dela*. Telefonemas e mensagens de texto são suficientes durante a semana, mas depois do pesadelo que tive, preciso vê-la mais do que tudo. Preciso ver com os meus próprios olhos que seu corpo não tem marcas feitas por ninguém além de mim.

"Ela sabe que você vai?", Landon me pergunta enquanto me segue até o meu quarto, onde procuro uma camiseta no chão para cobrir meu peito nu.

"Ela vai saber quando eu chegar, não vai?"

"Ela me contou sobre vocês dois ao telefone."

Contou? É muito estranho ela ter feito isso.

"Por que ela contaria para você do nosso sexo por telefone...?", pergunto.

Landon arregala os olhos.

"Opa! O quê? O quê! Eu não... Ai, meu Deus", ele exclama. Ele tenta tapar os ouvidos, mas é tarde demais. Seu rosto fica vermelho, e minha risada toma conta do quarto.

"Você precisa ser mais específico quando estiver falando sobre Tessa e eu, não aprendeu isso ainda?", sorrio, lembrando dos gemidos dela ao telefone.

"Parece que preciso, mesmo." Ele resmunga e se recompõe. "Eu quis dizer que vocês têm conversado muito ao telefone."

"E...?"

"Ela parece feliz para você?"

Meu sorriso desaparece.

"Por que está perguntando?"

O rosto dele é tomado pela preocupação.

"Estava só pensando. Estou um pouco preocupado. Ela não parece tão animada e feliz em Seattle como pensei que ficaria."

"Não sei." Esfrego a mão na nuca. "Ela não parece feliz, é verdade, mas não sei se é porque eu sou um babaca ou porque ela não está gostando de Seattle tanto quanto pensou", respondo com sinceridade.

"Espero que seja a primeira opção. Quero que ela seja feliz lá", Landon diz.

"Eu também, mais ou menos", digo.

Landon chuta uma calça jeans preta que estava embaixo de seus pés.

"Ei, eu ia usar essa calça", digo e me abaixo para pegá-la.

"Você não tem roupas limpas?"

"Não no momento."

"Você lavou alguma roupa desde que ela foi embora?"

"Lavei...", minto.

"Sei." Ele aponta a mancha na minha camiseta preta. Mostarda, talvez?

"Merda." Tiro a camiseta e a jogo no chão. "Não tenho nada para vestir." Abro a gaveta de baixo da cômoda e respiro aliviado ao ver uma pilha de camisetas pretas limpas no fundo.

"E isso aqui?", Landon aponta para um jeans azul-escuro pendurado no armário.

"Não."

"Por que não? Você nunca usa nada além de calça jeans preta."

"Exatamente", respondo.

"Bom, a única calça que você parece ter para vestir está suja, então..."

"Eu tenho *cinco* calças", eu o corrijo. "Acontece que são todas do mesmo modelo." Bufando, eu enfio a mão no armário e tiro uma calça azul do cabide. Odeio essas merdas. Minha mãe comprou para mim no Natal e eu jurei que nunca ia usar, mas aqui estou eu. Em nome do amor verdadeiro, ou coisa do tipo. Ela provavelmente não acreditaria.

"Elas estão um pouco... *apertadas*." Landon morde o lábio inferior para não rir.

"Vá a merda." Digo e mostro o dedo do meio enquanto termino de enfiar as coisas na mochila.

Vinte minutos depois, voltamos para a sala de estar, Richard ainda está dormindo, Landon ainda está fazendo comentários idiotas sobre a minha calça justa, e eu estou pronto para ir ver Tessa em Seattle.

"O que devo dizer quando ele acordar?", ele pergunta.

"O que você quiser. Seria bem engraçado se você zoasse a cara dele por um tempo. Podia fingir que é eu ou que não sabe por que ele está aqui." Dou risada. "Ele ficaria muito confuso."

Landon não acha graça da minha ideia e basicamente me empurra porta afora.

"Dirige com cuidado, as estradas estão escorregadias", ele avisa.

"Beleza." Jogo a bolsa por cima do ombro e saio antes que ele possa fazer mais algum comentário babaca.

* * *

Durante a viagem, não consigo parar de pensar no pesadelo. Foi tão claro, tão vívido. Eu podia ouvir Tessa gemendo o nome daquele cuzão; podia até ouvir suas unhas deslizando pela pele dele.

Ligo o rádio para afastar esses pensamentos, mas não adianta. Decido pensar *nela*, nas lembranças de nós dois juntos, para impedir que essas imagens fiquem me assombrando. Caso contrário, vai ser a viagem mais longa da minha vida.

"Olha que lindas essas bebês!", Tessa gritou enquanto apontava para um monte de coisinhas choramingantes. Tudo bem, para falar a verdade eram só duas bebês...

"Aham. Muito lindas." Revirei meus olhos e a puxei pela loja.

"Elas têm até lacinhos iguais nos cabelos." Ela abriu um sorriso tão grande e sua voz estava estridente e esquisita, a voz que as mulheres fazem quando estão perto de crianças pequenas e alguns hormônios começam a surgir.

"É", eu disse e continuei atrás dela nos corredores estreitos da Conner's. Ela estava procurando um queijo específico de que precisava para fazer nosso jantar naquela noite. Mas as bebês dominaram seu cérebro.

"Admite que elas são lindas." Ela sorriu para mim, e eu balancei a cabeça de modo desafiador. "Ah, vai, Hardin, você sabe que elas são lindas. É só dizer."

"Elas. São. Lindas...", respondi sem ânimo, e ela contraiu os lábios enquanto cruzava os braços sobre o peito como uma criança petulante.

"Talvez você vá ser uma daquelas pessoas que só acham seus próprios filhos bonitos", ela disse, e eu observei enquanto a ficha caía, apagando rapidamente seu sorriso. "Quer dizer, se um dia você quiser filhos", ela acrescentou com seriedade, e me deu vontade de desfazer as rugas na testa daquele rosto lindo com um beijo.

"É, talvez. Pena que eu não quero ter filhos", eu disse, tentando enfiar essa verdade de uma vez na cabeça dela.

"Eu sei...", ela disse baixinho. Logo depois, ela encontrou o que estava procurando e jogou dentro da cesta.

Seu sorriso ainda não tinha voltado quando esperávamos na fila do caixa. Olhei para baixo e a cutuquei delicadamente com meu cotovelo.

"Ei."

Quando ela olhou para mim, seus olhos estavam tristes, e ela estava obviamente esperando que eu dissesse alguma coisa.

"Sei que concordamos em não falar mais sobre filhos...", comecei enquanto ela olhava para o chão. "Ei", repeti e coloquei a cesta no chão ao lado da minha bota. "Olha pra mim." Peguei o rosto dela com as mãos e pressionei minha testa na dela.

"Tudo bem, eu não pensei antes de dizer aquilo", ela admitiu dando de ombros.

Observei enquanto ela olhava ao redor do pequeno mercado e praticamente consegui vê-la se perguntando por que eu a estava tocando daquele jeito em público.

"Tudo bem, então, mas vamos combinar de novo de não falar de filhos. Isso só causa problemas", eu disse e dei um beijo nela, depois outro. Meus lábios se demoraram sobre os dela, e as mãos pequenas de Tessa se enfiaram nos bolsos da minha jaqueta.

"Amo você, Hardin", ela disse quando a Sra. Mal-Humorada, a caixa de quem já tínhamos rido tantas vezes, pigarreou.

"Amo você, Tessa. Vou te amar tanto que você não vai precisar de filhos", prometi a ela.

Ela se virou de costas para mim, para esconder a cara fechada, eu sei. Mas naquele momento não me importei, porque achei que o assunto estava resolvido e eu tinha conseguido o que queria.

Enquanto dirigia, comecei a me perguntar: em algum momento da minha vida eu não fui um cretino egoísta?

6

TESSA

Enquanto me arrasto do meu quarto para o sofá com um exemplar de O morro dos ventos uivantes na mão, Kimberly diz com um grande sorriso: "Você está meio deprimida, Tessa, e como sua amiga e mentora, é minha responsabilidade tirar você dessa". Seus cabelos compridos são lisos e brilhantes, e sua maquiagem é perfeita demais. Ela é uma daquelas mulheres que as outras mulheres amam odiar.

"Mentora? Sério?" Dou risada, e ela revira os olhos pesadamente maquiados.

"Tudo bem, talvez eu não seja exatamente uma mentora, mas uma amiga", ela se corrige.

"Não estou deprimida. Só tenho muitas coisas da faculdade para fazer, e não estou a fim de ir a lugar nenhum hoje", digo.

"Você tem dezenove anos, garota... aja como alguém da sua idade! Quando eu tinha dezenove anos, eu saía o tempo todo. Mal ia às aulas. Saía com caras... muitos, muitos caras." Seus saltos batem no chão de madeira.

"É mesmo?", Christian interrompe ao entrar na sala. Ele está tirando uma espécie de fita das mãos.

"Nenhum tão maravilhoso quanto você, claro", Kim pisca para ele, que ri.

Ele sorri.

"É isso que eu ganho por namorar uma mulher tão jovem. Tenho que competir com lembranças ainda frescas dos caras da época da faculdade."

Seus olhos verdes brilham com bom humor.

"Ei, não sou tão mais nova que você assim", ela diz, dando um tapinha no peito dele.

"Doze anos", ele diz.

Kimberly revira os olhos.

"Tudo bem, mas você é um cara de alma jovem. Diferente da Tessa, que se comporta como se tivesse quarenta."

"Claro, querida." Ele joga a fita usada em um cesto de lixo. "Então vamos lá, comece a ensinar à Tessa como *não* se comportar durante a faculdade." Ele abre mais um sorriso, dá um tapa no traseiro dela e sai, o que a deixa sorrindo de orelha a orelha.

"Amo muito esse homem", ela me diz, e eu balanço a cabeça concordando, porque sei que é verdade. "Queria muito que você fosse com a gente hoje. O Christian e os amigos dele acabaram de abrir uma casa de jazz no centro da cidade. É linda e tenho certeza de que você ia se divertir muito."

"Christian é dono de uma casa de jazz?", pergunto.

"Ele investiu, então não teve que trabalhar", ela sussurra com um sorriso tímido. "Eles recebem músicos convidados aos sábados, meio que uma coisa improvisada."

Dou de ombros.

"Talvez no próximo fim de semana." A última coisa que quero fazer no momento é me trocar e ir para qualquer tipo de balada que seja.

"Tudo bem, no fim de semana que vem. Vou cobrar. O Smith também não quer ir. Eu tentei convencê-lo, mas você sabe como ele é. Tive que ouvir uma aula sobre o jazz não ser nada em comparação com a música clássica." Ela ri. "Então, a babá vai chegar em algumas horas."

"Posso cuidar dele", ofereço. "Vou ficar aqui mesmo."

"Não, querida, não precisa fazer isso."

"Eu sei, mas eu quero."

"Bom, seria ótimo, e muito mais fácil. Por algum motivo, ele não gosta da babá."

"Ele também não gosta de mim." Dou risada.

"É verdade, mas ele fala mais com você do que com a maioria das pessoas." Ela olha para a aliança de noivado no dedo depois para o retrato de Smith sobre a lareira. "Ele é um garoto tão doce... só muito reservado", ela diz baixinho, quase para si mesma.

A campainha toca, interrompendo o momento.

Kimberly olha para mim, confusa.

"Quem ia chegar aqui no meio da tarde?", ela pergunta, como se eu pudesse saber a resposta.

Fico parada, olhando para uma foto linda de Smith na parede. Ele é tão sério. Quase como um pequeno engenheiro ou matemático.

"Ora... Ora... Ora... Veja quem está aqui!", Kimberly diz da porta. Quando me viro para ver de quem ela está falando, fico boquiaberta.

"Hardin!" Digo o nome dele sem pensar, e a onda de adrenalina que toma conta de mim ao vê-lo faz com que eu saia correndo pela sala. Minhas meias me fazem escorregar no chão de madeira e quase caio de cara. Quando me equilibro o suficiente para continuar, eu me jogo sobre ele e o abraço mais forte do que nunca.

7

HARDIN

Quase tenho um ataque cardíaco quando Tessa escorrega e começa a cair, mas ela logo se recompõe e se joga em meus braços.

Com certeza não era essa a reação que eu esperava.

Pensei que seria recebido com um "olá" desconfortável e um sorriso forçado. Mas, cara, eu estava enganado. Muito enganado. Tessa passa os braços em torno do meu pescoço, e eu enfio a cabeça em seus cabelos. O cheiro doce de seu xampu invade meus sentidos, e fico momentaneamente dominado por sua presença, calorosa e bem-vinda, em meus braços.

"Oi", finalmente digo, e ela olha para mim.

"Você está congelando", ela comenta, levando as mãos às minhas bochechas, aquecendo-as instantaneamente.

"Está chovendo e muito frio aqui fora, mas está pior ainda lá em casa... na minha casa, quero dizer", eu me corrijo. Ela olha rapidamente para o chão e depois para mim de novo.

"O que você está fazendo aqui?", ela praticamente sussurra para mim, tentando evitar que Kimberly ouça.

"Liguei para o Christian enquanto estava vindo", eu digo a Kimberly, que continua olhando para mim fingindo estar irritada, mas com um sorrisinho nos lábios pintados.

Você não conseguiu ficar longe, não é? ela diz para mim, sem emitir som, por trás de Tessa. Essa mulher é a maior controladora que eu já conheci, não sei como o Christian aguenta, e ainda por cima gosta dela.

"Você pode ficar no quarto em frente ao da Tessa, ela mostra qual é", Kimberly diz e desaparece.

Eu me afasto de Tessa e sorrio para ela.

"Me desculpa!", Tessa diz, olhando ao redor e ficando vermelha. "Não sei por que fiz isso. É só que... é bom ver um rosto conhecido."

"É bom ver você também", eu digo tentando livrá-la de seu embaraço. Eu a soltei, mas claro que queria continuar abraçando-a. Sua falta de confiança sempre faz com que ela interprete as coisas de uma forma negativa.

"Eu escorreguei no chão", ela diz e fica vermelha de novo enquanto eu mordo meu lábio, me esforçando para não rir.

"É, eu vi." Não consigo controlar uma risadinha que escapa, e ela balança a cabeça, rindo de si mesma.

"Você vai ficar mesmo?", ela pergunta.

"Vou, se não for um problema para você."

Seus olhos estão brilhantes e um tom mais claro do que o cinza-azulado de sempre. Os cabelos estão soltos, levemente ondulados e despenteados. Não tem nenhum vestígio de maquiagem em sua pele, e ela está totalmente perfeita. Passei horas imaginando o rosto dela diante de mim, mas não estava preparado para realmente vê-la de novo. Não consigo parar de olhar para ela, todos os detalhes, as sardas no colo, a curva dos lábios, o brilho dos olhos... é impossível.

A camiseta está larga em seu corpo, e aquela calça horrorosa de flanela cobre suas pernas. Ela não para de puxar a camiseta para baixo, brincando com a gola; ela é a única garota que eu conheço que consegue usar essas roupas horrorosas para dormir, mas ainda assim ficar sexy demais. Através da camiseta branca, consigo ver o sutiã preto... ela está usando aquele de renda preta que eu adoro. Fico me perguntando se ela sabe que consigo ver através da camiseta...

"O que fez você mudar de ideia? E cadê o resto das suas coisas?", Tessa pergunta enquanto me leva pelo corredor. "Os outros quartos ficam lá em cima", ela me diz, alheia aos meus pensamentos pervertidos. Ou talvez não...

"Eu só trouxe isso. É só por uma noite", respondo, e ela para na minha frente.

"Você só vai ficar uma noite?", ela pergunta, observando meu rosto.

"Sim, o que você pensou? Que eu ia me mudar para cá?" Claro que pensou. Ela sempre teve fé demais em mim.

"Não." Ela desvia o olhar. "Não sei, pensei que você ia ficar um pouco mais." E nesse momento o clima fica todo estranho. Eu sabia que isso ia acontecer.

"O quarto é aqui." Ela abre a porta para mim, mas eu não entro.

"Seu quarto fica do outro lado?" Minha voz falha, e eu mais pareço um completo idiota.

"É", ela murmura, olhando para os dedos.

"Legal", comento. "Tem certeza de que não tem problema eu ficar aqui, certo?"

"Claro que não. Você sabe que eu senti a sua falta."

A animação no rosto dela parece desaparecer quando minhas atitudes de antes — eu ter sido um imbecil de modo geral, ter me recusado a vir para Seattle, especificamente — pairam silenciosas sobre nós. Nunca vou esquecer de como ela correu até mim, literalmente, ao me ver na porta; havia muita emoção em seu rosto, muita saudade, e eu também senti isso, mais do que ela. Fiquei maluco sem ela.

"É, mas a última vez em que nos vimos naquele apartamento, eu basicamente estava mandando você embora." Observo seu rosto mudar quando minhas palavras fazem com que ela se lembre do que aconteceu. Consigo ver claramente o maldito muro subindo entre nós quando ela me dá um sorriso falso. "Eu não sei por que falei disso", digo e passo o pulso na testa.

Ela olha para outro quarto; o dela. E então, virando-se para a porta do quarto em que vou ficar, ela diz: "Você pode deixar suas coisas aqui".

Pegando a mochila na minha frente, ela entra e a abre sobre a cama. Observo enquanto ela pega as camisetas e as cuecas emboladas na mochila e torce o nariz.

"Essas roupas estão limpas?", ela pergunta.

Balanço a cabeça negando.

"As cuecas estão."

Ela segura a mochila longe do corpo.

"Não quero nem imaginar como o apartamento deve estar." Ela esboça um sorriso brincalhão.

"Ainda bem que você nunca mais vai vê-lo, então", eu provoco. E seu sorriso desaparece.

Que piada imbecil. *Qual é a porra do meu problema?*

"Não foi isso que eu quis dizer", falo rapidamente, desesperado para me recuperar da minha péssima escolha de palavras.

"Tudo bem. Relaxa, está bom?" A voz dela é gentil. "Sou eu, Hardin."

"Eu sei." Respiro fundo e continuo. "É que já faz tanto tempo, e estamos naquele lance de merda de meio relacionamento no qual somos péssimos. E não nos vemos há um tempo, e eu senti saudade, e espero que você tenha sentido minha falta também." *Nossa, eu disse tudo isso muito rápido.*

Ela sorri.

"Senti."

"Sentiu o quê?" Eu a pressiono para ouvir as palavras exatas.

"Senti a sua falta. Eu disse isso todos os dias em que nos falamos."

"Eu sei." Eu me aproximo dela. "Só queria ouvir de novo."

Prendo os cabelos dela atrás das orelhas usando as duas mãos, e ela se encosta em mim.

"Quando *você* chegou?", uma voz baixinha pergunta de repente, e Tessa se afasta de mim.

Ótimo. Ótimo para caralho.

E lá está Smith, parado na porta do novo quarto de Tessa.

"Agora", respondo, torcendo para que ele saia do quarto para eu poder continuar o que quase começamos momentos antes.

"Por que você veio?', ele pergunta e entra no quarto.

Aponto para Tessa, que agora está a mais de um metro e meio de mim, tirando minhas roupas da mochila e reunindo-as nos braços.

"Eu vim ver a Tessa."

"Ah." Ele diz baixinho, olhando para os pés.

"Você não quer que eu fique aqui?", pergunto.

"Eu não ligo", ele diz dando de ombros, e eu sorrio para ele.

"Ótimo, porque eu não ia embora se você ligasse."

"Eu sei." Smith sorri de volta e nos deixa sozinhos. Graças a Deus.

"Ele gosta de você", Tessa diz.

"Ele é legal." Dou de ombros, e ela ri.

"Você também gosta dele", ela acusa.

"Gosto coisa nenhuma. Eu só disse que ele é legal."

Ela revira os olhos.

"Seeeei."

Ela tem razão, eu meio que gosto dele. Mais do que de qualquer outra criança de cinco anos que conheci, pelo menos.

"Vou cuidar dele hoje à noite enquanto Kim e Christian vão à inauguração de uma casa de jazz", ela diz.

"Por que você não vai também?"

"Não sei, não estava com vontade."

"Hum." Aperto os lábios com os dedos para esconder meu sorriso. Fico feliz porque ela não quis sair e me vejo torcendo para que ela tivesse planejado passar a noite comigo ao telefone.

Tessa me lança um olhar esquisito.

"Pode ir, se quiser. Não precisa ficar aqui comigo."

Olho para ela com indignação.

"O quê? Não dirigi até aqui para ir a uma porcaria de casa de jazz sem você. Não quer que eu fique?"

Ela olha nos meus olhos e aperta minhas roupas contra o peito.

"Sim, claro que quero que você fique."

"Ótimo, porque eu não ia embora se você não quisesse", eu digo brincando.

Ela não sorri como Smith sorriu, mas revira os olhos, o que é igualmente bonitinho.

"Aonde você vai?", pergunto quando percebo que ela está saindo do quarto com as minhas coisas.

Ela lança um olhar para mim que é ao mesmo tempo engraçado e sério.

"Vou lavar a sua roupa suja", ela diz e desaparece no corredor.

8

TESSA

Meus pensamentos estão a mil quando ligo a máquina de lavar. Hardin veio para cá, para Seattle — e eu não tive que pedir nem implorar. Ele veio porque quis. Mesmo que seja só por uma noite, significa muito para mim, e espero que isso seja um passo na direção certa para nós. Ainda estou muito confusa no que diz respeito a nossa relação... Sempre tivemos tantos problemas, tantas brigas sem sentido. Somos pessoas muito diferentes, e não sei se algum dia vamos nos acertar.

Mas agora que ele está aqui comigo não quero nada além de tentar viver esse relacionamento/amizade à distância para ver onde vai dar.

"Eu sabia que ele ia aparecer", Kimberly diz atrás de mim.

Quando me viro, eu a vejo recostada no batente da porta da lavanderia.

"Eu não sabia", digo.

Ela olha para mim como se dissesse: *Ah, por favor.*

"Você tinha que saber. Nunca vi um casal como vocês dois."

Solto um suspiro.

"Não somos um casal, não exatamente."

"Quando você correu para os braços dele parecia uma cena de filme. Ele está aqui há menos de quinze minutos e você já está lavando as roupas dele." Ela inclina a cabeça em direção à máquina de lavar.

"Bom, as roupas dele estão imundas", digo, ignorando a primeira parte do comentário.

"Vocês não conseguem ficar separados; é bonito de ver. Queria que você saísse com a gente hoje à noite para poder se arrumar toda e mostrar o que ele está perdendo por não estar aqui em Seattle com você." Ela pisca e me deixa sozinha na lavanderia.

Ela está certa quando diz que Hardin e eu não conseguimos ficar longe um do outro. Sempre foi assim, desde que nos conhecemos. Mesmo quando tentei me convencer de que não o queria, não conseguia ignorar o frio na barriga que sentia sempre que nos encontrávamos.

Naquela época, Hardin sempre apareceria onde eu estivesse... Tudo bem, eu ia à fraternidade dele sempre que podia. Eu detestava aquele lugar, mas algo dentro de mim me levava até lá, sabendo que se eu fosse, eu o veria. Não admitia naquela época, nem para mim mesma, mas eu desejava a companhia dele, mesmo quando ele era cruel comigo. As lembranças parecem tão antigas, quase um sonho quando me lembro de como ele ficava olhando para mim durante a aula, depois revirava os olhos quando eu dizia oi.

A máquina de lavar faz um bipe de repente, o que me traz de volta à realidade, e corro pelo corredor até o quarto de hóspedes onde Hardin vai passar a noite. Não tem ninguém. A mochila vazia de Hardin ainda está sobre a cama, mas ele não está em lugar nenhum. Atravesso o corredor e o encontro diante da mesa no meu quarto. Está passando os dedos pela capa de um dos meus cadernos.

"O que você está fazendo aqui?", pergunto.

"Só queria ver onde você está... morando agora. Queria ver o seu quarto."

"Ah." Percebo que ele franze a testa quando diz "meu quarto".

"Isso é para alguma aula?", ele pergunta, segurando o caderno de capa de couro preta.

"É para a aula de redação criativa", respondo. "Você leu?" Fico um pouco nervosa ao pensar que ele pode ter lido. Só escrevi um trabalho até agora, mas, como tudo na minha vida, acabou tendo a ver com ele.

"Um pouco."

"É só um trabalho", digo, tentando me explicar. "Tínhamos que fazer uma redação livre e..."

"Está bom, muito bom", ele diz, me elogiando, e coloca o caderno de volta na mesa por um momento, mas pega de novo e abre a primeira página. "Quem eu sou", ele lê a primeira frase.

"Por favor, não faz isso."

Ele me dá um sorriso questionador.

"Desde quando você tem vergonha de mostrar seus trabalhos?"

"Não tenho. É que... esse texto é íntimo. Nem sei se quero entregar."

"Eu li o seu diário da aula de religião", ele diz. E meu coração para.

"O quê?" Torço para ter ouvido errado. *Ele não pode ter feito isso. Não pode ter lido...*

"Li. Você deixou no apartamento e eu encontrei."

Que vergonha. Fico de pé em silêncio enquanto Hardin olha para mim do outro lado do quarto. Eram pensamentos íntimos que eu não esperava que ninguém lesse, a não ser meu professor, talvez. Fico arrasada por Hardin ter lido meus pensamentos mais profundos.

"Não era para você ter lido aquilo. Por que leu?", pergunto, tentando não olhar para ele.

"Todos os textos eram sobre mim", ele diz como se quisesse se defender.

"Isso não é justificativa, Hardin." Sinto um nó no estômago e dificuldade de respirar. "Eu estava passando por uma fase ruim, e aqueles textos eram pensamentos íntimos para o meu diário. Você não deveria..."

"São muito bons, Tess. Muito mesmo. Doeu ler como você estava se sentindo, mas as palavras, o que você tinha a dizer... era tudo perfeito."

Sei que ele está tentando me elogiar, mas só consegue me deixar ainda mais envergonhada.

"Como você ia se sentir se eu lesse alguma coisa que você escreveu para expressar seus sentimentos mais íntimos?" Ignoro os elogios que ele fez aos meus textos. Em seus olhos, vejo pânico, e inclino a cabeça, confusa. "O que foi?"

"Nada", é tudo que ele diz, balançando a cabeça.

9

HARDIN

O olhar dela quase me faz parar, mas tenho que ser sincero e quero que ela saiba como achei interessante o que ela escreveu.

"Eu li pelo menos umas dez vezes", admito.

Os olhos arregalados dela não encontram os meus, mas seus lábios se entreabrem de leve quando ela responde:

"Sério?"

"Não fica com vergonha. Sou eu, lembra?" Abro um sorriso, e ela se aproxima de mim.

"Eu sei, mas eu devo ter parecido ridícula. Eu não estava pensando com muita clareza enquanto escrevia."

Pressiono os dedos contra seus lábios para que ela se cale.

"Não, não mesmo. Seus textos são brilhantes."

"Eu..." Ela tenta falar por baixo dos meus dedos, e eu pressiono com mais força.

"Acabou?" Abro um sorriso para ela, que faz que sim com a cabeça. Lentamente, tiro os dedos dos lábios dela, e ela passa a língua sobre eles. Não consigo tirar os olhos dela.

"Preciso beijar você", sussurro, nossos rostos a poucos centímetros. Ela olha meus olhos, e engole fazendo barulho antes de lamber os lábios de novo.

"Tudo bem", ela sussurra em resposta. Suas mãos estão ávidas quando ela agarra o tecido da minha camiseta. Ela me puxa mais para perto, a respiração pesada.

Segundos antes de nossos lábios se tocarem, ouço uma batida na porta do quarto.

"Tessa?" A voz estridente de Kimberly chama pela porta entreaberta.

"Manda ela embora", sussurro, e Tessa se afasta de mim.

Primeiro o garoto, agora a madrasta dele. Só falta aparecer o Vance.

"Vamos sair daqui a alguns minutos", Kimberly diz sem entrar.

Ótimo. Dá logo o fora daqui...

"Tudo bem... já vou sair", Tessa responde, e minha irritação aumenta.

"Obrigada, querida", Kimberly diz e se afasta, murmurando uma canção pop.

"Eu não deveria nem ter vindo para esta porr...", começo.

Quando Tessa olha para mim, interrompo meu comentário grosseiro. Não era verdade mesmo... nada poderia me impedir de querer estar aqui agora.

"Preciso ir cuidar do Smith. Se quiser ficar aqui, pode ficar."

"Não, quero ficar onde você estiver", digo, e ela sorri.

Porra, quero beijá-la. Senti muito a sua falta, e ela diz que sentiu a minha falta também... Por que ela não... Suas mãos puxam a gola da minha camiseta preta, e ela pressiona os lábios contra os meus. Tenho a sensação de que alguém me plugou numa tomada, pois cada fibra do meu ser está em polvorosa. Sua língua entra na minha boca, pressionando e acariciando, e ponho as mãos em seu quadril.

Eu a puxo pelo quarto até meus pés baterem na cabeceira da cama. Eu me deito, e ela cai devagar por cima de mim. Envolvendo seu corpo com meus braços, eu nos viro de modo que ela fique embaixo de mim. Posso sentir sua pulsação acelerada sob meus lábios quando deslizam por seu pescoço até o ponto sensível logo abaixo da orelha. Suspiros e gemidos baixos são a minha recompensa. Lentamente, começo o que sei que são movimentos torturantes, pressionando meu quadril contra o corpo dela, afundando-a no colchão. Os dedos de Tessa se movem para tocar minha pele quente por baixo da camiseta, e suas unhas descem pelas minhas costas. Quando seguro seu lóbulo entre os lábios...

A imagem de Zed penetrando-a aparece em minha mente, e me levanto segundos depois.

"O que foi?", ela pergunta. Seus lábios estão rosados e inchados devido ao meu ataque.

"N-não é nada. A gente devia... hum... ir para lá. Para cuidar daquele pentelhinho", respondo na hora.

"Hardin", ela insiste.

"Tessa, deixa pra lá. Não é nada." Ah, sabe o que é? É que eu sonhei com o Zed metendo em você até quase furar o colchão e agora não consigo mais parar de pensar nesse pesadelo.

"Tudo bem." Ela se levanta da cama e passa as mãos no tecido macio de seu pijama.

Fecho os olhos por um momento, tentando livrar minha mente daquelas imagens nojentas. Se aquele cuzão metido a besta interromper mais um segundo do meu tempo com Tessa, vou quebrar todos os ossos do maldito corpo dele.

10

TESSA

Depois de beijos demais para o gosto de Smith, Kimberly e Vance finalmente saem. Nas três vezes que eles disseram que se precisássemos era só ligar, Hardin e Smith reviravam os olhos de forma dramática. Quando ela apontou para uma lista de números de emergência na bancada da cozinha, os dois se entreolharam incrédulos, o que foi muito fofo.

"O que você quer assistir?", pergunto a Smith quando o carro deles some de vista.

Ele dá de ombros sentado no sofá e olha para Hardin, que olha para o garotinho como se ele fosse um bichinho de estimação divertido.

"Bom... o que acha de um jogo? Você quer jogar alguma coisa?", sugiro quando nenhum dos dois fala nada.

"Não", Smith responde.

"Acho que ele só quer voltar para o quarto para continuar o que ele estava fazendo antes de Kim arrastá-lo para cá", Hardin diz, e Smith faz que sim com a cabeça, concordando.

"Bom... então, tá. Pode voltar para o seu quarto, Smith. Eu e o Hardin estaremos aqui se você precisar de alguma coisa. Vou pedir o jantar daqui a pouco", digo a ele.

"Pode vir comigo, Hardin?", Smith pergunta no tom mais suave possível.

"Para o seu quarto? Não, valeu."

Sem dizer nada, Smith sai do sofá e caminha até a escada. Eu lanço um olhar para Hardin, e ele dá de ombros.

"O quê?"

"Vai para o quarto com ele", sussurro.

"Não quero ir para o quarto dele. Quero ficar aqui com você", ele diz de modo casual. Por mais que queira que Hardin fique comigo, me sinto mal por Smith.

"Vai", eu inclino a cabeça em direção ao menino loiro que sobe a escada devagar. "Ele está solitário."

"Merda. Beleza." Hardin resmunga e atravessa a sala de estar arrastando os pés para seguir Smith escada acima. Ainda estou um pouco incomodada com a reação esquisita dele ao nosso beijo no quarto. Achei que estava tudo ótimo — melhor do que ótimo —, mas ele saiu de cima de mim tão de repente que pensei que tivesse se machucado. Talvez depois de passar tanto tempo longe de mim, ele não sinta mais a mesma coisa. Talvez não esteja mais tão atraído por mim... sexualmente, como antes. Sei que estou usando um pijama largo, mas isso nunca foi um problema para ele antes.

Sem conseguir encontrar uma explicação razoável para o comportamento dele, em vez de deixar minha imaginação correr solta, eu pego a pequena pilha de folhetos de restaurantes que entregam em casa que Kimberly deixou para decidirmos o que pedir para jantar. Escolho pizza e pego meu telefone antes de ir para a lavanderia. Coloco as roupas de Hardin na secadora e me sento no banco no centro da lavanderia. Peço a pizza e espero enquanto observo a máquina em funcionamento.

11

HARDIN

Enquanto Smith anda pelo quarto, eu fico na porta e observo tudo o que o moleque tem. Cara, ele é mimado pra cacete.

"O que você quer fazer?", pergunto quando entro no quarto.

"Sei lá." Ele olha para a parede. Os cabelos loiros estão penteados para um lado tão perfeitamente que é quase assustador.

"Então por que você quis que eu viesse para cá?"

"Sei lá", o pentelhinho repete. Teimoso pra cacete.

"Tá... Bom, isso não está indo a lugar nenhum...", digo.

"Você vai morar aqui também, com a sua namorada?", Smith pergunta de repente.

"Não, só vim passar uma noite", respondo e desvio o olhar.

"Por quê?" Ele olha para mim. Consigo sentir seu olhar mesmo sem me virar para ele.

"Porque não quero morar aqui." Na verdade quero. Mais ou menos.

"Por quê? Você não gosta dela?", ele pergunta.

"Sim, eu gosto dela." Dou risada. "É que... não sei. Por que você sempre faz tantas perguntas?"

"Sei lá", ele responde simplesmente e pega um trem debaixo da cama.

"Você não tem amigos com quem possa brincar?"

"Não."

Isso não está certo. Ele é um menino legal.

"Por que não?"

Ele dá de ombros e desmonta um pedaço do trilho do trem. Suas mãozinhas soltam mais um pedaço, e ele troca a peça de metal por duas outras que pega em uma caixa na ponta da cama.

"Com certeza você tem amigos na escola."

"Não tenho, não."

"As crianças são babacas com você ou alguma coisa assim?", pergunto. Não me dou o trabalho de tomar cuidado com o que falo. Vance fala palavrão o tempo todo, e tenho certeza de que o moleque já ouviu coisa pior.

"Às vezes." Ele torce as pontas de um tipo de fio de metal e conecta o trem ao trilho. O fio solta faíscas na mão dele, mas ele nem se mexe. Em poucos segundos, o trem começa a andar no trilho, começando devagar e aos poucos ganhando velocidade.

"O que foi isso que você acabou de fazer?", pergunto a ele.

"Fiz ele ir mais rápido; estava muito devagar."

"Dá para entender por que você não tem amigos." Dou risada, mas logo me controlo. Merda. Ele fica parado, olhando para o trem. "Eu quis dizer que é porque você é muito inteligente; às vezes, as pessoas inteligentes não sabem socializar, e ninguém gosta delas. Como a Tessa, por exemplo. Ela é muito inteligente às vezes, e isso deixa as pessoas desconfortáveis."

"Entendi..." Smith olha para mim fixamente, e eu me sinto mal por ele. Sou péssimo em dar conselhos, nem sei por que tentei.

Eu sei como é não ter amigos. Quando era criança não tinha nenhum. Só passei a ter amigos quando cheguei à adolescência e comecei a beber, fumar maconha e andar com gente idiota. Eles não eram meus amigos de verdade — só gostavam de mim porque eu fazia o que bem entendia, e isso era "da hora" para eles. Eles não gostavam de ler como eu; só gostavam de zoar.

Sempre fui o menino emburrado num canto com quem ninguém falava porque todo mundo tinha medo de mim. Isso não mudou muito até hoje, na verdade...

Mas eu conheci a Tessa; ela é a única pessoa que se importa comigo de verdade. Mas também tem medo de mim às vezes. Cenas do dia de Natal e das manchas de vinho tinto espalhadas no cardigã branco dela invadem minha mente. Desconfio de que Landon também se importa comigo. Mas o clima com ele ainda é esquisito, e tenho quase certeza de que ele só se importa comigo por causa da Tessa. Ela costuma ter esse poder sobre as pessoas.

Sobre mim, principalmente.

12

TESSA

"A pizza está boa?", pergunto a Smith do outro lado da mesa.

Ele olha para mim, com a boca cheia, e faz que sim com a cabeça. Suas mãozinhas seguram garfo e faca para cortar a comida. Isso não me surpreende.

Quando termina, ele sai da mesa, leva o prato até a lava-louças e o coloca lá dentro.

"Vou me retirar para dormir. Estou com sono", o pequeno cientista anuncia.

Hardin balança a cabeça se divertindo com a maturidade do menino.

Eu me levanto e pergunto:

"Você precisa de alguma coisa? Água ou que a gente vá com você até o quarto?"

Mas ele recusa e pega seu cobertor no sofá antes de subir para o quarto.

Observo Smith subir a escada, depois me sento de novo e me dou conta de que Hardin trocou menos de dez palavras comigo na última hora. Ele está mantendo distância, e não consigo não comparar o comportamento dele hoje com o modo como falou ao telefone comigo essa semana. Uma parte de mim gostaria que estivéssemos ao telefone agora e não sentados em silêncio no sofá.

"Preciso mijar", ele avisa e sai da sala enquanto zapeio pelos canais da tevê de tela plana.

Momentos depois, Kimberly e Christian entram pela porta da frente, acompanhados de outro casal. Uma mulher alta e loira com um vestido dourado curto atravessa o piso de madeira. Olho para seus saltos altíssimos e meus tornozelos começam a doer por ela. Ela sorri para mim e acena enquanto acompanha Kimberly atravessar a saleta e chegar à sala de estar. Hardin aparece no corredor, mas não entra na sala.

"Sasha, essa é a Tessa e esse é o Hardin", Kimberly nos apresenta com gentileza.

"Prazer." Sorrio, odiando o fato de não ter vestido um pijama melhorzinho.

"Prazer", Sasha responde, mas ela está olhando diretamente para Hardin, que olha para ela por um momento, mas não a cumprimenta nem entra totalmente na sala de estar.

"A Sasha é amiga de um sócio do Christian", Kimberly explica.

A explicação é dirigida apenas para mim, porque Hardin não está prestando atenção nelas e mantém os olhos fixos no programa sobre vida selvagem em que acabei parando.

"E este é o Max, que trabalha com o Christian."

O homem, que estava conversando e rindo com Christian, aparece atrás de Sasha, e quando finalmente olho para ele fico surpresa ao ver que é o amigo de Ken da faculdade, o pai daquela garota chamada Lillian.

"Max", repito, olhando discretamente para Hardin e tentando chamar a atenção dele para o rosto familiar a nossa frente.

Percebendo, Kimberly olha para Max e para mim.

"Vocês já se conhecem?"

"Nos conhecemos em Sand Point", respondo.

Os olhos escuros de Max são intimidantes, e ele tem uma presença forte que imediatamente domina a sala, mas seus traços frios se suavizam com a lembrança.

"Ah, sim. Você é a... amiga de Hardin Scott", ele diz, com um sorriso.

"Na verdade, ela é...", Hardin começa, finalmente se juntando a nós na sala de estar.

Observo com irritação enquanto Sasha acompanha Hardin com o olhar enquanto ele atravessa a sala. Ela ajusta as alças douradas do vestido e passa a língua nos lábios. Estou com a maior raiva de mim mesma por estar usando essa calça enorme. Hardin olha para ela, e vejo como ele a examina de cima a baixo, observando seu corpo alto, mas cheio de curvas, antes de olhar para Max.

"Ela não é só uma amiga", Hardin continua quando Max estende a mão para um cumprimento rápido e esquisito.

"Entendo." O homem mais velho sorri. "Bom, de qualquer modo, ela é uma moça linda."

"É mesmo", Hardin murmura. Consigo ver a irritação dele com a presença de Max.

Kimberly, a anfitriã perfeita de sempre, caminha até o bar e pega copos para os convidados. Gentil, ela pergunta o que cada um quer beber enquanto eu tento não olhar fixamente para Sasha, que se apresenta a Hardin pela segunda vez. Ele inclina a cabeça de leve e se senta no sofá. Sinto uma pontada de decepção quando ele deixa um espaço grande entre nós. Por que me sinto tão carente de repente? É por causa da beleza de Sasha ou do modo como Hardin deu uma checada no corpo dela, ou do comportamento estranho dele ao longo da noite?

"Como está a Lillian?", pergunto para quebrar o constrangimento e a tensão, além do ciúme que está me consumindo.

"Está bem. Anda atarefada com as coisas da faculdade", ele responde com frieza.

Kimberly entrega a ele um copo de bebida marrom, e ele vira metade em segundos.

Ergue uma sobrancelha para Christian.

"Bourbon?"

"Só o melhor", Christian responde sorrindo.

"Você deveria ligar para a Lillian qualquer dia desses. Você seria uma boa influência para ela." Max diz olhando para Hardin.

"Acho que ela não precisa de nenhuma influência", respondo. Não fui muito com a cara de Lilian, por causa do meu ciúme, mas sinto uma necessidade incontrolável de defendê-la do pai. Tenho a impressão clara de que ele está se referindo à orientação sexual dela, e isso me incomoda muito.

"Ah, eu discordo." Ele sorri, exibindo os dentes branquíssimos, e eu me afundo nas almofadas do sofá. Essa conversa toda foi desconfortável. Max é charmoso e rico, mas não consigo ignorar a escuridão que espreita seus olhos castanhos e a maldade escondida em seu largo sorriso.

E por que ele está aqui com Sasha? Ele é um homem casado, e pelo vestido curto dela e o modo como sorri para ele, eles não parecem ser só amigos.

"Lillian é nossa babá de sempre!", Kimberly diz.

"Mundo pequeno." Hardin revira os olhos para parecer pouco interessado, mas sei que ele está muito irritado.

"É mesmo, não é?" Max sorri para Hardin. O sotaque britânico dele é mais forte ainda que o de Hardin ou o de Christian, mas não muito agradável de ouvir.

"Tessa, vai lá pra cima", Hardin diz baixinho para mim. Max e Kimberly olham para ele, mostrando que ouviram a ordem.

A situação está mais estranha agora do que estava segundos antes. Agora que todo mundo ouviu Hardin me mandando ir lá para cima, eu definitivamente não quero obedecer. Mas conheço Hardin e sei que ele vai dar um jeito de me fazer subir, mesmo que tenha que me carregar.

"Acho que ela deveria ficar e beber um pouco de vinho, ou experimentar esse bourbon. É envelhecido e muito bom", Kimberly diz enquanto se levanta e caminha em direção ao pequeno bar. "O que você quer?" Ela sorri, claramente desafiando Hardin.

Ele olha para ela irritado e contrai os lábios. Eu sinto vontade de rir do modo como Kimberly está desafiando Hardin, ou de sair da sala — provavelmente as duas coisas —, mas Max está observando a conversa com curiosidade demais, e eu fico onde estou.

"Vou beber uma taça de vinho", digo.

Kimberly serve o líquido claro em uma taça de haste comprida e a entrega a mim.

O espaço entre Hardin e eu parece estar aumentando a cada segundo, e praticamente consigo sentir o calor que emana dele em pequenas ondas. Tomo um gole do vinho, e Max finalmente para de olhar para mim.

Hardin está olhando para a parede. Seu humor mudou drasticamente desde que nos beijamos, e isso me preocupa bastante. Pensei que ele ia ficar animado, feliz e, principalmente, pensei que ia ficar excitado e querer mais, como sempre faz, como eu sempre faço.

"Vocês dois moram aqui em Seattle?", Sasha pergunta a Hardin.

Tomo mais um gole de vinho. Tenho bebido muito ultimamente.

"Eu não." Ele não olha para ela ao responder.

"Hum, e onde você mora?"

"Não é em Seattle."

Se essa conversa estivesse acontecendo em qualquer outra circunstância, eu o repreenderia por ser tão grosseiro, mas no momento fico feliz com a atitude dele. Sasha franze o cenho e se recosta em Max. Ele olha para mim antes de delicadamente afastá-la para o outro lado.

Eu já sei que você está tendo um caso, não precisa dar uma de inocente.

Sasha fica quieta, e Kimberly olha para Christian procurando ajuda para mudar de assunto e tornar a conversa mais agradável.

"Bom...", Christian limpa a garganta. "A inauguração foi ótima. Quem poderia imaginar que a procura seria tão grande?"

"Aquela banda foi incrível... Não me lembro do nome, mas a última...", Max começa.

"The Reford alguma coisa...?", Kimberly sugere.

"Não, não era isso, amor." Christian ri, e Kimberly se aproxima e se senta no colo dele.

"Bem, independentemente de qual seja, precisamos contratá-los para o próximo fim de semana também", Max diz.

Minutos depois de eles começarem a falar de negócios, Hardin se vira e desaparece pelo corredor...

"Ele costuma ser mais bem-educado", Kimberly diz a Sasha.

"Não costuma, não, mas gostamos dele mesmo assim." Christian ri e todos na sala riem com ele.

"Vou...", começo.

"Fica à vontade." Kimberly acena, e eu me despeço rapidamente dos convidados. Quando chego ao fim do corredor, Hardin já está no quarto de hóspedes e fechou a porta. Hesito por um momento antes de girar a maçaneta e abrir a porta. Quando finalmente entro, Hardin está andando de um lado a outro no quarto.

"Aconteceu alguma coisa?", pergunto a ele.

"Não."

"Tem certeza? Porque você está esquisito desde..."

"Estou bem, só irritado." Ele se senta na beira da cama e esfrega as mãos nos joelhos, sobre a calça jeans.

Adorei a calça nova dele. Eu lembro dela no nosso armário, ou melhor, no armário *dele* no apartamento. Trish deu para ele no Natal, e ele odiou.

"Por quê?" Pergunto baixinho, tomando o cuidado de não falar alto para que ninguém nos ouça na sala de estar.

"O Max é um cuzão", Hardin diz. Claramente, ele não se importa se alguém vai ouvi-lo.

Rindo, sussurro: "É mesmo".

"Ele estava praticamente pedindo para eu perder a cabeça com ele quando foi grosseiro com você", ele diz.

"Ele não estava sendo grosseiro comigo especificamente. Acho que é a personalidade dele." Dou de ombros, um gesto que não acalma Hardin.

"Bem, de qualquer jeito, eu não gosto dele, e é irritante o fato de termos uma noite juntos e a casa estar cheia de gente." Hardin afasta os cabelos da testa e pega o travesseiro para se deitar.

"Eu sei", concordo. Espero que Max e sua amante vão embora logo. "Odeio saber que ele está traindo a mulher. A Denise parecia legal."

"Estou pouco me fodendo para isso, na verdade. Só não gosto dele."

Fico um pouco surpresa por ele imediatamente ignorar a questão da traição.

"Você não se sente mal por ela? Nem um pouco? Tenho certeza de que ela não faz ideia de que a Sasha existe."

Ele balança a mão e apoia a nuca no braço.

"Tenho certeza de que ela sabe. Max é um babaca. Ela não pode ser tão burra."

Imagino a esposa de Max numa mansão em algum lugar, usando um vestido caro, penteada e maquiada, esperando o marido infiel voltar para casa. Pensar nisso me entristece, e só consigo torcer para que ela tenha um "amigo" também.

Fico surpresa ao perceber que gostaria que ela fizesse a mesma coisa com ele, mas é o marido dela que está errado e, apesar de eu mal conhecê-la, quero que seja feliz, mesmo que essa não seja exatamente a melhor decisão.

"De qualquer forma, continua sendo errado", insisto.

"É, mas casamento é assim. Traição, mentiras e por aí vai."

"Nem sempre."

"Nove em cada dez", ele diz e dá de ombros. Odeio o fato de ele encarar o casamento de modo tão negativo.

"Não, não é verdade." Cruzo os braços diante do peito.

"Vai discutir casamento comigo de novo? Acho melhor a gente não fazer isso", ele avisa. Ele me olha nos olhos e respira fundo.

Quero argumentar, dizer que ele está errado e mudar a ideia que ele tem de casamento, mas sei que não adianta. Hardin já tinha opinião formada sobre esse assunto muito antes de me conhecer.

"Você tem razão, é melhor não falarmos sobre isso. Principalmente porque nesse assunto você é irredutível."

"Não sou irredutível", ele diz.

"Tá." Reviro os olhos para ele, que fica de pé.

"Não revira os olhos para mim."

Não consigo me controlar e reviro os olhos de novo.

"Tessa..."

Eu fico parada, sem arredar pé. Ele não tem motivo para ser grosso comigo. O fato de Max ser um imbecil não é minha culpa. Isso é um chilique típico de Hardin Scott, e não vou dar o braço a torcer desta vez.

"Você vai ficar aqui só uma noite, lembra?", digo a ele e vejo o mau humor desaparecer de seu rosto. Mas ele continua olhando para mim, esperando uma briga. Não vou dar esse gostinho a ele.

"Merda, você tem razão. Desculpa", ele suspira e me impressiona com a mudança repentina de humor e a capacidade de se acalmar. "Vem cá." Ele abre os braços, como sempre faz, e eu o abraço, algo que não faço há muito tempo. Ele não diz nada; só me abraça e encosta o queixo no topo da minha cabeça. Seu cheiro é forte, sua respiração se acalmou desde a discussão, e agora está caloroso, muito caloroso. Segundos, talvez minutos depois, ele se afasta um pouco e pressiona o polegar sob o meu queixo.

"Desculpa eu ter agido como um babaca. Não sei qual é o meu problema. O Max me irrita pra caralho, ou talvez tenha sido o fato de termos cuidado do Smith, ou aquela Stacey ridícula. Não sei, mas me desculpa."

"Sasha." Eu o corrijo com um sorriso.

"Dá na mesma... uma piranha é uma piranha, não importa o nome."

"Hardin!" Eu dou um tapinha no peito dele. Os músculos de seu peitoral parecem mais rígidos do que eu me lembrava. Ele tem malhado todos os dias... por um instante começo a tentar imaginar como ele deve estar sob a camiseta preta, me perguntando se seu corpo mudou desde a última vez que o vi.

"É a verdade." Ele dá de ombros e passa os dedos pelo meu queixo. "Me desculpa, mesmo. Não quero estragar o meu tempo com você. Me perdoa?"

Ele fica vermelho, com a voz muito suave, seus dedos passam lentamente pela minha pele, e a sensação é ótima. Fecho os olhos enquanto ele traça o contorno dos meus lábios com o polegar.

"Responde", ele me pressiona delicadamente.

"Eu sempre perdoo, não perdoo?", respondo suspirando. Apoio as duas mãos no quadril dele, os polegares pressionando sua pele por baixo da camiseta. Espero sentir seus lábios nos meus, mas quando abro os olhos, vejo que ele se distanciou de novo. Hesito, mas pergunto: "Aconteceu alguma coisa?".

"Eu tive..." E para no meio da frase. "Estou com dor de cabeça."

"Quer um remédio? Posso pedir para a Kim..."

"Não, para ela, não. Acho que só preciso dormir ou algo assim. E está tarde mesmo."

Fico desanimada com o que ele diz. O que está acontecendo com ele e por que não quer me beijar de novo? Ele acabou de dizer que não queria arruinar nosso pouco tempo juntos, mas agora ele quer dormir?

Solto um suspiro e digo: "Está bem". Não vou implorar para ele ficar acordado comigo. Estou envergonhada com sua rejeição e, sinceramente, preciso de um tempo sozinha, sem seu hálito de menta no meu rosto e seus olhos verdes olhando nos meus, confundindo o pouco de bom senso que ainda tenho.

Ainda assim, me demoro um pouco, esperando para ver se ele vai pedir para dormir no meu quarto ou vice-versa.

Mas ele não faz isso. "Então, até amanhã?", ele pergunta.

"Sim, claro." Saio do quarto antes de sentir ainda mais vergonha e tranco a porta de meu quarto quando entro. Pateticamente, volto e destranco a porta, na esperança de que talvez, apenas talvez, ele entre por ela.

13

HARDIN

Merda.

Merda.

Tenho contido minha raiva, na maior parte do tempo, pelo menos, durante toda a semana. Mas está ficando cada vez mais difícil fazer isso com Zed invadindo meus pensamentos, e estou enlouquecendo. Sei que é muita doideira minha ficar obcecado com isso e sei que a Tessa ia concordar se eu dissesse por que estou desse jeito. Não é só o Zed, mas o Max com aquele tom de voz sarcástico com a Tessa, a vagabunda dele e o fato de ela ficar me encarando, Kimberly me desafiando quando pedi a Tessa para subir — é tudo uma irritação do caralho, e meu controle está indo embora. Posso sentir meus nervos chegando ao limite, e a única forma de me acalmar é socar alguma coisa ou ficar com Tessa e me esquecer de tudo; mas não posso fazer nem isso. Eu deveria estar me afundando nela nesse momento, sem parar, até o maldito sol nascer, para compensar essa última semana infernal sem tocá-la.

Eu consegui foder com essa noite. Mas aposto que ela não está surpresa. É o que eu sempre faço, sem exceção.

Eu me deito na cama e fico olhando de um lado para o outro, para o teto e para o relógio. E quando vejo são duas da manhã. As vozes irritantes vindas da sala de estar silenciaram há mais de uma hora, e eu fiquei feliz quando ouvi as palavras de despedida e os passos de Vance e Kim subindo os degraus.

Do outro lado do corredor, eu sinto. Sinto a atração, a carga magnética que me atrai para Tessa e implora para eu ficar do lado dela. Ignorando a eletricidade irresistível, levanto da cama e visto o short preto e limpo que Tessa dobrou e colocou sobre a cômoda. Sei que Vance tem uma academia em algum lugar dessa casa enorme. Preciso descobrir onde fica antes que perca o que ainda me resta de sanidade.

14

TESSA

Não consigo dormir. Tentei fechar os olhos e bloquear o mundo, ignorar o caos e o estresse da bagunça que é minha vida amorosa, mas não consigo. É impossível. É impossível lutar contra a força irresistível que me atrai para o quarto de Hardin, que me implora para ficar perto dele. Ele está tão distante, e preciso saber por quê. Tenho que saber se ele está se comportando assim por causa de alguma coisa que eu fiz, ou por causa de alguma coisa que eu não fiz. Preciso ter certeza de que não teve nada que ver com Sasha e seu microvestido dourado, ou com Hardin estar perdendo o interesse em mim.

Preciso saber.

Hesitante, levanto da cama e puxo a cordinha para acender a luminária. Estico o elástico fino em volta do meu pulso e junto os cabelos nas mãos, fazendo um rabo de cavalo. Em silêncio, atravesso o corredor na ponta dos pés e lentamente giro a maçaneta da porta do quarto de hóspedes, que se abre com um estalido. Fico surpresa ao ver que a luminária está acesa e a cama, vazia. Lençóis escuros e cobertores estão embolados na beira da cama, mas Hardin não está no quarto.

Sinto um aperto no peito ao pensar que ele foi embora de Seattle e voltou para casa — para a casa dele. Sei que as coisas estavam estranhas entre nós, mas deveríamos conversar sobre o que quer que seja que esteja atormentando Hardin. Quando dou uma olhada no quarto, fico aliviada ao ver sua mochila ainda no chão, as pilhas de roupas limpas e dobradas derrubadas, mas pelo menos ainda ali.

Adorei ver as mudanças em Hardin desde que ele chegou, há algumas horas. Ele está mais doce, mais calmo e até se desculpou sem que eu tivesse que arrancar as palavras dele. Apesar de ele estar sendo frio e distante agora, não posso ignorar as mudanças que uma semana separados parecem ter causado, e o impacto positivo que a distância entre nós teve sobre ele.

Atravesso o corredor em silêncio à procura dele. A casa está escura, e a única luz vem das pequenas luzes noturnas ao longo do piso dos corredores. Os banheiros, a sala de estar e a cozinha estão vazios, e não ouço nenhum barulho vindo do andar de cima. Mas ele deve estar lá em cima... talvez na biblioteca?

Torço para não acordar ninguém durante minha busca e quando fecho a porta da biblioteca escura e vazia, vejo uma fina faixa de luz por baixo da porta no fim do longo corredor. Durante minha breve estada aqui, não fui para essa parte da casa, mas acho que Kimberly já havia mencionado vagamente que é onde ficam o cinema e a academia. Parece que Christian passa horas na academia.

A porta está destrancada, e eu a abro com facilidade. Sinto uma leve pontada de preocupação quando imagino que pode ser Christian, não Hardin, que está na sala. Isso seria muito constrangedor, e torço para não ser o caso.

As quatro paredes são cobertas por espelhos do chão ao teto e há máquinas enormes e intimidantes por toda a sala; a esteira é a única que reconheço. Pesos e mais pesos cobrem uma das paredes, e a maior parte do chão é forrada. Olho para as paredes espelhadas e sinto um frio na barriga quando o vejo. Hardin — quatro Hardins, na verdade — está refletido nos espelhos. Ele está sem camisa, e seus movimentos são rápidos e agressivos. As mãos estão cobertas com a mesma fita preta que vi em Christian todos os dias essa semana.

Hardin está de costas para mim, os músculos tensos sob a pele clara enquanto levanta a perna para acertar o saco de pancada preto pendurado no teto. Ele dá um soco em seguida; um baque alto se segue ao movimento, e ele o repete com o outro punho. Observo enquanto ele continua batendo e chutando o saco; ele parece tão violento, tão intenso, tão suado que mal consigo pensar direito enquanto o observo.

Com movimentos rápidos, ele chuta com a perna esquerda, depois com a direita, e então os dois punhos acertam o saco com fluidez. É incrível. Sua pele brilha e está coberta de suor, e o peito e a barriga estão um pouco diferentes de antes, mais definidos. Ele parece... maior. A corrente de metal presa ao teto parece que vai arrebentar com a força de Hardin. Minha boca está seca e meus pensamentos ficam mais lentos enquanto o observo e ouço os gemidos altos que escapam quando ele começa a apenas socar o saco.

Não sei se é o gemido suave que emito enquanto olho para ele, ou se Hardin sentiu minha presença, mas ele para de repente. O saco continua balançando, pendurado pela corrente, e, olhando para mim, ele estende a mão para fazê-lo parar.

Não quero ser a primeira a falar, mas ele não me dá escolha quando continua olhando para mim com os olhos arregalados e bravos.

"Oi", digo com a voz baixa e rouca.

Ele está ofegante.

"Oi", ele responde.

"O que...", tento me conter. "O que está fazendo?"

"Não consegui dormir", ele respira com dificuldade. "O que *você* está fazendo acordada?"

Ele pega a camiseta preta do chão e seca o suor do rosto. Eu engulo em seco. Não consigo encontrar forças para desviar o olhar de seu corpo suado.

"Hum, a mesma coisa que você. Não consegui dormir." Abro um meio sorriso e olho para seu abdome definido, para os músculos que se movem em sincronia quando ele respira.

Ele assente, mas não olha nos meus olhos, e não me controlo, preciso perguntar.

"Eu fiz alguma coisa? Se eu fiz, podemos conversar e resolver."

"Não, você não fez nada."

"Então me diz qual é o problema, por favor, Hardin. Preciso saber o que está acontecendo." Reúno o máximo de confiança que consigo. "Você... deixa pra lá." A pouca confiança que eu tinha desaparece sob o olhar dele.

"Eu o quê?" Ele se senta em uma almofada preta e comprida, que eu acho que deve ser um tipo de banco de musculação. Depois de passar a camiseta pelo rosto de novo, ele a enrola na cabeça, prendendo os cabelos úmidos.

A faixa de cabeça improvisada é estranhamente adorável e muito atraente, tanto que me vejo com dificuldades para encontrar as palavras.

"Estou começando a pensar que talvez, sei lá, você... esteja começando a não gostar tanto de mim como gostava." Essa frase parecia bem melhor dentro da minha mente. Ao dizê-la em voz alta, percebo como pareço ridícula e carente.

"O quê?" Ele apoia as mãos nos joelhos. "Como assim?"

"Você ainda se sente atraído por mim... fisicamente?", pergunto. Eu não me sentiria tão envergonhada e insegura se ele não tivesse me rejeitado mais cedo. E também se a sra. Pernas Compridas Vestido Curto não tivesse ficado babando por ele bem na minha cara. Sem falar de como os olhos dele desceram lentamente pelo corpo dela...

"O quê... de onde você tirou isso?" Ele ainda está ofegante, e os pardais tatuados logo abaixo das clavículas parecem estar voando com os movimentos da respiração dele.

"Bom..." Apesar de eu ter dado mais alguns passos para dentro da sala, tomo o cuidado de deixar um espaço entre nós. "Mais cedo... quando a gente estava se beijando... você parou e mal me tocou desde então, e depois simplesmente levantou e foi dormir."

"Você acha mesmo que eu não me sinto mais atraído por você?"

Ele abre a boca para continuar, mas de repente a fecha e permanece em silêncio.

"Isso passou pela minha cabeça", admito. De repente, começo a olhar para baixo como se o chão fosse fascinante.

"Isso não faz o menor sentido", ele começa. "Olha para mim." Olho nos olhos dele, e Hardin suspira profundamente antes de continuar. "Não consigo nem imaginar de onde você tirou a ideia de que eu não me sinto mais atraído por você, Tessa." Ele parece pensar no que disse e acrescenta: "Bom, acho que entendo por que você pensaria isso levando em conta como eu agi antes, mas não é verdade; literalmente não tem nada mais longe de ser verdade do que isso".

A dor no meu peito começa a diminuir aos poucos.

"Então o que é?"

"Você vai me achar muito mórbido."

Ai, não.

"Por quê? Fala, por favor", imploro. Observo seus dedos frustrados passarem pela barba rala no queixo; quase não tem pelo nenhum, provavelmente ele só ficou um dia sem se barbear.

"Só me ouve primeiro antes de ficar brava, está bem?"

Concordo balançando a cabeça devagar, uma atitude que contradiz totalmente os pensamentos paranoicos que estão começando a tomar conta de mim.

"Eu tive um sonho, ou melhor, um pesadelo..."

Sinto um aperto no peito e torço para que não seja tão ruim quanto ele está fazendo parecer que é. Por um lado, fico aliviada por ele estar chateado por causa de um pesadelo, e não um acontecimento real, mas por outro lado, sinto pena dele. Passou a semana toda sozinho, e dói saber que seus pesadelos voltaram.

"Continua", eu o incentivo com delicadeza.

"Com você... e o Zed."

Ai, não.

"Como assim?", pergunto.

"Ele estava no nosso, no *meu* apartamento, e eu chegava em casa e o encontrava bem entre as suas pernas. Você estava gemendo o nome dele e..."

"Tá bom, tá bom, já entendi", digo, levantando uma das mãos para interrompê-lo.

A expressão angustiada no rosto dele me faz manter a mão levantada por alguns segundos para que ele continuasse em silêncio, mas ele diz:

"Não, deixa eu contar."

Eu me sinto extremamente desconfortável por ter que ouvir Hardin falar sobre mim e Zed na cama, mas se ele acha que precisa me contar, se me contar vai ajudá-lo a resolver, mordo minha língua e ouço.

"Ele estava em cima de você, fodendo você, na nossa cama. Você dizia que o amava." Ele faz uma careta.

Toda a tensão e o comportamento estranho de Hardin desde que ele chegou a Seattle foram por causa de um sonho que ele teve comigo e com Zed? Pelo menos isso ajuda a explicar por que ele me ligou no meio da noite passada dizendo que eu deveria ligar para o Zed e falar para ele não vir mais me visitar em Seattle.

Enquanto olho para o homem de olhos verdes e rosto angustiado apoiado nas mãos, a paranoia e a frustração se dissolvem como açúcar na minha língua.

15

HARDIN

Quando ela diz meu nome, ele sai baixinho, suave, sua língua pronunciando a palavra com calma. Como se, ao dizer essa palavra, ela resumisse todos os seus sentimentos por mim, todas as vezes que a toquei, todas as vezes que ela provou que me ama — mesmo que parte de mim ainda não acredite.

Tessa se aproxima, e posso ver o olhar compreensivo dela.

"Por que não me falou antes?", ela pergunta.

Olho para baixo e fico mexendo na fita grossa enrolada nas minhas mãos.

"Foi só um sonho. Você sabe que isso nunca aconteceria", ela diz.

Quando olho para ela, a pressão nos meus olhos, no meu peito não diminui.

"Essa cena está grudada na minha mente, não consigo parar de pensar nisso. Ele ficava me provocando o tempo todo, com aquele sorrisinho enquanto fodia você."

Tessa cobre os ouvidos com as mãos pequenas depressa e enruga o nariz com nojo. Então, olhando para mim, ela abaixa os braços lentamente.

"Por que você acha que teve esse sonho?"

"Não sei, provavelmente porque você concordou com essa ideia de ele visitar você aqui."

"Eu não sabia o que dizer, e eu e você estávamos, bem, ainda estamos, nessa situação esquisita", ela murmura.

"Não quero ele perto de você. Sei que é babaquice, mas não estou nem aí. Sinceramente, Zed passa dos limites para mim; é assim que sempre vai ser. Nem todo o kickboxing do mundo vai resolver isso. Situação esquisita ou não, você é só minha. E não é só sexualmente, mas completamente. Não suporto a ideia de você ter nenhum tipo de relacionamento emocional com aquele cara."

"Ele não chega perto de mim desde que me levou para a casa da minha mãe... naquela noite", ela diz.

Mas o pânico que arde dentro de mim não dá trégua. Olho para baixo, inspiro e expiro profundamente para tentar me acalmar um pouco.

"Mas", ela dá um passo à frente, apesar de se manter fora do meu alcance. "Se isso fizer você parar de pensar nessas coisas, eu digo a ele para não vir."

Olho para seu lindo rosto.

"Sério?" Eu estava esperando mais relutância da parte dela.

"Sério. Não quero que isso fique atormentando você desse jeito." Com olhos nervosos, ela olha para baixo, para o meu peito, e de novo para o meu rosto.

"Vem cá." Levanto uma mão enfaixada para chamá-la.

Como ela está se movendo muito devagar, eu me inclino e seguro seu braço, colocando a mão em seu ombro para trazê-la para mim mais depressa.

Minha respiração ainda não voltou ao normal. A adrenalina percorre meu corpo. Eu não consegui parar de bater naquele saco de pancada, e minhas mãos e meus pés doem, mas ainda não liberei toda a minha raiva. Tem algo dentro da minha cabeça, bem lá no fundo, que me irrita, e não me deixa liberar meu ódio por Zed.

Isto é, até ela me beijar. Ela me surpreende enfiando a língua na minha boca, agarrando meus cabelos suados com suas mãos pequenas e puxando com força enquanto tira a camiseta enrolada na minha cabeça e joga no chão.

"Tessa..." Eu empurro de leve seu peito e afasto meus lábios dos dela. Quando me sento no banco, vejo seus olhos semicerrados me olhando.

Ela não diz nada enquanto se coloca na minha frente.

"Não vou aguentar você me rejeitando por causa de um sonho, Hardin. Se não me quer, tudo bem, mas isso é inaceitável", ela diz entredentes.

Por mais maluco que seja, a raiva dela mexe com alguma coisa dentro de mim, fazendo meu sangue fluir diretamente para o meu pau. Tenho desejado essa mulher desde a última vez em que estive dentro dela, e agora ela está aqui, e me quer — e está frustrada porque eu a estou impedindo de conseguir o que quer.

Ouvi-la gozando ao telefone nunca ia me satisfazer totalmente; eu preciso sentir.

Uma guerra está sendo travada dentro de mim. Com a energia descontrolada ainda fluindo pelas minhas veias como fogo, digo por fim: "Não consigo evitar, Tessa, eu sei que não faz sentido...".

"Então me fode", ela diz, e eu fico boquiaberto. "Você deveria me foder até esquecer esse sonho, porque vai passar só uma noite aqui, e eu senti saudade, mas você está obcecado demais me imaginando com Zed para me dar a atenção que eu quero."

"A atenção que você quer?" Não controlo o tom grosseiro ao ouvir essas palavras ridículas e nem um pouco verdadeiras. Ela não tem ideia de quantas vezes eu me masturbei fingindo que estava com ela, imaginando sua voz em meu ouvido dizendo o quanto ela precisa de mim, o quanto me ama.

"Sim, Hardin. Que. Eu. Quero."

"O que você quer, exatamente?", pergunto a ela. Seu olhar é sério e levemente irritante.

"Quero que você passe um tempo comigo sem ficar obcecado com o Zed, quero que você me toque e me beije sem se afastar. É *isso* que eu quero, Hardin." Ela franze o cenho e coloca as mãos no quadril. "Quero que me toque... só você", ela acrescenta, relaxando um pouco.

Suas palavras, reconfortantes, começam a afastar a paranoia da minha mente, e começo a perceber como é estúpida essa situação toda pela qual estamos passando. Ela é minha, não dele. Ele está sozinho em algum lugar, e estou aqui com ela — e ela me quer. Não consigo tirar os olhos de seus lábios carnudos, de seu olhar irritado, da curva suave de seus seios sob a camiseta branca e fina. A camiseta que deveria ser, mas não é, uma das minhas. O que é mais um resultado da minha teimosia.

Tessa desfaz a distância que resta entre nós, e minha menina tímida — e ao mesmo tempo *safada pra caralho* — está olhando para mim, esperando uma resposta enquanto põe a mão em meu ombro e me empurra apenas o suficiente para subir no meu colo.

Que se foda. Não estou nem aí para uma porra de um sonho idiota ou para uma regra idiota sobre distância. Só quero nós dois: Tessa e o louco do Hardin.

Ela beija o meu pescoço, e as pontas dos meus dedos apertam seu quadril. Não importa quantas vezes eu tenha imaginado isso durante a semana, nenhuma fantasia se compara à sensação da língua dela roçando minha pele suada até o ponto sensível abaixo da minha orelha.

"Tranca a porta", digo enquanto ela mordisca minha pele e pressiona o quadril contra o meu corpo. Estou duro como uma pedra contra sua calça de pijama ridícula, e preciso dela *agora*.

Ignoro a pulsação dolorosa entre minhas pernas quando ela sai de cima de mim e atravessa a sala correndo para fazer o que eu pedi. Não perco nem um segundo quando ela volta. Desço a calça dela até as coxas, junto com a calcinha preta, e elas se acumulam ao redor de seus tornozelos no chão.

"Essa semana toda foi uma tortura, pensando em como você fica quando está assim", eu solto um gemido, observando cada detalhe de seu corpo seminu. "Tão linda", digo admirado.

Quando ela tira a camiseta, eu me inclino para a frente para beijar a curva de seu quadril. Um arrepio lento percorre seu corpo, e ela leva as mãos às costas para abrir o sutiã.

Caralho. De todas as vezes que fiz amor com ela, não consigo me lembrar de já ter sentido tanto tesão. Nem nas vezes que ela me acordou chupando meu pau senti um desejo tão animalesco.

Levo as mãos ao corpo dela, colocando um de seus seios na boca e envolvendo o outro com a mão. Ela apoia as mãos nos meus ombros para se manter firme enquanto eu passo os lábios por sua pele macia.

"Ai, meu Deus", ela geme, suas unhas apertando meu ombro, e eu chupo com mais intensidade. "Desce mais, por favor."

Ela tenta guiar minha cabeça para baixo com um empurrão delicado, então uso os dentes para mordiscar sua pele e provocá-la. Passo a ponta dos dedos pela parte de baixo de seus seios, de forma lenta e torturante... é isso que ela merece por ser tão tentadora e provocante.

Ela move o quadril para a frente, e eu escorrego o corpo para baixo levemente de modo que minha boca fique na altura certa para se pressionar contra a elevação de terminações nervosas entre suas pernas. Com um gemido baixo, ela me incentiva a ir em frente, e meus lábios a envolvem, chupando e se deliciando com a umidade que já tomou conta da região. Ela está muito quente e é muito doce.

"Seus dedos não satisfizeram você muito bem, não é?" Eu me afasto dela. Ela respira fundo, e seus olhos cinza-azulados me observam enquanto inclino a cabeça e deslizo a língua por seu osso púbico.

"Não me provoca", ela geme, puxando meus cabelos de novo.

"Você se masturbou de novo essa semana, depois do nosso telefonema?" Ela se remexe e arqueja quando minha língua a toca exatamente onde ela quer.

"Não."

"Mentira", desafio. Percebo, pela vermelhidão que sobe por seu pescoço até as maçãs do rosto e por como seus olhos se voltam para os espelhos, que ela não está falando a verdade. Ela gozou sozinha desde a nossa conversa ao telefone... e ao pensar nela deitada, com as pernas abertas e se acariciando, tendo prazer por meio do que ensinei a ela... acabo gemendo contra sua pele quente.

"Só uma vez", ela mente de novo.

"Que feio." Eu me afasto dela.

"Três vezes, está bem?", Tessa admite, o embaraço é claro em sua voz.

"No que você pensou? O que fez você gozar?", pergunto com um sorriso.

"Você, só você." Seus olhos estão esperançosos, carentes.

Sua resposta me deixa excitado, e sinto vontade de satisfazê-la agora mais do que nunca. Sei que posso fazer Tessa gozar em menos de um minuto só com a minha língua, mas não é isso que eu quero. Dando um último beijo na junção de suas coxas, eu me afasto e fico de pé. Tessa está completamente nua, e os espelhos... *porra*, os espelhos refletem seu corpo perfeito ao meu redor, multiplicando suas curvas deliciosas mil vezes. Sua pele macia me envolve, e puxo minha bermuda e cueca até os tornozelos com uma das mãos. Começo a tirar a fita que envolve meus dedos, mas ela me impede com um movimento rápido.

"Não, deixa assim", ela pede com um olhar mais intenso. Então ela gosta da fita... ou talvez de me observar malhando... ou dos espelhos...

Faço o que ela pede e pressiono meu corpo contra o dela, minha boca contra a dela, e a deito no chão comigo.

Ela corre as mãos pelo meu peito nu e seus olhos ficam mais escuros.

"Seu corpo está diferente."

"Só estou malhando há uma semana." Rolo seu corpo nu de modo que ela fique por baixo.

"Já dá para perceber..." Ela passa a língua pelos lábios carnudos tão lentamente que não hesito em pressionar meu corpo contra o seu, para que ela veja como estou duro. Ela está tão macia e molhada que com um único movimento estarei finalmente dentro dela.

E então me dou conta.

"Não tenho nenhuma porra de camisinha aqui", digo e apoio o rosto no ombro dela.

Ela solta um gemido de frustração, mas aperta as unhas contra a minha pele e me puxa mais para perto.

"Preciso de você", ela geme, passando a língua pelos meus lábios.

Eu pressiono o corpo contra sua carne quente e úmida e lentamente a penetro.

"Mas...", eu começo a tentar lembrá-la dos riscos, mas ela fecha os olhos, e a sensação toma conta de mim quando mexo o quadril para meter mais fundo, o mais fundo que consigo.

"Porra, que saudade", digo gemendo. Não consigo me conformar com o calor e a maciez dela sem a barreira da camisinha. Todo o meu bom senso some; todos os alertas que fiz a mim e a ela desaparecem. Só preciso de alguns segundos, preciso meter mais algumas vezes nela, depois eu vou parar.

Eu me levanto estendendo os braços sob o corpo, me endireitando para ter mais apoio. Quero olhar para ela enquanto entro e saio de seu corpo. Sua cabeça está um pouco levantada, e ela está olhando para o ponto onde nossos corpos se conectam.

"Olha no espelho", digo. Vou parar depois de mais três... tudo bem, quatro. Não consigo e continuo me movimentando enquanto ela vira a cabeça para nos observar na parede espelhada. Seu corpo parece tão suave e perfeito, e limpo, em comparação com as tatuagens escuras que mancham o meu. Somos o tesão personificado, demônio e anjo, e nunca me senti mais apaixonado por ela.

"Sabia que você gostava de ver, mesmo que fosse sozinha, eu sabia, porra."

Seus dedos pressionam a parte inferior de minhas costas, me puxando para mais perto e mais fundo, e, caralho, tenho que parar agora, sinto a pressão crescendo na base da minha espinha em direção à virilha enquanto revelo uma de suas taras. Tenho que parar...

Lentamente, saio dela, deixando nós dois aproveitarmos o momento de prazer. Seus gemidos são rapidamente interrompidos quando meus dedos a penetram com facilidade.

"Vou fazer você gozar agora e depois vou te levar para a sua cama", prometo e ela sorri um sorriso atordoado antes de voltar a olhar para o espelho e me observar.

"Calma, linda, você vai acordar os outros", sussurro para ela. Adoro os sons que ela faz, como ela geme o meu nome, mas a última coisa de que preciso é de algum Vance intrometido batendo na porta.

Segundos depois, sinto o corpo dela se contrair ao redor dos meus dedos. Mordisco e chupo a parte sensível acima da entrada da vagina; Tessa puxa meus cabelos e continua observando enquanto eu a penetro com meus dedos até ela gozar quase sem ar e gemendo o meu nome várias vezes.

16

TESSA

A boca de Hardin deixa um rastro de umidade pela minha barriga e pelo meu peito antes de ele finalmente dar um beijo delicado na minha têmpora. Eu fico deitada no chão ao lado dele, tentando recuperar o fôlego e reviver os eventos que levaram a esse momento. Eu tinha a intenção de ter uma conversa séria com ele sobre a sua — ou melhor, a nossa — falta de comunicação, mas observá-lo atacando aquele saco de pancada com raiva me deixou surpresa e me fez gemer o nome dele em minutos.

Eu me apoio no cotovelo e olho para ele.

"Quero retribuir."

"Fica à vontade." Ele sorri, os lábios cobertos pela minha umidade.

Eu me movimento depressa, e coloco seu pau na minha boca sem que ele consiga se preparar.

"Caralho", ele geme. O som sensual faz minha boca se abrir demais, e ele desliza pela minha língua, saindo da minha boca. Hardin levanta o quadril de encontro aos meus lábios, entrando na minha boca de novo.

"Por favor, Tess", ele implora.

Posso sentir o meu gosto nele, mas mal percebo isso quando ele geme meu nome.

"Não vou... porra, não vou aguentar muito", ele diz ofegante, e eu aumento a velocidade. Depressa, ele segura meus cabelos e afasta minha cabeça.

"Vou gozar na sua boca, depois vamos para a cama e eu vou foder você de novo." Ele passa o polegar pelos meus lábios, e, provocante, eu mordo a ponta do dedo dele. Ele joga a cabeça para trás e segura meus cabelos com mais força enquanto continuo o movimento.

Sinto o pau dele se contraindo, suas pernas se enrijecendo conforme ele se aproxima do momento.

"Porra, Tessa... que delícia, linda", ele geme enquanto seu calor toma minha boca. Eu recebo tudo, engolindo tudo o que ele tem para dar. De pé, eu limpo os lábios com um dedo.

"Se veste", ele diz, jogando o sutiã para mim.

Enquanto Hardin e eu nos vestimos, eu o pego olhando para mim várias vezes. Não que isso me surpreenda muito... eu também não parei de olhar para ele.

"Pronta?", ele pergunta.

Balanço a cabeça assentindo, e Hardin apaga as luzes, fecha a porta quando saímos como se nada tivesse acontecido naquela sala, e me leva pelo corredor. Caminhamos num silêncio confortável, uma grande diferença da tensão que havia entre nós antes. Quando chegamos à parte do corredor diante do meu quarto, ele me para segurando de leve meu cotovelo.

"Eu devia ter contado sobre o pesadelo em vez de me distanciar de você", ele diz. As suaves luzes noturnas ao longo do corredor iluminam o rosto dele apenas o suficiente para me deixar ver a sinceridade e a tranquilidade em seus olhos.

"Nós precisamos aprender a nos comunicar."

"Você é muito mais compreensiva do que eu mereço", ele sussurra e leva minha mão ao seu rosto. Seus lábios tocam os nós dos meus dedos, e meus joelhos quase fraquejam diante do gesto tocante.

Hardin abre a porta e toma minha mão enquanto me leva para a cama.

17

TESSA

As mãos de Hardin ainda estão cobertas com a áspera fita preta, mas a sensação delas nas minhas é muito suave.

"Espero não ter cansado você", ele sorri, passando os nós dos dedos no meu rosto.

"Não." A maior parte da tensão que eu estava sentindo no corpo foi liberada pelos dedos dele. No entanto, o desejo nada sutil que sinto por ele ainda está lá. Sempre está.

"As coisas estão bem assim, né? Quero dizer, você queria espaço, e isso não é exatamente espaço." Ele passa o braço em torno do meu corpo enquanto ficamos parados diante da cama.

"Ainda precisamos de espaço, mas isso é o que eu quero agora", explico. Tenho certeza de que isso não faz muito sentido para Hardin, porque na verdade não faz muito sentido nem para mim, especialmente agora, com ele bem aqui na minha frente.

"Eu também", ele diz e abaixa a cabeça na direção do meu pescoço. "Isso é o que é bom para nós... ficarmos juntos assim", ele sussurra. Ele me abraça com mais força e usa os joelhos para nos guiar para a cama enquanto seus lábios fazem um formigamento se espalhar pela minha pele. Sinto sua ereção contra minha perna; ele está pronto de novo, e eu também.

"Senti tanta saudade... saudade de seu corpo", ele diz. Suas mãos se insinuam por baixo da minha camiseta de algodão fina e a tiram pela minha cabeça. Meu rabo de cavalo fica preso na gola, mas Hardin o solta delicadamente e puxa o elástico, deixando meus cabelos se espalharem pelo colchão. Ele pressiona os lábios suavemente contra minha testa; seu humor mudou desde que transamos na academia. Lá ele estava sendo selvagem, sensual e dominante. Mas agora está sendo o meu Hardin, o homem gentil e delicado que se esconde por trás da fachada dura.

"Seus batimentos...", ele afasta os lábios um pouco dos meus, e seus dedos sentem a delicada pulsação no meu pescoço, "aceleram quando eu toco você, principalmente aqui." Sua mão livre desliza pela minha barriga e entra pela parte da frente da minha calça de pijama. "Você está sempre tão pronta para mim." Ele geme, movendo o dedo do meio para cima e para baixo. Sinto minha pele pegar fogo... é um ardor constante, e não uma explosão, o que combina com seu toque suave. Hardin tira a mão e leva o dedo aos lábios. "Tão doce", ele diz, e sua língua molhada cobre a ponta de seu dedo.

Ele sabe exatamente o que está fazendo comigo. Sabe o efeito de suas palavras pervertidas sobre mim, como elas me fazem desejá-lo. Ele sabe, e está fazendo um ótimo trabalho ao me deixar louca de desejo de dentro para fora.

18

HARDIN

Sei exatamente o que estou fazendo com ela. Sei como ela adora as sacanagens que eu digo, e quando olho em seu rosto, ela nem se dá ao trabalho de esconder.

"Você está sendo uma boa menina", digo com um sorriso malicioso, provocando um gemido dela só com um toque em sua pele ardente.

"Diz o que você quer", sussurro em seu ouvido. Praticamente consigo ouvir sua pulsação errática sob a pele. Estou deixando Tessa maluca, e adoro isso.

"Você", ela diz, desesperada e vagamente.

"Quero fazer devagar. Quero que você sinta todos os momentos que passou longe de mim."

Puxo seu pijama e dirijo a ela um olhar dominador. Sem dizer nada, ela faz que sim com a cabeça e o tira. Então, pressiono o polegar em sua fina calcinha de algodão e a arranco.

Os olhos dela estão arregalados e intensos, seus lábios rosados e inchados. A força do meu movimento a atrai para mim, e ela me abraça e segura meus braços com seus dedos pequenos e lindos.

"Pega a camisinha", ela me lembra.

Merda, está do outro lado do corredor no quarto que ninguém podia imaginar que eu ocuparia, com Tessa a apenas alguns metros de distância. Mas, curiosamente, a gaveta do criado-mudo estava cheia de camisinhas quando cheguei.

"*Você* pega a camisinha", respondo de modo brincalhão, sabendo que de jeito nenhum vou deixar ela sair correndo pelo corredor seminua. Delicadamente, passo as mãos por trás de suas costas, solto o sutiã e desço as alças antes de jogar a peça no chão atrás de nós.

"Cami...", ela começa a me lembrar.

Mas sua respiração ofegante interrompe o pensamento quando chupo seus mamilos expostos. Ela é tão sensível ao meu toque, e quero me deliciar com cada segundo dela.

"Shhh...", eu a silencio mordendo sua pele sensível.

Mas depois de um momento, fico de pé. Não perco tempo me vestindo. Pelo menos, estou de cueca; mesmo que não estivesse, não perderia tempo vestindo roupas agora.

Volto para o quarto com quatro camisinhas na mão... estou um pouco ambicioso e prevenido demais, mas Tessa está tão safada hoje que pode ser que precisemos usar todas as camisinhas da gaveta.

"Senti sua falta", ela diz de modo doce, com um sorriso tímido no rosto. E então vejo um brilho de vergonha em seus olhos quando ela percebe que acabou de dizer as palavras em voz alta.

"Eu também senti a sua", respondo, o que soa tão tolo quanto pensei.

Sem dizer mais nenhuma frase bonitinha, eu deito na cama com ela de novo. Ela está sentada, nua, encostada na cabeceira, com os joelhos levemente flexionados. Apenas os lençóis de cetim cor de creme cobrem suas coxas, confundindo-se com sua pele clara.

Tenho que me controlar diante do que vejo. Preciso me conter para não pular na cama, arrancar os lençóis do corpo dela e tomar o que é meu. Quero que esta noite... bem, que esta manhã, a essa altura, seja tranquila, não quero me apressar.

Sorrindo, olho para a mulher na cama. Ela está olhando para mim, os olhos suaves e calorosos, o rosto vermelho. Quando me junto a ela, mãos ansiosas pegam o elástico de minha cueca, empurrando-a pelas minhas coxas. Seus pés terminam a tarefa, e ela segura meu pau, apertando delicadamente.

"Meu Deus", sussurro, perdendo momentaneamente o foco em tudo, menos no toque dela. Ela começa a mexer a mão lentamente, seu pequeno pulso se torcendo um pouco conforme ela sobe e desce, e eu adoro o fato de que ela sabe exatamente como me tocar. Enquanto ela se deita, sua mão mantém o ritmo constante, e eu entrego a camisinha a ela, mostrando silenciosamente o que ela deve fazer em seguida.

Ela morde o lábio e rapidamente obedece. Quando o látex se desenrola sobre o meu pau, eu solto um palavrão baixinho, amaldiçoando a ela e a mim por não termos adotado outro método contraceptivo.

A sensação da minha pele na dela é deliciosa, e agora que a senti, quero mais e mais.

Ela sobe em mim depressa e se encaixa na minha cintura, meu pau a poucos milímetros de penetrá-la.

"Espera..." Paro, segurando delicadamente o quadril dela e deitando-a de costas ao meu lado na cama.

Seus lindos olhos ficam confusos.

"O que foi?"

"Nada... Só quero beijar você um pouco mais primeiro", digo e seguro sua nuca, trazendo seu rosto para mais perto do meu. Minha boca cobre a dela, e eu pairo sobre seu corpo, me forçando a ir com calma. Com seu corpo nu contra o meu, paro um momento para pensar que depois de todas as merdas que já fiz, ela ainda está aqui, ela sempre está aqui, caralho, e já está na hora de eu fazer valer a pena para ela. Apoio meu peso em uma das mãos e me deito sobre ela, abrindo suas pernas com meu joelho.

"Eu te amo... muito. Você ainda sabe disso, não sabe?", pergunto entre os movimentos da minha língua sobre a dela.

Ela faz que sim com a cabeça, mas por um maldito momento o rosto de Zed aparece em meus pensamentos. A confissão de amor que ele faz para a minha Tessa, e como ela respondeu. "Também te amo", ela murmurou enquanto dormia. Um arrepio percorre o meu corpo e eu paro.

Notando minha hesitação, ela agarra os meus cabelos despenteados e me beija.

"Volta para mim", ela implora.

Não preciso de mais nada.

Tudo desaparece, menos a maciez do seu corpo por baixo do meu, a umidade entre suas pernas enquanto me movimento lentamente e a penetro. A sensação é incrível. Não importa quantas vezes eu tenha transado com ela, nunca vai ser suficiente.

"Eu te amo." Ela repete as palavras. Eu passo um braço por baixo dela de modo que nossos corpos fiquem colados um no outo. Passo a língua pelos meus lábios secos e enterro a cabeça no pescoço dela de novo, sussurrando coisas pervertidas em seu ouvido e me mexendo para beijá-la sempre que ela geme meu nome.

Sinto a pressão aumentando, vindo da minha espinha, acionando cada vértebra. Tessa afunda as unhas nas minhas costas, nos meus ombros, como se estivesse tocando as palavras tatuadas na minha pele. As palavras tatuadas para ela, só para ela.

"*A partir de hoje, não quero me afastar de você...*", é o que está escrito. E vou fazer de tudo para cumprir essa promessa.

Eu me inclino para a frente para olhar para ela. Uma das minhas mãos ainda está sob as costas dela; a outra percorre seu torso, acariciando seus seios, e para logo abaixo de sua garganta.

"Diz como você está se sentindo", digo com um grunhido. Mal consigo aguentar o prazer que está me percorrendo. Quero que ele fique ali para nós dois, que dure mais. Quero criar esse espaço que nós dois podemos habitar.

Meus movimentos ficam mais rápidos, e ela move uma das mãos para baixo para segurar os lençóis. Cada movimento pecaminoso do meu quadril, cada penetração violenta em seu corpo, intensificam e selam o poder que ela tem sobre mim.

"É tão bom, Hardin... tão bom..." A voz dela está carregada e rouca, e eu me delicio com seus outros gemidos já que sou um desgraçado insaciável. Sinto seu corpo começar a ficar tenso, e não consigo mais segurar. Chamando seu nome baixinho, eu gozo na camisinha com movimentos lentos antes de cair, quase sem fôlego, ao lado dela.

Estico o braço e puxo seu corpo para o meu; quando abro os olhos, uma camada de suor cobre sua pele sedosa, seus olhos estão abertos, e ela está olhando para o ventilador do teto.

"Você está bem?", pergunto. Sei que fui meio bruto no fim, mas também sei como ela adora isso.

"Sim, claro." Ela se aproxima para beijar meu peito e sai da cama. Resmungo desapontado quando ela veste a camiseta branca, cobrindo seu corpo.

"Toma sua faixa de cabeça." Ela ri, orgulhosa do comentário engraçadinho, e joga a camiseta molhada de suor que estava enrolada na minha cabeça na academia. Enrolo o tecido de novo e o amarro na minha cabeça só para ver a reação dela.

"Não gostou?", pergunto, e ela ri.

"Na verdade gostei." Tessa está realmente dando um show quando se inclina para pegar a calcinha preta do chão e a sobe pelas coxas. Ela não está usando sutiã e isso fica muito aparente quando ela movimenta o corpo.

"Ótimo. É mais fácil desse jeito." Aponto para o pano na minha cabeça.

Preciso cortar o cabelo, porra, mas era sempre uma amiga de Steph, uma menina de cabelo lilás chamada Mads, que cortava. Meu sangue começa a ferver ao pensar em Steph. *Aquela imbecil do car...*

"Planeta Terra chamando Hardin!" A voz de Tessa me tira de meus pensamentos de ódio.

Levanto a cabeça.

"Foi mal."

Vestindo seu pijama, Tessa se aconchega ao meu lado e, estranhamente, pega o controle remoto da tevê e começa a zapear tentando encontrar algo para assistir. Estou um pouco entorpecido, então dar uma relaxada é confortável, mas depois de alguns minutos, percebo que ela suspirou algumas vezes. E quando olho para ela, vejo que está franzindo o cenho, como se procurar algo para assistir fosse muito frustrante.

"Aconteceu alguma coisa?", pergunto a ela.

"Não", ela mente.

"Fala", pressiono e ela solta um suspiro.

"Não é nada... Só estou um pouco..." Seu rosto fica vermelho. "Tensa."

"Tensa? Você deveria estar tudo menos tensa depois daquilo." Eu me afasto um pouco e olho para ela.

"Eu não... Você sabe... Eu não, não..." Ela gagueja. A timidez dela sempre me surpreende. Em um minuto, ela está gemendo no meu ouvido para fodê-la com mais força, mais depressa, mais fundo, e no outro, não consegue terminar uma frase.

"Pode falar", insisto.

"Não fui até o fim."

"O quê?", fico sem palavras. *Será que eu fiquei tão concentrado no meu próprio prazer que não notei que ela não gozou?*

"Você parou bem na hora...", ela explica baixinho.

"Por que você não disse nada? Venha cá, então", eu puxo sua camiseta para tirá-la.

"O que você vai fazer?", ela pergunta, a excitação tomando sua voz.

"Shh..." Não sei o que quero fazer... Quero fazer amor com ela de novo, mas preciso de um tempo para me recuperar.

Espera... já sei.

"Vamos fazer uma coisa que só fizemos uma vez." Eu abro um sorriso para ela, e seus olhos se arregalam. "Porque, como sabemos, a prática leva à perfeição."

"O que é?" E nesse momento, sua excitação é substituída pelo nervosismo.

Eu me deito apoiado nos cotovelos e faço um gesto para ela se aproximar.

"Não estou entendendo", ela diz.

"Vem cá, coloca suas pernas aqui." Dou um tapinha no espaço vazio dos dois lados da minha cabeça.

"O quê?"

"Tessa, vem cá e abre as pernas sobre o meu rosto para eu poder fazer você gozar direito", explico lenta e claramente.

"Ah", ela diz. Vejo a hesitação em seus olhos, e estendo o braço para apagar a luminária. Quero que ela se sinta bastante confortável. Apesar da escuridão, consigo ver os contornos suaves de seu corpo, seus peitos grandes, a curva sensual de seu quadril.

Tessa tira a calcinha e em poucos segundos está seguindo minhas instruções e se posicionando sobre mim.

"Que vista", eu a provoco, e minha visão desaparece. Ela puxou a minha camiseta sobre os meus olhos.

"Bom, assim fica muito mais excitante, na verdade." Abro um sorriso. Ela dá um tapinha na minha cabeça de modo brincalhão, em resposta. "Sério... é excitante pra caralho", acrescento.

Ouço sua risada na escuridão, e levo a mão ao seu quadril, guiando seus movimentos. Quando minha língua a toca, ela começa a mexer o quadril sozinha, puxando meus cabelos e sussurrando meu nome até se perder no prazer que lhe proporciono.

19

TESSA

Volto à realidade, lentamente, sem querer, mas feliz por Hardin estar deitado ao meu lado.

"Oi." Ele sorri e beija meus lábios.

Dou risada — é um som preguiçoso, de quem não quer se mexer. Meu corpo está um pouco dolorido, mas da melhor maneira possível.

"Queria que você não fosse embora amanhã", sussurro enquanto passo os dedos por um dos galhos de sua tatuagem. A árvore é escura, assustadora e complexa. Eu me pergunto: se Hardin fosse fazer essa tatuagem agora, faria a árvore morta de novo? Ou será que haveria algumas folhas nos galhos, agora que ele está mais feliz, mais cheio de vida?

"Eu também queria", ele responde simplesmente.

Não consigo esconder o desespero por trás do meu pedido quando digo: "Então, não vai".

Os dedos de Hardin se estendem pelas minhas costas, e ele pressiona meu corpo nu contra o dele.

"Eu não quero ir, mas sei que você só está dizendo isso porque eu fiz você gozar duas vezes."

Fico horrorizada com o comentário.

"Isso não é verdade!" O corpo de Hardin se sacode um pouco com uma risada. "Esse não é o único motivo... Talvez pudéssemos nos ver nos fins de semana por um tempo para ver como as coisas ficam."

"Você quer que eu venha para cá todo fim de semana?"

"Não todos. Posso ir para lá também." Inclino a cabeça para olhar em seus olhos. "Está dando certo por enquanto."

"Tessa..." Ele suspira. "Já disse como me sinto em relação a essa merda de relação à distância." Olho para o ventilador de teto que gira lentamente na penumbra do quarto. Rachel está despejando molho marinara na bolsa de Monica na tevê.

"Sim, mas mesmo assim, você está aqui", eu o desafio.

Ele suspira e puxa delicadamente as pontas dos meus cabelos, me forçando a olhar para ele de novo.

"Verdade."

"Bom, acho que podemos chegar num acordo, não acha?"

"Qual é a sua proposta?", ele pergunta suavemente, fechando os olhos por um instante para respirar fundo.

"Não sei exatamente... me dá um momento", digo.

O que exatamente vou oferecer a ele? É pelo bem de nossa sanidade que devemos ficar distantes um do outro por enquanto. Por mais que meu coração se esqueça de todas as coisas terríveis que Hardin e eu vivemos no passado, meu cérebro não me deixa abrir mão do que me resta de dignidade.

Estou em Seattle, perseguindo meu sonho, sozinha, sem apartamento por causa da natureza possessiva de Hardin e da nossa incapacidade de concordarmos em relação aos detalhes mais banais.

"Não sei, sinceramente", finalmente digo quando não consigo pensar numa sugestão decente.

"Bem, você ainda me quer por perto? Nos fins de semana, pelo menos?", ele pergunta. Seus dedos enrolam meus cabelos.

"Sim."

"Todos os fins de semana?"

"A maioria." Abro um sorriso.

"Você quer conversar ao telefone todos os dias como fizemos essa semana?"

"Sim." Adorei o modo simples com que Hardin e eu conversamos ao telefone, nenhum de nós percebendo os minutos e as horas passarem.

"Então, a ideia é repetir a experiência dessa semana. Sei não", ele diz.

"Por que não?" Parecia estar funcionando para ele até agora, então por que ele não concordaria em continuar da mesma maneira?

"Porque, Tessa, você está aqui em Seattle sem mim, e não estamos juntos de verdade, você pode encontrar alguém ou sair com alguém..."

"Hardin." Eu me apoio em um dos cotovelos para olhar para ele. Ele olha nos meus olhos, e uma mecha de meus cabelos loiros despenteados cai em seu rosto. Sem desviar o olhar e sem piscar, seus dedos se movem para prender a mecha atrás da minha orelha. "Não estou pensando em conhecer nem sair com ninguém. Eu só quero um pouco de independência e que a gente consiga se comunicar."

"Por que, de repente, ser independente se tornou tão importante para você?", ele pergunta. Ele desliza o polegar e o indicador pela minha orelha, causando um arrepio que percorre a minha espinha. Se a intenção dele é me distrair, está conseguindo.

Apesar do toque gentil e dos olhos verdes intensos, continuo tentando fazer com que ele compreenda o que eu quero.

"Não é uma coisa do nada. Já falei sobre isso com você. Também não tinha percebido ainda como eu era dependente de você, e quando me dei conta, não gostei. Não gosto de ser assim."

"Eu gosto", ele diz baixinho.

"Eu sei, mas eu não gosto", digo, me recusando a deixar que a confiança na minha voz falhe. Eu me orgulho de mim por um lado, mas por outro, estou irritada por que não estou acreditando em mim mesma.

"Bom, e onde eu entro nesse lance de independência?"

"Continua fazendo o que está fazendo agora. Preciso ser capaz de tomar decisões sem pensar em pedir sua permissão e sem me preocupar com o que você pensa."

"Você com certeza não fica pensando em pedir a minha permissão agora, caso contrário não faria metade das merdas que faz."

Não quero brigar.

"Hardin", eu o alerto. "Isso é importante para mim. Preciso conseguir pensar por conta própria. Nós devíamos ser parceiros... iguais, nenhum de nós deveria ter mais... *poder* do que o outro." Eu me esforço para encontrar as palavras, procurando formas melhores de explicar o que eu quero... o que preciso. Tenho que fazer isso. Faz parte de quem sou, ou de quem quero ser. Estou me esforçando para me encontrar, para descobrir quem sou sozinha, com ou sem Hardin.

"Iguais? Poder? Está claro que *você* tem mais poder aqui. Pensa bem."

"Não é só por mim... tem sido bom para você também. Você sabe que é verdade."

"Pode ser, mas o que isso significa se só conseguimos nos dar bem em cidades separadas?", ele pergunta... colocando em palavras a pergunta que tem me incomodado desde que ele chegou.

"Bem, a gente resolve isso depois."

"Claro." Ele revira os olhos com teimosia, mas suaviza a reação dando um beijo na minha testa.

"Você se lembra do que disse sobre existir uma diferença entre amar alguém e não ser capaz de viver sem essa pessoa?", pergunto.

"Não quero ouvir essa frase de novo, sério."

Afasto seus cabelos úmidos de sua testa.

"Foi você que disse", lembro a ele. Passo os dedos pelo contorno de seu nariz, descendo pelos lábios inchados. "Tenho pensado muito sobre isso desde aquele dia", admito.

Hardin resmunga irritado.

"Por quê?"

"Porque você disse aquilo por um motivo, não foi?"

"Por raiva, só isso. Eu não fazia ideia do que significava. Eu só estava sendo um babaca."

"Bom, de qualquer jeito, eu fiquei pensando naquilo." Eu bato delicadamente com o dedo na ponta do nariz dele.

"Bom, queria que você não pensasse, porque não tem diferença nenhuma entre as duas coisas." As palavras dele se prolongam entre nós, seu tom pensativo.

"Como assim?"

Ele abre um sorrisinho.

"Não posso viver sem você *e* amo você: essas duas coisas andam juntas. Se eu pudesse viver sem você, não estaria tão apaixonado quanto estou, e está claro que não consigo ficar longe de você."

"É mesmo." Controlo a risada que está ameaçando surgir.

Ele nota meu humor. "Sei que você não está falando de mim... Você quase levou um tombo correndo para me agarrar quando eu cheguei." Mesmo na escuridão do quarto, consigo ver seu sorriso brilhante e perco o fôlego ao observar sua beleza. Quando ele se comporta assim, sem defesas e com naturalidade, não existe coisa melhor no mundo.

"Eu sabia que você ia tirar sarro disso!" Dou um tapinha em seu peito, e ele levanta a mão para segurar meu braço com os dedos compridos.

"Está querendo esquentar as coisas de novo? Lembra do que aconteceu da última vez." Ele levanta a cabeça do colchão e o calor começa a se espalhar pelo meu corpo, terminando entre minhas coxas já doloridas.

"Você não pode ficar mais um dia?" Eu ignoro o comentário sobre esquentar as coisas. Preciso saber se vou ter mais tempo com ele amanhã para podermos passar o resto das horas dessa manhã... bem, esquentando as coisas. "Por favor", digo, repousando a cabeça na base de seu pescoço.

"Está bem", ele diz. Consigo sentir seu queixo se movimentando quando ele sorri com o rosto encostado na minha testa. "Mas só se você vendar meus olhos de novo."

Com um rápido movimento, ele passa os braços por trás das minhas costas e prende meu corpo sob o dele, e segundos depois, nos perdemos um no outro... Várias vezes...

20

HARDIN

Kimberly está sentada à mesa de café da manhã quando entro na cozinha. Está sem maquiagem e com os cabelos presos. Acho que nunca a vi sem um monte de merda na cara e, pelo bem de Vance, penso em esconder suas maquiagens, porque ela fica bem melhor sem elas.

"Ora, ora, veja quem finalmente acordou", ela diz num tom animado.

"Pois é," resmungo e vou direto para a máquina de café que fica no canto da bancada de granito escuro.

"A que horas você vai embora?", ela pergunta enquanto remexe numa tigela de alface.

"Só amanhã, se não tiver problema. Ou você quer que eu saia agora?" Encho uma caneca com o líquido escuro e me viro para olhar para ela.

"Claro que pode ficar." Ela sorri. "Desde que você não esteja sendo um babaca com a Tessa."

"Na verdade não estou sendo." Reviro os olhos quando Vance entra na cozinha. "Você precisa usar uma coleira mais apertada nessa aí, talvez até uma focinheira", digo a ele.

O noivo dela dá uma risada profunda, e Kimberly mostra o dedo do meio para mim.

"Que elegante", digo a ela.

"Você está de ótimo humor." Christian dá um sorrisinho malicioso, e Kimberly lança um olhar furioso para ele.

O que é que está rolando?

"Por que será?", ele acrescenta e ela o cutuca com o cotovelo.

"Christian...", ela repreende, e ele balança a cabeça e levanta as mãos para impedir que ela repita a cotovelada.

"Provavelmente porque ele estava com *saudade* da Tessa", Kimberly sugere e olha para Christian enquanto ele dá a volta na ilha grande para pegar uma banana da fruteira.

Seus olhos brilham de divertimento enquanto ele descasca uma banana.

"Soube que malhação noturna deixa a pessoa assim."

Meu sangue gela.

"O que foi que você disse?"

"Calma... ele desligou a câmera antes da parte boa", Kimberly diz para mim.

Câmera?

Caralho. É claro que esse babaca teria uma câmera na academia... Que merda, todo acesso principal provavelmente tem câmeras de segurança. Ele sempre foi mais paranoico do que seu comportamento dissimulado deixa transparecer.

"O que você viu?", rosno, tentando manter minha raiva sob controle.

"Nada. Só que a Tessa entrou na sala; ele sabia que não era pra continuar..." Kimberly reprime um sorriso, e o alívio toma conta de mim. Eu estava muito focado no momento, focado em Tessa, para pensar em merdas como câmeras de segurança.

Faço uma cara irritada para Vance.

"Por que você estava assistindo? É bem bizarro saber que você estava me assistindo malhar."

"Não fica se achando. Eu estava checando a câmera da cozinha, porque deu um problema; as imagens da câmera da academia só estavam aparecendo ao lado naquela hora.

"Sei", digo, com ênfase.

"O Hardin vai ficar mais uma noite; tudo bem, né?", Kim pergunta a ele.

"Claro que sim. Não sei por que não está aqui para ficar. Você sabe que eu pagaria mais do que a Bolthouse."

"Você não pagou na primeira vez, esse foi o problema", digo a ele com um sorriso presunçoso.

"Só porque você estava no primeiro ano da faculdade na época. Você teve sorte de ter um estágio remunerado, sem falar num emprego de verdade, sem diploma." Ele dá de ombros, tentando ignorar meu argumento.

Cruzo os braços em defesa. "A Bolthouse não concorda com você."

"São uns idiotas. Acho que eu não preciso lembrar que no último ano a Vance Publishing ultrapassou a Bolthouse com uma margem enorme. Expandi para Seattle e planejo abrir um escritório em Nova York ano que vem."

"E essa ostentação toda tem algum propósito?", pergunto.

"Tem. O que quero deixar claro é que a Vance é melhor, maior e, por acaso, é onde ela trabalha." Ele não precisa dizer o nome de Tessa para eu sentir o peso de suas palavras. "Você vai se formar no fim deste semestre; não toma uma decisão impulsiva agora que pode afetar toda a sua carreira antes mesmo de ela começar." Ele morde a fruta que está em sua mão, e eu faço uma cara irritada para ele, tentando pensar em uma resposta perspicaz.

Não consigo pensar em nada.

"A Bolthouse tem um escritório em Londres."

Ele olha para mim com uma incredulidade debochada.

"Quem vai voltar para Londres? Você?" E não esconde o sarcasmo em sua voz.

"Possivelmente. Eu tinha pensado nisso e ainda estou pensando."

"É, eu também." Ele olha para sua futura mulher. "Você nunca vai voltar a viver lá, assim como eu também não vou."

Kimberly cora com as palavras dele, e eu chego à conclusão de que eles são o casal mais enjoativo que já vi. Dá para ver o quanto eles se amam só observando sua interação. É irritante e desconfortável.

"Pronto." Christian ri.

"Não concordei com você", respondo.

"Sim", Kimberly se intromete, enchendo o meu saco como de costume. "Mas também não discordou."

Sem dizer mais nada, levo minha xícara de café e meu saco para bem longe de Kimberly.

21

TESSA

A manhã chega depressa demais, e quando acordo, estou sozinha na cama. O lado vazio do colchão ainda tem a forma do corpo de Hardin, então ele deve ter acordado poucos minutos antes.

Quando penso isso, ele entra no quarto sem fazer barulho, com uma caneca de café na mão.

"Bom dia", ele diz quando percebe que estou acordada.

"Bom dia." Minha garganta está apertada e seca. Imagens de Hardin entrando e saindo da minha boca com movimentos furiosos me causam um arrepio por dentro.

"Você está se sentindo bem?" Ele coloca a caneca de café quente na cômoda, se aproxima da cama e senta ao meu lado na beira do colchão. "Responde", ele diz com calma quando demoro muito para falar.

"Sim, só dolorida." Estico os braços e as pernas. Sim... bem dolorida. "Aonde você foi?"

"Fui buscar café e tive que telefonar para o Landon para avisar que não vou voltar hoje", ele me diz. "Quer dizer, se você ainda quiser que eu fique."

"Quero", confirmo balançando a cabeça. "Mas por que você precisava avisar o Landon?"

Hardin passa a mão pelos cabelos, e seus olhos se concentram em decifrar minha expressão. Tenho a sensação de que tem alguma coisa que eu não sei.

"Responde", digo, usando a mesma palavra que ele.

"Ele está cuidando do seu pai."

"Por quê?" *Por que meu pai precisaria de alguém cuidando dele?*

"Porque seu pai está tentando ficar sóbrio, só isso. E não vou fazer a burrice de deixar ele sozinho no apartamento."

"Tem bebida lá, não tem?"

"Não, joguei tudo fora. Deixa pra lá, está bem?" Seu tom de voz não está mais tranquilo. É insistente, e fica claro que ele está nervoso.

"Não vou deixar para lá. Tem alguma coisa que eu devo saber? Porque tenho a sensação de que você está me escondendo alguma coisa, de novo." Cruzo os braços à frente do peito; ele respira profunda e exageradamente e seus olhos se fecham com o gesto.

"Sim, tem uma coisa que você não sabe, mas imploro para você confiar em mim, pode ser?"

"É muito grave?", pergunto. As possibilidades me aterrorizam.

"Confia em mim."

"Confiar em você por quê?"

"Confia que vou dar um jeito em toda essa merda e quando você ficar sabendo o que aconteceu não vai ter mais nenhuma importância. Já tem muita coisa acontecendo na sua vida agora, então, por favor, confia em mim. Deixa eu fazer isso por você e relaxa", ele diz.

A paranoia e o pânico iniciais que sempre vêm com esse tipo de situação tomam conta de mim, e estou quase pegando o telefone de Hardin para ligar para Landon. Mas o olhar de Hardin me detém. Ele está implorando para que eu confie nele, para que eu acredite que ele vai dar um jeito no que quer que esteja acontecendo; e, para falar a verdade, por mais que eu queira saber, acho que não consigo lidar com mais um problema nesse momento.

"...", suspiro.

Ele franze o cenho e inclina a cabeça para o lado.

"Sério?"

Está surpreso por ver como foi fácil me convencer, tenho certeza.

"Sim, vou fazer o melhor que puder para não me preocupar com a situação envolvendo o meu pai desde que você me prometa que é melhor eu não saber."

Ele faz que sim com a cabeça.

"Prometo."

Acredito nele.

"Tudo bem." Fecho o acordo e faço o melhor que posso para não pensar em minha necessidade obsessiva de saber o que está acontecendo. Preciso acreditar que Hardin vai resolver isso. Preciso confiar nele de verdade. Se não puder confiar nele em relação a isso, como posso pensar em um futuro para nós?

Suspiro, e Hardin sorri por eu ter aceitado.

22

TESSA

"Parece que vou ter que ficar escrevendo cartões de agradecimento às pessoas que foram à inauguração ontem e a tornaram um sucesso", Kimberly diz abrindo um sorriso e balançando um envelope quando entro na cozinha. "O que vocês dois estão planejando fazer hoje?"

Olho para a pilha de cartões que ela já endereçou e para a pilha na qual ainda está trabalhando e me pergunto em quantos negócios Christian já investiu, se todas essas pessoas para quem ela está escrevendo são "parceiros" de algum tipo. Só o tamanho dessa casa já significa que ele tem mais empreendimentos em andamento do que apenas a Vance Publishing e uma casa de jazz.

"Não sei bem. Vamos decidir quando o Hardin sair do banho", digo a ela, e empurro uma pilha nova de pequenos envelopes pelo balcão de granito.

Precisei forçar Hardin a entrar no banheiro para tomar banho sozinho; ele ainda estava irritado comigo porque o tranquei do lado de fora enquanto tomava o meu banho. Por mais que eu tentasse explicar como ia ficar envergonhada se os Vance soubessem que estávamos tomando banho juntos na casa deles, ele apenas olhava para mim com uma cara esquisita dizendo que já tínhamos feito coisa muito pior na casa deles nas últimas doze horas.

Eu não cedi apesar da insistência. O que aconteceu na academia foi motivado pelo tesão e foi totalmente repentino. O fato de termos transado no quarto não é problema, porque é meu quarto por enquanto, e sou uma adulta fazendo sexo consensual com meu... sei lá o que Hardin é agora. Mas a questão do banho faz com que eu me sinta diferente.

Teimoso, Hardin não concordou, então eu pedi para ele buscar um copo de água na cozinha para mim. Fiz biquinho e ele caiu como um patinho. Assim que ele saiu do quarto, corri até o banheiro, tranquei a porta e ignorei quando ele me pediu, irritado, para deixá-lo entrar.

"Você deveria fazer ele levar você para conhecer os pontos turísticos", Kimberly diz para mim. "Talvez conhecendo a cultura da cidade ele se convença a mudar para cá com você."

Esse tipo de conversa séria não é o que quero encarar nesse momento.

"A Sasha parece bacana", digo, na tentativa não muito discreta de desviar o foco da conversa dos meus problemas de relacionamento.

Kimberly ri com desdém.

"Sasha? Bacana? Acho que não."

"Ela sabe que o Max é casado, não sabe?"

"Claro que sabe." Ela passa a língua pelos lábios. "Mas ela se importa? Nem um pouco. Ela gosta da grana e das joias caras que consegue saindo com ele. Não está nem aí para a mulher e para a filha dele." O tom de reprovação na voz de Kimberly é forte, e fico aliviada por saber que concordamos nesse ponto.

"O Max é um idiota, mas mesmo assim me surpreendeu ver que ele tem coragem de andar com ela na frente das outras pessoas. Sei lá, será que ele não se importa se Denise ou Lillian descobrirem sobre ela?"

"Acho que Denise já sabe. Com um cara como Max, muitas Sashas já devem ter aparecido ao longo dos anos, e a pobre da Lillian já não gosta do pai, então não faria diferença nenhuma se ela soubesse."

"Isso é muito triste; eles estão casados desde a faculdade, né?" Não sei exatamente quanto Kimberly sabe a respeito de Max e sua família, mas pelo jeito como ela comenta, tenho certeza de que sabe alguma coisa.

"Eles se casaram assim que terminaram a faculdade, foi um escândalo." Os olhos de Kimberly brilham com a emoção de me contar uma história tão cabeluda. "Parece que o Max ia se casar com outra pessoa, uma mulher de uma família próxima da família dele. Era basicamente um acordo de negócios. O pai de Max vem de uma família rica tradicional; acho que isso explica pelo menos em parte por que ele é tão babaca. Denise ficou arrasada quando ele contou a ela sobre seu plano de se casar com outra mulher." Kimberly fala como se estivesse presente na época em que tudo aconteceu em vez de estar apenas contando uma fofoca. Mas talvez seja assim que todos os fofoqueiros se sintam.

Ela beberica a água e continua.

"Bom, depois da formatura, Max se revoltou contra o pai e literalmente deixou a mulher plantada no altar. No dia do casamento, ele apareceu na casa de Trish e Ken de smoking e esperou do lado de fora até Denise sair. Naquela mesma noite, os cinco subornaram um pastor com uma garrafa de uísque caro e o pouco dinheiro que tinham nos bolsos. Denise e Max se casaram um pouco antes da meia-noite, e ela engravidou de Lillian algumas semanas depois."

Tenho dificuldades para imaginar Max como um jovem apaixonado, correndo pelas ruas de Londres de smoking, procurando a mulher que amava. A mesma mulher que hoje ele trai sem parar com mulheres do tipo de Sasha.

"Sem querer ser intrometida, mas a..." Não sei bem como me referir a ela. "Quero dizer, a mãe do Smith, ela..."

Com um sorriso compreensivo, Kimberly põe fim à minha dificuldade.

"Rose apareceu muitos anos depois. Christian era sempre quem segurava vela para os dois casais. Quando ele e Ken pararam de se falar e Christian veio para os Estados Unidos... foi quando ele conheceu Rose."

"Por quanto tempo eles foram casados?" Observo Kimberly para ver se ela se incomoda. Não quero bisbilhotar, mas a história desse grupo de amigos me fascina. Espero que Kimberly já me conheça bem o bastante para saber que sou capaz de fazer muitas perguntas.

"Só dois anos. Eles estavam namorando fazia alguns meses quando ela adoeceu." Sua voz falha e ela engole em seco, com lágrimas nos olhos. "Ele se casou com ela mesmo assim... Ela foi conduzida ao altar... em uma cadeira de rodas pelo pai, que insistiu em fazer isso. No meio do caminho, Christian trocou de lugar com ele e empurrou a cadeira de rodas até chegarem ao padre." Kimberly começa a chorar, e eu seco as lágrimas que escorrem de meus olhos. "Desculpa", ela diz sorrindo. "Há muito tempo não conto essa história, e ela me deixa muito emocionada." Ela pega um lenço de papel de uma caixa em cima da bancada e passa um para mim. "Quando penso nisso, vejo que por trás do jeito inteligente existe um homem amoroso e incrível."

Ela olha para mim e para a pilha de envelopes.

86

"Merda, derramei lágrimas nos cartões!", ela exclama e se recompõe depressa.

Quero fazer mais perguntas a respeito de Rose e Smith, Ken e Trish na época de faculdade, mas não quero forçar nada.

"Ele amava a Rose, e ela o curou, mesmo quando estava morrendo. Ele só tinha amado uma mulher a vida toda, e ela finalmente o libertou disso."

A história, por mais linda que seja, só me confunde mais. Quem era essa mulher que Christian amava, e por que ele precisou ser curado depois disso?

Kimberly assoa o nariz e olha para acima. Eu me viro para a porta, onde Hardin está olhando para mim e para Kimberly enquanto observa a cena na cozinha.

"Bom, está na cara que apareci na hora errada", ele diz.

Sorrio ao pensar na cena, nós duas chorando sem motivo aparente, duas pilhas enormes de cartões e envelopes na nossa frente sobre a bancada.

Os cabelos de Hardin estão molhados do banho, e ele se barbeou. Está lindo com uma camiseta preta lisa e calça jeans.

Está só de meias nos pés, e sua expressão é séria quando ele faz um gesto para me chamar.

"Devo esperar vocês dois para jantar hoje?", Kimberly pergunta enquanto atravesso a cozinha para ficar ao lado de Hardin.

"Sim", respondo ao mesmo tempo em que Hardin diz "Não".

Kim ri e balança a cabeça.

"Bem, mandem uma mensagem de texto quando chegarem a um acordo."

Minutos depois, quando Hardin e eu chegamos à porta da frente, Christian de repente aparece de uma sala ao lado com um grande sorriso.

"Está um frio desgraçado lá fora. Onde está o seu casaco, garoto?"

"Em primeiro lugar, não preciso de casaco. Em segundo lugar, não me chama de garoto."

Hardin revira os olhos.

Christian pega um casaco azul-marinho de um gancho ao lado da porta.

"Veste isso. Mais parece um aquecedor por dentro."

"Nem fodendo", Hardin responde, e eu dou risada.

"Não seja idiota. Está fazendo menos seis graus lá fora. Sua garota pode precisar que você a mantenha aquecida", Christian provoca, e Hardin observa minha blusa de lã roxa, o casaco roxo e a touca roxa, da qual não parou de tirar sarro desde que eu a coloquei na cabeça. Usei essa mesma roupa na noite em que ele me levou para patinar no gelo, e ele riu de mim naquele dia também. Algumas coisas nunca mudam.

"Tudo bem", Hardin resmunga e veste o casaco; até mesmo os grandes botões de bronze na parte da frente acabam ganhando um toque masculino quando integrados ao estilo simples de Hardin. Sua calça jeans nova, que eu adorei, a camiseta preta, as botas pretas e agora esse casaco fazem com que ele pareça ter saído das páginas de uma revista. Não é justo que ele seja perfeito sem nenhum esforço.

"Vai ficar olhando?"

Eu me sobressalto com as palavras de Hardin. Em troca, ele sorri e pega minha mão com sua mão quente.

Nesse momento, Kimberly atravessa a sala de estar e entra na saleta, acompanhada de Smith, e diz: "Esperem! Smith quer perguntar uma coisa". Ela olha para baixo, para o futuro enteado, com um sorriso amoroso. "Pergunta, querido."

O menininho loiro olha diretamente para Hardin.

"Você pode tirar uma foto para o meu trabalho da escola?"

"O quê?" O rosto de Hardin fica levemente pálido, e ele olha para mim. Sei como se sente em relação a fotografias.

"É uma espécie de colagem que ele está fazendo. Ele falou que quer sua foto também", Kimberly diz a Hardin, e eu olho para ele, pedindo para que não decepcione o garoto que claramente o considera um ídolo.

"Hum, tem certeza?" Hardin se vira e olha para Smith. "A Tessa pode aparecer na foto também?"

Smith dá de ombros.

"Pode ser."

Sorrio para ele, que não parece notar. Hardin lança para mim um olhar do tipo "ele gosta mais de mim do que de você e eu nem tenho que me esforçar", e eu dou um cutução discreto nele enquanto entramos na sala de estar. Tiro a touca e uso o elástico que está em meu pulso para prender meus cabelos para a foto. A beleza de Hardin é tão simples e natural; ele só precisa ficar parado ali franzindo o cenho de modo desconfortável e está perfeito.

"Vai ser rápido", Kimberly diz.

Hardin se aproxima e passa o braço pela minha cintura. Abro meu melhor sorriso enquanto ele tenta sorrir sem mostrar os dentes. Eu o cutuco, e ele sorri mais bem a tempo de Kimberly tirar a foto.

"Obrigada." Dá para ver que ela está realmente contente.

"Vamos", Hardin diz, e eu faço que sim com a cabeça, acenando para Smith e seguindo Hardin pela saleta até a porta da frente.

"Você foi gentil", digo a ele.

"Não estou nem aí." Ele sorri e me beija. Ouço o clique de uma câmera e me afasto dele; Kimberly está com a câmera contra o rosto. Hardin vira a cabeça para se esconder em meus cabelos, e ela tira outra foto.

"Já chega, merda", ele resmunga e me leva porta afora. "Qual é o problema dessa família com vídeos e fotos?", ele continua reclamando, e eu fecho a porta pesada ao sair.

"Vídeos?", pergunto.

"Deixa pra lá."

O ar frio nos envolve, e eu logo solto os cabelos e volto a colocar a touca.

"Vamos pegar seu carro e trocar o óleo primeiro", Hardin diz em meio ao vento uivante. Enfio a mão no bolso da frente do casaco para pegar minha chave e entregá-la a ele, mas Hardin balança a cabeça e sacode seu chaveiro na frente do meu rosto. Agora tem uma chave com um elástico verde familiar.

"Você não pegou a sua chave quando deixou todos os presentes", ele diz.

"Ah..." Eu me lembro de quando deixei meus objetos mais valiosos empilhados na cama que dividíamos. "Queria aquelas coisas de volta logo, por favor."

Hardin entra no carro sem olhar para mim de novo, murmurando: "Hum, sim, claro".

Dentro do carro, ele liga o ar quente e segura minha mão. Apoia as nossas mãos na minha coxa, e seus dedos passam por meu pulso onde a pulseira costumava ficar.

"Odiei você ter deixado a pulseira lá. Deveria estar aqui." Ele toca a base do meu pulso.

"Eu sei", digo baixinho. Sinto falta daquela pulseira todos os dias; e também do meu *e-reader*. Quero a carta que ele escreveu para mim de volta também. Quero poder lê-la sem parar.

"Talvez você possa trazer as minhas coisas quando voltar no próximo fim de semana?", pergunto.

"Claro", ele diz, mas continua olhando para a estrada.

"Por que vamos trocar o óleo, afinal?", pergunto a ele. Finalmente saímos da entrada comprida da garagem e entramos na rua residencial.

"Você precisa trocar." Ele faz um gesto em direção ao pequeno adesivo no para-brisa.

"Certo..."

"O que foi?" Ele olha para mim.

"Nada. Só acho esquisito levar o carro de alguém para trocar o óleo."

"Há meses sou a única pessoa que leva seu carro para trocar o óleo. Por que você está surpresa agora?"

Ele tem razão; é sempre ele que cuida de qualquer tipo de manutenção que o carro precise, e às vezes acho que ele está sendo paranoico e conserta ou troca peças que não precisam ser trocadas.

"Não sei. Acho que às vezes me esqueço de que já fomos um casal normal", respondo, me remexendo em meu assento.

"Como assim?"

"É difícil me lembrar das coisas pequenas e normais, como trocar o óleo, ou a vez em que você me deixou fazer uma trança no seu cabelo." Sorrio ao me lembrar. "Porque sempre parece que estamos passando por uma crise."

"Antes de mais nada...", ele sorri, "nunca mais fala sobre essa palhaçada da trança. Você sabe muito bem que só deixei aquilo acontecer porque você me subornou com sexo oral e biscoitos." Ele aperta minha coxa de leve, e uma onda de calor toma meu corpo. "Em segundo lugar, acho que você tem razão até certo ponto. Seria bom se as suas lembranças de mim não fossem manchadas pelo meu hábito constante de foder com tudo."

"Não é só você; nós dois cometemos erros", eu o corrijo.

Os erros de Hardin normalmente causavam mais danos do que os meus, mas também não sou inocente. Precisamos parar de nos culpar e tentar chegar a um acordo... juntos. Isso não vai acontecer se Hardin continuar a se penalizar por todos os erros que cometeu. Ele precisa encontrar um modo de perdoar a si mesmo... para poder superar isso e ser a pessoa que sei que ele quer ser.

"Você não", ele responde, rebatendo.

"Em vez de ficarmos discutindo sobre quem cometeu erros e quem não cometeu, vamos decidir o que vamos fazer com nosso dia depois de trocar o óleo."

"Você vai comprar um iPhone", ele diz.

"Quantas vezes preciso dizer que não quero um iPhone...?", resmungo. Meu telefone é lento, sim, mas iPhones são muito caros e complicados — duas coisas que não posso ter na minha vida agora.

"Todo mundo quer um iPhone. Você é só uma daquelas pessoas que não querem se render à moda." Ele olha para mim, e vejo suas covinhas aparecerem. "É por isso que ainda usava saias compridas na faculdade." Ele se acha muito engraçado e ri sem parar dentro do carro.

Faço cara feia, mas é brincadeira.

"Não tenho dinheiro para um iPhone agora. Preciso economizar para alugar um apartamento e para as compras. Você sabe, as *prioridades*." Reviro os olhos, mas sorrio para suavizar o baque.

"Imagina as coisas que poderíamos fazer se você tivesse um iPhone. Teríamos ainda mais maneiras de nos comunicar, e você sabe que eu vou comprar para você, então não fala de dinheiro de novo."

"O que eu imagino é que você rastrearia meu telefone para poder ver aonde vou", provoco, ignorando sua necessidade de ficar comprando coisas para mim.

"Não, poderíamos conversar por vídeo."

"Por que faríamos isso?"

Ele olha para mim como se eu fosse um ser de outro mundo e balança a cabeça.

"Porque imagina só como seria poder me ver todos os dias na tela reluzente de seu iPhone novo."

Imagens de sexo ao telefone e conversas por vídeo tomam minha mente no mesmo instante, e eu imagino Hardin se masturbando para eu ver. *O que há de errado comigo?*

Meu rosto fica corado, e olho para o colo dele.

Com um dedo embaixo do meu queixo, Hardin inclina a minha cabeça para olhar para ele.

"Você está pensando... está imaginando todas as safadezas que poderia fazer comigo por iPhone."

"Não estou, não." Mantendo minha decisão teimosa de não comprar um telefone novo, eu mudo de assunto. "Meu novo escritório é legal... a vista é linda."

"É mesmo?" O tom de voz dele fica sério.

"É, e a vista do refeitório é melhor ainda. O escritório do Trevor tem..." Eu me interrompo antes de concluir a frase, mas é tarde demais. Hardin já está olhando para mim, esperando que eu termine.

"Não, não. Continua."

"O escritório de Trevor tem a vista mais bonita." Digo a ele com a voz muito mais clara e firme do que estou me sentindo por dentro.

"Com que frequência você vai à sala dele, Tessa?" Hardin olha para mim e de volta para a rua.

"Fui lá duas vezes essa semana. Nós almoçamos juntos."

"Vocês *o quê*?", Hardin pergunta irritado. Sei que deveria ter esperado até depois do jantar para falar de Trevor. Ou nem ter falado sobre ele. Eu não deveria ter mencionado seu nome.

"Eu costumo almoçar com ele", admito. Infelizmente para mim, nesse momento o carro está parado no sinal vermelho, e não tenho escolha a não ser aguentar o olhar de Hardin.

"Todos os dias?"

"Sim..."

"Existe algum motivo para isso?"

"Ele é a única pessoa que conheço que almoça no mesmo horário que eu. Kimberly tem ficado tão ocupada ajudando Christian que nem tem feito hora de almoço." Movimento as duas mãos na frente do rosto para me ajudar na explicação.

"Então mude a hora do seu almoço." O sinal fica verde, mas Hardin só pisa no acelerador quando alguém buzina atrás dele.

"Não vou mudar a hora do meu almoço. Trevor é meu colega de trabalho, fim de papo."

"Bom", Hardin suspira, "eu preferiria que você não almoçasse com o *babaca do Trevor*. Não suporto esse cara."

Rindo, coloco a mão em cima da de Hardin.

"Você está sendo ciumento à toa, e acontece que não tenho mais ninguém com quem almoçar, ainda mais porque as outras duas mulheres que almoçam no mesmo horário que eu me trataram mal a semana toda."

Ele olha para mim de canto de olho enquanto muda de pista.

"Como assim?"

"Elas não foram exatamente grosseiras. Não sei, talvez eu esteja sendo paranoica."

"O que aconteceu? Conta", ele me pede.

"Não é nada sério, só tenho a impressão de que elas não gostam de mim por algum motivo. Sempre pego as duas rindo ou cochichando enquanto olham para mim. Trevor disse que elas gostam de fofocar, mas juro que ouvi as duas dizendo algo a respeito de como consegui o emprego."

"O que elas disseram?", Hardin pergunta. Os nós de seus dedos estão brancos no volante.

"Elas fizeram um comentário, tipo 'nós sabemos como ela conseguiu o emprego'."

"Você disse alguma coisa para elas? Ou para o Christian?"

"Não, não quero causar nenhum problema. Só estou aqui há uma semana e não quero sair correndo para reclamar delas como uma menininha."

"Que se foda. Você precisa mandar essas mulheres cuidarem da porra da vida delas, ou eu mesmo vou falar com o Christian. Qual é o nome delas? Talvez eu conheça."

"Não é nada demais", digo, tentando desativar a bomba que eu mesma armei. "Todo escritório tem suas cobras. As do meu se voltaram contra mim. Não quero que isso seja um problema. Só quero me integrar e quem sabe fazer algumas amizades."

"Isso não vai acontecer se você continuar deixando elas se comportarem como duas cretinas e se continuar andando com o maldito Trevor o dia todo." Ele passa a língua nos lábios e respira fundo.

Respiro fundo da mesma maneira e olho para ele, pensando se devo defender Trevor ou não.

Que se dane.

"O Trevor é a única pessoa ali que se esforça para ser gentil comigo, e é alguém que eu já conheço. É por isso que almoço com ele." Olho pela janela e observo minha cidade preferida no mundo todo passar enquanto espero a bomba explodir.

Hardin não responde, então olho para ele e ele está olhando fixamente para a rua à frente. Eu digo: "Sinto muita falta do Landon".

"Ele também sente sua falta. E seu pai também."

Solto um suspiro.

"Quero saber como ele está, mas se eu fizer uma pergunta, vou acabar fazendo outras trinta. Você sabe como eu sou." A preocupação começa a crescer em meu peito, e faço o melhor que posso para bloqueá-la.

"Sei, por isso não vou responder."

"Como está a Karen? E o seu pai? É triste eu sentir mais saudade deles dois do que dos meus pais?", pergunto.

"Não, considerando quem seus pais são." Ele enruga o nariz. "Respondendo sua pergunta, eles estão bem, acho. Não presto muita atenção."

"Espero que eu me acostume com este lugar logo", digo sem pensar e me afundo no banco de couro.

"Você não parece estar gostando de Seattle até agora, então o que diabos está fazendo aqui?" Hardin para o carro no estacionamento de um pequeno estabelecimento. Na fachada, vejo uma placa enorme prometendo troca de óleo em quinze minutos e um serviço simpático.

Não sei o que responder. Tenho medo de compartilhar meus receios e dúvidas a respeito da minha mudança recente com ele. Não porque não confio nele, mas porque não quero que ele use o que eu disser como uma brecha para me pressionar a deixar Seattle. Neste exato momento, eu realmente preciso de um incentivo, mas, sinceramente, prefiro o silêncio ao "eu falei" que provavelmente ouviria de Hardin.

"Não é que eu não goste daqui, só não me acostumei ainda. Só faz uma semana, e estou acostumada com a minha rotina e com Landon, e com você", explico.

"Vou entrar na fila e encontro você lá dentro", Hardin diz sem comentar minha resposta.

Concordando, eu saio do carro e corro no frio para dentro da pequena oficina. O cheiro de borracha queimada e de café velho me recebe na sala de espera. Estou olhando uma fotografia emoldurada de um carro antigo quando sinto a mão de Hardin na parte de baixo das minhas costas.

"Não vai demorar muito." Ele segura minha mão e me leva para o sofá de couro empoeirado no centro da sala.

Vinte minutos depois, ele está em pé, caminhando de um lado para o outro na sala de piso preto e branco. Uma sineta toca, sinal de que alguém entrou.

"Na placa ali fora está escrito que a troca de óleo demora quinze minutos", Hardin diz ao jovem vestindo um avental cheio de manchas de óleo.

"Sim, está." O rapaz dá de ombros. O cigarro preso atrás de sua orelha cai no balcão e ele rapidamente o pega com a mão vestindo uma luva.

"Está de sacanagem?", Hardin resmunga, sem paciência.

"Está quase pronto", o mecânico garante e sai da sala de espera do mesmo modo abrupto que entrou. Eu não o culpo.

Viro para Hardin e me levanto.

"Está tudo bem. Não estamos com pressa."

"Ele está fazendo eu perder o tempo que tenho com você. Tenho menos de vinte e quatro horas com você, e ele está me fazendo desperdiçar esse tempo, caralho."

"Está tudo bem." Atravesso a sala e paro na frente dele. "Estamos aqui juntos." Enfio as mãos nos bolsos do casaco de Christian, e ele contrai os lábios para impedir que sua cara feia se transforme em um sorriso.

"Se eles não terminarem em dez minutos, não vou pagar por essa merda", ele ameaça e eu balanço a cabeça e a encosto em seu peito.

"E não se desculpa com aquele cara por mim." Ele levanta meu queixo com o polegar para olhar em meus olhos. "Sei que você está pensando em fazer isso." Ele me beija de leve e fico sedenta por mais.

Os assuntos discutidos no carro eram pontos sensíveis para nós no passado, mas conseguimos fazer todo o trajeto sem uma briga grande. Fico surpreendentemente feliz com isso, ou talvez eu esteja feliz com os braços de Hardin na minha cintura, ou seu perfume de menta misturado ao cheiro da colônia de Christian no casaco emprestado.

O que quer que seja, sei que somos as únicas pessoas nessa pequena oficina e me surpreendo com a afeição de Hardin ao me beijar de novo; dessa vez, ele me beija com mais intensidade, tocando a minha língua com a dele. Levo as mãos aos cabelos dele e os puxo com cuidado, fazendo ele gemer e apertar minha cintura. Ele puxa meu corpo contra o dele, ainda me beijando, até que uma sineta toca, e eu me afasto dele e passo a mão pela touca simplesmente porque estou nervosa.

"Prontinhoooo", o homem do cigarro avisa.

"Já era hora", Hardin comenta com grosseria e pega a carteira no bolso de trás, me lançando um olhar de repreensão quando faço a mesma coisa.

23

HARDIN

"Ele não estava olhando para mim", ela diz, tentando me convencer, quando finalmente chegamos ao carro, que fui obrigado a estacionar no ponto mais distante possível do restaurante.

"Ele estava ofegando sobre a lasanha. Tinha até baba escorrendo pelo queixo." O homem ficou olhando para Tessa o tempo todo enquanto eu tentava comer o prato de massa carregado no preço e no molho.

Quero pressionar mais, mas decido não fazer isso. Ela nem notou os olhares do homem; estava ocupada demais sorrindo e conversando comigo para olhar para ele. Seus sorrisos são lindos e sinceros, sua paciência com meus comentários irritados sobre a demora na espera por uma mesa foi gigantesca, e ela sempre encontra uma maneira de me tocar. A mão na minha, um resvalar de seus dedos em meu braço, sua mão afastando delicadamente meus cabelos da testa; ela está sempre me tocando, e eu me sinto feliz como um menininho na noite de Natal. Se eu soubesse como é ser feliz como um menininho na noite de Natal.

Ligo o ar quente do carro no máximo, querendo aquecê-la o mais rápido possível. Seu nariz e suas faces estão corados, lindos, e me inclino para passar a mão fria pelos lábios trêmulos dela.

"Bom, é uma pena ele pagar tão caro por uma lasanha cheia de baba." Ela ri, e eu me aproximo para fazer ela parar de falar com um beijo.

"Vem cá", resmungo. E a puxo com delicadeza para o meu colo pelas mangas de seu casaco roxo. Ela não protesta. Em vez disso, ultrapassa a pequena barreira de braços dos assentos para se sentar em meu colo. Ela me beija, e eu a agarro o máximo que consigo dentro desse carro pequeno. Ela se assusta quando mexo no dispositivo que faz o banco reclinar e seu corpo cai sobre o meu.

"Ainda estou dolorida", ela diz, e eu me afasto dela delicadamente.

"Só queria beijar você", digo. É verdade. Não que eu fosse me recusar a fazer amor com ela no assento da frente do carro, mas não estava pensando nisso.

"Mas mesmo assim eu quero", ela admite com timidez, virando a cabeça levemente para que eu não veja seu rosto.

"Podemos ir para casa... bom, para a sua casa..."

"Por que não aqui?"

"Oi? Tessa?" Sacudo a mão diante de seu rosto, e ela olha para mim, assustada. "Você viu a Tessa por aí, porque essa mulher com hormônios à flor da pele e louca por sexo se contorcendo no meu colo com certeza não é ela", provoco e ela se dá conta, finalmente.

"Não sou louca por sexo." Ela faz um bico, projetando seu lábio inferior, e eu me inclino para mordê-lo de leve. Ela move o quadril contra o meu corpo, e dou uma checada no estacionamento. O sol já começou a se pôr, e o ar pesado e as nuvens carregadas dão a impressão de que é mais tarde do que realmente é. Mas o estacionamento está quase cheio de carros, e a última coisa que quero é que alguém nos pegue transando em público.

Ela para de me beijar e desce os lábios pelo meu pescoço.

"Estou estressada, e você passou um tempo longe e eu te amo." Apesar do calor que sai das passagens de ar, sinto um arrepio na espinha, e ela enfia a mão entre nossos corpos para me apalpar pela calça jeans. "Por sinal, talvez eu esteja com os hormônios à flor da pele, porque já é quase... você sabe, aquela época." Ela sussurra as duas últimas palavras como se fossem um segredo pervertido.

"Ah, agora está explicado", sorrio, pensando em piadas vulgares para provocá-la durante toda a semana, como sempre faço.

Ela lê minha mente.

"Não começa", ela me repreende, massageando meu pau enquanto beija meu pescoço.

"Então, para de fazer isso antes que eu goze na minha calça. Já fiz isso vezes demais desde que conheci você."

"É, fez mesmo." Ela morde meu pescoço, e meu quadril não me obedece, se projetando para cima para acompanhar os movimentos dela.

"Vamos voltar... Se alguém nos visse desse jeito, com você em cima de mim no meio do estacionamento, eu teria que cometer um assassinato."

Pensativa, Tessa olha ao redor, observando o local, e observo enquanto ela se dá conta de onde estamos.

"Tudo bem." Ela faz um biquinho de novo e volta para o assento do passageiro.

"Veja como os papéis se inverteram." Estremeço quando ela massageia meu pau de novo e o aperta.

Ela sorri de modo meigo como se não tivesse acabado de tentar me castrar.

"Dirige."

"Vou ultrapassar todos os sinais vermelhos para poder chegar logo em casa e dar a você o que merece", eu a provoco.

Ela revira os olhos e encosta a cabeça na janela. Quando chegamos ao semáforo seguinte, ela já está dormindo. Eu toco seu corpo para ter certeza de que ela está aquecida. Há gotículas de suor em sua testa, e desligo o ar quente na mesma hora. Decidido a aproveitar o som de sua respiração tranquila, eu pego o longo caminho de volta para a casa de Vance.

Cuidadosamente, eu toco seu ombro para acordá-la.

"Tessa, chegamos."

"Já é tão tarde?", ela pergunta, olhando para o relógio no painel.

"Tinha trânsito."

A verdade é que fiquei rodando pela cidade tentando entender por que ela gosta tanto daqui. Tentativa frustrada, não consegui ver nada nesse dia frio. Nem no trânsito caótico. Nem na ponte levadiça que causou o trânsito. A única coisa que fazia sentido para mim era a garota adormecida no carro. Apesar das centenas de prédios que se enfileiram e iluminam o horizonte, ela é a única coisa que poderia fazer essa cidade valer a pena.

"Ainda estou cansada... Acho que comi demais." Ela abre um sorriso e me afasta quando me ofereço para levá-la até o quarto.

Ela entra como um zumbi na casa de Vance e assim que encosta a cabeça no travesseiro, adormece de novo. Tiro sua roupa cuidadosamente e cubro seu corpo seminu com o edredom, deixando minha camiseta usada ao lado dela na esperança de que ela a vista quando acordar.

99

Olho para ela. Seus lábios estão levemente entreabertos, e seus braços enlaçam um dos meus como se estivessem segurando um travesseiro macio, e não um braço duro. Não deve estar confortável para ela, mas está dormindo profundamente, segurando-se a mim como se tivesse medo de eu desaparecer.

Acho que se eu continuar a não ser um babaca durante a semana, talvez seja recompensado com momentos como esse todo fim de semana, e isso basta para mim até ela perceber como estou me dedicando a melhorar por ela.

"Quantas vezes você vai me ligar?", pergunto ao telefone, que tocou a noite e a manhã toda com o nome de minha mãe na tela. Tessa acordou várias vezes e, consequentemente, também me acordou. Eu jurava que tinha colocado o telefone no silencioso da última vez.

"Você deveria ter atendido! Tenho uma coisa importante para falar." Sua voz é suave, e não consigo me lembrar da última vez que falei com ela.

"Então fala", resmungo e acendo a luminária. A luz dela é forte demais, então puxo a cordinha de novo e o quarto volta a ficar escuro.

"Bom, é o seguinte..." Ela suspira. "Mike e eu vamos nos casar." Ela grita ao telefone, e eu afasto o aparelho da orelha por um momento para poupar meus tímpanos.

"Sei...", digo, esperando mais.

"Não está surpreso?", ela pergunta, obviamente desapontada com minha reação.

"Ele me disse que ia te pedir em casamento, e eu achei que você ia dizer sim. Qual é a surpresa?

"Ele contou pra você?"

"Contou", respondo, olhando para as formas retangulares escuras de fotos penduradas na parede.

"Bom, o que você acha?"

"Isso importa?", pergunto.

"Claro que importa, Hardin." Minha mãe suspira, e eu me sento na cama. Tessa se remexe e estende a mão na minha direção.

"Para mim tanto faz. Fiquei um pouco surpreso, mas não me importa se você vai se casar", sussurro, enrolando minhas pernas nas de Tessa.

"Não estou pedindo permissão. Só queria saber como você se sente em relação a tudo isso para eu poder explicar por que liguei várias vezes."

"Por mim, tudo bem. Agora me conta."

"Como você sabe, o Mike achou que seria uma boa ideia vender a casa."

"E?"

"Bem, foi vendida. Os novos donos só se mudam no próximo mês, depois do casamento."

"Mês que vem?" Esfrego as têmporas com o dedo indicador. Eu sabia que não deveria ter atendido o maldito telefone tão cedo.

"Íamos esperar até o ano que vem, mas não somos mais jovens e o filho do Mike está indo para a universidade, então não tem momento melhor do que agora. O tempo vai esquentar nos próximos meses, mas não queremos esperar. Pode fazer frio, mas não vai ser nada insuportável. Você vem, certo? E vai trazer a Tessa?"

"Então, o casamento é no mês que vem ou nas próximas semanas?" Meu cérebro não funciona tão cedo.

"Em duas semanas!", ela responde feliz.

"Acho que não consigo...", digo. Não é que eu não queira participar da alegre celebração de um amor correspondido e toda essa merda, mas não quero ir até a Inglaterra, e sei que Tessa não vai querer ir comigo tão em cima da hora, ainda mais com a situação em que estamos agora.

"Por que não? Posso falar com ela se eu..."

"Não, não vai falar", eu a interrompo. Percebendo que estou sendo meio grosseiro, mudo o tom. "Ela nem tem passaporte." É uma desculpa, mas não é mentira.

"Ela pode conseguir um em duas semanas."

Suspiro.

"Não sei, mãe, me dá um tempo para pensar. São sete da manhã." Resmungo e desligo, e então percebo que nem dei os parabéns. Merda. Bem, ela não devia estar esperando esse tipo de coisa de mim.

No corredor, ouço alguém mexendo nas porras dos armários. Cubro a cabeça com o edredom para abafar o barulho e o bipe da lava-louças, mas os barulhos não param. A cacofonia continua até eu pegar no sono mesmo assim.

24

HARDIN

Passa um pouco das oito, e consigo ver a cozinha da sala de estar. Tessa está arrumada, tomando café da manhã com Kimberly.

Merda, já é segunda. Ela precisa ir trabalhar e eu tenho que voltar para a faculdade. Vou perder as aulas de hoje, mas não estou nem aí. Terei meu diploma em menos de dois meses.

"Você vai acordar o Hardin?", Kimberly pergunta a Tessa quando entro.

"Estou acordado." Resmungo, ainda grogue de sono. Dormi mais tranquilamente ontem do que a semana toda. Na minha primeira noite aqui, ficamos acordados praticamente até de manhã.

"Oi." O sorriso de Tessa ilumina a cozinha, e Kimberly desce do banquinho alto em que está sentada e nos deixa sozinhos. O que quer dizer que ela estabeleceu um novo recorde por não me irritar.

"Há quanto tempo você está acordada?", pergunto a Tessa.

"Duas horas. O Christian disse que eu podia chegar uma hora mais tarde, já que você não tinha acordado."

"Você deveria ter me acordado mais cedo." Meus olhos descem por seu corpo com gula. Está usando uma camisa de botões vermelho-escura por dentro de uma saia-lápis preta que desce até os joelhos. O tecido envolve seu quadril de um jeito que me dá vontade de curvá-la sobre o banquinho, levantar sua saia para revelar sua calcinha — de renda, talvez — e transar com ela bem aqui, agora...

Ela me tira de meus pensamentos.

"O que foi?"

A porta da frente se fecha e fico aliviado por finalmente estarmos sozinhos nessa casa enorme.

"Nada." Minto e vou até a cafeteira cheia pela metade. "Seria de se esperar que eles tivessem uma cafeteira Keurig, esses riquinhos metidos a besta."

Tessa ri de meu comentário.

"Ainda bem que não têm, porque odeio aquelas coisas." Ela se apoia nos cotovelos na ilha da cozinha, e seus cabelos escorregam, emoldurando seu rosto.

"Eu também." Olho para a cozinha espaçosa e de novo para o peito de Tessa quando ela se endireita. "A que horas você precisa sair?", pergunto. Ela cruza os braços na frente do peito, bloqueando minha visão.

"Em vinte minutos."

"Droga." Sussurro, e nós dois levamos as canecas de café à boca ao mesmo tempo.

"Você deveria ter me acordado. Diga ao Vance que não vai trabalhar."

"Não!" Ela sopra dentro da xícara de café que está segurando.

"Sim."

"Não", ela diz com uma voz firme. "Não posso tirar vantagem da minha relação pessoal com ele desse jeito." As palavras que ela escolhe me deixam irritado.

"Não é uma 'relação pessoal'. Você está aqui porque é amiga da Kimberly, e porque apresentei você ao Vance, para começo de conversa", digo a ela, sabendo como ela fica irritada quando toco nesse assunto.

Ela revira os olhos cinza-azulados exageradamente e caminha pelo piso de madeira maciça, os saltos batendo alto quando ela passa por mim. Seguro seu cotovelo, impedindo sua saída dramática.

Eu a puxo contra meu peito e beijo a base de seu pescoço.

"Aonde você pensa que vai?"

"Até o meu quarto para pegar minha bolsa", ela diz. Mas sua respiração forte contradiz totalmente seu tom frio e o olhar mais frio ainda.

"Diga a ele que precisa de mais tempo", exijo, resvalando os lábios por sua pele corada abaixo do pescoço. Ela tenta parecer insensível ao meu toque, mas eu sei que não é assim. Conheço seu corpo melhor do que ela mesma.

"Não." Ela faz um leve esforço para se afastar, só para poder dizer a si mesma que tentou. "Não quero me aproveitar dele. Eles já estão me deixando ficar aqui de graça."

Não vou ceder.

"Vou ligar para ele, então", digo. Ele não precisa dela no escritório hoje. Ele já a tem três vezes na semana. Eu preciso dela mais do que a Vance Publishing.

"Hardin..." Ela segura minha mão antes que eu pegue meu celular no bolso. "Vou ligar para a Kim." Ela franze o cenho e fico surpreso e muito feliz por ela ter cedido tão depressa.

25

TESSA

"Kim, oi. É a Tessa. Eu estava..."

"Fica tranquila", ela me interrompe. "Eu já disse ao Christian que você provavelmente não ia vir trabalhar hoje."

"Sinto muito por pedir. Eu..."

"Tessa, está tudo bem. Nós entendemos." A sinceridade de sua voz me faz sorrir apesar de eu estar irritada com Hardin. É bom finalmente ter uma amiga. O peso da traição de Steph é algo que ainda estou tendo dificuldade para tirar de meu coração. Olho ao redor do meu quarto temporário e lembro a mim mesma que estou a horas de distância dela, daquele campus, de todos os amigos que eu pensei ter feito durante meu primeiro semestre na faculdade, todos uns falsos. Esta é a minha vida agora. Seattle é o meu lugar, e nunca mais terei que ver Steph ou nenhum deles de novo.

"Muito obrigada", digo a ela.

"Não precisa me agradecer. Só lembre que todos os cômodos principais da casa têm câmeras." Kimberly ri. "Tenho certeza de que depois do incidente na academia você não vai se esquecer disso."

Olho para Hardin quando ele entra no quarto.

Seu sorriso ansioso e o modo como aquela calça jeans escura está baixa em seu quadril me distraem e não presto atenção nas palavras de Kimberly. Tenho que me esforçar para lembrar o que ela disse há alguns segundos.

A academia? Ai, meu Deus. Meu sangue gela, e Hardin caminha na minha direção.

"Ah, sim", digo, levantando a mão para impedir que Hardin se aproxime mais.

"Divirtam-se." Kimberly desliga.

"Eles têm câmeras na academia! Eles viram a gente!", digo entrando em pânico.

Hardin dá de ombros como se não fosse nada demais. "Eles desligaram antes de verem qualquer coisa."

"Hardin! Eles sabem que nós... você sabe, na *academia* deles!" Minhas mãos se mexem no ar à minha frente. "Que vergonha!" Cubro o rosto com as mãos, mas Hardin logo as retira.

"Eles não viram nada, já falei com eles. Fica calma. Você não acha que eu teria perdido as estribeiras se ele tivesse visto alguma coisa na fita?"

Relaxo um pouco. Hardin tem razão; ele estaria muito mais irritado do que parece agora, mas isso não quer dizer que eu não me sinta totalmente humilhada pelo fato de eles *saberem*, mesmo que não tenham parado a fita.

Mas, espera aí, por que estamos falando de "fita"? Tudo é digital. Eles podem muito bem ter dito que desligaram a câmera, mas na verdade só não ficaram assistindo...

"A gravação... não está salva em algum lugar, né?" Não consigo deixar de perguntar. A ponta do meu dedo passa pela pequena tatuagem de cruz na mão de Hardin.

Hardin baixa os olhos para mim de modo defensivo.

"O que você quer dizer com isso?"

Eu penso nos... antigos hábitos de Hardin.

"Não foi isso que eu quis dizer", digo rapidamente. Talvez rápido demais.

"Tem certeza?", ele pergunta. Observo seu rosto ficar sério e seus olhos serem tomados pela culpa. "Quero dizer, como você ia saber com o que eu estava preocupado se você mesma não estivesse pensando nisso?"

"Não faz isso", digo com firmeza e me aproximo dele.

"Não faz o quê?", ele pergunta.

Consigo ler seus pensamentos nesse momento; consigo vê-lo reviver as coisas terríveis que fez.

"Não faz isso. Não volta para esse passado."

"Não tem como não voltar." Ele esfrega a mão no rosto em um movimento lento, mas irritado. "É isso que você estava pensando? Que eu sabia sobre a fita e deixei ele assistir?"

"*O quê*? Não! Eu nunca pensaria isso", digo com sinceridade. "Só relacionei a fita da academia com... o que aconteceu antes quando você tocou no assunto. A fita só me fez *lembrar* daquilo... Não pensei que você estava fazendo a mesma coisa agora." Seguro a gola de sua camiseta preta desbotada. "Sei que você nunca mostraria a ninguém uma fita com gravações minhas." Olho em seus olhos, torcendo para que ele acredite em mim.

"Se alguém algum dia fizesse uma coisa assim com você..." Ele faz uma longa pausa e respira fundo. "Não sei o que eu faria, mesmo que fosse o Vance", ele admite com seriedade. O temperamento de Hardin é algo com que me familiarizei muito nos últimos seis meses.

Fico na ponta dos pés para poder olhar em seus olhos.

"Isso não vai acontecer."

"Mas uma coisa horrível quase aconteceu na semana passada com Steph e Dan." Ele estremece, e eu procuro desesperadamente a coisa certa a dizer para tirá-lo desses pensamentos sombrios.

"Não aconteceu nada." Percebo a ironia de eu estar consolando Hardin nesse momento, apesar de o trauma ter sido por causa de uma coisa que aconteceu comigo; mas essa troca de papéis é típica do nosso relacionamento e da necessidade de Hardin de se culpar por coisas que não pode controlar. Assim como a mãe dele, assim como eu. Consigo ver isso agora.

"Se ele tivesse penetrado você..."

As palavras trazem de volta lembranças vagas daquela noite, imagens dos dedos de Dan subindo por minha coxa, de Steph puxando meu vestido.

"Não quero discutir o que poderia ter acontecido", digo e me encosto em Hardin, que passa os braços pela minha cintura e me prende, me protege das lembranças ruins e das ameaças não existentes.

Ele olha para mim, furioso.

"Mal falamos sobre isso."

"Não quero voltar a esse assunto. Falamos o suficiente sobre isso na casa da minha mãe, e não é assim que quero passar minha tarde recém-liberada." Abro para ele meu melhor sorriso em uma tentativa de melhorar o clima.

"Eu não suporto a ideia de alguém machucando você daquele jeito. Odeio pensar nele violentando você. Isso me deixa com um desejo assassino, só consigo pensar em vingança. Não consigo controlar." A expressão irada de Hardin não melhorou, só piorou. Ele olha em meus olhos e segura meu quadril com mais força.

"Então, não vamos falar sobre isso. Quero que você tente esquecer, como eu esqueci." Acaricio suas costas com os dedos, implorando para que ele esqueça tudo. Falar sobre aquilo de novo não fará bem para nenhum de nós. Foi terrível e nojento, mas não permitirei que isso me domine. "Eu te amo... te amo demais."

Ele me beija, e eu seguro seus braços e o puxo para mais perto de mim. Com a respiração ofegante, digo:

"Então, concentre-se em mim, Hardin. Só em mim..." Sou interrompida pela pressão de seus lábios nos meus de novo, me possuindo, provando seu compromisso comigo e com ele mesmo. Sua língua é forte e entra pelos meus lábios para massagear a minha. Hardin segura meu quadril com mais força, e eu solto um gemido quando suas mãos sobem da minha barriga para o meu peito. Ele segura meus seios, e eu pressiono meu corpo contra o seu ainda mais, preenchendo suas mãos gulosas.

"Me mostra que você só pensa em mim", ele sussurra ao me beijar, e sei exatamente o que ele quer, do que precisa.

Fico de joelhos na frente dele e abro o único botão de sua calça jeans. O zíper é mais problemático, e eu penso, por um segundo, em puxar e arrebentá-lo. Mas não posso fazer isso considerando como ele fica gato com essa calça. Meus dedos tocam delicadamente os pelos finos que levam do umbigo ao elástico de sua cueca, e ele geme, impaciente.

"Por favor", ele implora, "não me provoca."

Faço que sim com a cabeça e desço sua cueca, deixando-a cair ao redor dos tornozelos dele, por cima da calça jeans. Hardin geme mais uma vez, dessa vez muito mais alto, muito mais selvagem, e eu o coloco na minha boca. Os movimentos lentos e o toque da minha língua dizem a ele as coisas que estou tentando enfiar em sua mente paranoica, garantindo a ele que esses atos de prazer são diferentes de qualquer coisa que alguém pudesse me forçar a fazer.

Eu amo Hardin. Sei que o que estou fazendo agora pode não ser a maneira mais saudável de lidar com sua raiva e ansiedade, mas meu desejo por ele é mais forte do que o meu bom senso, que, no momento, está agitando um livro de autoajuda bem na minha cara.

"Adoro saber que sou o único cara que entrou na sua boca", ele geme enquanto uso uma das mãos para segurar o que minha boca não consegue. "Esses lábios só envolveram a mim." Um movimento rápido de seu quadril faz com que eu me atrapalhe, e ele se abaixa para passar o polegar pela minha testa. "Olha para mim."

E fico feliz em obedecer. Estou curtindo isso tanto quanto ele. Sempre curto. Adoro o modo como seus olhos ficam semicerrados a cada toque da minha língua. Adoro o modo como ele geme quando chupo com mais força.

"Porra, você sabe exatamente..." Ele joga a cabeça para trás e consigo sentir os músculos de suas pernas se contraindo sob a minha mão, que eu apoiei nele para me equilibrar. "Sou o único cara na frente de quem você vai se ajoelhar..."

Pressiono minhas coxas para aliviar um pouco do tesão que suas palavras causam em mim. Hardin usa uma das mãos para se segurar na parede enquanto minha boca o deixa cada vez mais perto do orgasmo. Continuo olhando para ele, porque sei que ele fica louco enquanto me observa dar prazer a ele. Sua mão livre desce do topo de minha cabeça até a minha boca, e ele passa a ponta do polegar pelo meu lábio superior, movendo-o para dentro e para fora da minha boca num ritmo mais rápido.

"Caralho, Tessa." Seu corpo fica rígido enquanto ele me diz como é bom, quanto me ama, se aproximando do clímax. Eu recebo seu pau inteiro, gemendo enquanto ele enche minha boca — e ele geme, gozando na minha língua. Continuo chupando, engolindo cada gota enquanto ele acaricia meu rosto com o polegar.

Aproveito seu toque, deliciando-me com sua delicadeza, e ele me ajuda a ficar de pé. Assim que fico diante dele, ele me puxa para seus braços e me abraça de um jeito delicado que quase me deixa zonza.

"Me desculpa por ter tocado naquela merda daquele assunto", ele sussurra contra meus cabelos.

"Shhh." Sussurro em resposta, sem querer voltar à conversa sombria que deixamos para trás há poucos minutos.

"Vira, linda", Hardin diz, e preciso de um segundo para entender. Antes que eu possa responder ele apoia a mão delicadamente na parte inferior das minhas costas e me leva até a beira do colchão. Ele segura minhas coxas e levanta minha saia até toda a minha bunda ficar exposta.

Eu o desejo tanto que quase dói fisicamente. Uma dor que só ele consegue aliviar. Quando começo a tirar os sapatos, ele pressiona a palma da mão em minhas costas de novo.

"Não, fica com eles", ele geme.

Solto um gemido quando minha calcinha é puxada para o lado e ele desliza um dedo dentro de mim. Ele dá um passo à frente, as pernas quase tocando as minhas, seu pau tocando de leve a parte de trás de minhas pernas.

"Tão macia, linda, tão quente." Ele enfia mais um dedo, e eu solto um gemido, apoiando todo o meu peso nos cotovelos no colchão. Minhas costas se arqueiam quando ele encontra um ritmo, me penetrando de modo constante, seus dedos compridos entrando e saindo de mim.

"Você geme tão gostoso, Tessa", ele diz, diminuindo o espaço entre nossos corpos, e eu sinto seu pau duro pressionado contra mim.

"Por favor, Hardin", digo, precisando dele agora. Em poucos segundos, ele me preenche de um jeito que só ele já fez e só ele fará. Eu o desejo intensamente, mas isso não é nada comparado ao meu amor por ele, esse sentimento forte que mudou minha maneira de ver as coisas, e sei, no fundo do coração — bem no fundo de mim onde só ele e eu podemos ver — que sempre vai ser apenas ele.

Mais tarde, enquanto estamos deitados na cama, Hardin resmunga: "Não quero ir embora", e num gesto nada típico dele, abaixa a cabeça e a encosta em meu ombro, envolvendo meu corpo com seus braços e suas pernas. Seus cabelos grossos fazem cócegas na minha pele. Tento domá-los com meus dedos, mas são muitos.

"Preciso cortar o cabelo", ele diz, como se respondesse meus pensamentos.

"Eu gosto assim." Puxo as mechas úmidas com cuidado.

"Você não diria se não gostasse", ele me desafia. E tem razão, mas só porque sei que ele ficaria bonito com qualquer corte de cabelo. Mas mesmo assim eu realmente adoro os cabelos dele nesse comprimento.

"Seu telefone está tocando de novo", digo e ele levanta a cabeça para olhar para mim. "Pode ter acontecido alguma coisa com o meu pai, e estou tentando não enlouquecer, e quero muito confiar em você, então, por favor, atende", digo.

"Se for alguma coisa com o seu pai, o Landon pode resolver, Tessa."

"Hardin, você sabe como é difícil para mim não...?"

"Tessa", ele diz para me silenciar, mas levanta da cama e pega o telefone que vibra sobre a mesa.

"Está vendo, é a minha mãe." Ele me mostra a tela e vejo claramente a palavra "Trish" de onde estou. Gostaria muito que ele seguisse meu conselho e mudasse o nome para "Mãe" na agenda de seu telefone, mas ele se recusa. Um passo de cada vez, digo a mim mesma.

"Atende! Pode ser uma emergência!" Saio da cama e tento pegar o telefone de suas mãos rápidas.

"Ela está bem. Está me enchendo o saco a manhã toda." Hardin segura o telefone acima de minha cabeça de um jeito infantil.

"Por quê?", pergunto e observo enquanto ele desliga o aparelho.

"Nada importante. Você sabe como ela consegue ser irritante."

"Ela não é irritante", digo para defender Trish. Ela é muito legal, e eu adoro seu senso de humor. Algo que o filho dela poderia exercitar mais.

"Você é tão irritante quanto ela; eu sabia que você ia dizer isso." Ele sorri. Seus dedos compridos prendem uma mecha de meus cabelos atrás da minha orelha.

Olho para ele fingindo estar brava.

"Você está muito charmoso hoje. Tirando o fato de ter me chamado de irritante, claro." Não estou reclamando, mas por causa de nosso histórico, temo que esse comportamento desapareça quando nosso fim de semana terminar.

"Você preferiria que eu fosse um babaca?" Ele ergue uma sobrancelha.

Eu abro um sorriso, gostando de seu comportamento brincalhão, mesmo que dure pouco.

26

HARDIN

Como se a viagem infernal sob a chuva congelante não tivesse sido desagradável o bastante, quando chego ao meu apartamento, sou bombardeado com a imagem do pai de Tessa jogado em meu sofá, vestindo minhas roupas. A calça e a blusa preta do meu pijama de algodão ficam muito justas nele, e posso literalmente sentir o gosto do pão que Tessa me serviu hoje cedo subindo pela minha garganta, implorando para ser regurgitado no chão de cimento.

"Como está a Tessie?", Richard pergunta assim que entro pela porta.

"Por que está usando minhas roupas de novo?", resmungo, não necessariamente esperando uma resposta, mas sabendo que vou receber uma mesmo assim.

"Só tenho aquela camisa que você me deu e não consigo tirar o cheiro dela", ele responde, ficando de pé.

"Cadê o Landon?"

"O Landon está na cozinha." A voz do meu irmão postiço entra pela sala de estar atrás de mim. Um momento depois, ele se junta a nós, com um pano de prato nas mãos. Gotas de sabão caem no chão, e eu faço uma cara feia para ele por não ter feito Richard lavar a maldita louça.

"Como ela está?", ele pergunta.

"Está bem. Porra. Se alguém estiver interessado, eu também estou bem", digo.

O apartamento está bem mais limpo do que estava quando saí. As pilhas de manuscritos ruins que eu planejava jogar fora se foram, o monte de garrafas de água que estava na mesa de centro não está mais lá, e até o monte de poeira que já tinha me acostumado a ver se acumular desapareceu dos cantos do rack da tevê.

"Que porra aconteceu aqui?", pergunto aos dois. Minha paciência está por um fio, e isso porque estou nesse apartamento há apenas alguns minutos.

"Se você está querendo saber por que limpamos o apartamento...", Landon começa, mas eu o interrompo.

"Onde estão todas as minhas coisas?" Atravesso a sala. "Eu mandei vocês encostarem nas minhas coisas?" Aperto o nariz na altura dos olhos e respiro fundo em uma tentativa de controlar minha raiva. Por que eles limpariam a porra do meu apartamento sem me perguntar primeiro?

Olho para os dois antes de ir para o meu quarto.

"Tem alguém de mau humor", ouço Richard dizer quando chego à porta.

"Ignora... Ele está com saudade", Landon diz depressa.

Para não mandar os dois irem se foder, eu bato a porta o mais forte que consigo.

Landon tem razão. Sei que tem. Eu pude sentir enquanto saía daquela maldita cidade, enquanto me afastava dela. Senti todos os músculos e tendões do meu corpo ficarem tensos enquanto ia para longe dela. Cada maldito quilômetro aumentava o abismo dentro de mim. Um abismo que só ela consegue preencher.

Xingar todos os merdas da estrada me ajudou a manter a raiva sob controle, mas sabia que isso não ia funcionar por muito tempo. Eu deveria ter ficado em Seattle mais algumas horas, deveria ter convencido ela a tirar a semana de folga e vir para casa comigo. Do jeito que estava vestida, eu não deveria ter dado escolha a ela.

Quanto mais me entrego a meus pensamentos, mais me pego visualizando seu corpo seminu. A saia toda enrolada na cintura, a coisa mais sexy que já vi. Enquanto eu a penetrava, ela prometia não me esquecer durante a longa semana à nossa frente e me dizia o quanto me ama.

Quanto mais penso no modo como ela me beijou várias vezes, mais agitado fico.

A necessidade que sinto de tê-la é mais forte do que nunca. Tesão e amor misturados — não, a minha necessidade de tê-la vai muito além do tesão. O modo como nos conectamos enquanto fazemos amor é indescritível, os sons que ela faz, seu modo de me lembrar que sou o único homem que fez com que ela se sentisse daquele jeito. Eu a amo e ela me ama, ponto final.

"Oi", digo ao telefone, pois liguei para ela sem nem perceber o que estava fazendo.

"Oi. Aconteceu alguma coisa?", ela pergunta.

"Não." Olho ao redor em meu quarto. Meu quarto recém-organizado. "Sim."

"O que foi? Você está em casa?"

Não, não é minha casa. Você não está aqui.

"Sim, e o maldito do seu pai e o Landon estão dando nos meus nervos." Ela dá uma risadinha.

"Não deve fazer nem dez minutos que você chegou. O que eles já conseguiram fazer?"

"Eles limparam o apartamento inteiro, mudaram todas as minhas coisas de lugar. Não consigo encontrar nada." Gostaria que houvesse uma camisa suja no chão ou alguma outra coisa que eu pudesse chutar.

"O que você está procurando?", ela pergunta, e no fundo ouço outra voz perto dela.

Preciso de todas as minhas forças para me controlar e não perguntar com quem diabos ela está.

"Nada específico", admito. "O que eu quis dizer é que se quisesse encontrar alguma coisa, não ia conseguir."

Ela ri.

"Então você está irritado porque eles limparam o apartamento e você não consegue encontrar uma coisa que nem está procurando?"

"Isso", digo sorrindo. Estou sendo um merda imaturo, sei disso. Ela também sabe, mas em vez de me dar bronca, ela ri.

"Você deveria ir para a academia."

"Eu deveria voltar para Seattle e foder você na sua cama. De novo", respondo. Ela suspira, e o som toca fundo dentro de mim, deixando meu desejo por ela mais forte.

"Hã... é", ela sussurra.

"Quem está com você?" Consegui me controlar por cerca de quarenta segundos. É um progresso.

"Trevor e Kim", ela responde lentamente.

"Você só pode estar brincando." O maldito Trevor está sempre por perto. Ele está se tornando mais irritante do que Zed, e isso não é pouca coisa.

"*Har*-din..." Dá para perceber que ela está desconfortável e não quer se explicar na frente deles.

"There-*sa*."

"Vou até o meu quarto por um minuto." Ela se retira educadamente, e enquanto ouço sua respiração fico cada vez mais impaciente.

"Por que o babaca do Trevor está na sua casa?", pergunto, parecendo mais maluco do que pretendia.

"Esta não é *minha* casa", ela me lembra.

"É, eu sei, mas você mora aí e..."

Ela me interrompe.

"Você deveria ir para a academia; está na cara que você está de mau humor." Posso perceber a preocupação em sua voz, e o silêncio que se segue prova que ela tem razão. "Por favor, Hardin."

Não consigo dizer não a ela.

"Ligo quando voltar", concordo e desligo.

Não posso dizer que não imaginei a cara irritante de modelo do babaca do Trevor impressa no saco de pancadas enquanto eu chutava, socava, chutava por duas horas sem parar. Mas também não posso dizer que ajudou. Ainda estou... puto. Nem sei o que está me deixando desse jeito além do fato de Tessa não estar aqui e eu não estar lá.

Puta merda, essa semana vai ser longa.

Uma mensagem de texto de Tessa está à minha espera quando chego no carro. Eu não esperava treinar por tanto tempo, mas com certeza estava precisando.

Estou tentando ficar acordada, mas estou esgotada ;) é a mensagem dela.

Fico feliz porque a escuridão lá fora esconde meu sorriso idiota ao ler sua mensagem com duplo sentido. Ela é encantadora sem fazer o menor esforço.

Quase ignoro a mensagem de Landon me lembrando que preciso passar no mercado. Nunca fiz compras sozinho... Quando morava na fraternidade, comia as coisas que as outras pessoas compravam.

Mas Tessa pode ficar chateada se descobrir que não estou alimentando seu pai, e Landon não vai hesitar em me dedurar...

Acabo entrando na Target em vez de ir ao Conner's para fazer compras. Tessa está me influenciando mesmo de longe. Ela passa tanto tempo no Conner's quanto na Target, apesar de poder ficar horas me explicando por que a Target é muito melhor do que qualquer outra loja. Ela fala sobre isso até enquanto estamos no meio do Conner's. Isso me irrita pra cacete, mas aprendi a fazer que sim com a cabeça nos momentos certos para fazê-la pensar que estou ouvindo e concordando com ela em parte.

Quando jogo uma caixa de cereal dentro do carrinho, vejo cabelos vermelhos de relance no fim do corredor. Sei que é a Steph antes mesmo de ela se virar. As botas pretas chamativas, que chegam até o meio da coxa, com cadarços vermelhos são inconfundíveis.

Rapidamente, penso nas duas opções que tenho. A primeira é que posso me aproximar e dizer que ela é uma filha da...

Ela se vira para mim antes que eu possa pensar na segunda opção, que eu provavelmente teria preferido.

"Hardin! Espera!" A voz de Steph sai alta quando dou meia-volta e deixo o carrinho no meio do corredor. Apesar de ter acabado de malhar pesado, eu não conseguiria me controlar ficando perto de Steph. De jeito nenhum.

Consigo ouvir o bater pesado das botas no piso laminado enquanto ela me segue, apesar de eu ter deixado claro que a estou evitando.

"Me escuta!", ela grita quando me alcança.

Quando paro de andar, ela tromba nas minhas costas e cai no chão.

Eu me viro e rosno para ela.

"O que você quer, caralho?"

Ela se levanta depressa. Percebo que seu vestido preto está cheio de pó do chão sujo.

"Pensei que você estivesse em Seattle."

"Estou, mas não no momento", minto. Não sei o que me deu para sequer tentar contar uma mentira para ela, mas é tarde demais para voltar atrás.

"Sei que agora você me odeia", ela começa.

"É a primeira conclusão inteligente a que você chegou em muito tempo", digo, e então olho para ela com atenção. Os olhos verdes estão quase invisíveis por causa das olheiras que os circundam. Ela está péssima.

"Não estou a fim de ouvir as merdas que você tem para dizer", aviso.

"Você nunca está a fim." Ela sorri.

Cerro os punhos ao lado do corpo.

"Não tenho porra nenhuma para te dizer, e você sabe como fico quando não quero ser incomodado."

"Você está me *ameaçando*? *Sério*?" Ela levanta os braços na frente do corpo, e então os abaixa de novo. Fico em silêncio enquanto imagens de uma Tessa quase inconsciente inundam minha mente. Preciso me afastar de Steph. Eu nunca a agrediria fisicamente, mas sei todas as merdas que poderia dizer para machucá-la mais profundamente do que qualquer coisa que ela possa imaginar. É um de meus muitos talentos.

"Ela não serve para você", Steph tem a audácia de dizer.

Tenho que rir da ousadia dessa vaca.

"Você não é idiota o bastante para tentar discutir isso comigo."

Mas Steph sempre foi muito segura de si. Ela se acha demais.

"Você sabe que é verdade. Ela não é suficiente para você, e você nunca vai ser suficiente para ela." A irritação dentro de mim se torna um caldeirão fervilhante, mas ela continua. "Você vai se cansar do comportamento recatado dela, sabe muito bem disso. Provavelmente já está cansado."

"Recatado?" Dou mais uma risada. Ela não conhece a Tessa que gosta de foder na frente de um espelho e que gosta de se masturbar usando os meus dedos até gritar meu nome.

Steph faz que sim com a cabeça.

"E ela vai se cansar desse fetiche de *bad boy* que tem com você e vai se casar com um banqueiro ou algum merda do tipo. Você não pode ser idiota a ponto de achar que ela vai aguentar isso por muito tempo. Sei que você viu como ela era com o Noah, aquele babaca de casaco de lã. Eles eram o modelo de casal perfeito, e você sabe disso. Não tem como competir com isso."

"E daí? Você está querendo dizer que eu e você seríamos um casal melhor?"

Minha voz sai menos irada do que eu pretendia. Ela está cutucando minhas maiores inseguranças, e estou tentando não cair nessa.

Ela revira seus olhos de guaxinim.

"Não, claro que não. Sei que você não me quer, nunca quis. O que quero dizer é que me importo com você", ela diz. Desvio o olhar e observo os corredores vazios. "Sei que você não *quer* acreditar em mim, e sei que quer me estrangular por ter mexido com a sua Virgem Maria, mas no seu coração sombrio você sabe que o que estou dizendo é verdade."

Mordo a bochecha por dentro ao ouvir o apelido que meus supostos amigos deram a Tessa no começo.

"No fundo, você sabe que não vai dar certo. Ela é certinha demais para você. Você é cheio de tatuagens, e é só uma questão de tempo até ela cansar de sentir vergonha de ser vista ao seu lado."

"Ela não tem vergonha de ser vista ao meu lado." Dou um passo em direção à vadia ruiva.

"Você sabe que ela tem. Ela até me disse isso quando vocês começaram a sair. Aposto que isso não mudou." Ela sorri; o piercing em seu nariz brilha sob a luz, e eu me retraio ao lembrar das mãos dela me tocando, me fazendo gozar.

Controlo o nojo e digo: "Você está tentando me manipular, porque é a única coisa que sabe fazer, mas não vou cair nessa". Passo por ela.

Ela dá uma risadinha nojenta.

"Se você basta para ela, então por que ela correu para o Zed tantas vezes? Você sabe o que as pessoas estavam dizendo."

Paro onde estou. Lembro de Tessa voltando daquele almoço com Steph. Ela estava muito chateada quando saiu do Applebee's naquele dia em que Steph levou Molly para o almoço, e as duas deram a entender que estavam rolando rumores de que Tessa tinha transado com Zed. Eu fiquei com tanta raiva que liguei para Molly e avisei para ela não se meter entre mim e Tessa. Steph obviamente não recebeu meu recado, apesar de ser com ela que eu tinha que me preocupar o tempo todo, e não com Molly.

"Você que inventou aqueles rumores", acuso.

"Não... Foi o colega de quarto de Zed. Foi ele que ouviu a Tessa gemendo o nome dele e ouviu a cama de Zed bater contra a parede enquanto ele tentava dormir. Irritante, não?" O sorriso maldoso de Steph acaba com todo o autocontrole que tenho tentado manter desde que Tessa foi embora para Seattle.

Preciso me afastar. Preciso me afastar agora.

"Zed disse que ela era gostosa e apertada, e parece que ela faz uma coisa com o quadril, sei lá. Ah, e aquela pinta... você sabe qual." Ela bate com as unhas pretas no queixo. Não aguento mais.

"Cala a boca!" Cubro as orelhas com as mãos. "Cala a boca, porra!" Grito pelo corredor, e Steph se afasta, ainda rindo.

"Pode acreditar ou não." Ela dá de ombros. "Não me importo, mas você sabe que é uma perda de tempo. Ela é uma perda de tempo."

Ela abre um sorrisinho e desaparece quando dou um soco na prateleira.

27

HARDIN

Caixas caem das prateleiras e se espalham pelo chão numa grande bagunça. Soco o metal de novo, deixando uma mancha vermelha. A dor familiar da carne rasgada nos nós de meus dedos só aumenta a onda de adrenalina, intensificando minha raiva. É quase um calmante o alívio de me permitir extravasar essa ira como eu estava acostumado a fazer. Não tenho que me deter. Não preciso pensar nas minhas ações. Posso me entregar à raiva, deixar que ela extravase, permitir que ela me vença.

"O que você está fazendo? Alguém me ajuda!", uma mulher grita.

Quando olho para ela, ela dá um passo para trás no corredor e eu percebo uma menininha loira segurando sua saia. Os olhos da mulher estão arregalados de medo e atenção.

Quando os olhos azuis da menininha encontram os meus, não consigo desviar o olhar. A inocência no fundo deles está sendo roubada a cada respiração cheia de raiva minha. Paro de olhar para a menina e me viro na direção da bagunça que fiz no corredor. A decepção substitui a raiva em um instante, e a percepção de que estou destruindo as coisas no meio de uma Target vem com força. Se os policiais chegarem antes de eu conseguir sair daqui, estou ferrado.

Olhando para a menininha de vestido comprido e sapatos brilhantes uma última vez, atravesso o corredor correndo em direção à frente da loja. Evitando o caos que está se formando ao meu redor, atravesso os corredores, tentando não ser notado.

Não consigo pensar com clareza. Nenhum pensamento faz sentido para mim.

Tessa não transou com Zed.

Não transou.

Ela não poderia ter feito isso.

Eu saberia se ela tivesse feito. Alguém teria me dito.

Ela teria me dito. Ela é a única pessoa que eu conheço que não mente para mim.

Saio correndo, e do lado de fora o ar do inverno é implacável e cortante contra minha pele. Mantenho os olhos focados no carro, que está estacionado perto dos fundos do estacionamento, grato por estar protegido pela escuridão da noite.

"Caralho!" Grito quando chego ao carro. Chuto o para-choque e o barulho forte de metal retorcido aumenta minha sensação de frustração.

"Ela só esteve comigo!" Digo em voz alta, e em seguida entro no carro.

Estou enfiando a chave na ignição quando dois carros de polícia entram no estacionamento com luzes piscando e as sirenes ligadas. Saio da vaga lentamente para evitar atenção indesejada e observo quando eles param as viaturas e entram correndo na loja como se um assassinato tivesse sido cometido.

Assim que saio do estacionamento, o alívio toma conta de mim. Se eu tivesse sido preso na Target, Tessa teria me matado.

Tessa... e Zed.

Sei que não devo acreditar nas mentiras de Steph sobre Tessa ter transado com ele. Sei que ela não transou. Sei que sou o único cara que a penetrou, o único que a fez gozar. Não ele.

Ninguém, porra. Só eu.

Balanço a cabeça para me livrar da imagem dos dois juntos, os dedos dela agarrando seus braços enquanto ele a penetra. Caralho, isso de novo, não.

Não consigo pensar direito. Não consigo enxergar direito. Eu deveria ter esganado a Steph e...

Não, não posso terminar esse pensamento. Ela conseguiu exatamente o que queria de mim, e isso me deixa ainda mais furioso. Ela sabia exatamente o que estava fazendo quando mencionou Zed; estava me provocando de propósito, tentando me fazer explodir, e deu certo. Ela sabia que estava arrancando o pino de uma granada e se afastando. Mas eu não sou uma granada... deveria saber me controlar.

Ligo para Tessa na mesma hora, mas ela não atende. O telefone dela toca... toca... toca. Ela me disse que ia dormir, mas sei muito bem que o telefone dela sempre vibra e que ela tem o sono leve.

"Vai, Tessa, atende o telefone", resmungo e jogo o telefone no assento do passageiro. Preciso me distanciar o máximo possível da Target antes que os policiais cheguem as câmeras do estacionamento e consigam o número da minha placa ou alguma coisa assim.

A rodovia está um pesadelo, e eu continuo tentando ligar para a Tessa. Se ela não retornar em uma hora vou ligar para o Christian.

Eu deveria ter ficado em Seattle mais uma noite. Merda, eu deveria ter me *mudado* para lá para começo de conversa. Todos os motivos que eu tinha para não querer ir parecem tão sem sentido agora. Todos os medos que eu tinha, e ainda tenho, só estão vivos por causa da distância entre onde ela mora e onde eu moro.

"No fundo, você sabe que não vai dar certo."

"Você é cheio de tatuagens, e é só uma questão de tempo até ela cansar de sentir vergonha de ser vista ao seu lado."

"Fetiche de bad boy."

"Vai se casar com um banqueiro ou algum merda do tipo."

A voz de Steph ressoa em meus ouvidos sem parar. Vou enlouquecer — vou perder a cabeça nessa rodovia. Todos os esforços que fiz a semana toda não valem nada agora. Os dois dias que passei com Tessa foram arruinados por aquela víbora.

Tudo isso vale a pena? Essa tentativa constante vale a pena? Será que sempre vou ter que me controlar para não dizer nem fazer a coisa errada? E se eu continuar com essa transformação, ela vai me amar depois, ou será que vai achar que concluiu um tipo de projeto para uma aula de psicologia?

Depois de tudo isso, será que ainda vai sobrar alguma coisa de mim para ela amar? Será que serei o mesmo cara por quem ela se apaixonou ou esse é seu jeito de me transformar em alguém que ela gostaria que eu pudesse ser — alguém de quem ela vai se cansar?

Será que ela está tentando fazer com que eu fique mais parecido com ele... mais parecido com o Noah?

"Não tem como competir com isso..." Steph está certa. Não posso competir com Noah nem com o relacionamento simples que Tessa tinha com ele. Ela nunca teve que se preocupar com nada enquanto estava com ele. Eles se entendiam. Era simples e bom.

Ele não é problemático como eu.

Eu me lembro dos dias em que ficava sentado no meu quarto e esperava horas até Steph me contar quando Tessa voltava depois de ter passado um tempo com ele. Eu interferi o máximo que pude e, surpreendentemente, acabou dando certo para mim. Ela me escolheu em vez dele, em vez do garoto que ela amou desde sempre.

Pensar em Tessa dizendo a Noah que o ama me dá vontade de vomitar.

"*Fetiche de bad boy...*" Sou mais do que um fetiche para Tessa. Tenho que ser. Já transei com um monte de meninas que só queriam assustar seus pais, mas Tessa não é uma delas. Ela já aguentou muita merda minha para provar isso.

Meus pensamentos estão confusos e misturados, e não consigo controlá-los.

Por que estou deixando Steph pôr coisas na minha cabeça? Eu não deveria ter ouvido uma palavra do que aquela vaca disse. Mas agora que ouvi, não consigo parar de pensar nelas. Limpo o sangue dos nós dos dedos machucados nas pernas da calça jeans e estaciono o carro.

Quando olho para a frente, vejo que estou no estacionamento do Blind Bob's. Dirigi até aqui sem nem pensar. Eu não deveria entrar... mas não consigo me conter.

E atrás do bar, vejo uma velha... amiga. Carly. Carly, usando roupas mínimas e um batom vermelho bem forte.

"Ora... ora... ora..." Ela sorri para mim.

"Pode parar." Digo e me sento em um banco do bar bem na frente dela.

"Sem chance." Ela meneia a cabeça, o rabo de cavalo loiro balançando de um lado para o outro. "Da última vez que servi você, a coisa toda virou um drama, e não tenho tempo nem paciência para uma reprise da performance esta noite."

Da última vez que vim aqui, bebi tanto que Carly me forçou a passar a noite no sofá da casa dela, o que causou um grande mal-entendido com Tessa, que se envolveu num acidente naquele dia por minha causa. Por causa das merdas que causo na vida dela, que antes era tranquila.

"Seu trabalho é me trazer uma bebida quando peço." Aponto a garrafa de uísque na prateleira atrás dela.

"Tem uma placa ali que diz o contrário." Ela apoia os cotovelos em cima do bar, e eu me recosto no banco, abrindo o máximo de espaço possível entre nós.

A pequena placa de "TEMOS O DIREITO DE NEGAR ATENDIMENTO A QUALQUER UM" está na parede, e eu dou risada.

"Vai com calma no gelo, não quero bebida aguada." Ignoro quando ela revira os olhos, levanta e pega um copo vazio.

O uísque escuro é derramado em meu copo, e a voz de Steph não para de ressoar em meu cérebro. Essa é a única maneira de me livrar de suas acusações e mentiras.

A voz de Carly me tira de meu transe.

"Ela está ligando."

Olho para baixo e vejo a foto que tirei de Tessa dormindo hoje cedo; está piscando na tela do meu celular.

"Merda." Instintivamente, empurro o copo, derramando o conteúdo em cima do bar. Ignoro os xingamentos estridentes de Carly e saio do bar com a mesma rapidez com que entrei.

Do lado de fora, passo o polegar pela tela.

"Tess."

"Hardin!", ela diz, em pânico. "Você está bem?"

"Liguei muitas vezes para você." Respiro aliviado ao ouvir sua voz ao telefone.

"Eu sei, desculpa. Eu estava dormindo. Você está bem? Onde está?"

"No Blind Bob's", admito. Não adianta mentir... ela sempre descobre a verdade de um jeito ou de outro.

"Ah...", ela sussurra.

"Pedi uma bebida." É melhor eu contar logo tudo.

"Só uma?"

"É, mas não consegui beber nem um gole antes de você ligar." Não sei como me sinto em relação a isso. A voz dela é minha salvação, mas posso sentir uma força que me atrai de volta para o bar.

"Que bom, então", ela diz. "Você está indo embora?"

"Sim, agora mesmo." Puxo a maçaneta da porta do carro e sento no banco do motorista.

Depois de alguns segundos, Tessa pergunta: "Por que você foi até aí? Tudo bem você ter ido, só estou me perguntando o motivo...".

"Encontrei a Steph."

Ela se assusta.

"O que aconteceu? Você... Aconteceu alguma coisa?"

"Eu não bati nela, se é isso o que quer saber." Eu ligo o carro, mas o mantenho em ponto morto. Quero conversar com Tessa sem ser distraído enquanto dirijo. "Ela disse umas merdas para mim que realmente... me deixaram louco. Perdi o controle na Target."

"Você está bem? Espera, pensei que você detestasse a Target."

"Sério mesmo?", começo.

"Desculpa, estou meio dormindo." Consigo perceber a descontração em sua voz, mas ela é logo substituída pela preocupação. "Você está bem? O que ela disse?"

"Ela disse que você transou com o Zed", digo a ela. Não quero repetir o resto das merdas que ela disse sobre Tessa e eu não sermos bons um para o outro.

"O quê? Você sabe que isso não é verdade. Hardin, eu juro que não aconteceu nada entre nós que você já não saiba..."

Bato com o dedo no para-brisa, observando minhas impressões digitais se acumularem.

"Ela disse que o colega de quarto dele ouviu vocês."

"Você não acredita nela, acredita? Não pode acreditar nela, Hardin; você me conhece — você sabe que eu teria contado se alguém tivesse encostado em mim..." Sua voz está embargada, e meu peito dói.

"Shhh..." Eu não deveria ter deixado ela falar sobre isso por tanto tempo. Eu deveria ter dito a ela que sei que não é verdade, mas como sou um cretino egoísta, precisava ouvir de sua boca.

"O que mais ela disse?" Ela está chorando.

"Só merdas. Sobre você e Zed. E ela tocou em todos os medos e inseguranças que tenho em relação a nós."

"Foi por isso que você foi ao bar?" Não há julgamento na voz dela, só uma compreensão que eu não estava esperando.

"Acho que sim", solto um suspiro. "Ela sabia de coisas. Sobre o seu corpo... coisas que só eu deveria saber." Um arrepio desce pela minha espinha.

"Ela foi minha colega de quarto. Ela me viu trocar de roupa milhares de vezes, sem falar que foi ela que tirou o meu vestido naquela noite", ela diz fungando.

A raiva percorre meu corpo de novo. Penso em Tessa sem conseguir se mexer enquanto Steph tirava a roupa dela à força...

"Não chora, por favor. Não suporto isso, ainda mais com você a horas de distância", eu imploro.

Agora que a voz de Tessa está na linha, as palavras de Steph não parecem conter nenhuma verdade, e a loucura... a loucura pura e infernal que tomou conta de mim minutos antes, desapareceu.

"Vamos falar sobre outra coisa enquanto dirijo para casa." Engato a marcha ré e coloco a ligação no viva-voz.

"Tudo bem, vamos...", ela diz, e então murmura um pouco enquanto pensa. "Hum. Kimberly e Christian me convidaram para ir com eles à casa de jazz no fim de semana."

"Você não vai."

"Quer deixar eu terminar?", ela me repreende. "Mas como você vai estar aqui, e eu sabia que você não ia querer ir, combinamos que vou na quarta-feira à noite."

"Que tipo de casa abre na quarta-feira?" Olho pelo espelho retrovisor, respondendo minha própria pergunta. "Eu vou."

"Por quê? Você nem gosta de casas de jazz."

Reviro meus olhos.

"Vou com você no fim de semana. Não quero que você vá na quarta-feira."

"Eu vou na quarta-feira. Podemos ir de novo no fim de semana se você quiser, mas eu já disse a Kimberly que vou e não tem motivo para eu não ir."

"Eu preferia que você não fosse", digo entredentes. Já estou no limite, e ela está me testando. "Ou posso ir na quarta-feira também", digo, tentando ser razoável.

"Você não precisa vir até aqui numa quarta-feira sendo que já vai vir no fim de semana."

"Você não quer ser vista comigo?" As palavras saem antes que eu consiga impedi-las.

"O quê?" Ouço o abajur sendo aceso no fundo.

"Por que você está dizendo isso? Você sabe que não é verdade. Não deixa a Steph colocar coisas na sua cabeça. É isso, não é?"

Entro no estacionamento do prédio e paro o carro antes de responder. Tessa espera uma explicação em silêncio. Por fim, suspiro: "Não. Não sei".

"Temos que aprender a lutar juntos, não um contra o outro. Não deveria ser a Steph contra você contra mim. Precisamos estar nessa juntos", ela continua.

"Não é isso que estou fazendo..."

Ela tem razão. Sempre tem razão.

"Vou na quarta-feira e fico até domingo."

"Eu tenho a faculdade e o trabalho."

"Parece que você não quer que eu vá." Minha paranoia invade minha confiança já abalada.

"Claro que quero. Você sabe que quero."

Eu me delicio com suas palavras; caralho, sinto tanto a falta dela.

"Você já chegou em casa?" Tessa pergunta quando desligo o carro.

"Sim, acabei de chegar."

"Estou com saudade."

A tristeza na voz dela me deixa sem ação.

"Estou com saudade de você também, linda. Desculpa... estou enlouquecendo sem você, Tess."

"Eu também." Ela suspira, e isso faz com que eu queira me desculpar de novo.

"Sou um babaca por não ter ido para Seattle com você desde o começo."

Ela começa a tossir.

"O quê?"

"Você ouviu, não vou repetir."

"Tudo bem." Ela para de tossir quando entro no elevador. "Eu sabia que não tinha ouvido direito mesmo."

"Bom, o que você quer que eu faça em relação a Steph e Dan?" Mudo de assunto.

"O que você *pode* fazer?", ela pergunta baixinho.

"Você não vai querer que eu responda isso."

"Então, não faz nada. Deixe eles pra lá."

"Ela provavelmente vai contar para todo mundo sobre hoje e vai continuar a espalhar o boato sobre você e Zed."

"Eu não moro mais aí. Tudo bem", Tessa diz, tentando me convencer. Mas eu sei como uma fofoca dessas fere seus sentimentos, mesmo que ela não admita.

"Não quero deixar pra lá", confesso.

"Não quero que você faça nenhuma besteira por causa deles."

"Tudo bem", digo e então nos despedimos. Ela não vai concordar com as minhas ideias sobre como deter Steph, então vou deixar isso de lado. Abro a porta do meu apartamento e encontro Richard esparramado no sofá, dormindo. A voz de Jerry Springer ressoa por todo o apartamento. Desligo a televisão e vou direto para o meu quarto.

28

∞

HARDIN

Durante toda a manhã, fico dormindo em pé. Não me lembro de ter chegado à primeira aula e começo a me perguntar por que me dou ao trabalho.

Quando passo pelo prédio da administração, Nate e Logan estão no fim da escada. Visto o capuz da blusa e passo por eles sem dizer nada. Preciso sair desse lugar.

Em uma decisão de última hora, eu volto e subo a escada na frente do prédio. A secretária do meu pai me recebe com o sorriso mais falso que vi ultimamente.

"Posso ajudar?"

"Estou aqui para falar com Ken Scott."

"Você tem hora marcada?", a mulher pergunta de modo doce, sabendo muito bem que não tenho. Sabe muito bem quem eu sou.

"Claro que não. Meu pai está ou não?" Faço um gesto para a porta de madeira à minha frente. O vidro jateado no centro não me deixa ver direito se ele está lá dentro.

"Ele está na sala, mas está participando de uma reunião por telefone no momento. Se quiser esperar, eu..."

Passo por ela e vou direto até a sala dele. Quando giro a maçaneta e empurro a porta, meu pai olha para mim e levanta um dedo com calma para pedir um momento.

Como sou um cara muito educado, reviro os olhos e me sento na cadeira à frente da mesa.

Depois de um minuto, mais ou menos, meu pai desliga o telefone e se levanta para me cumprimentar.

"Não estava esperando sua visita."

"Eu também não estava esperando vir aqui."

"Aconteceu alguma coisa?" Ele olha para a porta fechada atrás de mim e para o meu rosto.

"Tenho uma pergunta." Apoio a mão na mesa de cerejeira e olho para ele. Dá para ver manchas escuras de barba em seu rosto, o que mostra que ele não se barbeia há alguns dias, e sua camisa branca de botão está levemente amassada nas mangas. Acho que desde que me mudei para os Estados Unidos nunca o vi usando uma camisa amassada. Esse é um homem que toma café da manhã de colete e calça social engomada.

"Estou ouvindo", ele diz.

A tensão entre nós é grande, mas mesmo assim tenho que me esforçar para me lembrar do ódio enorme que já senti dele. Não sei como me sinto em relação a ele agora. Acho que nunca serei capaz de perdoá-lo totalmente, mas cultivar essa raiva por ele toma muita energia. Nunca teremos o relacionamento que ele tem com meu meio-irmão, mas é legal saber que quando preciso de alguma coisa, ele costuma fazer o melhor que pode para me ajudar. Na maior parte das vezes, sua ajuda não me leva a lugar nenhum, mas valorizo o esforço, de certo modo.

"Você acha que é muito difícil me transferir para o campus de Seattle?"

Ele ergue as sobrancelhas de forma dramática.

"Sério?"

"Sim. Não quero sua opinião, só quero uma resposta." Deixo claro que minha mudança repentina de decisão não está aberta a discussão.

Ele olha para mim pensativo e então responde: "Bom, atrasaria sua formatura. Seria melhor para você ficar neste campus pelo resto do semestre. Pelo tempo que você ia levar para pedir transferência, fazer a matrícula e se mudar para Seattle, o esforço não valeria a pena... *logisticamente* falando".

Eu me recosto na cadeira de couro e olho para ele.

"Você não pode ajudar a acelerar o processo?"

"Posso, mas ainda assim isso adiaria a sua formatura."

"Então, basicamente, tenho que ficar aqui."

"Você não é obrigado...", ele esfrega o rosto com a barba por fazer. "Mas faz mais sentido por enquanto. Você está tão perto de se formar."

"Não vou participar da cerimônia", digo a ele.

"Eu tinha esperanças de que você mudasse de ideia." Meu pai sussurra, e eu desvio o olhar.

"Bom, não mudei, então..."

"É um dia muito importante para você. Os últimos três anos da sua vida..."

"Não estou nem aí. Não quero ir. Prefiro receber o diploma pelo correio. Não vou, fim de papo." Olho para a parede marrom atrás dele e observo os quadros pendurados. Os certificados e diplomas em molduras brancas marcam suas conquistas, e percebo pelo modo como ele olha para eles que significam mais para ele do que jamais significariam para mim.

"É uma pena." Ele continua a olhar para os quadros. "Não vou perguntar de novo." Meu pai franze o cenho.

"Por que é tão importante para você que eu vá?", pergunto.

A hostilidade entre nós aumentou, e o clima está mais pesado, mas os traços de meu pai se tornam mais suaves conforme o silêncio se estende.

"Porque", ele respira fundo, "durante um tempo, muito tempo, eu não tinha certeza...", mais uma vez, "de como você ficaria."

"O que isso quer dizer?"

"Tem certeza de que tem tempo para conversar agora?" Ele olha para minhas mãos machucadas e para a calça jeans manchada de sangue. Sei que ele na verdade quer perguntar: *Tem certeza de que está emocionalmente estável para conversar no momento?*

Eu sabia que deveria ter trocado a calça jeans. Mas não senti vontade de fazer quase nada hoje cedo. Literalmente rolei para fora da cama e dirigi até o campus.

"Eu quero saber", respondo com seriedade.

Ele assente.

"Houve uma época em que eu achava que você nem sequer ia terminar o colégio, já que estava sempre se metendo em encrenca."

Penso em brigas em bares, lojas de conveniência vandalizadas, meninas seminuas aos prantos, vizinhos bravos e numa mãe muito decepcionada.

"Eu sei", concordo. "Na verdade, ainda continuo me metendo em encrenca."

Meu pai lança para mim um olhar que mostra que ele não está muito contente por me ouvir tirando sarro do que foi uma bela dor de cabeça para ele.

"Não tanto quanto antes", ele diz. "Não desde... Tessa", ele diz suavemente.

"Ela causa a maioria das encrencas em que me meto." Esfrego a nuca, sabendo que estou falando besteira.

"Eu não diria isso." Seus olhos castanhos se estreitam, e ele mexe no primeiro botão da camisa, distraído. Nós dois permanecemos em silêncio por um momento, sem saber o que dizer. "Eu tenho grande parte da culpa, Hardin. Se você não tivesse terminado o colégio e ido para a faculdade, não sei o que eu teria feito."

"Nada... você estaria vivendo sua vidinha perfeita aqui", digo.

Ele se retrai como se eu tivesse lhe dado um tapa.

"Isso não é verdade. Só quero o melhor para você. Nem sempre demonstrei, e sei disso, mas o seu futuro é muito importante para mim."

"Foi por isso que você me fez ser aceito na wcu?" Nunca discutimos o fato de que eu sei que ele usou sua posição para me colocar nessa maldita faculdade. Sei que usou. Eu não fazia merda nenhuma no colégio, e meu histórico escolar é prova disso.

"Por isso e porque sua mãe estava no limite da exaustão com você. Eu quis que você viesse para cá para podermos nos conhecer. Você não é o mesmo menino que era quando eu fui embora."

"Se queria me conhecer, deveria ter passado mais tempo por perto. E bebido menos." Fragmentos de lembranças que tentei esquecer com todas as forças aparecem em minha mente. "Você foi embora, e eu nunca tive a chance de só ser um menino."

Eu costumava tentar imaginar como seria ser uma criança feliz com uma família unida e amorosa. Enquanto minha mãe trabalhava do nascer ao pôr do sol, eu ficava na sala de estar sozinho, olhando para o teto e para as paredes por horas. Preparava uma refeição qualquer quase impossível de comer e me imaginava sentado a uma mesa cheia de pessoas que me amavam. Elas riam e perguntavam como tinha sido meu dia. Quando eu me metia em alguma briga na escola, às vezes desejava ter um pai por perto para me apoiar ou para me dar uma bronca por ter me metido em encrenca.

As coisas foram ficando mais fáceis para mim conforme cresci. Quando me tornei adolescente e percebi que podia machucar as pessoas, tudo ficou mais fácil. Pude me vingar da minha mãe por me deixar sozinho enquanto trabalhava chamando-a pelo primeiro nome e negando a ela a alegria de ouvir seu único filho dizer "eu te amo".

Pude me vingar do meu pai parando de falar com ele. Eu tinha um objetivo: deixar todas as pessoas do meu convívio tão tristes quanto eu me sentia; assim, eu finalmente me encaixaria. Usava mentiras e sexo para machucar garotas, e fiz disso um jogo. O que acabou se virando contra mim quando a amiga da minha mãe passou muito tempo comigo; seu casamento foi arruinado, juntamente com sua dignidade, e minha mãe ficou arrasada por seu filho de catorze anos ter feito uma coisa daquelas.

Ken parece entender, como se soubesse exatamente o que estou pensando.

"Sei disso, e sinto muito por todas as coisas pelas quais você passou por minha causa."

"Não quero mais falar sobre isso." Empurro a cadeira e me levanto.

Meu pai permanece sentado, e sinto uma onda de poder tomar conta de mim por estar diante dele nessa posição. Eu me sinto muito... superior a ele de todas as maneiras possíveis. Ele é assombrado por sua culpa e por seus arrependimentos, e eu finalmente estou fazendo as pazes com os meus.

"Muita coisa aconteceu que você não entenderia. Gostaria de poder contar a você, mas não mudaria nada."

"Eu disse que não quero mais falar sobre isso. Já tive um dia de merda, e isso é demais. Eu já entendi; você se arrepende de ter nos abandonado e tudo mais. Já superei", minto, e ele balança a cabeça, concordando. Não é uma mentira completa, na verdade. Estou muito mais perto de superar tudo isso do que jamais estive.

Quando chego à porta, um pensamento me ocorre, e eu me viro para olhar para ele.

"A minha mãe vai se casar. Você sabia?", pergunto por curiosidade.

Pelo olhar vazio e pelo modo como levanta a sobrancelha, fica claro que ele não fazia a menor ideia.

"Com Mike... você sabe, o vizinho?"

"Ah", ele franze o cenho.

"Daqui a duas semanas."

"Já?"

"É. Tem algum problema?"

"Não, nenhum. Só estou um pouco surpreso, só isso."

"É, eu também." Eu me recosto no batente da porta e observo a expressão de meu pai se transformar de triste para aliviada.

"Você vai?"

"Não."

Ken Scott se levanta, dá a volta na enorme mesa e para na minha frente. Tenho que admitir que fico levemente intimidado. Não por ele, claro, mas pela emoção em seus olhos quando ele diz: "Você precisa ir, Hardin. Ela vai ficar arrasada se você não for. Principalmente porque ela sabe que você foi ao meu casamento com Karen".

"Bom, nós dois sabemos por que eu fui ao seu. Não tive escolha, e seu casamento não foi do outro lado do planeta."

"Dava na mesma, já que não nos falávamos. Você tem que ir. A Tessa sabe sobre o casamento?"

Merda. Eu não tinha pensado nisso.

"Não, e você não precisa contar para ela. Nem para Landon; ele não vai ficar calado se souber."

"Tem algum motivo para você estar escondendo isso dela?", ele pergunta, e sua voz deixa claro que ele está me julgando.

"Não estou escondendo nada. Só não quero que ela se preocupe em ir. Ela nem tem passaporte. Nunca saiu do estado de Washington."

"Você sabe que ela vai querer ir. A Tessa ama a Inglaterra."

"Ela nunca foi para lá!" Levanto a voz e respiro fundo em uma tentativa de me acalmar. Fico maluco de raiva quando ele age como se ela fosse sua filha, como se a conhecesse melhor do que eu.

"Não vou dizer nada", ele fala, erguendo as mãos levemente como se quisesse me acalmar.

Fico feliz por ele não insistir no assunto. Já falei bastante e estou exausto pra cacete. Não dormi nada ontem à noite depois de conversar com Tessa ao telefone. Meus pesadelos voltaram com força total, e eu me forcei a ficar acordado depois de despertar passando mal três vezes.

"Você deveria ir visitar a Karen. Ela perguntou de você ontem à noite", ele diz um pouco antes de eu sair de seu escritório.

"Hum, tá", murmuro e fecho a porta ao sair.

29

TESSA

Na sala de aula, o rapaz que determinei que é um futuro político se inclina para mim e sussurra: "Em quem você votou na eleição?".

Eu me sinto um pouco desconfortável perto de meu novo colega de turma. Ele é charmoso, charmoso demais, e suas roupas elegantes e sua pele morena são uma boa distração. Ele não é atraente do mesmo modo que Hardin, mas certamente é atraente, e sabe disso.

"Não votei", respondo. "Não tinha idade para votar."

Ele ri. "Certo."

Eu não queria conversar com ele, mas nos últimos minutos da aula, nosso professor nos orientou a conversarmos uns com os outros enquanto ele atendia um telefonema. Fico aliviada quando o relógio marca dez horas e somos dispensados.

A tentativa do futuro político de continuar falando amenidades comigo ao sair da sala fracassa totalmente, e depois de alguns segundos ele se despede e caminha para o outro lado.

Fiquei distraída a manhã toda. Não consegui parar de pensar no que Steph pode ter dito a Hardin para deixá-lo tão puto. Sei que ele acreditou em mim em relação aos rumores sobre Zed, mas ela disse alguma outra coisa que o deixou chateado o bastante para ele não querer repetir.

Odeio a Steph. Eu a odeio pelo que fez comigo e por tentar enfiar coisas na cabeça de Hardin e magoá-lo — me usando, de certo modo.

Quando chego à aula de história da arte, já criei dez situações diferentes para trucidar aquela menina na minha cabeça.

Eu sento ao lado de Michael, o garoto de cabelos azuis da primeira aula com ótimo senso de humor, e passo uma hora inteira rindo de suas piadas, o que é uma boa distração e me faz esquecer meus pensamentos homicidas.

Finalmente, o dia termina, e estou indo para o carro. Assim que chego e entro, meu telefone começa a vibrar. Espero que seja Hardin, mas quando olho para a tela, vejo que não é. Tenho três mensagens de texto, duas das quais acabaram de aparecer na tela.

Decido ler a da minha mãe primeiro. **Ligue para mim, precisamos conversar.** A outra é de Zed. Respiro fundo antes de apertar o botão no formato de um pequeno envelope. **Estarei em Seattle de qui. a sáb. Me avisa quando vai estar livre :).**

Esfrego as têmporas, feliz por ter deixado a mensagem de Kimberly por último. Nada que ela tenha a me dizer poderia ser tão estressante quanto ter de dizer a Zed que retiro o convite para nos encontrarmos ou conversar com minha mãe. **Você sabia que o seu garanhão vai para Londres no próximo fim de semana?**

Acho que me precipitei.

Inglaterra? Por que o Hardin iria para a Inglaterra? Ele vai se mudar para lá depois que se formar? Releio a mensagem de texto dela.

No *próximo* fim de semana!

Encosto a testa no volante de meu carro e fecho os olhos. Meu primeiro impulso é ligar para ele e perguntar por que está escondendo a viagem de mim. Eu me controlo para não fazer isso porque é a oportunidade perfeita para eu tentar não tirar conclusões precipitadas sem falar com ele primeiro. Existe uma chance pequena de Kimberly estar enganada e de Hardin não estar indo para a Inglaterra no próximo fim de semana.

Sinto um aperto no peito ao pensar nele ainda querendo se mudar de volta para lá. Ainda estou tentando me convencer de que eu serei suficiente para fazê-lo ficar aqui.

30

HARDIN

Parece que faz anos que não venho aqui. Dirigi sem rumo na última hora, pensando nos possíveis resultados de minha visita. Depois de elaborar uma lista mental de prós e contras — algo que nunca faço —, fecho a porta do carro e saio no vento frio da tarde.

Acredito que ele esteja em casa; caso contrário, vou ter perdido a tarde inteira e vou ficar ainda mais irritado do que já estou. Olho ao redor do estacionamento e vejo sua caminhonete perto da entrada. O prédio marrom fica um pouco recuado do nível da rua, e uma escada enferrujada leva ao segundo andar, onde ele mora. A cada pisada de minha bota contra a escada de metal, repasso os motivos pelos quais estou aqui, para começo de conversa.

Quando chego ao apartamento C, meu celular vibra no bolso de trás. Deve ser Tessa ou minha mãe e não quero falar com nenhuma das duas no momento. Se eu conversar com Tessa, vou acabar desistindo de meu plano. E minha mãe vai só me encher o saco com seu papo sobre casamento.

Bato à porta. Segundos depois, Zed atende, vestindo apenas uma calça de moletom. Ele está descalço, e percebo que a tatuagem de engrenagens que ele havia me mostrado se espalhou ainda mais por sua barriga. Ele deve ter tatuado mais partes depois que tentou se meter com a minha garota.

Zed não me cumprimenta. Só fica me encarando da porta, com um olhar de choque e desconfiança.

"Precisamos conversar", digo finalmente e passo por ele para entrar em seu apartamento.

"Devo chamar a polícia?", ele pergunta com aquele tom de voz seco que tem.

Eu me sento em seu sofá de couro surrado e olho para ele.

"Depende se você vai cooperar ou não."

Fios escuros cobrem seu queixo e emolduram sua boca. Parece que faz meses desde que o vi na frente da casa da mãe de Tessa, e não apenas dez dias, mais ou menos.

Ele solta um suspiro e se recosta na parede do outro lado da pequena sala de estar.

"Bom, fala logo, então."

"Você sabe que vim falar da Tessa."

"Imaginei." Ele franze o cenho e cruza os braços tatuados.

"Você não vai para Seattle."

Ele ergue uma sobrancelha grossa e então sorri.

"Vou, sim. Já me planejei."

Que porra é essa? Por que ele iria para Seattle? Está tornando tudo mais difícil do que precisa ser, e estou começando a me achar um idiota por ter pensado que essa conversa terminaria de outro jeito que não fosse com ele numa maca.

"O lance é o seguinte..." Respiro fundo para me manter calmo e seguir com meu plano. "Você não vai para Seattle."

"Vou visitar meus amigos que moram lá", ele responde, me desafiando.

"Porra nenhuma. Sei muito bem o que você vai fazer", rebato.

"Vou ficar na casa de uns amigos em Seattle, mas se quer saber, ela me convidou para visitá-la."

Assim que ele diz isso, fico de pé.

"Não me provoca. Estou tentando fazer as coisas do jeito certo. Você não tem motivo nenhum para visitar a Tessa. Ela é minha."

Ele ergue uma sobrancelha.

"Você tem noção do que está dizendo? Do jeito que você fala, parece que ela é sua propriedade."

"Estou pouco me fodendo para o que parece. É verdade." Dou mais um passo na direção dele. A atmosfera entre nós passou de tensa para completamente selvagem. Nós dois estamos tentando reivindicar um direito, e não vou dar o braço a torcer.

"Se ela é *sua*, então por que não está em Seattle *com ela*?", ele pressiona.

"Porque vou me formar no fim deste semestre, é por isso." *Por que estou respondendo às perguntas dele?* Vim aqui falar, não ouvir nem "estabelecer um diálogo", como um professor meu costumava dizer. Ele não vai mudar o rumo da conversa. "O fato de eu não estar lá é irrelevante. Você não vai se encontrar com ela enquanto estiver lá."

"Isso é ela que vai decidir, você não acha?"

"Se eu achasse, não estaria aqui, estaria?" Meus punhos estão cerrados e eu desvio o olhar dele e me concentro na pilha de livros de ciência sobre sua mesa de centro. "Por que você não deixa a Tessa em paz? É por causa do que eu fiz..."

"Não", ele me interrompe tranquilamente. "Não tem nada que ver com aquilo. Eu me importo com a Tessa, como você. Mas, diferente de você, eu a trato como ela merece ser tratada."

"Você não sabe nada sobre como eu trato a Tessa", digo num grunhido.

"Sim, cara, na verdade eu sei. Quantas vezes ela correu para mim chorando por causa de alguma coisa que você fez ou disse? Muitas." Ele aponta um dedo para mim. "Você só faz ela sofrer, e sabe disso."

"Você nem conhece a Tessa, para começo de conversa, e depois, você não acha meio ridículo ficar correndo atrás de alguém que nunca vai ter? Quantas vezes já falamos sobre isso, e em relação a quantas garotas?"

Ele olha para mim com cuidado, percebendo minha ira, mas não cai na minha conversa.

"Não", ele passa a língua pelos lábios. "Não é ridículo. É genial, na verdade. Com a Tessa, vou esperar pelo dia em que você foder tudo de novo — o que é inevitável —, e quando isso acontecer, estarei bem ao lado dela."

"Você é um porra de um..." Eu dou um passo para trás, para abrir bastante espaço entre nós antes que eu acabe esmagando a cabeça dele na parede.

"O que vai ser preciso, então? Que ela mesma diga que não quer ver você? Pensei que ela já tivesse feito isso, mas você fica aí..."

"Foi você que veio até o meu apartamento."

"Puta que o pariu, Zed!", eu grito. "Por que não dá um tempo, caralho? Você sabe o que ela significa para mim e está sempre tentando atrapalhar. Encontra outra pessoa para brincar. Tem um monte de vaga-bundas pelo campus."

"'Vagabundas'?" Ele repete a palavra, rindo de mim.

"Você sabe que eu não estava falando da Tessa", respondo, me esfor-çando para não meter a mão na cara dele.

"Se ela fosse tão importante assim, você não teria feito metade das merdas que fez. Ela sabe que você transou com a Molly enquanto corria atrás dela?"

"Sim, ela sabe disso, eu contei."

"E ela não se importou?" A voz dele é o total oposto da minha. Ele está muito calmo e controlado, enquanto eu luto com todas as minhas forças para não deixar a situação fugir do controle.

"Ela sabe que não significou nada para mim, e que foi antes de tudo." Olho para ele, tentando me concentrar de novo. "Mas não vim aqui para discutir meu relacionamento."

"Certo, então para que você veio aqui, mesmo?"

Ele é folgado pra caralho.

"Para dizer que você não vai se encontrar com ela em Seattle. Pensei que pudéssemos discutir isso de um modo mais...", procuro as palavras certas, "civilizado."

"Civilizado? Desculpa, mas acho difícil acreditar que você veio aqui com intenções 'nobres'", ele responde, apontando a protuberância em seu nariz.

Fecho os olhos por um momento e vejo seu nariz quebrado e san-grando, se chocando na estante de metal quando bati sua cabeça contra ela. A lembrança do barulho aumenta ainda mais minha adrenalina.

"Isso é civilizado para mim! Vim aqui para conversar, não para brigar. Mas se você não ficar longe dela, não terei outra opção." Relaxo um pouco.

"E depois?", Zed pergunta.

"O quê?"

"E *depois*? Já passamos por isso antes. Você não pode me bater e achar que nunca vai ser preso. Dessa vez eu vou prestar queixa."

Ele tem razão. E isso me deixa ainda mais irado. Detesto não poder fazer porra nenhuma em relação a isso, exceto literalmente matá-lo, o que não é uma opção... não nesse momento, pelo menos.

140

Respiro algumas vezes e tento relaxar os músculos. Preciso oferecer minha última opção. Não queria ter que recorrer a ela, mas Zed não está ajudando muito.

"Vim aqui pensando que poderíamos chegar a um acordo", digo.

Ele inclina a cabeça para o lado do modo mais arrogante que consegue.

"Que tipo de acordo? Outra aposta?"

"Você está mesmo querendo me tirar do sério...", digo entredentes. "Me diz o que eu preciso fazer para você deixar a Tessa em paz. O que posso te dar para fazer você sumir? Qualquer coisa, é só dizer."

Zed olha para mim, piscando depressa, como se eu fosse um alienígena.

"Vamos, pode falar, todo mundo tem um preço", digo de modo seco.

Fico furioso por ter que negociar com alguém como ele, mas não tem mais nada que eu possa fazer para ele desaparecer.

"Deixa ela me ver de novo, mais uma vez", ele sugere. "Estarei em Seattle na quinta."

"Não. De jeito nenhum." *Ele tá doido?*

"Não estou pedindo a sua permissão. Estou tentando fazer você se sentir mais confortável em relação a isso."

"Não vai rolar. Vocês não têm motivo nenhum para passarem tempo juntos; ela não está disponível para você, nem para nenhum outro homem, e nunca vai estar."

"Lá vem você, todo possessivo." Ele revira os olhos, e me pergunto o que Tessa diria se pudesse ver esse lado dele, o único lado que conheço de Zed. Como eu poderia não ser possessivo, achar normal dividi-la com alguém?

Mordo a língua enquanto Zed olha para o teto como se estivesse pensando no que dizer em seguida. Isso é uma palhaçada, uma porra de uma palhaçada do caralho. Minha cabeça está girando e estou começando a me perguntar até quando vou conseguir manter a calma.

Por fim, Zed olha para mim, um sorrisinho tomando seu rosto. E simplesmente diz: "Seu carro".

Fico boquiaberto com a audácia dele e não consigo controlar a risada.

"Nem fodendo!" Dou dois passos na direção dele. "Não vou te dar o meu carro, caralho. Ficou maluco?" Levanto as mãos, indignado.

"Foi mal, então, mas parece que não vamos chegar a um acordo." Seus olhos brilham em meio aos cílios grossos, e ele passa os dedos pela barba.

Imagens do pesadelo dançam na minha mente, ele penetrando Tessa, fazendo-a gozar...

Balanço a cabeça para me livrar delas.

Então, tiro a chave do bolso e jogo na mesa de centro entre nós.

Ele fica surpreso e se abaixa para pegar o chaveiro.

"Está falando sério?" Ele observa as chaves, virando-as nas mãos algumas vezes antes de olhar para mim de novo. "Eu estava zoando você!"

Ele joga as chaves para mim, mas eu não consigo pegar a tempo e elas caem a poucos centímetros da minha bota.

"Eu vou me afastar... caralho. Não pensei que você fosse me dar suas chaves." Ele ri, tirando sarro de mim. "Não sou tão escroto quanto *você*."

Olho fixamente para ele.

"Você não me deu muitas opções."

"Nós já fomos amigos, lembra?", Zed comenta.

Eu fico em silêncio enquanto nós dois nos lembramos de como as coisas eram antes, antes de toda essa merda, antes de eu me importar com alguma coisa... antes dela. Os olhos dele estão diferentes, seus ombros ficaram tensos com a pergunta que ele me fez. É difícil me lembrar daquela época.

"Eu vivia bêbado demais para me lembrar."

"Você sabe que não é verdade!", ele diz, erguendo a voz. "Você parou de beber depois..."

"Não vim aqui para falar do passado com você. Vai se afastar ou não?" Olho para ele, que está diferente de alguma forma, mais sério.

Ele dá de ombros.

"Sim, pode deixar."

Mas isso foi fácil demais.

"Estou falando sério."

"Eu também", ele diz balançando a mão para mim.

"Isso quer dizer não ter contato nenhum com ela. Nenhum", volto a dizer.

"Ela vai querer saber o motivo. Eu mandei uma mensagem de texto para ela mais cedo."

Decido ignorar isso.

"Diz que você não quer mais ser amigo dela."

"Não quero ferir os sentimentos dela desse jeito", ele diz.

"Não estou nem aí se você vai ferir os sentimentos dela. Você precisa deixar claro que não vai mais correr atrás dela."

A calma momentânea que senti diminuiu, e minha impaciência está crescendo de novo. A possibilidade de Tessa ficar magoada por Zed não querer mais ser amigo dela me deixa louco de raiva.

Caminho em direção à porta. Eu me conheço bem o suficiente para saber que não aguento mais cinco minutos nesse apartamento bolorento. Estou muito orgulhoso de mim mesmo por ter mantido a calma por tanto tempo em um cômodo com Zed depois de todas as merdas que ele fez para interferir no meu relacionamento.

Quando minha mão toca a maçaneta enferrujada, ele diz:

"Vou fazer o que tenho que fazer por enquanto, mas isso não vai mudar o desfecho dessa situação."

"Você tem razão, não vai mesmo", concordo com ele, sabendo que ele se refere ao oposto do que estou pensando.

Antes que ele diga mais alguma merda, eu saio de seu apartamento e desço a escada o mais rápido que consigo.

Quando paro o carro na frente da casa do meu pai, o sol está se pondo e ainda não consegui falar com Tessa; todas as minhas ligações caíram direto na caixa de mensagens. Já até liguei para Christian duas vezes, mas ele não atendeu nem me ligou de volta.

Tessa vai ficar furiosa por eu ter ido ao apartamento de Zed; ela sente alguma coisa por ele que nunca vou entender nem tolerar. Depois de hoje, espero não ter mais que me preocupar com ele. A menos que ela continue ligada a ele...

Não. Eu me controlo para não desconfiar dela. Sei que a Steph estava dizendo mentiras, que penetraram por todas as rachaduras de insegurança na minha fachada de pedra. Se Zed tivesse transado com Tessa, nossa conversa de hoje teria sido a oportunidade perfeita para ele jogar isso na minha cara.

Entro na casa do meu pai sem bater e procuro Karen ou Landon no andar de baixo. Karen está na cozinha, na frente do fogão com um batedor de massa de arame na mão. Ela se vira e me recebe com um sorriso caloroso, mas também com olhos preocupados e cansados. Uma sensação nada familiar de culpa toma conta de mim quando me lembro do vaso que quebrei sem querer em sua estufa.

"Oi, Hardin, está procurando o Landon?", ela pergunta, colocando o batedor em um prato e secando as mãos na barra de seu avental cor-de-rosa.

"Eu... não sei, na verdade", admito. O que estou fazendo aqui?

Minha vida deve estar mesmo muito patética para eu encontrar conforto vindo justamente para essa casa. Sei que é por causa das lembranças de quando fiquei aqui com Tessa.

"Ele está lá em cima, no telefone com a Dakota."

Algo no tom de voz de Karen me dá uma má impressão.

"Está..." Não sou muito bom em interagir com as pessoas além de Tessa, e sou particularmente ruim em lidar com as emoções dos outros. "Ele está tendo um dia ruim ou algo do tipo?", pergunto, parecendo um idiota.

"Acho que sim. Está com algum problema, acho. Não falou comigo sobre nada, mas parece meio chateado ultimamente."

"É...", digo. Não notei nada de diferente no humor do meu meio-irmão. Mas andei ocupado demais forçando Landon a cuidar de Richard para notar.

"Quando ele vai para Nova York mesmo?"

"Em três semanas." Ela tenta esconder a dor em sua voz ao dizer essas palavras, mas não consegue.

"Ah." Estou me sentindo cada vez mais desconfortável. "Bom, vou..."

"Não quer ficar para o jantar?", ela pergunta esperançosa.

"Hum, não, valeu."

Depois da conversa com meu pai hoje cedo, do papo que tive com o Zed e dessa situação estranha com a Karen agora, estou me sentindo sobrecarregado. Não posso nem pensar que algo esteja realmente acontecendo com Landon. Não vou conseguir lidar com as emoções dele, não hoje. Já basta eu ter que voltar para casa e encontrar um viciado em drogas em recuperação e uma porra de uma cama vazia.

31

TESSA

Kimberly está esperando por mim na cozinha quando chego em casa depois da aula. Duas taças de vinho, uma cheia e uma vazia, estão na frente dela, o que significa que ela tomou meu silêncio como confirmação de que eu realmente não sabia sobre os planos de Hardin de ir para a Inglaterra.

Ela abre um sorriso compreensivo quando largo a bolsa no chão e me sento no banco ao lado dela.

"Oi, moça."

Viro a cabeça para ela.

"Oi."

"Você não sabia?" Seus cabelos loiros estão muito bem encaracolados hoje, espalhados perfeitamente sobre os ombros. Os brincos pretos e curvados brilham sob a luz forte.

"Não. Ele não me contou", suspiro, pegando a taça cheia que está na frente dela.

Ela ri e pega a garrafa para encher a taça vazia que era para mim.

"O Christian disse que o Hardin ainda não deu uma resposta definitiva para a Trish. Eu não deveria ter dito nada até ter certeza, mas tive a impressão de que ele não ia falar sobre o casamento com você."

Engulo rapidamente o vinho branco que está na minha boca antes que acabe cuspindo: "*Casamento?*". Eu me apresso para tomar mais um gole antes de ter que falar de novo. Uma ideia maluca passa pela minha cabeça... de que Hardin vai se casar. Tipo um casamento arranjado. Eles fazem essas coisas na Inglaterra, não?

Não, sei que não fazem. Mas o pensamento horroroso me aterroriza enquanto espero pelas próximas palavras de Kimberly. Já estou bêbada?

"A mãe dele vai se casar. Ela telefonou para o Christian hoje cedo para nos convidar."

Olho para o granito escuro.

"Isso é novidade para mim."

A mãe de Hardin vai se casar em duas semanas, mas ele não me contou nada. E então me lembro... de como ele estava estranho mais cedo.

"Foi por *isso* que ela ligou tantas vezes!"

Kimberly olha para mim com olhos arregalados e confusos enquanto bebe um gole de vinho.

"O que devo fazer?", pergunto a ela. "Fingir que não sei? Hardin e eu temos nos comunicado tão melhor ultimamente..." Paro de falar. Sei que faz só uma semana, mas tem sido uma semana incrível para mim. Sinto que fizemos mais progresso nos últimos sete dias do que nos últimos sete meses. Hardin e eu temos falado sobre coisas que antes teriam sido motivo para brigas horríveis, mas ainda assim estou sendo levada de volta para uma época em que ele escondia as coisas de mim.

Eu sempre descubro. Será que ele ainda não sabe disso?

"Você quer ir?", ela pergunta.

"Não poderia, nem se fosse convidada." Apoio o rosto na mão.

Kimberly vira seu banco de lado e segura a ponta do meu para virá-lo para ela.

"Perguntei se você *quer* ir", ela me corrige, com um leve hálito de vinho.

"Seria ótimo, mas eu..."

"Então, você deveria ir! Levo você como convidada, se for preciso. Tenho certeza de que a mãe de Hardin adoraria ver você lá. O Christian disse que ela adora você."

Apesar de meu desânimo por Hardin não ter me contado nada, as palavras dela me animam. Eu adoro a Trish.

"Não posso ir, não tenho passaporte", digo. E nem tenho dinheiro para comprar uma passagem aérea em tão pouco tempo.

Ela faz um gesto com a mão. "Dá tempo de pedir um."

"Não sei...", digo. O frio na barriga que sinto ao pensar em ir para a Inglaterra me faz querer correr pelo corredor até o meu computador e pesquisar como tirar um passaporte. Mas saber que Hardin escondeu de mim a notícia do casamento de propósito faz com que eu permaneça onde estou.

"Não duvida. Trish adoraria ver você, e Hardin está precisando de um empurrãozinho para assumir um compromisso." Ela beberica o vinho, deixando uma mancha vermelha de seus lábios carnudos na borda da taça.

Tenho certeza de que ele tem motivos para não me contar. Se ele vai, provavelmente não quer que eu vá com ele para a Inglaterra. Sei que seu passado o assombra, e por mais maluco que pareça, seus demônios podem estar escondidos nas ruas de Londres esperando para nos encontrar.

"O Hardin não é assim", digo. "Quanto mais pressiono, mais ele recua."

"Bem..." Ela mexe o sapato de salto vermelho e delicadamente bate o pé contra o meu. "Você precisa bater pé e não deixar ele recuar mais."

Guardo as palavras dela para analisar mais tarde, quando ela não estiver me observando com tanta atenção.

"O Hardin não gosta de casamentos."

"Todo mundo gosta de casamentos."

"O Hardin não. Na verdade, ele odeia todo o conceito por trás de um casamento", digo e observo com interesse quando seus olhos se arregalam e ela coloca a taça com cuidado na bancada.

"Então... quer dizer... eu..." Então hesita. "Estou sem palavras, e isso diz muita coisa!" Kimberly dá risada.

Não me controlo e começo a rir também.

"É, nem me fale."

A risada de Kimberly é contagiosa, apesar do meu humor, e gosto muito disso nela. Com certeza ela pode ser bem intrometida de vez em quando, e eu não me sinto à vontade com o modo como fala de Hardin, mas sua sinceridade é uma das coisas de que mais gosto nela. Ela diz as coisas sem rodeios, e é uma pessoa muito fácil de decifrar. Não é duas caras, diferente de muita gente que conheci nos últimos tempos.

"E aí? Vocês vão namorar para sempre?", ela pergunta.

"Eu disse a mesma coisa." Dou mais risada. Talvez tenha sido a taça de vinho que acabei de beber, ou o fato de na última semana eu ter me esquecido que Hardin detesta qualquer tipo de compromisso... Não sei, mas é bom rir com a Kim.

"E seus filhos? Você não se importa de ter filhos sem ser casada?"

"Filhos!", dou mais risada. "Ele não quer ter filhos."

"A coisa toda só melhora." Ela revira os olhos e pega a taça para terminar de beber.

"Ele diz isso agora, mas espero..." Não termino a frase. Soa desesperadora demais quando dita em voz alta.

Kimberly pisca.

"Ah, entendi", ela diz, e fico feliz quando muda de assunto e começa a falar de uma ruiva do escritório, Carine, que é a fim de Trevor. E quando ela descreve um hipotético encontro entre eles como duas lagostas dando trombadas uma na outra, começo a rir de novo.

Quando vou para o meu quarto, são mais de nove da noite. Desliguei o celular de propósito para poder ter algumas horas com Kimberly sem ser interrompida. Contei a ela sobre a ideia de Hardin de vir para Seattle na quarta-feira e não na sexta, e ela riu, dizendo que sabia que ele não ia ficar longe por muito tempo.

Meus cabelos ainda estão úmidos do banho, e me demorei escolhendo uma roupa para trabalhar amanhã. Estou enrolando, sei disso. Tenho certeza de que quando ligar meu telefone, terei que lidar com Hardin e confrontá-lo, ou não, a respeito do casamento. Em um mundo perfeito, eu tocaria casualmente no assunto e Hardin me convidaria, explicando que esperou para me perguntar porque estava tentando pensar no modo certo de me convencer a ir. Mas o mundo não é perfeito, e fico cada vez mais ansiosa. Dói saber que o que quer que Steph tenha dito a ele o perturbou tanto a ponto de ele ter voltado a esconder as coisas de mim. Eu odeio a Steph. Amo muito o Hardin, e só quero que ele veja que nada que ela ou qualquer pessoa diga vai mudar isso.

Hesitante, pego o telefone na bolsa e volto a ligá-lo. Preciso ligar para a minha mãe e mandar uma mensagem de texto para Zed, mas quero falar com Hardin primeiro. As notificações no alto da minha pequena tela aparecem e o ícone do envelope surge, mostrando milhares de mensagens de texto, todas de Hardin. Antes de ler, ligo para ele, que atende no primeiro toque.

"Tessa, porra!"

"Você tentou ligar?", pergunto timidamente, da maneira mais inocente possível, tentando manter o clima bem calmo.

"Se eu tentei ligar? Você está de brincadeira, né? Estou ligando sem parar há três horas", ele diz. "Até liguei para o Christian."

"O quê?", pergunto, mas sem querer que as coisas saiam do controle, logo emendo: "Eu estava conversando com a Kim".

"Onde?", ele pergunta imediatamente.

"Aqui na casa", digo e começo a dobrar minhas roupas sujas e as coloco no cesto; acho que vou lavar roupa antes de dormir.

"Bom, da próxima vez, você realmente precisa..." Ele resmunga frustrado e acalma a voz ao dizer: "Talvez, na próxima vez, você possa me enviar uma mensagem de texto ou algo assim, se for desligar o telefone". Ele solta um suspiro e acrescenta: "Você sabe como eu fico".

Fico feliz com a mudança no tom de voz e com o fato de ele ter se interrompido antes de dizer o que ia dizer, e prefiro não saber o que era. Infelizmente, o entorpecimento que o vinho me trouxe já passou quase totalmente, e fico incomodada ao lembrar que Hardin tem planos de ir para a Inglaterra.

"Como foi o seu dia?", pergunto, esperando que se eu der a ele uma oportunidade de tocar no assunto do casamento, ele vai falar.

Ele suspira.

"Foi... longo."

"O meu também." Não sei o que dizer sem tocar no assunto de uma vez. "O Zed me mandou uma mensagem de texto hoje."

"Ah é?" A voz de Hardin está calma, mas noto um toque de irritação que normalmente me intimidaria.

"Sim, hoje à tarde. Ele disse que está vindo para Seattle na quinta."

"E o que você respondeu?"

"Nada ainda."

"Por que está me contando isso?", ele pergunta.

"Porque quero que sejamos francos um com o outro. Chega de segredos, chega de *esconder* as coisas." Enfatizo a última parte da frase, esperando que ele me diga a verdade.

"Bom... obrigado por me contar", ele diz. E depois, nada mais.

Sério?

"E aí... tem alguma coisa que você queira me contar?", pergunto, ainda me apegando à esperança de que ele vai responder com honestidade.

"Hum, conversei com meu pai hoje."

"É mesmo? Sobre o quê?" Ainda bem, eu sabia que ele ia contar.

"Sobre me transferir para o campus de Seattle."

"Mesmo?" A palavra sai mais parecida com um grito do que eu pretendia, e a risada de Hardin ressoa pela linha.

"É, mas ele disse que isso vai atrasar a minha formatura, então não faz sentido me mudar no meio do semestre."

"Ah", fico decepcionada. Hesito um minuto e pergunto: "Mas e depois da formatura?".

"Beleza, eu vou."

"Beleza? Assim, fácil?" O sorriso que toma conta de mim faz todo o resto perder a importância. Queria que ele estivesse aqui; eu o agarraria pela camiseta e o beijaria com força.

E então, ele diz: "Sei lá, por que fugir do inevitável?".

Meu sorriso desaparece.

"Você fala como se a mudança para Seattle fosse uma sentença de morte."

Ele permanece em silêncio.

"Hardin?"

"Eu não penso assim, só estou incomodado com essa situação toda... Todo esse tempo foi desperdiçado, e isso me deixa frustrado."

"Eu entendo", digo. As palavras dele não são elegantes, mas significam que ele sente a minha falta. Ainda estou meio tonta por ele ter concordado em se mudar para Seattle para ficar comigo. Estamos discutindo esse assunto há meses, e de repente ele concorda sem provocar mais nenhuma briga. "Então, você vem para Seattle? Tem certeza?" Tenho que perguntar de novo.

"Tenho. Estou pronto para começar do zero em algum lugar, que seja em Seattle."

Envolvo meu corpo com os braços, animada.

"Então, nada de Inglaterra?" Dou a ele uma última chance de falar sobre o casamento.

"Não, nada de Inglaterra."

Já venci a Grande Batalha de Seattle, e quando a irritação em relação à história do casamento aparece de novo, decido não pressionar mais meu homem hoje. Seja lá o que estiver acontecendo, vou conseguir o que quero: Hardin comigo em Seattle.

32

TESSA

Quando meu alarme toca na manhã seguinte, estou exausta. Mal dormi. Passei horas rolando na cama, sempre prestes a pegar no sono, mas sem conseguir de fato.

Não sei se foi a animação por Hardin ter concordado em se mudar para Seattle ou se foi a discussão que vamos acabar tendo sobre a Inglaterra, mas, de qualquer modo, não dormi e agora estou péssima. Olheiras não são tão fáceis de esconder com corretivo como as empresas de cosméticos querem nos fazer acreditar, e meus cabelos armados dão a impressão de que enfiei um dedo na tomada. Parece que a alegria que senti com a mudança dele para cá não conseguiu eliminar totalmente a angústia que sinto por ele estar mentindo por omissão.

Aceito o convite de Kimberly para irmos para o trabalho juntas hoje, e assim consigo mais alguns minutos para aplicar mais uma camada de rímel enquanto ela vai mudando de faixa na rua de forma totalmente imprudente. Ela me lembra Hardin, xingando quase todos os carros e buzinando com mais frequência do que uma pessoa razoável precisa buzinar.

Hardin não disse se ainda pretende vir a Seattle hoje. Quando perguntei a ele antes de desligarmos ontem à noite, ele me disse que me avisava hoje de manhã. Já são quase nove e ainda não recebi notícias dele. Não consigo deixar de lado a sensação de que tem alguma coisa acontecendo dentro dele, algo que se não for cuidado direito vai nos causar mais transtorno. Sei que Steph conseguiu atingi-lo. Sei pela maneira como ele está duvidando de tudo o que eu digo. Ele está escondendo coisas de mim de novo, e estou com medo dos problemas que isso pode causar.

"Talvez você devesse ir até lá esse fim de semana em vez de ele vir para cá", Kimberly sugere entre um palavrão e outro.

"Está tão óbvio assim?", pergunto, levantando meu rosto, que estava apoiado na janela.

"Sim, muito óbvio."

"Desculpa, estou sendo uma chata", suspiro.

Voltar esse fim de semana não é uma ideia ruim. Sinto muita saudade de Landon, e seria bom ver meu pai de novo.

"Está mesmo." Ela sorri para mim. "Mas não é nada que um pouco de café e um batom vermelho não resolvam."

Quando concordo, ela rapidamente sai da rodovia, faz um retorno no meio de um cruzamento movimentado e diz: "Conheço um café ótimo perto daqui".

Na hora do almoço, meu ar melancólico de hoje de manhã desapareceu, apesar de ainda não ter tido notícias de Hardin. Mandei duas mensagens de texto, mas não liguei para ele. Trevor está esperando por mim em uma mesa vazia no refeitório, com dois pratos de massa na frente dele.

"Eles mandaram dois pratos, então pensei em poupar você de comer comida de micro-ondas pelo menos um dia." Ele sorri e desliza um conjunto de talheres de plástico pela mesa.

O macarrão está tão cheiroso quanto saboroso. O molho Alfredo delicioso me faz lembrar que estou faminta, e fico corada quando suspiro ao comer a primeira garfada.

"Bom, né?" Trevor sorri, passando o polegar no canto da boca para limpar um pouco de molho. Ele leva o polegar à boca, e eu penso em como esse gesto casual pode parecer estranho feito por um homem que está vestindo um terno.

"Hum." Mal consigo responder, porque estou ocupada demais devorando meu macarrão.

"Fico contente..." Os olhos azuis de Trevor se desviam de mim, e ele se remexe na cadeira.

"Está tudo bem?", pergunto a ele.

"Sim... eu... bem... queria falar com você sobre uma coisa."

E de repente eu começo a me perguntar se na verdade ele não pediu os dois pratos de propósito.

"Certo...", respondo, esperando que não seja nada muito constrangedor.

"Pode ser um pouco constrangedor."

Que ótimo.

"Vai em frente", digo com um sorriso de incentivo.

"Certo... lá vai." Ele para e passa a ponta do dedo pela abotoadura prateada. "A Carine me convidou para ir ao casamento da Krystal com ela."

Aproveito a oportunidade e enfio uma garfada de macarrão na boca para não ter que falar logo. Sério, não sei por que ele está me contando isso, ou o que devo dizer. Concordo, incentivando-o a continuar, e tento não rir pensando na imitação que Kimberly fez de Carine ontem.

"E eu fiquei me perguntando se há algum motivo para eu dizer não a ela", Trevor diz. Ele faz uma pausa para olhar para mim como se esperasse uma resposta.

Tenho certeza de que o som de engasgo que faço o assusta, mas quando ele olha para mim com uma cara preocupada, levanto um dedo e continuo mastigando. Engulo de forma meio dramática e respondo: "Não vejo motivos para você dizer não".

Espero que seja o fim da conversa. Mas ele continua e diz: "O que quero dizer é...". Espero que ele magicamente perceba que eu, na verdade, sei exatamente o que ele quer dizer e apenas deixe a frase pela metade sem mais explicações.

Não tenho essa sorte.

"Sei que você está sempre terminando e voltando com o Hardin, e também sei que neste momento vocês não estão juntos, então queria ter certeza antes de aceitar o convite de que posso dar toda a minha atenção a ela. Sem distrações."

Não sei bem o que dizer, então pergunto: "Eu sou uma distração?".

Eu me sinto muito desconfortável, mas Trevor é tão bonzinho e suas bochechas ficaram tão vermelhas que sinto vontade de confortá-lo ao mesmo tempo.

"Sim, você tem sido uma distração desde que chegou à Vance", ele diz depressa. "Não estou dizendo isso de um modo ruim; é só que tenho esperando em segundo plano e queria deixar minhas intenções claras antes de explorar a possibilidade de ter um relacionamento com outra pessoa."

Meu próprio sr. Collins está sentado à minha frente — uma versão muito mais bonita, claro —, e eu me sinto tão constrangida e envergonhada por ele quanto Elizabeth Bennet se sentiu em *Orgulho e preconceito*.

"Trevor, desculpa, eu..."

"Tudo bem, de verdade." A sinceridade em seus olhos é quase esmagadora. "Entendi. Só queria confirmar uma última vez." Ele remexe o macarrão um pouco e então diz: "Acho que as últimas vezes não foram suficientes para fazer a ficha cair". Ele ri baixinho, um riso nervoso, e eu acompanho de modo solidário.

"Ela tem sorte de ter você para acompanhá-la ao casamento", digo, esperando diminuir o embaraço que sei que ele está sentindo. Eu não deveria tê-lo comparado ao sr. Collins; ele não é nem de longe tão agressivo nem metido. Tomo um longo gole de água, esperando que a conversa tenha terminado.

"Obrigado", ele diz, mas acrescenta com um sorrisinho: "Talvez agora o Hardin pare de me chamar de 'o babaca do Trevor'".

Levo a mão à frente dos lábios para não cuspir a água que está na minha boca.

"Eu não sabia que você sabia disso!" Minha risada nervosa enche a sala pequena.

"É, eu percebi." Os olhos de Trevor brilham e ele ri, e fico muito aliviada por podermos rir como amigos, sem nenhuma confusão.

Minha alegria momentânea é interrompida quando Trevor para de sorrir, e eu me viro para ver para quem ele está olhando na porta.

"O cheiro aqui está ótimo!", uma das fofoqueiras diz à outra quando entra. Eu me sinto mal por sentir antipatia por elas, mas não consigo evitar.

"É melhor irmos", Trevor sussurra, olhando para a mulher mais baixa.

Olho para ele, confusa, mas me levanto e jogo a caixa de isopor vazia dentro da lata de lixo.

"Você está linda hoje, Tessa", a mais alta delas diz. Não consigo entender o que ela pretende, mas tenho certeza de que está tirando sarro de mim. Sei que estou péssima hoje.

"Hum, obrigada."

"O mundo é bem pequeno, sabia? O Hardin ainda está trabalhando para a Bolthouse?"

Minha bolsa escorrega do meu ombro e rapidamente seguro a alça de couro antes que ela caia no chão. *Ela conhece o Hardin?*

"Sim, está", digo e endireito as costas numa tentativa de parecer totalmente inabalada quando ela diz o nome dele.

"Diz pra ele que eu mandei um oi." Ela abre um sorrisinho, dá meia-volta e desaparece ao lado de sua parceira do mal.

"O que diabos foi isso?", pergunto a Trevor depois de olhar para o corredor para ter certeza de que as duas não estão por perto. "Você sabia que elas pretendiam dizer alguma coisa para mim?"

"Eu não tinha certeza, mas imaginei. Ouvi as duas falando sobre você."

"O que elas disseram? Elas nem me conhecem."

Ele fica desconfortável de novo. É muito fácil decifrar as reações de Trevor.

"Não foi exatamente sobre você..."

"Elas estavam falando sobre o Hardin, não é?", pergunto e ele faz que sim com a cabeça, confirmando minha suspeita. "O que elas disseram, exatamente?"

Trevor ajeita a gravata vermelha no terno.

"Eu... não quero repetir. É melhor você perguntar pra ele."

Diante da relutância de Trevor, sinto um arrepio ao pensar que Hardin pode ter transado com uma delas, ou com as duas. Elas não são muito mais velhas do que eu: têm vinte e cinco anos, no máximo, e, admito, são bonitas — com um bronzeado artificial meio exagerado, mas atraentes mesmo assim.

A volta para a minha sala é longa, e uma sensação forte de ciúme começa a tomar conta de mim. Se eu não perguntar ao Hardin sobre aquela mulher, acho que vou enlouquecer.

Assim que chego a minha sala, ligo para ele. Preciso saber se ele vem hoje à noite e preciso me sentir segura.

O nome de Zed aparece na tela do meu telefone antes que eu possa procurar o nome de Hardin na lista de contatos. Eu hesito um pouco, mas decido que é melhor fazer isso de uma vez.

"Oi", digo. Mas pareço meio exagerada. Animada demais, falsa demais.

"Oi, Tessa, como estão as coisas?", ele pergunta. Parece que faz muito tempo que não ouço sua voz tranquila, mas não faz.

"Estão... indo." Encosto a testa na superfície fria da mesa.

"Não parecem muito boas."

"Está tudo bem, só muitas coisas acontecendo."

"Bom, foi por isso que eu liguei, na verdade. Sei que disse que estaria na cidade na quinta, mas tive que mudar os planos."

"É?" Sinto o alívio tomar conta de mim. Olho para o teto e suspiro, sem perceber que estava prendendo a respiração. "Bom, tudo bem. Na próxima vai dar certo..."

"Não, quero dizer que estou em Seattle agora", ele diz, e no mesmo instante, meu coração se acelera. "Cheguei ontem à noite; peguei muito trânsito. Estou a alguns quarteirões do seu escritório, na verdade. Não quero incomodar você aí, mas acha que podemos jantar mais tarde, quando você estiver livre?"

"Hum..." Olho para o relógio. São duas e quinze, e Hardin ainda não respondeu minhas mensagens. "Não sei se vou poder. Acho que o Hardin está chegando hoje", admito.

Primeiro Trevor, agora Zed. Será que o rímel extra de hoje teve algum efeito de atração?

"Tem certeza?", Zed pergunta. "Eu vi o Hardin na rua ontem... era bem tarde."

O quê? Hardin e eu desligamos o telefone perto das onze ontem. Será que ele saiu de novo depois de falar comigo? Será que ele está andando com o grupo de supostos amigos de novo?

"Não sei", digo e bato a cabeça na mesa, de leve para não machucar, mas sei que Zed ouviu do outro lado.

"É só um jantar. Depois disso, eu deixo você livre para fazer o que tiver que fazer", ele diz. "Vai ser bom ver um rosto familiar, não?" Consigo imaginar o sorriso dele, que eu tanto adoro.

Então, pergunto: "Vim trabalhar de carona hoje, então estou sem carro. Você pode me buscar às cinco?". E quando ele concorda, fico animada e aterrorizada ao mesmo tempo.

33

TESSA

Cinco minutos antes das cinco, tento ligar para Hardin, mas ele não atende. Por onde andou o dia todo? Será que Zed estava certo quando disse que viu Hardin na rua tarde da noite? Talvez ele esteja vindo para Seattle planejando me surpreender, mas, sério, qual é a chance de isso estar acontecendo? Meu encontro com Zed tem pesado no meu peito desde o momento em que concordei em vê-lo. Sei que Hardin odeia nossa amizade. Odeia tanto que ela assombra seus sonhos, e aqui estou eu, alimentando esse ódio.

Não me dou ao trabalho de arrumar os cabelos nem retocar a maquiagem antes de pegar o elevador para descer até o lobby e ignoro o olhar crítico de Kimberly. Eu provavelmente não deveria ter dito nada a ela sobre meus planos. Posso ver a caminhonete de Zed pelo vidro, e é uma visão bonita para mim, e não consigo conter a alegria que sinto por ver alguém conhecido. Preferiria que fosse Hardin, mas Zed está aqui, e Hardin, não.

Zed sai da caminhonete para me receber assim que eu saio do prédio. Seu sorriso aumenta quando caminho pela calçada, e vejo que seu rosto agora está coberto por pelos escuros. De calça jeans preta e uma camiseta cinza de mangas compridas, ele está lindo como sempre, e eu estou péssima.

"Oi." Ele sorri, abrindo os braços para um abraço.

A incerteza toma conta de mim, mas a necessidade de ser educada me faz abraçá-lo.

"Quanto tempo", ele diz com o rosto em meus cabelos.

Concordo e pergunto: "Como foi a viagem?", e me afasto dele.

Ele suspira.

"Longa. Mas vim ouvindo umas músicas bem legais no caminho."

Ele abre a porta do passageiro para mim, e eu entro depressa para me refugiar do ar frio. A cabine de sua caminhonete está quente e impregnada do cheiro dele.

"Por que você decidiu vir hoje em vez de amanhã?", pergunto para puxar conversa enquanto Zed entra hesitante na rua cheia de carros.

"Foi só... uma mudança de planos, nada demais." Ele olha pelo espelho retrovisor e pelos espelhos laterais.

"Dirigir aqui é para os fortes", digo.

"Sim, com certeza." Ele sorri, ainda concentrado no trânsito.

"Você sabe onde quer jantar? Ainda não explorei muito a cidade, então não sei onde ficam os melhores lugares."

Checo meu telefone; nada de Hardin. Então, procuro algumas opções de restaurantes em um aplicativo, e depois de alguns segundos, Zed e eu decidimos ir a um pequeno restaurante mongol.

Escolho frango com legumes e observo admirada enquanto o chef prepara a comida na nossa frente. Nunca estive num lugar assim, e Zed acha isso engraçado. Estamos sentados no fundo do pequeno restaurante, Zed à minha frente, e estamos tão calados que chega a ser desconfortável.

"Aconteceu alguma coisa?", pergunto a ele enquanto garfo minha comida.

Os olhos de Zed estão tranquilos e cheios de preocupação.

"Não sei se devo tocar nesse assunto... Parece que já tem tanta coisa acontecendo na sua vida agora, e quero que você se divirta."

"Estou bem. Diz o que você precisa dizer." Eu me preparo para o baque que não sei qual é, mas que tenho certeza de que virá.

"O Hardin foi à minha casa ontem."

"O quê?" Não consigo esconder a surpresa na minha voz. Por que Hardin faria isso? E se fez, como Zed está sentado aqui sem nenhum hematoma ou aleijado? "O que ele queria?", pergunto.

"Dizer que é para eu ficar longe de você", ele responde logo.

Quando falei sobre a mensagem de texto de Zed ontem à noite, Hardin pareceu tão indiferente.

"Que horas?", pergunto, esperando que tenha sido depois de termos conversado sobre não guardar segredos um do outro.

"À tarde, umas três."

Suspiro irritada. Às vezes, Hardin não tem limites, e sua lista de ofensas cresce sem parar. Esfrego as têmporas, meu apetite desapareceu.

"O que ele disse, exatamente?"

"Que para ele não importava como eu faria isso, nem se eu ia ferir seus sentimentos, mas eu precisava ficar longe. Ele estava calmo, foi meio assustador." Ele pega um pedaço de brócolis com o garfo e o enfia na boca.

"E você veio aqui mesmo assim?"

"Vim."

Essa batalha regada a testosterona entre os dois está me cansando; eu fico de lado, tentando manter a paz, mas não estou conseguindo.

"Por quê?"

Seus olhos cor de mel se fixam nos meus.

"Porque as ameaças dele não vão funcionar mais comigo. Ele não pode decidir de quem eu vou ser amigo, e espero que você pense a mesma coisa."

Estou muito irritada por Hardin ter ido ao apartamento de Zed dessa forma. Ainda mais irritada por ele não ter me dito nada sobre isso, e por querer que Zed ferisse meus sentimentos e acabasse com a nossa amizade, mas sem revelar sua participação nisso.

"Sinto a mesma coisa em relação a Hardin controlando minhas amizades." Quando digo isso, os olhos de Zed ficam triunfantes, o que também me incomoda. "Mas também acho que ele tem bons motivos para não querer que eu e você sejamos amigos. Não acha?"

Zed nega balançando a cabeça de modo amigável.

"Sim e não. Não vou esconder o que sinto por você, mas você sabe que não forço a barra. Eu disse que aceito o que você puder me dar, e se for só amizade, vou entender."

"Eu sei que você não força a barra." Decido responder apenas metade da frase. Zed nunca me pressiona a fazer nada, e nunca tenta me forçar a nada, mas detesto o modo como ele fala de Hardin.

"Pode dizer a mesma coisa sobre ele?", Zed me desafia, olhando para mim intensamente.

O ímpeto de defender Hardin me faz dizer: "Não, não posso. Eu sei como ele é, mas é assim que ele é".

"Você sempre corre para defender o Hardin. Não entendo."

"Você não tem que entender", digo com grosseria.

"Ah é?", Zed responde baixinho e franze o cenho.

"É." Endireito as costas e me posiciono com firmeza.

"Você não se incomoda com o fato de ele ser possessivo? Ele diz de quem você pode ser amiga..."

"Isso realmente me incomoda, mas..."

"Você deixa ele fazer isso."

"Você veio até Seattle só para me lembrar que o Hardin é controlador?"

Zed abre a boca para falar, mas volta a fechá-la.

"O que foi?", pergunto.

"Ele acha que é seu dono, e eu estou preocupado com você. Você parece muito estressada."

Suspiro, derrotada. *Estou* estressada, estressada demais, mas brigar com Zed não vai ajudar a resolver nada. Só está aumentando minha frustração.

"Não vou criar desculpas para ele, mas você não sabe nada sobre o nosso relacionamento. Você não sabe como ele é comigo. Não entende o Hardin como eu entendo."

Empurro o prato e percebo que o casal da mesa ao lado está prestando atenção em nós. Falando mais baixo, digo: "Não quero brigar com você, Zed. Estou exausta e estava querendo muito te ver".

Ele se recosta na cadeira.

"Estou sendo um idiota, não estou?", ele pergunta com os olhos tristes. "Desculpa, Tessa. Eu podia culpar o cansaço de dirigir... mas não é uma justificativa. Me desculpa."

"Tudo bem, eu não quis ser grosseira. Não sei o que deu em mim." Minha menstruação está para vir a qualquer dia — deve ser por isso que estou tão nervosa.

"É minha culpa, de verdade." Ele estende o braço sobre a mesa e toca minha mão.

A tensão toma o espaço entre nós, e não consigo parar de pensar em Hardin, mas quero me divertir, então pergunto: "Como estão as coisas?".

Zed começa a me contar sobre sua família e sobre como estava fazendo calor na Flórida da última vez que ele foi lá. A conversa entre nós passa a ser normal e tranquila, a tensão desaparece, e consigo terminar minha refeição.

Depois de comer, saímos e Zed pergunta: "Você tem mais planos para hoje à noite?".

"Vou à casa de jazz do Christian. Acabou de ser inaugurada."

"Christian?", Zed pergunta.

"Ah, meu chefe. É na casa dele que estou ficando."

Ele ergue as sobrancelhas.

"Você está morando na casa do seu chefe?"

"Sim, mas ele fez faculdade com o pai de Hardin e é amigo de longa data de Ken e de Karen", explico. Não me ocorreu que Zed não sabe nenhum detalhe sobre a minha vida. Apesar de ele ter ido me buscar depois da festa surpresa de noivado que Christian preparou para Kimberly, ele não sabe nada sobre eles.

"Ah, então foi assim que você conseguiu um estágio remunerado, então?"

Ai. "Foi", admito.

"Bom, é incrível de qualquer jeito."

"Obrigada." Olho pela janela e pego o celular na bolsa. Ainda nada. "O que mais você planeja fazer enquanto estiver em Seattle?", pergunto enquanto tento explicar quais ruas pegar para chegarmos à casa de Christian e Kimberly. Desisto depois de alguns minutos e digito o endereço no meu telefone. A tela congela, e o aparelho desliga duas vezes antes de finalmente cooperar.

"Não sei bem. Vou ver o que os meus amigos pretendem fazer. Você acha que podemos nos encontrar de novo mais tarde? Ou antes de eu ir embora, no sábado?"

"Seria legal. Eu te falo", digo.

"Quando o Hardin chega?" O tom venenoso em sua voz não passa despercebido.

Olho para o telefone de novo, dessa vez por hábito.

"Não sei bem, acho que hoje à noite."

"Vocês dois estão juntos de novo? Sei que combinamos de não falar mais sobre isso, mas estou confuso."

"Eu também", admito. "Estamos dando espaço um para o outro ultimamente."

"Está dando certo?"

"Sim." Estava até Hardin começar a se afastar de mim.

"Que bom."

Preciso saber o que ele está pensando. Dá pra ver que tem alguma coisa fervendo em sua mente.

"O que foi?"

"Nada. Você não vai querer saber."

"Quero saber." Sei que vou me arrepender, mas isso não impede minha curiosidade.

"Não vejo espaço nenhum. Você está em Seattle, com amigos da família dele, e um deles é seu chefe. Mesmo a quilômetros de distância, ele está controlando você, tentando acabar com as poucas amizades que você tem. E quando não está fazendo isso, vem visitar você em Seattle. Isso não me parece dar espaço."

Não tinha pensado no local onde estou morando sob esse ponto de vista antes. Será que esse foi outro motivo por que Hardin sabotou minha tentativa de alugar um apartamento? Para que, se eu ainda assim decidisse vir para Seattle, ficasse sob os olhos atentos dos amigos de sua família?

Balanço a cabeça para afastar esse pensamento.

"Tem dado certo para nós. Sei que não faz sentido para você, mas está dando certo para nós. Eu sei..."

"Ele tentou me subornar para eu ficar longe de você", Zed diz.

"O quê?"

"É, ele me ameaçou e disse que eu deveria fazer uma oferta. Disse que eu deveria encontrar outra 'vagabunda' no campus para brincar."

Vagabunda?

Zed dá de ombros de modo casual.

"Ele disse que ninguém nunca vai ter você e se gabou por você ter continuado com ele mesmo depois de ele ter contado que dormiu com a Molly quando vocês já estavam juntos."

Ouvir o nome de Hardin junto com o de Molly dói. Zed sabia que doeria. E foi exatamente por isso que mencionou essa história.

"Já lidamos com isso. Não quero falar sobre Hardin e Molly", digo entredentes.

"Só quero que você saiba com quem está lidando. Ele não é a mesma pessoa quando você não está por perto."

"Isso não é ruim", rebato. "Você não o conhece." Fico aliviada quando entramos na estrada de acesso e saímos da cidade, um sinal de que estamos a menos de cinco minutos da casa de Christian. Quanto antes esse trajeto de carro terminar, melhor.

"Você também não conhece o Hardin de verdade", ele diz. "Você passa o tempo todo brigando com ele."

"Qual é o seu objetivo, Zed?", pergunto. Odeio o rumo que nossa conversa tomou, mas não sei como levá-la de volta para um território neutro.

"Nenhum. Só pensei que depois de todo esse tempo e de todas as merdas pelas quais ele fez você passar, você ia enxergar a verdade."

Um pensamento me ocorre.

"Você contou a ele que viria aqui?"

"Não."

"Você não está jogando limpo", digo, chamando sua atenção.

"Nem ele", Zed suspira, tentando desesperadamente falar baixo. "Olha, eu sei que você vai defender o Hardin até a morte, mas você não pode me culpar por querer ter o que ele tem. Quero ser a pessoa que você defende, quero ser a pessoa em quem você confia, mesmo que não devesse. Sempre estou do seu lado quando ele não está." Ele passa a mão na barba e respira fundo de novo. "Não estou jogando limpo, mas ele também não está. E ele nunca jogou limpo. Às vezes, posso jurar que ele só está tão ligado a você porque sabe que eu também gosto de você."

É exatamente por isso que Zed e eu nunca vamos poder ser amigos. Apesar de ele ser doce e compreensivo, nunca vai dar certo. Ele não desistiu, e acredito que há algo a ser respeitado nisso. Mas não posso dar a ele o que ele quer de mim, e não quero sentir que tenho que explicar minha relação com Hardin todas as vezes que o encontro. Ele sempre esteve ao meu lado, é verdade, mas só porque eu permiti.

Digo:

"Não sei se tenho mais nada para te oferecer, nem mesmo como amiga."

Zed olha para mim com uma expressão calma.

"Isso é porque ele esgotou você."

Fico em silêncio e olho pela janela para os pinheiros que se estendem pela estrada. Não gosto da tensão que estou sentindo agora e tento controlar as lágrimas quando Zed murmura: "Não queria que nosso encontro terminasse assim. Agora você provavelmente nunca mais vai querer me ver".

Aponto pela janela.

"É essa entrada aqui."

Um silêncio estranho e tenso enche a cabine da caminhonete até a casa enorme aparecer. Quando olho para o lado, Zed está de olhos arregalados para a casa de Christian.

"Essa casa é ainda maior do que a outra, aquela onde eu fui buscar você", ele diz, tentando diminuir a tensão.

Num esforço para fazer a mesma coisa, começo a contar a ele sobre a academia, a cozinha espaçosa, como Christian consegue controlar o que acontece em partes da casa pelo seu iPhone.

E então meu coração vem na boca.

O carro de Hardin está estacionado logo atrás do Audi de Kimberly. Zed o vê no mesmo instante que eu, mas não parece se deixar afetar. Sinto que empalideço ao dizer: "É melhor eu entrar".

Quando estacionamos, Zed diz: "Mais uma vez, sinto muito, Tessa. Por favor, não fica chateada comigo. Já tem coisas demais acontecendo na sua vida, eu não deveria fazer você se sentir pior ainda".

Ele se oferece para entrar para ter certeza de que está tudo bem, mas eu recuso. Sei que Hardin vai estar bravo, mais do que bravo, mas eu criei essa confusão, então preciso ser a responsável por resolvê-la.

"Tudo bem", digo a ele com um sorriso falso e saio da caminhonete prometendo mandar uma mensagem de texto quando puder.

Percebo que estou andando devagar até a porta, mas não faço nenhum esforço para andar mais depressa. Estou tentando pensar no que dizer, se devo ou não ficar brava com Hardin ou pedir desculpas por encontrar Zed de novo, quando a porta se abre.

Hardin sai vestindo a calça jeans escura e uma camiseta preta. Apesar de fazer só dois dias que não o vejo, meus batimentos aceleram e sinto vontade de me aproximar dele. Senti muita saudade dele no pouco tempo que passamos afastados.

O rosto dele está sério, e seu olhar gélido acompanha a caminhonete de Zed, que desaparece de vista.

"Hardin, eu..."

"Entra", ele me repreende.

"Não me diga...", começo.

"Está frio. Entra." Os olhos de Hardin estão intensos, e o calor deles me impede de discutir. Ele me surpreende apoiando a mão delicadamente nas minhas costas ao me levar para dentro da casa, passando por onde Kimberly e Smith estão jogando um jogo de cartas na sala de estar, e me guia até o meu quarto sem dizer nada.

Calmamente, ele fecha a porta e gira a chave.

Então, olha para mim, e meu coração quase explode quando ele pergunta: "Por quê?".

"Hardin, não aconteceu nada, eu juro. Ele disse que tinha mudado os planos, e eu fiquei aliviada porque pensei que ele não ia mais vir, mas ele disse que já tinha chegado e queria jantar." Dou de ombros, em parte para me acalmar. "Eu não soube dizer não."

"Como sempre", ele diz, olhando em meus olhos.

"Sei que você foi ao apartamento dele ontem. Por que não me contou?"

"Porque você não precisava saber." Sua respiração está ofegante, ele mal consegue se controlar.

"Você não decide o que eu preciso saber." Digo a ele em tom de desafio. "Não pode esconder as coisas de mim. Também sei sobre o casamento da sua mãe!", digo.

"Eu sabia como você ia reagir." Ele levanta as mãos tentando se defender.

Reviro os olhos, andando em direção a ele.

"Mentira."

Ele não se mexe. As veias em seus braços estão visíveis por baixo das poucas áreas de pele sem tatuagem, azul-claras em meio à tinta preta. Ele cerra os punhos com força. "Uma coisa de cada vez."

"Vou ser amiga de quem eu quiser... e você não pode agir pelas minhas costas, como um menino mimado fazendo birra", aviso.

"Você disse que não ia chegar perto dele de novo."

"Eu sei. Não tinha percebido antes, mas depois de passar um tempo com ele hoje, decidi por vontade própria não ser mais amiga dele. Não é por sua causa."

Consigo ver que ele ficou surpreso com isso, mas mantém o olhar intenso.

"E por que decidiu isso?"

Desvio o olhar, um pouco envergonhada.

"Porque eu sei que ele irrita você, e não quero te provocar continuando a me encontrar com o Zed. Sei o quanto doeria se você se encontrasse com a Molly... ou qualquer outra mulher. Assim, você não pode controlar as minhas amizades, mas não posso mentir e dizer que não ia me sentir da mesma forma se fosse você."

Ele cruza os braços e respira com força.

"Por que agora? O que ele fez para você mudar de ideia do nada?"

"Nada. Ele não fez nada. Eu só não deveria ter demorado tanto para perceber. Precisamos ser iguais, nenhum de nós pode ter mais poder."

Percebo pelo brilho em seus olhos verdes que ele quer dizer mais coisas, mas em vez disso ele apenas concorda.

"Vem cá." Ele abre os braços para mim como sempre faz. E logo me envolvo neles.

"Como você sabia que eu estava com ele?" Pressiono meu rosto em seu peito. Seu perfume de menta invade meus sentidos, afastando todos os pensamentos a respeito de Zed.

"Kimberly me contou", ele diz com o rosto em meus cabelos.

Faço uma cara feia.

"Ela não sabe mesmo ficar de boca fechada."

"Você não ia me contar?" Ele encosta o polegar em meu queixo e levanta minha cabeça.

"Ia, mas preferiria ter contado eu mesma." Acho que estou feliz com a honestidade de Kimberly; é hipocrisia minha querer que ela seja honesta só comigo e não com Hardin. "Por que você não foi atrás da gente?", pergunto. Pensei que se ele soubesse que eu estava com o Zed, era exatamente o que ele teria feito.

"Porque", ele respira, olhando nos meus olhos, "você não para de falar do ciclo, e eu queria quebrá-lo."

Meu coração se acelera com a resposta sincera e cuidadosa. Ele realmente está tentando, e isso é muito importante para mim.

"Ainda estou bravo", ele diz.

"Eu sei." Toco seu rosto com a ponta dos dedos, e ele me abraça mais forte. "Também estou brava. Você não me contou sobre o casamento, e quero saber o motivo."

"Hoje não", ele avisa.

"Hoje sim. Você disse o que quis sobre Zed, agora é a minha vez..."

"*Tessa*..." Ele contrai os lábios.

"*Hardin*..."

"Você é irritante." Ele me solta e começa a andar pelo quarto, abrindo uma distância entre nós que não suporto.

"Você também!", rebato, seguindo seus movimentos para me aproximar dele.

"Não quero falar sobre a porra do casamento agora; já estou furioso e mal consigo me controlar. Não me pressiona, está bem?"

"Está bom!", digo alto, mas desisto. Não porque tenho medo do que ele vai dizer, mas porque acabei de passar duas horas e meia com Zed e sei que a raiva de Hardin só está servindo para mascarar a ansiedade e a dor que causei ao fazer isso.

34

TESSA

Abro a gaveta da cômoda e pego uma calcinha limpa e um sutiã combinando.

"Vou tomar um banho. Kimberly quer sair às oito, e já são sete", digo para Hardin, que está sentado na beira da minha cama com os cotovelos apoiados nos joelhos.

"Você vai mesmo?", ele pergunta.

"Vou, eu te disse antes, lembra? Foi por isso que você quis vir para cá, para eu não ter que ir sozinha."

"Não foi o único motivo", ele diz de modo defensivo. Ergo uma sobrancelha em dúvida para ele, que revira os olhos. "Eu não disse que não é *um* dos motivos, só disse que não é o único."

"Você ainda quer ir, certo?", pergunto, balançando minha lingerie de modo sugestivo.

Ele retribui com um sorrisinho.

"Não, eu não queria ir, mas se você vai, eu também vou."

Abro um sorriso para ele, mas quando saio do quarto, ele não me segue. Isso me surpreende. E me pego desejando que ele viesse atrás de mim dessa vez. Não sei em que ponto estamos no momento. Sei que ele está irritado por causa de Zed, e eu estou chateada por ele estar escondendo coisas de mim de novo, mas de modo geral, estou muito feliz por ele estar aqui e não quero desperdiçar nosso tempo brigando.

Enrolo uma toalha nos cabelos já que não tenho tempo para lavá-los e secá-los antes de sairmos. A água quente alivia um pouco da tensão em meus ombros e em minhas costas, mas não ajuda muito a clarear minha mente. Tenho uma hora para melhorar meu humor. Hardin vai ficar de cara feia a noite toda, tenho certeza. Quero que a gente se divirta com Kimberly e Christian — não quero nenhum silêncio constrangedor nem discussões em público. Quero que a gente fique bem, e quero estar feliz, quero que ele esteja feliz. Ainda não saí à noite em Seattle desde que me mudei para cá e quero que minha primeira experiência seja a mais divertida possível. A culpa que sinto em relação a Zed se recusa a sumir, mas fico aliviada quando minha irritação e os pensamentos irracionais descem pelo ralo com a água quente e a espuma do sabonete.

Assim que desligo o chuveiro, Hardin bate à porta. Eu enrolo uma toalha no corpo e respiro fundo antes de responder.

"Fico pronta em dez minutos. Preciso tentar dar um jeito no meu cabelo", digo e, quando olho no espelho, Hardin está de pé atrás de mim.

Ele estreita os olhos ao olhar para meus cabelos.

"Qual é o problema com o seu cabelo?"

"Está descontrolado", digo e dou risada. "Não vai demorar muito."

"Você vai vestir *isso*?" Ele olha para o vestido preto desconfortável que está pendurado na cortina do chuveiro, já que estou tentando tirar um pouco o amassado. Na última vez que o usei, nas "férias em família", ele levou a uma noite... ou melhor, a uma semana desastrosa.

"É, a Kimberly disse que não dá para ir com qualquer tipo de roupa."

"E que tipo de roupa é para vestir?" Hardin olha para a calça jeans manchada e para a camiseta preta.

Dou de ombros e sorrio sozinha, imaginando Kimberly mandando Hardin trocar de roupa.

"Não vou me trocar", ele diz, e dou de ombros de novo.

Os olhos de Hardin não desgrudam do meu reflexo no espelho durante todo o tempo enquanto aplico maquiagem, brigo com a chapinha e com meu cabelo. O vapor do chuveiro fez com que ele se enrolasse de um jeito péssimo; não tem jeito. Acabo prendendo-o atrás em um coque baixo. Pelo menos, minha maquiagem ficou bem bonita. Uma troca justa para um dia tão ruim para o meu cabelo.

"Você vai ficar até domingo?", pergunto a ele enquanto visto a lingerie e o vestido. Quero ter certeza de que a tensão entre nós está sob controle, para não passarmos a noite toda discutindo.

"Vou, por quê?", Hardin responde com tranquilidade.

"Eu estava pensando que em vez de passar a sexta-feira aqui em Seattle a gente podia voltar para eu ver Landon e Karen. E o seu pai também."

"E o seu?"

"Ah, é..." Eu tinha me esquecido momentaneamente de que meu pai está na casa de Hardin. "Tenho me esforçado muito para não pensar naquela situação até você poder me contar mais sobre ela."

"Não sei se é uma boa ideia..."

"Por que não?", pergunto. Sinto muita falta de Landon.

Hardin esfrega a parte de trás do pescoço.

"Não sei... Toda essa merda com Steph e Zed..."

"Hardin, não vou mais encontrar o Zed, e a menos que ela apareça no apartamento ou na casa do seu pai, também não vou ver a Steph."

"Ainda assim acho que você não deveria ir."

"Você precisa relaxar um pouco", digo, refazendo o coque.

"Relaxar?", ele diz de modo sarcástico, como se a ideia nunca tivesse lhe ocorrido.

"Sim, relaxar. Você não pode controlar tudo."

Ele olha para cima.

"Não posso 'controlar tudo'? E quem está dizendo isso é logo você?"

Dou risada.

"Não é por nada. Concordo com você em relação ao Zed porque sei que é errado, mas você não pode me impedir de ver todas as pessoas da cidade porque tem medo que eu encontre Zed ou alguma garota desagradável."

"Terminou?", Hardin pergunta, recostando-se na pia.

"Com a discussão ou com meu cabelo?" Sorrio para ele.

"Você é irritante." Ele sorri para mim e dá um tapa na minha bunda quando me viro para sair do banheiro.

Fico feliz por ele estar sendo brincalhão. Isso vai ser bom hoje à noite.

Quando atravessamos o corredor na direção do meu quarto, Christian nos chama da sala de estar.

"Hardin, você continua aí? Vai ouvir um pouco de jazz? Não é *heavy metal* nem nada assim, mas..."

Não ouço o resto do que ele diz porque estou ocupada rindo da imitação improvisada que Hardin está fazendo de Christian Vance. Com um empurrão de leve em seu peito, eu digo: "Vai lá falar com ele. Já vou".

No quarto, pego minha bolsa e confiro meu celular. Preciso ligar para a minha mãe logo; fico adiando, e ela não para de ligar. Também recebi uma mensagem de Zed.

Por favor, não fica brava comigo por causa de hoje. Fui um idiota e não queria ser. Desculpa.

Apago a mensagem e enfio o telefone de novo na bolsa. Minha amizade com Zed tem que terminar agora. Tenho dado falsas esperanças a ele há muito tempo, e todas as vezes que me despeço, acabo voltando atrás e torno tudo pior quando me encontro com ele de novo. Não é justo com ele nem com Hardin. Hardin e eu já temos problemas demais. Fico incomodada como mulher com o fato de Hardin tentar me proibir de ver Zed, mas não posso negar que estarei sendo muito hipócrita se continuar me encontrando com ele. Eu não ia gostar que Hardin fosse amigo de Molly e andasse com ela — só de pensar, fico enjoada. Zed deixou claro o que sente por mim, e não é justo com ninguém que eu deixe a situação com ele se prolongar e o encoraje, ainda que sem querer. Zed é legal comigo e sempre esteve do meu lado, mas detesto ter que me explicar para ele e defender meu relacionamento o tempo todo.

Ansiosa com a expectativa de uma noite bacana com meu homem, desço a escada... e me surpreendo ao entrar na sala de estar e ver Hardin de pé com as mãos nos cabelos, parecendo irritado.

"Nem pensar!", ele diz, afastando-se de Christian.

"Jeans manchado de sangue e essa camiseta suja não são uma roupa adequada para a casa de jazz, independente da sua relação com o proprietário", Christian diz, empurrando um tipo de tecido preto para Hardin.

"Então, não vou." Hardin fecha a cara, deixando a peça cair no chão aos pés de Christian.

"Não seja um criança, veste logo essa maldita camisa."

"Se eu vestir a camisa, vou ficar com essa calça", Hardin diz, negociando e olhando para mim em busca de apoio.

"Você não trouxe nenhuma roupa que não esteja manchada de sangue?"

Christian sorri e então se abaixa para pegar a camisa.

"Você pode vestir a calça preta, Hardin", eu sugiro num esforço para mediar a discussão entre os dois.

"Tudo bem, me dá essa merda de camisa, então." Hardin pega a camisa das mãos de Christian e levanta o dedo do meio para ele quando atravessa o corredor.

"Talvez você também possa cortar os cabelos", Christian grita, provocando, e eu dou risada.

"Ah, deixa ele em paz. Não vou impedir se ele quiser te deixar com um olho roxo", Kimberly diz, brincando.

"Sei... sei..." Christian a puxa para seus braços e a beija.

Eu me viro quando a campainha toca.

"Deve ser a Lillian!", Kim diz enquanto se afasta de Christian.

Hardin entra na sala de estar quando Lillian entra pela porta da frente.

"Por que ela está aqui?", ele resmunga. Ele vestiu a camisa preta de botões, que não fica feia nele.

"Não seja mau. Ela cuida do Smith e é sua amiga, lembra?", pergunto. Minha primeira impressão de Lillian não foi boa, mas eu aprendi a gostar dela, apesar de não nos vermos desde que voltamos das Férias no Inferno.

"Não, ela não é."

"Tessa! Hardin!", Lillian exclama, os olhos azuis brilhando e o sorriso amplo. Ainda bem que ela não está usando o mesmo vestido que eu, como na primeira vez em que a vi, no restaurante em Sand Point.

"Oi", retribuo o sorriso, e Hardin só mexe a cabeça.

"Você está linda", ela me elogia, me olhando de cima a baixo.

"Obrigada... você também." Ela está vestindo um cardigã simples e calça cáqui.

"Certo, se vocês duas tiverem terminado...", Hardin reclama.

"É bom ver você também, Hardin." Lillian revira os olhos para ele, que amolece um pouco, abrindo um sorrisinho.

Enquanto isso, Kimberly está andando pela sala de estar, calçando os sapatos de salto e conferindo a maquiagem no espelho grande acima do sofá.

"Smith está lá em cima. Devemos chegar por volta da meia-noite."

"Está pronta, amor?", Christian pergunta a ela. E quando ela faz que sim, ele abre os braços e faz um gesto para a porta.

"Vamos em carros separados", Hardin diz.

"Por quê? Temos um motorista para hoje", Christian diz.

"Quero ir com o meu carro para o caso de querermos ir embora antes."

Christian dá de ombros.

"Você é que sabe."

Enquanto saímos, olho com mais atenção para a camisa de Hardin, que não é muito diferente da que ele costuma usar quando é forçado a se arrumar. A diferença é que essa camisa tem uma leve estampa de animal...

"Não fala nada", Hardin me avisa quando percebe que estou olhando.

"Não vou falar." Mordo o lábio, e ele resmunga.

"É horrorosa", ele diz e eu vou rindo até o carro.

A casa de jazz fica no centro de Seattle. As ruas estão cheias, como se fosse uma noite de sábado, e não quarta-feira. Esperamos dentro do carro de Hardin até um carro preto parar perto de onde estamos e Kimberly e Christian saírem.

"Riquinho metido a besta", Hardin diz, apertando minha coxa antes de sairmos do carro.

Com um sorriso simpático, o leão de chácara careca solta a corda de veludo do suporte prateado e nos deixa passar. Momentos depois, Kimberly está mostrando a casa, apontando várias particularidades do local enquanto Christian se afasta sozinho. Blocos de pedra cinza servem como mesas e há sofás pretos enfeitados com almofadas brancas. A única cor vem dos buquês de rosas vermelhas em cima de cada bloco de pedra. A música suave que toca pela casa é relaxante, mas estimulante ao mesmo tempo.

"Moderno." Hardin revira os olhos. Ele fica lindo à meia-luz. A camisa de botões de Christian com a calça jeans me deixam excitada.

"Legal, né?", Kimberly se vira, sorrindo.

"Sim, sim", Hardin responde. Quando nos aproximamos das mesas cheias, Hardin passa a mão pelo meu quadril e me puxa para mais perto dele enquanto caminhamos.

"O Christian está na área vip. Ela é toda nossa", Kimberly diz.

Vamos até os fundos do clube, e uma cortina de cetim aberta revela um espaço de tamanho moderado com mais cortinas pretas servindo de paredes. Quatro sofás contornam o ambiente, e há uma pedra grande no centro, coberta com garrafas de bebida alcoólica, um balde de gelo e vários petiscos.

Estou tão distraída que quase não vejo Max sentado em um dos sofás, na frente de Christian.

Ótimo. Não vou muito com a cara do Max, e sei que Hardin também não gosta dele. Hardin me abraça com mais força e lança um olhar irritado na direção de Christian.

Kimberly sorri, sempre a anfitriã perfeita.

"Que bom ver você de novo, Max."

Ele sorri.

"Você também, querida." Ele segura a mão dela e a leva aos lábios.

"Com licença." Ouço a voz de uma mulher atrás de mim. Hardin e eu damos um passo para o lado, e Sasha aparece no pequeno espaço. Sua altura intimidadora e o vestido branco que quase não se nota a ajudam a se tornar o centro das atenções.

"Que ótimo", Hardin diz, ecoando meu pensamento de segundos atrás. Ele está tão feliz em ver Sasha quanto eu estou em ver Max.

"Sasha." Kimberly tenta parecer feliz ao vê-la, mas não consegue. Um dos problemas da sinceridade de Kim é que é difícil para ela esconder suas emoções.

Sasha abre um sorriso caloroso para ela e se senta no sofá, ao lado de Max. Os olhos escuros dele se voltam para os meus como se ele estivesse pedindo permissão para se sentar com sua amante. Desvio o olhar quando Hardin me guia até o sofá de frente para eles. Kimberly se senta no colo de Christian e se inclina para a frente para pegar uma garrafa de champanhe.

"O que você achou do lugar, Theresa?", Max pergunta com seu sotaque pesado.

"Hum." Eu hesito ao ouvir meu nome completo. "É... é bonito."

"Vocês dois querem um pouco de champanhe?", Kimberly pergunta.

Hardin responde por mim.

"Eu não, mas a Tessa quer."

Eu me recosto no ombro.

"Se você não vai beber, então é melhor eu não beber também."

"Pode beber, não me importo. Só não estou a fim."

Sorrio para Kim.

"Não quero, mas obrigada."

Hardin franze o cenho e pega uma taça cheia da mesa.

"Você deveria beber um pouco, teve um dia longo."

"Você só quer que eu beba para eu não fazer perguntas", sussurro, revirando os olhos ao dizer isso.

"Não." Ele sorri, divertindo-se. "Só quero que você se divirta. Era o que você queria, não era?"

"Não preciso beber para me divertir." Quando olho ao redor, vejo que ninguém está prestando atenção a nossa conversa.

"Eu nunca disse que você precisa beber para se divertir. Só estou dizendo que a sua amiga está oferecendo de graça um champanhe que provavelmente custou mais do que a sua roupa e a minha juntas." Ele passa a ponta dos dedos pela minha nuca. "Então, por que não beber uma taça?"

"Tem razão." Eu me encosto nele de novo, e ele me entrega a taça de haste comprida. "Mas só vou tomar uma."

Trinta minutos depois, acabei de beber a segunda taça e estou pensando em pegar uma terceira para não me sentir desconfortável enquanto observo Sasha desfilando por um espaço tão pequeno. Ela diz que só quer dançar, mas se fosse verdade, ela poderia muito bem ir para a pista e dançar lá.

Piranha exibida.

Levo a mão à boca como se tivesse dito as palavras em voz alta.

"O que foi?" Hardin está entediado, dá para perceber. Bem entediado. Eu noto pela maneira como ele está olhando para a cortina preta, subindo e descendo a mão pelas minhas costas.

Balanço a cabeça em resposta. Eu não deveria estar pensando essas coisas em relação a uma mulher que nem conheço. Só sei que ela está dormindo com um homem casado...

E provavelmente isso é tudo que preciso saber. Não consigo gostar dela.

"Podemos ir?", Hardin sussurra em meu pescoço e leva a outra mão a minha coxa.

"Só mais um pouco", digo a ele. Não estou necessariamente entediada, mas preferiria estar a sós com Hardin em vez de ficar evitando olhar para Sasha e sua calcinha quase exposta.

"Tessa, quer dançar...?", Kimberly sugere, e Hardin fica tenso.

Meus pensamentos voltam para a última vez em que fui a uma balada com Kimberly. Dancei com um cara só para irritar Hardin, apesar de ele estar a quilômetros de distância. Eu estava tão arrasada naquele dia, tão triste, que mal conseguia pensar direito. O cara acabou me beijando, e eu acabei chateando Hardin no quarto do hotel quando ele descobriu que Trevor estava lá. Foi um grande mal-entendido, mas, quando me lembro, concluo que a noite terminou muito bem para mim.

"Eu não sei dançar, lembra?", digo.

"Bom, vamos dar uma volta." Ela sorri. "Você parece estar prestes a pegar no sono."

"Tudo bem, uma voltinha." Eu me levanto. "Você vem?", pergunto a Hardin, mas ele balança a cabeça para dizer não.

"Ela vai ficar bem; vamos demorar só um minutinho", Kimberly diz a ele.

Ele não parece muito contente por ela estar me levando dali, mas não tenta impedi-la. Ele está tentando me mostrar que pode pegar mais leve, e eu o amo por isso.

"Se você perder a Tessa, não precisa voltar", ele diz.

Kimberly ri e me leva pelas cortinas, para dentro da casa lotada.

35

HARDIN

Max se aproxima de mim e pergunta: "Aonde você acha que ela levou a Theresa?".

"Tessa", eu o corrijo. Como ele sabe que o nome dela é Theresa, porra? Certo, talvez seja meio óbvio, mas não gosto de ouvi-lo dizendo.

"Tessa." Ele sorri e dá um longo gole no champanhe. "Ela é uma moça adorável."

Pego uma garrafa de água da mesa e ignoro seu comentário. Não tenho interesse nenhum em falar com esse cara. Eu deveria ter ido com Tessa e Kimberly, aonde quer que elas tenham ido. Estou tentando mostrar à Tessa que consigo "relaxar", e é isso que eu ganho em troca. Ficar do lado desse cara em uma balada com música ruim.

"Já volto; a banda acabou de chegar", Christian diz para nós. Ele enfia o celular no bolso da calça e se afasta. Max fica de pé e o segue, dizendo a sua acompanhante para se divertir e beber mais champanhe.

Fala sério que eles estão me deixando sozinho aqui com essa garota...

"Parece que sobramos só nós dois", a tal de Stacey diz para mim, confirmando que sim, foi exatamente isso que eles fizeram.

"H-hum..." Jogo a tampa de plástico da garrafa de água na mesa de pedra.

"O que você achou do lugar? O Max disse que lotou todas as noites desde a inauguração." Ela sorri para mim. Finjo não perceber quando ela puxa a barra do vestido para expor seu decote... ou falta de decote.

"Abriu há poucos dias. É claro que vai lotar."

"Mesmo assim, é um lugar bacana." Ela descruza as pernas e volta a cruzá-las.

Dava para parecer mais desesperada? A essa altura já nem sei mais se ela está tentando dar em cima de mim ou se já está tão acostumada a ser uma piranha que seus movimentos já se tornaram automáticos.

Ela se inclina sobre a mesa entre nós.

"Você quer dançar? Tem espaço aqui." Ela passa as unhas compridas na manga da minha camisa, e eu me afasto.

"Você está louca?" Eu passo para o outro lado do sofá. A essa hora, no ano passado, eu teria levado essa desesperada para o banheiro para fodê-la até cansar. Agora, pensar nisso me dá vontade de vomitar em seu vestido branco.

"O que foi? Só perguntei se quer dançar."

"Talvez você possa dançar com o seu namorado casado", digo e levo a mão à cortina, esperando ver Tessa.

"Não me julgue tão depressa. Você nem me conhece."

"Conheço o suficiente."

"Bom, também sei algumas coisas a seu respeito, então, se fosse você, tomaria cuidado..."

"Sabe mesmo?", pergunto e dou risada.

Ela estreita os olhos para mim, tentando me intimidar, com certeza. "Sim, sei."

"Se você soubesse alguma coisa sobre mim, saberia que não devia estar me ameaçando agora", digo a ela.

Ela levanta a taça de champanhe e faz um brinde discreto.

"Você é exatamente como dizem..."

E é o que preciso para sair dali. Abro as cortinas para procurar Tessa para podermos dar o fora daqui.

Exatamente como *quem* diz? Quem essa mulher pensa que é? Christian tem sorte por eu ter prometido para Tessa que teríamos uma noite bacana. Caso contrário, Max teria que responder pelos maus modos de sua piranha.

Rodo a casa à procura do vestido brilhante de Tessa e dos cabelos loiros de Kimberly. Ainda bem que esse não é o tipo de lugar onde todo mundo vai para a pista dançar; a maioria dos clientes está sentada nas mesas, o que torna minha busca bem mais fácil. Finalmente, eu as encontro no bar principal, conversando com Christian, Max e outro cara. Tessa está de costas para mim, mas percebo por sua postura que ela está nervosa. Segundos depois, outro cara se aproxima, e conforme vou chegando perto, o primeiro cara se torna cada vez mais familiar para mim.

"Hardin!" Kimberly estica o braço e toca meu ombro, mas desvio dela e me aproximo de Tessa. Quando ela se vira para mim, seus olhos cinza-azulados estão cautelosos enquanto guiam meu olhar para o cara.

"Hardin, este é meu professor de Religião Mundial, o professor Soto", ela diz, sorrindo educadamente.

Isso é alguma brincadeira, caralho? Será que todo mundo acaba vindo parar em Seattle?

"Jonah", ele a corrige. Ele estende a mão no espaço entre nós para um cumprimento que estou surpreso demais para recusar.

36

HARDIN

O professor de Tessa sorri, dando uma conferida sutil nela. Mas eu vejo claramente.

"Bom ver você de novo", ele diz, mas não sei se ele está falando com Tessa ou comigo, pelo jeito como se mexe com a música.

"O professor Soto está morando em Seattle agora", Tessa me diz.

"Conveniente", digo baixinho. Tessa me ouve e delicadamente me cutuca com o cotovelo, e eu passo o braço por sua cintura.

Jonah olha rapidamente para onde coloquei meu braço, e então volta a olhar para o rosto dela. Ela tem dono, babaca.

"Sim, eu me transferi para o campus de Seattle há algumas semanas. Eu me candidatei para um emprego há alguns meses e finalmente consegui. Minha banda já estava pronta para se mudar mesmo", ele diz, com uma atitude que indica que ele acha que ficamos impressionados.

"A Reckless Few vai tocar aqui hoje, e mais algumas noites, se conseguirmos convencê-los", Christian diz. Jonah sorri e olha para baixo.

"Acho que é uma possibilidade", ele diz, olhando para nós com um sorriso. Terminando sua bebida de um gole, ele diz: "Bem, é melhor nos prepararmos para tocar".

"Sim, não se prenda por nós", Christian dá um tapinha nas costas de Soto, e o professor se vira para dar um último sorriso para Tessa antes de passar pelas pessoas em direção ao palco.

"A banda é incrível! Vocês precisam ouvir!" Vance bate as mãos uma vez antes de abraçar Kimberly e levá-la para uma mesa na frente do palco.

Eu já os ouvi tocando; eles *não* são incríveis.

Tessa se vira para mim com olhos nervosos.

"Ele é legal. Você se lembra? Ele te defendeu quando você estava prestes a ser expulso."

"Não, não me lembro de nada sobre ele, na verdade. Só do fato de que ele parece gostar de você e está misteriosamente morando em Seattle agora, dando aula no seu maldito campus."

"Você ouviu quando ele disse que se candidatou há meses... e ele não gosta de mim."

"Gosta, sim."

"Você acha que todo mundo gosta de mim", ela rebate. Ela não pode ser tão ingênua a ponto de acreditar que esse cara tem boas intenções.

"Vamos fazer uma lista, então? Tem o Zed, o babaca do Trevor, aquele garçom imbecil... quem está faltando? Ah, e agora podemos acrescentar seu professor nojento, que estava olhando para você como se você fosse uma sobremesa." Olho para onde aquele babaca está no palquinho, andando e fazendo pose de importante, fingindo ser casual.

"Zed é a única pessoa dessa lista que conta. O Trevor é muito bonzinho e nunca representou ameaça. Eu provavelmente nunca mais vou ver o Robert e o professor Soto não está me perseguindo."

Uma palavra nessa frase não me cai muito bem.

"Provavelmente?"

"Eu *obviamente* não vou ver o Robert de novo. Eu estou com você, está bem?" Ela pega minha mão, e eu relaxo. Preciso me certificar de que queimei ou joguei o telefone daquele garçom maldito na privada e dei descarga, só para garantir.

"Eu ainda acho que esse cuzão está seguindo você." Faço um gesto com a cabeça na direção do palco, apontando para o babaca de jaqueta de couro. Talvez seja melhor eu conversar com meu pai só para ter certeza de que ele não é tão suspeito quanto estou achando. Tessa se aproximaria de um leão se ele fizesse cara de bonzinho. Ela não é boa em julgar caráter.

Ela prova que estou certo quando sorri para mim como uma tola por causa do champanhe que bebeu. Ela está comigo depois de todas as merdas que já fiz...

"Eu pensei que esse lugar fosse uma casa de jazz, mas a banda dele é...", Tessa começa a tentar me distrair da lista aparentemente interminável de homens que desejam tê-la

"Uma bosta?", eu a interrompo.

Ela dá um tapa em meu braço.

"Não, mas não é jazz. Eles são mais... tipo Fray, mais ou menos."

"The Fray? Não começa a insultar sua banda preferida." A única coisa que me lembro a respeito da banda do professor é que é uma merda.

Ela bate o ombro no meu braço.

"E sua também."

"Não exatamente."

"Não vem com essa de que não gosta deles, porque eu sei que gosta." Ela aperta minha mão, e eu balanço a cabeça, sem negar, claro, mas também não vou admitir.

Olho para a parede e para os peitos de Tessa enquanto espero a maldita banda se preparar.

"Podemos ir embora agora?", pergunto.

"Uma música." O rosto de Tessa está vermelho, e seus olhos estão arregalados e brilhantes. Ela toma mais uma bebida e passa as mãos pelo vestido, fazendo o tecido descer e subir ao mesmo tempo.

"Posso pelo menos sentar?" Faço um gesto em direção à fila de banquinhos vazios no bar.

Seguro a mão de Tessa e a levo até o bar. Eu me sento no último banco, perto da parede e longe da multidão.

"O que vão beber?", um rapaz de barbicha e sotaque italiano falso pergunta a nós dois.

"Uma taça de champanhe e uma água", eu digo quando Tessa se posiciona entre minhas pernas. Apoio uma mão na base de suas costas e sinto as contas de seu vestido contra a palma de minha mão.

"Só vendemos a garrafa de champanhe, senhor." O garçom me dirige um sorriso se desculpando, como se tivesse certeza de que não posso pagar por uma garrafa dessa porra de champanhe.

"Pode ser uma garrafa." Ouço a voz de Vance ao meu lado, e o garçom faz que sim, olhando para nós dois.

"Ela quer gelado", comento de modo arrogante.

O rapaz balança a cabeça de novo e sai para buscar a garrafa.

Trouxa.

"Pare de bancar nossa babá", digo a Vance. Tessa faz cara feia, mas eu a ignoro.

Ele revira os olhos como o idiota sarcástico que é.

"Eu realmente não estou agindo como uma babá. Ela é menor de idade."

"Tá, tá", eu digo. Alguém chama seu nome, e ele dá um tapinha em meu ombro antes de se afastar.

Alguns momentos depois, o garçom traz a garrafa de champanhe aberta e despeja o líquido borbulhante em uma taça para Tessa. Ela agradece educadamente, e ele responde com um sorriso ainda mais artificial do que seu sotaque. Sua tentativa de parecer descolado está me matando.

Ela leva a taça aos lábios e encosta as costas em meu peito.

"Que delícia."

Nesse momento, dois caras passam e olham para ela rapidamente. Ela percebe; sei que percebe, porque se encosta mais em mim e deita a cabeça em meu ombro.

"Lá vem a Sasha", ela diz mais alto do que a guitarra do Professor Perseguidor que está sendo testada com o equipamento de som. A loira alta está procurando alguém, seu namorado ou qualquer outro cara para atacar.

"E daí?" Delicadamente seguro seu cotovelo e a viro para mim.

"Não gosto dela", ela diz baixinho.

"Ninguém gosta."

"Nem você?", ela pergunta.

Ela ficou maluca? "Por que eu gostaria?"

"Não sei." Ela olha para minha boca. "Porque ela é bonita."

"E daí?"

"Não sei... Só estou sendo esquisita." Ela balança a cabeça numa tentativa de se livrar da irritação que está aparente em seu rosto.

"Está com ciúmes, 'Theresa'?"

"Não." Ela faz um biquinho.

"Não tem motivo." Abro as pernas ainda mais e a puxo contra mim. "Não é *ela* que eu quero." Eu passo os olhos por seus seios quase expostos. "Eu quero você." Passo o dedo pelo decote dela como se não estivéssemos numa casa noturna lotada.

"Só por causa dos meus peitos." Ela sussurra a última palavra.

"Verdade." Dou risada, provocando-a.

"Eu sabia." Tessa finge se ofender, mas sorri por cima da borda do copo.

"Sim, bom, agora que a verdade foi dita, você pode me deixar fodê-los", eu digo, alto demais.

Ela espirra champanhe em minha camisa e no meu colo.

"Desculpa!", ela grita, pegando guardanapos no bar.

Ela passa o guardanapo para secar a camisa horrorosa e então desce para a minha virilha.

Seguro o pulso dela e pego o guardanapo de sua mão.

"Melhor não."

"Ah." Seu pescoço fica todo vermelho.

Um dos membros da banda faz a apresentação ao microfone, e faço o melhor que posso para não ter ânsia de vômito quando começa a tortura sonora. Tessa observa atentamente conforme eles passam de uma música a outra, e eu continuo a encher sua taça.

Gosto de como estamos sentados. Bom, como eu estou sentado. Ela está de pé entre minhas pernas, de costas para mim, mas consigo ver seu rosto quando me inclino levemente para trás contra o balcão do bar. A luz vermelha e fraca do lugar, o champanhe e ela sendo... ela a fazem brilhar. É impossível não observá-la sorrindo e olhando para o palco. Não posso nem sentir ciúmes, porque ela é extremamente... linda.

Como se pudesse ler minha mente, ela se vira e abre um sorriso. Adoro vê-la assim, tão descontraída... tão jovem. Preciso fazer ela se sentir assim mais vezes.

"Eles são bons, não são?" Ela se balança com o som lento, mas empolgante.

Dou de ombros.

"Não." Eles não são péssimos, mas com certeza não são bons.

"Seeeeiiiii." Ela exagera a palavra e se vira.

Momentos depois, ela começa a mexer o quadril acompanhando a voz estridente do vocalista. *Porra*.

Desço a mão para a curva de seu quadril, e ela se encosta mais em mim, ainda se mexendo. O ritmo da canção aumenta, e Tessa faz a mesma coisa. *Puta que pariu*.

Já fizemos muita coisa... Eu já fiz muita coisa, mas nunca ninguém dançou grudada em mim desse jeito. Garotas e até algumas strippers já dançaram no meu colo, mas não desse jeito. É um movimento lento, envolvente... um puta de um tesão. Levo a outra mão ao outro lado do quadril, e ela se vira de leve para colocar a taça em cima do bar. Com as mãos vazias, ela me lança um sorriso safado e olha para o palco de novo. Levanta uma das mãos e corre os dedos pequenos pelos meus cabelos, pousando a outra mão sobre a minha.

"Continua", eu imploro.

"Tem certeza?" Ela puxa meus cabelos.

É difícil acreditar que essa mulher sedutora, usando um vestido preto curto, mexendo o quadril e puxando meus cabelos é a mesma garota que cospe o champanhe quando eu digo que quero foder seus seios. Ela é muito gostosa.

"Porra se tenho", respiro fundo e levo uma das mãos a sua nuca, encostando a boca em sua orelha. "Pode se esfregar em mim..." Aperto seu quadril. "Mais."

Ela faz exatamente isso. Ainda bem que, sentado no banco, fico na altura perfeita para ela esfregar a bunda em mim, bem no ponto que está precisando dela.

Desvio a atenção, só por um segundo, para dar uma olhada à nossa volta. Não quero que mais ninguém a veja dançar.

"Você está tão sexy", digo em sua orelha. "Dançando desse jeito, em público... para mim e só para mim." Juro que posso ouvi-la gemer em meio à música, e é só o que ouço. Eu a viro e enfio a mão por baixo de sua saia.

"Hardin." Ela geme quando puxo a calcinha dela para o lado.

"Ninguém está prestando atenção. E mesmo que estivessem, não dá para ver", digo a ela. Eu não estaria fazendo isso se achasse que alguém pudesse estar vendo.

"Você gostou de me provocar, não gostou?", pergunto. Ela não pode negar, porque está encharcada.

Ela não responde; só repousa a cabeça em meu ombro e puxa a barra da minha camisa, como normalmente faria com nossos lençóis. Eu enfio e tiro o dedo de dentro dela, tentando acompanhar o ritmo da música. Quase no mesmo instante, suas pernas se enrijecem e ela começa a gozar em meus dedos. Ela murmura, mostrando que estou lhe proporcionando muito prazer. Ela se encosta ainda mais em mim, chupando meu pescoço. Ela mexe o quadril, mantendo um ritmo constante com

185

meus dedos entrando e saindo de sua boceta molhadinha. Seus gemidos são abafados pela música e pelas vozes ao nosso redor e ela parece que vai rasgar a pele da minha barriga com as unhas.

"Eu vou...", ela geme contra meu pescoço.

"Eu sei, linda. Goza pra mim. Bem aqui, Tessa. Goza." Eu a incentivo.

Ela assente, mordendo meu pescoço, e eu sinto meu pau pulsar, pressionando a parte da frente da calça jeans. Todo o peso dela fica em meus braços enquanto ela tem um orgasmo, e eu a mantenho de pé. Ela está ofegante, corada, brilhando sob as luzes quando levanta a cabeça.

"Carro ou banheiro?", ela pergunta quando levo os dedos aos lábios, sentindo o gosto dela.

"Carro", respondo depressa, e ela bebe o resto do champanhe.

O Vance pode pagar por essa merda; não tenho tempo de procurar o cara do bar.

Tessa pega minha mão e me leva em direção à porta. Ela está a fim, e eu estou duro feito uma pedra depois de todo o jogo de sedução no bar.

"Aquele é...?" Tessa para perto da entrada do clube. Cabelos pretos despenteados aparecem em meio às pessoas. Eu teria jurado que minha paranoia estava causando alucinações se ela também não o tivesse visto.

"Por que *ele* está aqui, porra? Você falou para ele que ia vir à casa de jazz?" Digo entredentes. Não mantive a calma a noite toda para ela ser sabotada por esse merda.

"Não! Claro que não!", Tessa exclama, defendendo-se. Consigo perceber por seus olhos arregalados que ela está dizendo a verdade.

Zed nos vê e franze o cenho com malícia.

Sendo o babaca instigador que é, ele se aproxima de onde estamos.

"O que você está fazendo aqui?", pergunto.

"A mesma coisa que você." Ele endireita os ombros e olha para Tessa. Eu controlo a vontade de puxar a parte de cima do vestido dela para cima e arrebentar os dentes dele.

"Como você sabia que ela estava aqui?", pergunto a ele.

Tessa segura meu braço e olha para Zed e para mim.

"Não sabia. Vim ver a banda." Um cara com a pele da cor da de Zed aparece.

"É melhor vocês irem embora", digo aos dois.

"Hardin, por favor", Tessa diz atrás de mim.

"Não...", sussurro para ela. Já cansei de Zed e das palhaçadas dele.

"Ei..." O outro cara se coloca entre nós. "Eles estão começando mais um bloco. Vamos lá dizer que estamos aqui."

"Vocês conhecem o Soto?", Tessa pergunta. *Porra, Tessa.*

"Conhecemos", o desconhecido diz.

Consigo praticamente ver as teorias de conspiração passando pela mente dela a respeito de como eles se conhecem, mas, como quero me afastar de Zed, eu a seguro pelo braço e vamos em direção à porta.

"A gente se vê", Zed diz, abrindo para Tessa seu melhor sorriso "sou um cachorrinho idiota perdido e quero que você sinta pena de mim e me ame porque sou um babaca ridículo" antes de acompanhar o outro cara em direção ao palco.

Saio pela porta e sinto o ar frio. Tessa vem atrás, insistindo.

"Eu não sabia que ele ia vir aqui! Juro."

Destranco o carro e abro a porta do passageiro para ela.

"Eu sei, seu sei", digo para ela parar de falar. Estou me concentrando ao máximo para me convencer a não voltar lá para dentro. "Deixa pra lá. Por favor, não quero acabar com a noite." Dou a volta até o outro lado do carro e me sento ao lado dela.

"Tudo bem", ela concorda, assentindo.

"Obrigado", suspiro. Enfio a chave na ignição, e Tessa põe as mãos em meu rosto para virar minha cabeça para ela.

"Estou muito feliz por você estar fazendo um esforço hoje. Sei que é difícil para você, mas significa muito para mim." Quando ela me elogia, eu sorrio, mantendo o rosto em sua mão.

"Tudo bem."

"É sério. Eu te amo, Hardin. Muito."

Eu digo o quanto a amo enquanto ela passa para o meu banco e sobe no meu colo. Com rapidez, ela abre minha calça jeans e a abaixa o suficiente... Ela beija meu pescoço e puxa minha camisa, arrancando os dois botões de cima numa tentativa apressada de ganhar acesso ao meu peito. Eu levanto seu vestido para expor seu corpo firme para mim, e ela enfia a mão no meu bolso de trás para pegar a camisinha que eu imaginei que seria necessária.

"Só quero você, sempre", ela diz, acalmando minha mente ao colocar o preservativo em mim. Seguro seu quadril e a ajudo a erguer o corpo. No espaço pequeno do carro, parece mais perto, mais profundo, quando ela desce sobre mim. Enquanto eu a penetro, completa e possessivamente, um suspiro escapa de minha boca. Ela cobre meus lábios, recebendo meus gemidos enquanto mexe o quadril lentamente, como fez antes.

"Dá para ir tão fundo nessa posição", digo, segurando seu coque e puxando-o com delicadeza para forçá-la a olhar para mim.

"Que delícia", ela geme, sendo penetrada, sentindo cada centímetro meu. Ela passa uma das mãos pelos meus cabelos e a outra fica na base de meu pescoço. Ela fica tão sexy desse jeito, quando o álcool se mistura à adrenalina e ela fica faminta e louca... louca por mim, pelo meu corpo, por essa ligação intensa que só nós dois temos. Ela não teria isso com mais ninguém, nem eu. Tenho tudo de que preciso com ela, e ela não pode me deixar nunca.

"Porra, eu te amo", digo enquanto a beijo e ela puxa meus cabelos e aperta meu pescoço. Não é desconfortável, é uma pressão leve, mas está me deixando maluco.

"Te amo", ela diz quando levanto o quadril contra ela, metendo com mais intensidade do que antes. Olho para ela e me delicio com a sensação que seu quadril me causa. O aumento lento da pressão começa na base da minha espinha, e consigo sentir Tessa mais tensa enquanto continuo a ajudá-la erguendo seu quadril a cada estocada.

Ela precisa começar a tomar a pílula. Preciso sentir o contato da minha pele com a sua de novo.

"Mal posso esperar para meter em você sem uma camisinha...", digo com o rosto em seu pescoço.

"Continua", ela pede. Ela adora as sacanagens que eu falo.

"Quero que você me sinta gozar dentro de você..." Chupo a pele salgada de seu pescoço, sentindo o gosto da fina camada de suor. "Você vai adorar, não vai? Vai adorar me ver marcando você desse jeito." Só de pensar nisso, quase perco o controle.

"Estou quase...", ela geme e puxa meus cabelos com força, e nós dois gozamos, ofegantes e gemendo.

Eu a ajudo a sair de meu colo e desço o vidro da janela enquanto ela ajeita o vestido.

"O que você...", ela começa, e eu jogo a camisinha pela janela. "Não acredito que você jogou uma camisinha usada pela janela! O Christian pode ver!"

Sorrio para ela de modo malicioso.

"Tenho certeza de que não vai ser a única camisinha que ele vai encontrar no estacionamento."

Ela fecha meu zíper e me ajuda a me vestir de novo, para eu poder dirigir.

"Talvez não." Ela enruga o nariz e olha pela janela enquanto engato a primeira marcha. "Está cheirando a sexo aqui dentro", ela diz e começa a rir.

Concordo e ouço Tessa murmurar junto com todas as músicas do rádio enquanto voltamos para a casa do Vance. Quase tiro sarro dela por isso, mas o som na verdade é muito gostoso, principalmente depois de ouvir aquela banda de merda tocar.

Som gostoso? Estou até começando a falar como ela.

"Depois de hoje à noite vou ter que arrancar os meus tímpanos", comento e ela continua. Mostra a língua para mim como uma criança e canta ainda mais alto.

Seguro a mão de Tessa para ajudá-la a se equilibrar enquanto subimos o caminho até a porta da frente. Pelo modo como está agindo, acho que a maior parte do champanhe finalmente chegou a seu fígado.

"E se estivermos trancados do lado de fora?", ela pergunta rindo quando chegamos à garagem.

"A babá está aqui", lembro a ela.

"Ah, é! Lillian..." Ela sorri. "Ela é tão legal."

Sorrio ao perceber como ela está bêbada.

"Pensei que você não gostasse dela."

"Eu gosto, agora que sei que ela não gosta de você como você me fez acreditar que ela gostava."

Toco os lábios dela.

"Não faz biquinho. Ela é bem parecida com você... só mais irritante."

"Como é?" Ela dá um soluço. "Não foi legal da sua parte fazer eu ficar com ciúmes dela."

"Deu certo, não deu?", respondo quando chegamos à porta.

Lillian está sentada sozinha no sofá quando entramos na casa. Eu paro um pouco para subir o decote de Tessa. Ela revira os olhos para mim.

Ao nos ver, Lillian fica de pé.

"Como foi?"

"Foi muito, muito divertido. A banda era demais!", Tessa sorri.

"Ela está bêbada", digo a Lillian.

Ela ri.

"Dá pra ver." Depois de uma pausa, ela diz: "O Smith está dormindo. Ele quase conversou comigo hoje".

"Que bom", eu digo e levo Tessa em direção ao corredor.

Minha namorada bêbada acena para Lillian.

"Foi bom ver você!"

Não sei se devo dizer a Lillian que ela pode ir embora ou se devo esperar o Vance chegar, então não digo nada. Além disso, ela que cuide do pequeno robô se ele acordar.

Quando chegamos ao quarto de Tessa, fecho a porta e ela imediatamente se joga na cama.

"Pode tirar isso?" Ela aponta seu vestido. "Está me dando coceira."

"Fica em pé." Eu a ajudo a tirar o vestido, e ela me agradece com um beijo na ponta do nariz. É um gesto simples, mas me pega desprevenido, e sorrio para ela.

"Que bom que você está aqui comigo", ela diz.

"Sério?"

Ela balança a cabeça e abre o restante dos botões que sobraram da camisa de Christian. Ela puxa a camisa pelos meus braços e a dobra antes de colocar no cesto. Nunca vou entender por que ela dobra roupas sujas, mas já me acostumei.

"É, muito bom. Seattle não é tão legal quanto pensei", ela admite, finalmente.

Então, volta comigo, é o que quero dizer.

Mas em vez disso pergunto: "Por que não?".

"Não sei. Só não é." Ela franze o cenho, e fico surpreso porque, em vez de querer ouvir como ela está triste aqui, quero mudar de assunto. Landon e eu já suspeitávamos que ela estava se sentindo assim; mas mesmo assim fico chateado por saber que não está sendo exatamente como ela queria. Eu devia levá-la para passear amanhã durante o dia para animá-la.

"Você poderia se mudar para a Inglaterra", digo.

Ela olha para mim com o rosto vermelho e os olhos vidrados por causa do champanhe.

"Você não quer me levar para lá para um casamento, mas quer que eu more lá", ela diz para me repreender.

"Vamos falar sobre isso depois", digo, esperando que ela mude de assunto.

"Sei... sei... sempre depois." Ela volta para se sentar na cama, mas se atrapalha, cai no chão e começa a rir.

"Meu Deus, Tessa", eu a seguro pela mão e a ajudo a ficar de pé, com o coração acelerado.

"Estou bem." Ela ri e se senta na cama, me puxando com ela.

"Eu te dei muito champanhe."

"Deu mesmo." Ela sorri e empurra meus ombros até eu me deitar na cama.

"Você está bem? Está se sentindo mal?"

Ela apoia a cabeça em meu peito.

"Pare de me tratar como uma criança, estou bem." Mordo a língua em vez de responder. "O que você quer fazer?", ela pergunta baixinho.

"O quê?"

"Estou entediada." Ela olha para mim com aquela cara. Ela se levanta e me encara com os olhos intensos.

"O que você quer fazer, sua bêbada?"

"Puxar seus cabelos."

Ela sorri e morde o lábio inferior, toda safada.

37

HARDIN

"Não consegue dormir?", Christian acende a luz e entra na cozinha, onde estou.

"Tessa pediu água", digo a ele. Empurro a porta da geladeira para fechá-la, mas ele a mantém aberta com a mão.

"A Kim também. É o preço por ter bebido muito champanhe", ele diz atrás de mim.

Os risos e o apetite por prazer insaciável de Tessa me esgotaram. Tenho certeza de que ela vai vomitar logo, logo se não beber água. Imagens dela esta noite, deitada de costas na cama com as pernas abertas para mim enquanto eu a fazia gozar usando os dedos e a língua aparecem em minha mente. Ela foi incrível, como sempre é, quando sentou no meu pau até eu gozar numa camisinha.

"É, a Tessa está péssima." Controlo o riso quando me lembro de seu tombo.

"E aí... Inglaterra no próximo fim de semana, certo?" Ele muda de assunto.

"Não, não vou."

"Estamos falando do casamento da sua mãe."

"E daí? Não é o primeiro, e provavelmente não vai ser o último", digo.

Dizer que me assustei quando ele esticou o braço e tirou a garrafa de água de minha mão seria pouco.

"Que porra é essa?", pergunto enquanto me abaixo para pegar a garrafa.

Quando me levanto, os olhos de Vance estão focados em mim, e seu olhar é intenso.

"Você não tem o direito de falar da sua mãe desse jeito."

"O que você tem a ver com isso? Não quero ir, e não vou."

"Me dá um motivo, de verdade", ele me desafia.

O que deu nele, porra?

"Não preciso dar um motivo para ninguém. Simplesmente não quero ir a um casamento idiota. Já fui arrastado para um recentemente, e para mim já deu."

"Tudo bem. Já mandei a papelada pedindo o passaporte da Tessa, então acho que você vai ficar bem sozinho enquanto ela se diverte na Inglaterra pela primeira vez acompanhando a Kim."

Deixo a garrafa cair no chão. Pode ficar ali dessa vez.

"Você o quê?" Olho para ele. Ele deve estar de sacanagem com a minha cara... só pode ser.

Ele se recosta na ilha da cozinha e cruza os braços.

"Enviei o formulário do passaporte e paguei por ele assim que soube do casamento. Ela vai ter que ir ao centro para finalizar o processo e tirar uma foto, mas já fiz o resto."

Estou espumando de ódio. Consigo sentir o calor aumentando.

"Por que você faria isso? Não é nem *legal*." Como se eu me importasse com legalidade.

"Porque eu sabia que você ia se comportar como um idiota teimoso em relação a esse assunto, e também sabia que só ela seria capaz de fazer você ir. Isso é importante para a sua mãe, e ela anda preocupada, achando que você não vai."

"Ela está certa de estar preocupada. Vocês dois acham que podem usar a Tessa para me convencer a ir para a porra da Inglaterra? Vão se foder, você e a minha mãe." Abro a porta da geladeira para pegar outra garrafa de água só para ser babaca, mas ele a fecha com o pé.

"Olha só, eu sei que você teve uma vida de merda, tá? Eu também tive, então sei como é. Mas você não vai falar comigo como fala com os seus pais."

"Então, para de se meter na merda da minha vida como eles fazem."

"Não estou me metendo. Você sabe muito bem que a Tessa adoraria ir a esse casamento, e sabe que vai se sentir um babaca se não der a ela a oportunidade de ir só por causa dos seus motivos egoístas. Então é melhor você parar de se irritar comigo e me agradecer por tornar sua semana bem mais fácil."

Olho para ele por alguns momentos para assimilar o que está dizendo. Ele está certo, em parte: eu já comecei a me sentir mal por não querer ir ao casamento. E o único motivo é porque sei quanto a Tessa gostaria de ir. Ela já falou sobre isso o suficiente hoje, e estou ficando cansado.

"Vou aceitar seu silêncio como um obrigado", Vance sorri, e eu reviro os olhos.

"Não quero que isso se transforme num problema."

"O quê? O casamento?"

"É. Como vou levar a Tessa a outro casamento, ver ela ficar toda emocionada e depois ter que dizer que ela nunca vai ter um igual?"

Christian bate os dedos no queixo, pensativo.

"Ah, entendi." O sorriso dele se abre ainda mais. "É por isso, então? Você não quer que ela fique imaginando?"

"Não, ela já imagina. Ela tem uma baita imaginação... esse é o problema."

"Por que seria um problema? Não quer que ela torne você um homem de respeito?" Apesar de ele estar tirando sarro de mim, fico feliz por ele não ter ficado chateado com os meus comentários grosseiros de minutos atrás. É por isso que eu meio que gosto do Vance; ele não é sensível como o meu pai.

"Porque não vai acontecer, e ela é uma daquelas mulheres malucas que tocam no assunto com um mês de namoro. Ela literalmente terminou comigo porque eu disse que não ia me casar com ela. Ela é completamente doida às vezes."

Vance ri e toma um gole da água que ia levar para Kimberly. Tessa está esperando por mim também; preciso acabar com essa conversa. Já se estendeu demais e está pessoal demais para o meu gosto.

"Considere-se sortudo por ela querer casar com você. Você não é exatamente o cara mais fácil do mundo. E se tem alguém que sabe disso, é ela."

Começo a me perguntar o que ele sabe sobre meu relacionamento, mas logo me lembro que ele está noivo da maior fofoqueira de Seattle. Ou melhor, de todo o estado de Washington... talvez até dos Estados Unidos da...

"Estou certo?" Ele interrompe meus pensamentos sobre sua noiva irritante.

"Está. Mesmo assim, é ridículo pensar em casamento, principalmente porque ela ainda não tem nem vinte anos."

"Olha quem fala, o cara que não quer que ela se distancie um metro dele."

"Idiota", eu digo.

"É verdade."

"Mas não quer dizer que você não é um idiota."

"Talvez, mas acho engraçado você não querer se casar com ela, mas não conseguir controlar a raiva ou a ansiedade quando pensa que pode perdê-la."

"O que você quer dizer com isso?" Acho que não quero saber a resposta para essa pergunta, mas é tarde demais.

Vance olha em meus olhos.

"Sua ansiedade... atinge o pico quando você fica com medo de ela te deixar ou quando algum outro homem presta atenção nela."

"Quem disse que fico ansio..."

Mas o teimoso me ignora e continua.

"Você sabe o que ajuda muito nessas duas coisas?"

"O quê?"

"Uma aliança." Ele levanta a mão e toca o dedo onde uma aliança de casamento logo vai estar.

"Ai, meu saco... ela pegou você também! O que ela fez? Pagou para você dizer isso?" Dou risada. Não é exatamente difícil de ter acontecido, considerando a obsessão que Tessa tem com esse assunto, além de seu charme.

"Não, seu cretino!" Ele joga a tampa da garrafa de água em mim. "É verdade. Imagina poder dizer que ela é sua e provar que é verdade. Agora são só palavras, você se gabando para outros homens que vão desejar a Tessa — e pode ter certeza de que isso vai acontecer —, mas quando ela for sua mulher, vai ser de verdade. É quando passa a ser de verdade, e não poderia ser mais satisfatório, principalmente para homens paranoicos como você e eu."

Minha boca está seca quando ele termina de falar, e quero sair correndo dessa cozinha superiluminada.

"Isso é besteira", digo rapidamente.

Ele se aproxima e abre um armário enquanto continua falando.

"Você já assistiu àquela série *Sex and the City*?"

"Não."

"*Sex in the City, Sex and the City...* não me lembro direito."

"Não, não e não", respondo.

"A Kim assiste sempre; tem todas as temporadas em DVD."

Christian abre uma caixa de cookies.

São duas da madrugada, Tessa está me esperando, e estou aqui falando sobre uma merda de série.

"E daí?"

"Tem um episódio no qual as mulheres estão falando que uma pessoa só tem dois grandes amores na vida..."

"Sei... sei, isso está ficando esquisito demais", digo e me viro para sair. "A Tessa está me esperando."

"Eu sei, eu sei... já vou terminar. Vou resumir para você da maneira mais masculina possível."

Eu me viro e o vejo olhando para mim com expectativa, então hesito.

"Bom, elas diziam que uma pessoa só tem dois grandes amores na vida. O que quero dizer é... bem, esqueci o que queria dizer, mas sei que a Tessa é o seu grande amor."

"Estou confuso. Você falou que elas disseram dois?"

"Bom, para você o outro amor é você mesmo." Ele ri. "Pensei que isso fosse óbvio."

Ergo uma sobrancelha.

"E os seus foram quem? A Fofoqueira e a mãe do Smith?"

"Cuidado...", ele alerta.

"Desculpa. Kimberly e Rose." Reviro os olhos de novo. "Elas foram os seus? É melhor você torcer para que as mulheres dessa série estejam erradas."

"Hum, sim, foram os me-meus", ele gagueja. Uma emoção surge em seu rosto, mas desaparece antes que eu consiga identificar qual era.

Aponto a garrafa de água para ele e digo: "Bem, já que você não explicou nada, vou para a cama".

"Sim...", ele diz, meio perturbado. "Nem sei o que estou dizendo. Bebi muito hoje."

"É... tudo bem." Eu o deixo sozinho na cozinha. Não sei direito o que aconteceu, mas foi estranho ver o grande Christian Vance sem palavras.

Quando volto para o quarto, Tessa está dormindo de lado. Suas mãos estão aconchegadas embaixo do rosto e seus joelhos estão encolhidos.

Apago a luz, coloco a garrafa de água na mesinha de cabeceira e deito na cama atrás dela. Seu corpo nu está quente ao meu toque, e estremeço ao ver que as pontas dos meus dedos fazem com que sua pele se arrepie. Isso me conforta, pois demonstra que meu toque, mesmo enquanto está dormindo, desperta algo nela.

"Oi", ela sussurra sonolenta.

Eu me sobressalto um pouco ao ouvir sua voz e encosto a cabeça em seu pescoço, puxando-a para mais perto de mim.

"Vamos para a Inglaterra no próximo fim de semana", digo a ela.

Rapidamente, ela vira a cabeça para olhar para trás. O quarto está bem escuro, mas a luz da lua basta para eu ver que ela parece chocada.

"O quê?"

"Inglaterra. No próximo fim de semana. Você e eu."

"Mas..."

"Não, você vai. E sei que você quer ir, então não tenta discutir."

"Você não tem..."

"Theresa. Para." Pressiono a mão sobre seus lábios, e ela usa os dentes para mordiscar levemente a palma da minha mão. "Você vai ser uma menina boazinha e vai fazer silêncio se eu tirar a minha mão?", provoco, pensando no que ela disse mais cedo, que eu a estava tratando como uma criança.

Ela faz que sim, e eu tiro a mão. Ela se apoia no cotovelo e se vira para mim. Não consigo conversar quando ela está nua e toda empolgada.

"Mas não tenho passaporte!", ela grita e eu disfarço um sorriso. Eu sabia que ela não ia ficar quieta.

"Já está em andamento. Resolvemos o resto amanhã."

"Mas..."

"Theresa..."

"Duas vezes em um minuto? Ah, não." Ela sorri.

"Você nunca mais vai beber champanhe." Afasto os cabelos despenteados dela dos olhos e contorno seu lábio inferior com meu polegar.

"Você não reclamou mais cedo quando eu estava..."

Eu a silencio com um beijo. Eu a amo tanto, tanto, que me assusta pensar em perdê-la.

Será que quero mesmo misturar Tessa — meu futuro em potencial, minha única tentativa decente de futuro — com meu passado problemático?

38

TESSA

Quando acordo, Hardin não está agarrado a mim, e o quarto está claro demais mesmo quando volto a fechar os olhos. Mantendo-os fechados, eu resmungo: "Que horas são?".

Minha cabeça está latejando, e apesar de saber que estou deitada, meu corpo parece estar balançando de um lado para o outro.

"Meio-dia", a voz grave de Hardin me informa do outro lado do quarto.

"Meio-dia! Perdi minhas duas primeiras aulas!" Tento me sentar, mas minha cabeça gira. Eu volto a me deitar no colchão com um gemido.

"Tudo bem. Volta a dormir."

"Não! Não posso perder mais aulas, Hardin. Acabei de me transferir para esse campus, e não posso começar assim." Começo a entrar em pânico. "Vou ficar muito atrasada."

"Tenho certeza de que você vai ficar bem", Hardin diz dando de ombros e cruzando o quarto para se sentar na cama. "Aposto que você já fez os trabalhos."

Ele me conhece bem demais.

"Não é isso. A questão é que perdi a aula, e isso não pega bem."

"Para quem?", Hardin pergunta, e eu sei que ele está tirando sarro de mim.

"Para mim diante dos professores, dos colegas."

"Tessa, eu te amo, mas por favor. Seus colegas não estão nem um pouco preocupados se você vai estar na aula ou não. Eles provavelmente nem notaram. Seus professores, talvez, porque você é puxa-saco e eles gostam de como você infla o ego deles. Mas seus colegas não se importam, e se eles se importarem, e daí? A opinião deles não serve para nada."

"Talvez." Fecho os olhos e tento ver as coisas do ponto de vista dele. Odeio me atrasar, perder aulas, dormir até meio-dia. "Não sou puxa-saco", acrescento.

"Como está se sentindo?" Sinto o colchão se mover e quando abro os olhos, ele está deitado do meu lado.

"Como se eu tivesse bebido demais ontem à noite." Meu crânio está prestes a explodir.

"Bebeu mesmo." Ele balança a cabeça várias vezes, muito sério. "Como está a sua bunda?" Ele segura meu traseiro, e faço uma careta.

"Nós não..." *Eu não estava tão bêbada... estava?*

"Não." Ele ri, massageando a pele com a mão. Ele olha nos meus olhos. "Ainda não."

Engulo em seco.

"Só se você quiser. Você se tornou uma safada, então imagino que esse seja o próximo item da lista."

Eu, uma safada?

"Não faz cara de assustada desse jeito, foi só uma sugestão." Ele sorri para mim.

Não sei ao certo como me sinto em relação a isso... e certamente não vou conseguir conversar sobre esse assunto agora.

Mas minha curiosidade me vence.

"Você já..." Não sei como fazer a pergunta, pois essa é uma das únicas coisas sobre as quais nunca conversamos; o fato de ele dizer coisas safadas sobre fazer isso comigo no calor do momento não conta. "Você já fez isso antes?"

Olho no rosto dele à procura da resposta.

"Não, na verdade, nunca."

"Ah." Sinto seus dedos passando pela pele nua onde a calcinha deveria estar, se eu estivesse vestindo uma. O fato de Hardin nunca ter feito isso meio que me dá vontade de fazer, mais ou menos.

"O que você está pensando? Estou vendo essa cabecinha funcionando." Ele encosta o nariz no meu, e eu sorrio sob seu olhar.

"Gosto de saber que você não fez... antes..."

"Por quê?" Ele ergue as sobrancelhas, e eu escondo o rosto.

"Não sei." De repente, fico tímida. Não quero parecer insegura nem começar a brigar. Já estou de ressaca.

"Diz", ele pede baixinho.

"Não sei. Seria legal ser a primeira em alguma coisa."

Ele se apoia no cotovelo e olha para mim.

"Como assim?"

"Só estou dizendo que você fez um monte de coisa... sabe, sexualmente...", explico. "E eu nunca te dei nenhuma experiência nova."

Ele olha para mim com cuidado, como se tivesse medo de responder. "Isso não é verdade."

"É, sim." Faço um bico, contrariada.

"Claro que não é. É besteira, e você sabe disso." A voz dele é praticamente um rosnado, e ele está franzindo o cenho.

"Não fala assim comigo... Como você acha que eu me sinto por saber que você já transou com outras?", pergunto. Não penso nisso com a mesma frequência de antes, mas quando penso, dói muito.

Ele faz uma careta e cuidadosamente puxa meus braços para eu me sentar ao lado dele.

"Vem cá." Sinto ele me puxar para o colo dele; seu corpo seminu quente e gostoso embaixo de minha pele totalmente nua.

"Não pensei nas coisas dessa forma", ele diz com o rosto encostado em meu ombro, me fazendo estremecer. "Se você já tivesse transado com outra pessoa, eu não estaria com você agora."

Eu levanto a cabeça para olhar para ele.

"Como é que é?"

"Você me ouviu." Ele beija a curva do meu ombro.

"Isso não é uma coisa muito legal de se dizer." Estou acostumada com as coisas que Hardin diz, sem filtro, mas essas palavras me surpreendem. Ele não pode estar falando sério.

"Nunca disse que sou legal."

Viro meu corpo no colo dele e ignoro o gemido que ele emite.

"Você está falando sério?"

"Muito."

"Então, você está querendo dizer que se eu não fosse virgem, você não teria me namorado?" Esse assunto não é uma das coisas que costumamos discutir, e fico nervosa para saber aonde vai dar.

Ele estreita os olhos e me observa antes de dizer:

"É exatamente isso que estou dizendo. Não sei se você se lembra, mas eu não queria namorar você de jeito nenhum." Ele sorri, mas eu fecho a cara.

Apoio os pés no chão para me levantar do seu colo, mas ele me segura.

"Não fica chateada", ele diz e tenta me beijar, mas eu viro a cabeça depressa.

Olho para ele fixamente.

"Então, talvez você *não* devesse ter me namorado." Estou me sentindo muito sensível, com os sentimentos feridos.

Jogo lenha na fogueira e espero para ver o que acontece.

"Talvez você devesse ter terminado tudo depois de vencer a aposta."

Olho dentro de seus olhos verdes, esperando uma reação. Mas ela não vem. Ele joga a cabeça para trás rindo, e meu som preferido enche o quarto.

"Não seja ridícula", Hardin diz e me abraça mais forte, segurando meus dois pulsos com uma das mãos para me impedir de sair de seu colo. "O fato de eu não querer namorar você no começo não significa que eu não esteja feliz por estar namorando você agora."

"Mesmo assim não é legal dizer isso, e você disse que não estaria comigo se eu tivesse transado com outra pessoa. Então, se eu tivesse transado com o Noah antes de te conhecer, você não teria me namorado?"

Ele se retrai ao ouvir isso.

"Não, não teria. Não teríamos ficado naquela... situação... se você não fosse virgem." Ele está pegando leve agora. Que bom.

"Situação", repito, ainda irritada. A palavra sai mais dura do que eu esperava.

"Sim, situação." De repente, ele me vira e me deita de costas no colchão. Coloca o corpo sobre o meu e segura meus braços acima da minha cabeça usando apenas uma das mãos e com os joelhos abre minhas pernas. "Eu não ia aguentar se você tivesse sido tocada por outro homem. Sei que é loucura, porra, mas é a verdade, quer você goste ou não."

Sua respiração é quente contra meu rosto. Por um momento, eu me esqueço por que estou irritada com ele. Está sendo honesto, admito, mas ele está usando dois pesos e duas medidas.

"Deixa pra lá."

"'Deixa pra lá'?" Ele ri, segurando meus pulsos com força, e mexe o quadril, pressionando o corpo entre minhas coxas. "Para de ser ridícula, você sabe como eu sou." Eu me sinto tão exposta, e seu comportamento dominante está me excitando mais do que deveria.

Ele continua. "E você sabe que me deu novas experiências. Nunca amei ninguém, romanticamente, nem mesmo ninguém da minha família..." Ele desvia o olhar e deve estar pensando em alguma lembrança dolorosa, mas logo volta para mim. "E nunca morei com ninguém. Nunca me importei em perder ninguém antes, mas se perdesse você, não sobreviveria. É uma nova experiência." Ele passa os lábios sobre os meus. "É 'experiência nova' suficiente para você?"

Faço que sim com a cabeça, e ele sorri. Se eu levantar a cabeça só um centímetro, meus lábios vão tocar os dele. Ele parece ler meus pensamentos e inclina a minha cabeça para trás um pouco. "E não joga aquela merda de aposta na minha cara de novo", ele diz, esfregando-se contra mim. Um gemido escapa de meus lábios, e o olhar dele fica mais intenso. "Entendeu?"

"Claro." Reviro os olhos de modo desafiador, e ele solta meus pulsos, desce a mão pelo meu corpo, para no quadril e aperta com delicadeza.

"Você está sendo muito atrevida hoje." Ele traça círculos em meu quadril, colocando mais peso sobre meu corpo.

Estou me sentindo atrevida hoje; estou de ressaca e com os hormônios à flor da pele.

"Você está sendo um babaca, então acho que estamos quites", rebato.

Ele morde o lábio e então se aproxima de mim. Seus lábios estão quentes ao beijar meu queixo, enviando uma onda de eletricidade direto para a minha vagina. Envolvo a cintura dele com minhas pernas e fecho o espaço que ainda havia entre nossos corpos.

"Eu só amei você", ele diz de novo, amenizando a dor causada pelo que disse antes. Ele beija a base do meu pescoço, e uma de suas mãos segura meu seio enquanto ela usa a outra para sustentar seu corpo. "Sempre vou amar só você."

Não digo nada. Não quero estragar esse momento. Adoro quando ele é sincero a respeito de seus sentimentos por mim, e pela primeira vez consigo ver isso de um jeito novo. Steph, Molly e metade do maldito campus da WCU podem ter dormido com Hardin, mas nenhuma delas, nenhuma garota, ouviu ele dizer "eu te amo". Elas não tiveram e nunca terão o privilégio de conhecê-lo, o verdadeiro Hardin, como eu conheço. Elas não

203

têm ideia de como ele é incrível e inteligente. Elas não o ouvem rir, não veem seus olhos se fecharem e as covinhas aparecerem. Elas nunca vão conhecer fragmentos da vida dele nem perceber a convicção na voz dele quando jura que me ama mais do que a vida. E, por isso, sinto pena delas.

"Eu só amei você", digo a ele em resposta. O amor que eu sentia pelo Noah era um amor de família. Agora eu sei. Amo Hardin de um jeito incrível e intenso que eu sei, no fundo do coração, que nunca vou sentir de novo.

Sinto Hardin levar a mão à cueca. Ele a abaixa, e eu uso meus pés para ajudá-lo a se livrar dela. Em um movimento delicado, ele desliza para dentro de mim, gemendo ao penetrar a abertura úmida.

"Repete", ele implora.

"Só amei você", repito.

"Cacete, Tessa, eu te amo tanto." As palavras soam como uma confissão enquanto ele as diz entredentes.

"Sempre vou amar só você", prometo. E rezo em silêncio para conseguirmos resolver todos os nossos problemas, porque sei que o que acabei de dizer é verdade. Sempre será ele. Mesmo se algo nos separar.

As estocadas de Hardin são profundas, me preenchendo e me possuindo enquanto ele morde e suga a pele de meu pescoço com a boca quente e molhada.

"Posso sentir você, cada centímetro... você é tão quente, porra...", ele geme, deixando claro que não está usando camisinha. Apesar do momento de êxtase, um alarme soa em minha mente. Deixo a apreensão de lado e me delicio ao sentir os músculos fortes de Hardin sob minhas mãos enquanto percorro seus ombros largos e seus braços tatuados.

"Você precisa colocar uma", digo, apesar de minhas ações serem o oposto de minhas palavras; aperto minhas pernas em volta da cintura dele com mais força, fazendo com que ele me penetre ainda mais fundo. Sinto um frio na barriga...

"Eu... não consigo parar..." Ele aumenta o ritmo e acho que vou morrer se ele parar agora.

"Então, não para." Somos dois malucos, não estamos pensando com clareza, mas não consigo parar de cravar minhas unhas em suas costas, incentivando-o.

"Porra, goza, Tessa", ele diz, como se eu tivesse escolha. Quando chego à beira do orgasmo, acho que vou desmaiar de tanto prazer enquanto ele roça os dentes pela pele do meu seio, mordiscando e me marcando. Gemendo meu nome mais uma vez e declarando de novo seu amor por mim, Hardin interrompe seus movimentos e sai de dentro de mim, gozando sobre a minha barriga. Observo admirada enquanto ele se masturba, me marcando do modo mais possessivo de todos, sem desviar os olhos dos meus.

Ele desaba em cima de mim, tremendo e sem fôlego. Permanecemos em silêncio, nenhum de nós precisa falar para saber o que o outro está pensando.

"Aonde você quer ir?", pergunto a ele. Não quero sair da cama, mas Hardin se oferecendo para me levar para passear em Seattle, durante o dia, é algo que nunca aconteceu antes, e não sei se ou quando vai acontecer de novo.

"Não dou a mínima, na verdade. Talvez, sei lá, fazer compras? Você precisa fazer compras? Ou quer fazer?"

"Não estou precisando de nada...", respondo. Quando olho para ele e vejo que está nervoso, sem saber o que fazer, volto atrás. "Tá, claro, vamos fazer compras."

Ele está se esforçando muito. Coisas simples que os casais costumam fazer estão totalmente fora da zona de conforto de Hardin. Abro um sorriso, lembrando da noite em que ele me levou para patinar no gelo para provar que podia ser um namorado comum.

Foi tão divertido, e ele estava tão encantador e descontraído, bem parecido com o que tem sido na última semana e meia. Não quero um namorado "normal", quero que Hardin, com seu humor ácido e seu jeito mal-humorado, me leve para sair de vez em quando e faça com que eu me sinta segura o bastante em nosso relacionamento para que os pontos negativos sejam superados pelos positivos.

"Legal." Ele se remexe, meio desconfortável.

"Só preciso escovar os dentes e prender o cabelo."

"E talvez se vestir." Ele coloca a mão na região supersensível entre minhas coxas. Hardin já usou uma de suas camisetas para me limpar, o que costumava fazer sempre.

"Isso. Talvez eu também deva tomar um banho." Eu hesito, pensando se Hardin e eu vamos repetir a dose antes de sair. Sinceramente, não sei se aguentaríamos.

Fico de pé e faço uma careta. Eu sabia que minha menstruação viria por esses dias; por que tinha que vir justo hoje? Mas por um lado é até bom, já que terá terminado quando formos para a Inglaterra.

Inglaterra... isso não parece real.

"O que foi?", Hardin pergunta com um olhar confuso.

"Eu... estou naqueles dias..." Desvio o olhar, sabendo que ele teve um mês inteiro para acumular piadinhas.

"Hum... e que dia é?" Ele ri.

"Ah não...", resmungo, pressionando as coxas uma na outra, e me apresso para me vestir e ir para o banheiro.

"Viu? Uma ressaca sangrenta!", ele diz.

"Suas piadas são péssimas." Visto a camiseta e vejo o sorriso que ele lança para mim ao me ver usando sua camiseta de novo.

"Péssimas, né?" Os olhos verdes dele me observam com bom humor. "Péssimas mas ao mesmo tempo tão absorventes."

Saio apressada do quarto enquanto ele ainda está rindo sozinho.

39

HARDIN

"Eu não sabia que vocês dois estavam aqui. Pensei que Tessa tivesse aula hoje", Kimberly diz quando entro na cozinha. Por que ela está aqui?

"Ela não estava se sentindo bem", respondo. "Você não deveria estar no trabalho... ou ficar em casa é mais uma das vantagens de transar com seu chefe?"

"Na verdade, também não estou me sentindo muito bem, seu idiota." Ela joga uma bola de papel amassado em mim, mas erra.

"Você e Tessa deveriam aprender a beber champanhe com moderação", digo a ela.

Ela me mostra o dedo do meio.

O micro-ondas apita, e ela pega uma tigela de plástico cheia de alguma coisa que parece e tem cheiro de comida de gato, e em seguida se senta na bancada. Ela engole garfada após garfada. Tapo o nariz para me poupar do cheiro.

"Isso tem cheiro de merda pura", comento.

"Onde está a Tessa? Ela vai calar a sua boca."

"Não contaria com isso", sorrio. Eu meio que aprendi a gostar de provocar a noiva do Vance. Ela é casca-grossa mas ao mesmo tempo é muito irritante, o que me dá muita munição para tirar sarro.

"Não contaria com o quê?", Tessa entra na cozinha vestindo uma blusa de moletom, calça jeans justa e aquelas sapatilhas que ela jura que são sapatos. Sério, não passam de um pedaço de tecido muito caro grudado em um pedaço de papelão, usando o pretexto de caridade para arrancar grana de consumidores idiotas. Ela discorda, claro, então aprendi a guardar a minha opinião para mim mesmo.

"Nada." Enfio as mãos nos bolsos para controlar a vontade que sinto de empurrar a fresca da Kimberly do banquinho.

"Ele está respondão, nada de novo." Kim come mais uma garfada de sua comida de gato.

"Vamos, ela está me irritando", digo alto o bastante para Kim ouvir.

"Seja legal", Tessa me repreende. Pego sua mão e saio da casa com ela.

Quando chegamos no carro, Tessa enfia um monte de absorventes internos no porta-luvas. E uma ideia me ocorre.

"Você precisa começar a tomar pílula", digo a ela. Tenho sido muito descuidado ultimamente, e agora que a senti sem camisinha, não dá para voltar atrás.

"Eu sei. Estou para marcar uma consulta com o médico, mas é difícil conseguir uma com um plano de saúde de estudante."

"Sei, sei."

"Talvez mais pro fim da semana. Preciso fazer isso logo; você anda muito descuidado."

"Descuidado? Eu?" Tento não entrar em pânico. "É você quem sempre me pega desprevenido, e não consigo pensar direito."

"Ah, por favor!" Ela ri e encosta a cabeça no assento.

"Olha só, se você quiser arruinar a sua vida tendo um filho, vai em frente, mas não vai me arrastar com você." Aperto a coxa dela, e ela franze o cenho. "O que foi?"

"Nada", ela mente, forçando um sorriso.

"Fala logo."

"É melhor não falarmos sobre filhos, lembra?"

"Concordo... Então vamos acabar logo com isso. Você começa a tomar a pílula e assim não vamos precisar mais falar sobre esse assunto nem nos preocupar com filhos de novo."

"Vou procurar uma clínica hoje mesmo para o seu futuro não ser prejudicado", ela comenta com seriedade.

Eu a deixei chateada, mas não existe nenhuma maneira legal de dizer que ela precisa começar a tomar a pílula se vai transar comigo várias vezes por dia sempre que estamos perto um do outro. Depois de dar alguns telefonemas, ela diz: "Consegui uma consulta na segunda".

"Ótimo." Passo a mão pelos cabelos e a apoio de novo em sua coxa.

Ligo o rádio e sigo as instruções em meu telefone até o shopping mais próximo.

Depois que damos uma volta no shopping, já estou achando Seattle um tédio. A única coisa que me mantém distraído é Tessa. Mesmo quando ela está calada, consigo ler seus pensamentos só observando suas expressões. Observo enquanto ela esquadrinha as pessoas que passam pelo local. Ela franze o cenho quando uma mãe nervosa dá um tapa na bunda do filho no meio de uma loja, e eu a levo embora dali antes que ela faça alguma coisa e a situação saia do controle. Almoçamos em uma pizzaria tranquila, e Tessa fala durante toda a refeição sobre uma nova série de livros que está pensando em ler. Sei que ela é muito crítica em relação a romances modernos, então isso me surpreende e me intriga.

"Vou ter que baixar os livros quando você me devolver o meu *e-reader*", ela diz, passando um guardanapo na boca. "Mal posso esperar para ter minha pulseira de novo também. E a carta."

Eu me esforço para não entrar em pânico e enfio uma fatia de pizza quase inteira na boca para não ter que responder. Não posso dizer a ela que eu a destruí, então fico bem aliviado quando ela muda de assunto.

O dia termina com Tessa adormecendo no carro. Isso está se tornando um hábito ultimamente e, por algum motivo, eu adoro. Escolho o caminho mais longo para casa, como fiz da última vez.

O alarme de Tessa não me despertou, nem ela. Não fico nem um pouco feliz por não ter conseguido vê-la antes de ela sair hoje cedo, principalmente porque ela vai passar o dia todo fora. Quando olho para o relógio na parede, vejo que é quase meio-dia; pelo menos, ela vai almoçar logo.

Eu me visto depressa e saio de casa em direção ao escritório da Vance Publishing. É estranho pensar que eu poderia estar trabalhando lá com ela, que nós dois poderíamos ir para o trabalho juntos de manhã e voltar juntos para casa... poderíamos viver juntos de novo.

Espaço, Hardin, ela quer espaço. Dou risada. Não estamos dando espaço um ao outro de verdade — só três dias por semana, no máximo. O que estamos fazendo é dificultar nossos encontros, com tanto tempo na estrada por causa da distância.

Quando entro no prédio, descubro que o escritório de Seattle é incrivelmente luxuoso. É muito maior do que o escritório de merda no qual trabalhei. Não sinto falta de trabalhar num cubículo abafado, definitivamente não, mas esse lugar é bacana. O Vance não ia deixar eu trabalhar de casa. Foi Brent, meu chefe na Bolthouse, que recomendou que eu fizesse o meu trabalho da minha sala de estar para podermos "manter a paz". Para mim, é perfeito, ainda mais agora que Tessa está em Seattle, então pior para os imbecis supersensíveis do escritório.

Fico surpreso por não me perder na porra de labirinto que é o prédio.

Quando chego à recepção, Kimberly sorri para mim de trás de sua mesa.

"Olá. Posso ajudar?", ela diz com ênfase, mostrando sua capacidade de ser profissional.

"Onde está a Tessa?"

"Na sala dela", ela diz, dispensando a fachada.

"E onde é...?" Eu me recosto na parede e espero até ela me indicar o caminho.

"No fim do corredor. O nome dela está na placa do lado de fora." Ela volta a olhar para a tela do computador. Grossa.

O Vance paga para ela fazer exatamente o quê? Seja como for, deve valer a pena para ele poder transar com ela sempre que quiser e mantê-la por perto durante o dia. Balanço a cabeça para me livrar da imagem dos dois.

"Obrigado pela ajuda", digo e atravesso o corredor comprido.

Quando chego à sala de Tessa, abro a porta sem bater.

A sala está vazia. Enfio a mão no bolso e pego o telefone para ligar para ela. Segundos depois ouço um ruído e vejo o celular dela vibrando sobre a mesa. *Onde diabos ela se meteu?*

Saio andando pelo corredor procurando por ela. Sei que Zed está na cidade, e isso já me deixa louco de raiva. Juro que...

"Hardin Scott?" Ouço a voz de uma mulher atrás de mim quando viro e entro no que parece ser uma pequena sala de descanso.

Eu me viro e vejo um rosto conhecido.

"Hum... oi?" Não consigo me lembrar de onde a conheço, mas sei que já a vi. E a ficha cai quando outra mulher aparece. Deve ser algum tipo de sacanagem. O universo está de brincadeira comigo, e isso está me tirando da porra do sério.

Tabitha sorri para mim.

"Ora... ora... ora..."

As histórias de Tessa sobre duas vacas do escritório começam a fazer muito mais sentido agora.

Como fica claro que nenhum de nós vai fazer cerimônia, digo: "É você que está enchendo o saco da Tessa, não é?". Se eu fizesse ideia de que Tabitha tinha sido transferida para o escritório de Seattle, saberia no mesmo instante que ela era a vaca de quem Tessa reclamou. Ela já tinha essa fama quando eu trabalhava na Vance, e tenho certeza de que isso não mudou.

"O quê? Eu?" Ela joga os cabelos sobre o ombro e sorri.

Ela está diferente... artificial, na verdade. Sua amiguinha que está atrás dela tem o mesmo tom laranja na pele... Acho que elas precisam parar de tomar banho de corante.

"Pode parar de palhaçada. Não mexe com ela; ela está tentando se adaptar a uma nova cidade, e vocês duas não vão arruinar as coisas para ela agindo como duas cretinas sem nenhum motivo."

"Mas eu nem fiz nada! Só estava brincando." Cenas de Tabitha chupando meu pau dentro de um banheiro aparecem em minha mente, e engulo a sensação ruim que vem com a lembrança indesejada.

"Não faça mais isso", eu aviso. "Não estou de brincadeira. Nem sequer dirija a palavra a ela."

"Nossa, você continua bem-humorado como sempre, pelo visto. Não vou mexer mais com ela. Não quero que você me dedure para o sr. Vance para eu acabar sendo demitida como a Sam..."

"Aquilo não foi minha culpa."

"Foi, sim!", ela sussurra de forma dramática. "Assim que o namorado dela descobriu o que vocês dois estavam fazendo... o que você fez... ela foi misteriosamente demitida na mesma semana." Tabitha era fácil, fácil demais, e Samantha também. Quando descobri quem era seu namorado, comecei a me interessar por ela. Mas assim que transamos, não quis mais saber dela. Esse joguinho me causou muita confusão e drama, coisas das quais eu preferiria não me lembrar, e não quero nem pensar em ver a Tessa envolvida nessa merda.

211

"Você não sabe nem metade do que aconteceu, então cala essa boca. Deixa a Tessa em paz, e seu emprego vai continuar sendo seu."

É verdade que posso ter tido uma certa participação no fato de Vance ter demitido Samantha, mas eu estava tendo muitos problemas com ela trabalhando lá. Ela estava no primeiro ano da faculdade, trabalhava meio período, tirando cópias.

"Por falar no diabinho...", a amiga de Tabitha comenta e inclina a cabeça na direção da porta da pequena sala.

Tessa está rindo quando entra. E logo atrás dela, vestindo um dos seus conjuntinhos de terno e gravata, está o babaca do Trevor, rindo com ela.

O infeliz me vê primeiro e toca o braço de Tessa para chamar a atenção dela para mim. Preciso de todo o meu autocontrole para não partir a cara dele ao meio. Quando ela me vê do outro lado da sala, seu rosto se ilumina, ela abre um sorriso ainda maior e se aproxima apressada. Só quando ela chega perto de mim é que percebe Tabitha ao meu lado.

"Oi", ela diz, meio insegura, nervosa.

"Tchau, Tabitha." Aceno para a chata. Ela sussurra algo para sua amiga, e as duas saem da sala.

"Tchau, Trevor", digo baixinho de forma que só Tessa escute.

"Para!" Ela dá um tapa no meu braço de um jeito irritante.

"Olá, Hardin", Trevor me cumprimenta, educado como sempre. Ele mexe o braço, como se estivesse tentando decidir se deve ou não estender a mão para me cumprimentar. Espero para o bem dele que ele não faça isso. Não vou apertar a mão desse cara.

"Oi", digo secamente.

"O que você está fazendo aqui?", Tessa pergunta. Ela olha para o corredor para as duas mulheres que acabaram de sair. Eu sei o que ela queria perguntar de verdade: *De onde você conhece essas duas e o que elas disseram?*

"A Tabitha não vai mais ser um problema."

Ela se surpreende arregalando os olhos.

"O que você fez?"

Dou de ombros.

"Nada. Só disse para ela o que você deveria ter dito, para ela cuidar da vida dela."

Tessa sorri para o babaca do Trevor, e ele se senta em uma das mesas, tentando não olhar para nós dois. Eu me divirto bastante ao ver que ele está desconfortável.

"Você já almoçou?", pergunto. Ela faz que não com a cabeça.

"Vamos comer alguma coisa, então."

Lanço para o curioso um olhar de "vai se foder" e saio com Tessa da sala, atravessando o corredor.

"No restaurante aqui do lado tem uns tacos muito bons", ela diz.

Acontece que ela está enganada. Os tacos são péssimos, mas ela devora o prato dela e a maior parte do meu. Depois, fica vermelha e culpa os hormônios pela fome; quando ela ameaça "me fazer engolir um absorvente interno" se eu fizer mais uma piada sobre sua menstruação, eu só dou risada.

"Ainda quero voltar amanhã para ver todo mundo e pegar as minhas coisas", ela diz, tomando um pouco de água para diminuir o efeito do molho de pimenta.

"Você não acha que ir para a Inglaterra no próximo fim de semana já é viagem o bastante?", pergunto, tentando demovê-la de seus planos.

"Não. Quero ver o Landon. Estou com muita saudade dele."

Sinto uma onda de ciúmes, mas procuro afastá-la. Ele *é* o único amigo dela, tirando a insuportável da Kimberly.

"Ele ainda vai estar lá quando voltarmos da Inglaterra..."

"Hardin, por favor." Ela olha para mim, sem pedir permissão, como às vezes faz. Dessa vez, ela está pedindo minha cooperação, e vejo pelo brilho em seus olhos que ela vai voltar para ver Landon mesmo se eu não quiser.

"Beleza. Porra", resmungo.

Isso não pode dar certo. Olho para o outro lado da mesa, e ela está sorrindo toda orgulhosa, e não sei se ela está feliz com ela mesma por vencer a discussão ou se está orgulhosa de mim por concordar, mas está linda. Relaxada.

"Gostei de você ter vindo aqui hoje." Ela segura minha mão enquanto andamos pela rua agitada. Por que há tantas pessoas em Seattle?

"Gostou?" Imaginei que ela gostaria, mas estava um pouco ansioso pensando que ela podia ficar brava por eu ter aparecido sem avisar, não que eu teria me importado.

213

"Sim." Ela pisca para mim, parada no meio de um mar de gente indo e vindo. "Eu quase..." Ela hesita e não termina a frase.

"Você quase o quê?" Eu a impeço de seguir em frente e a puxo para a parede ao lado de uma loja de joias. O sol se reflete nos enormes anéis de diamante expostos na vitrine, e eu a puxo alguns metros para sairmos de perto da luz forte.

"É bobagem." Ela morde o lábio inferior e olha para o chão. "Mas sinto que consigo respirar pela primeira vez em meses."

"Isso é bom ou...", começo a perguntar, erguendo seu queixo para que ela olhe em meus olhos.

"Sim, é bom. Tenho a sensação de que pela primeira vez as coisas estão dando certo. Sei que não faz muito tempo, mas é a primeira vez que ficamos bem de verdade. Só discutimos algumas vezes, e conseguimos nos comunicar e resolver as coisas. Estou orgulhosa de nós dois."

Seu comentário me diverte, porque continuamos discutindo e nos desentendendo o tempo todo. Mas não são só discussões, ela está certa: temos conversado sobre as coisas. Adoro o fato de discutirmos, e acho que ela também. Somos pessoas totalmente diferentes — na verdade, não poderíamos ser mais diferentes —, e me dar bem com ela o tempo todo seria chato demais. Eu não saberia viver sem a necessidade constante que ela tem de me corrigir ou de me repreender pela bagunça que faço. Ela é chata pra cacete, mas eu não mudaria nada nela. Exceto sua necessidade de ficar em Seattle.

"Ficar bem é fácil, linda." Para provar o que disse, eu a levanto pelas coxas, colocando suas pernas em torno da minha cintura, e a beijo contra a parede no meio de uma das ruas mais movimentadas da cidade.

40

TESSA

"Quanto tempo mais?", Hardin resmunga no banco do passageiro.

"Menos de cinco minutos; acabamos de passar pelo Conner's." Sei que ele sabe bem que a distância daqui até o apartamento é bem pequena, mas não consegue parar de reclamar. Hardin dirigiu a maior parte do caminho até eu finalmente convencê-lo a me deixar terminar o trajeto. Seus olhos estavam quase fechando, e eu percebi que ele precisava de um tempo. E vi que estava certa quando ele estendeu o braço para me abraçar enquanto eu dirigia e dormiu quase no mesmo instante.

"O Landon ainda está aqui, certo? Você falou com ele?", pergunto. Estou muito feliz porque vou ver meu melhor amigo. Já faz muito tempo, e eu sinto saudade de suas palavras gentis e de seu sorriso que nunca falha.

"Sim, pela décima vez", Hardin responde, claramente irritado.

Ele está ansioso desde o começo da viagem, mas não admite. Ele disfarça, como se estivesse irritado com a distância, mas tenho a sensação de que tem mais alguma coisa por trás de sua frustração. Não tenho certeza se quero saber o que é.

Quando entro no estacionamento do prédio que eu chamava de casa, meu estômago se revira, e meu nervosismo começa a aparecer.

"Vai ficar tudo bem." As palavras tranquilizadoras de Hardin me surpreendem quando entramos.

O pequeno elevador parece tão estranho enquanto sobe pelo prédio. A sensação que tenho é que muito mais do que três semanas se passaram. Hardin mantém a mão sobre a minha até chegarmos ao apartamento, enfia a chave na fechadura e abre a porta.

Landon se levanta do sofá e atravessa a sala com o maior sorriso que já vi ele abrir nos sete meses desde que começamos a ser amigos. Ele me abraça e me dá as boas-vindas, o que faz com que eu perceba o quanto senti sua falta. Quando me dou conta, estou chorando e soluçando no peito do meu amigo.

Não sei por que estou chorando tanto. Senti muita saudade do Landon, e sua reação calorosa ao meu retorno me deixa emocionada.

"Será que o pai dela também tem vez?" Ouço meu pai dizer de algum ponto da sala.

Landon começa a se afastar, mas Hardin diz: "Espera um pouco". E inclina a cabeça em direção a Landon, avaliando minha condição mental.

Eu volto a abraçar Landon, e ele passa os braços em torno de mim de novo.

"Senti tanto a sua falta", digo a ele.

Seus ombros relaxam visivelmente, e ele se afasta de novo. Quando vou abraçar meu pai, Landon fica perto, sorrindo do modo amoroso de sempre. Ao olhar para o meu pai, percebo que ele devia estar sabendo que eu vinha. Parece que está usando as roupas de Landon e elas ficam justas em seu corpo. Noto que seu rosto está barbeado.

"Olha só pra você!", exclamo sorrindo. "Sem barba!"

Ele ri alto e me abraça mais forte.

"É, chega de barba para mim", ele diz.

"Como foi a viagem?", Landon pergunta, enfiando as mãos nos bolsos de sua calça azul-marinho.

"Uma merda", Hardin diz no mesmo momento em que eu digo: "Boa".

Landon e meu pai riem, Hardin parece irritado, e eu só me sinto feliz por estar em casa... com meu melhor amigo e a pessoa da minha família com quem mais tenho contato. Isso me faz lembrar que preciso ligar para a minha mãe, o que venho adiando.

"Vou colocar sua bolsa no quarto", Hardin avisa, deixando nós três conversando. Eu observo quando ele entra no quarto que dividíamos. Ele parece desanimado, e sinto vontade de ir atrás dele, mas não vou.

"Senti muito a sua falta, Tessie. Como estão as coisas em Seattle?", meu pai pergunta. É estranho olhar para ele agora, usando uma camisa polo de Landon e calça social, sem barba. Parece um homem totalmente diferente. Mas as bolsas embaixo de seus olhos estão mais inchadas, e noto que suas mãos estão tremendo um pouco.

"Está tudo bem, ainda estou me acostumando", explico.

Ele sorri.

"Que bom ouvir isso."

Landon se aproxima de mim enquanto meu pai se senta na beira do sofá. Ele dá as costas para o meu pai como se quisesse manter nossa conversa em particular. "Parece que você passou meses fora", ele diz, olhando em meus olhos enquanto fala.

Ele também parece cansado... Talvez de ficar no apartamento com meu pai? Não sei, mas quero descobrir.

"Parece, tenho a impressão de que o tempo é meio diferente em Seattle. Como estão as coisas? Parece que a gente mal tem se falado." E é verdade. Não tenho ligado para Landon com a frequência que deveria, e ele deve andar muito ocupado em seu último semestre na wcu. Se menos de três semanas já é tão difícil, como vou aguentar quando ele se mudar para Nova York?

"Eu sabia que você ia estar ocupada, está tudo bem", ele diz. Ele desvia o olhar para a parede, e eu solto um suspiro. Por que tenho a impressão de que não estou vendo algo óbvio?

"Tem certeza?" Olho para meu melhor amigo e para meu pai, observando a expressão esgotada de Landon.

"Sim, vamos falar sobre isso depois", ele diz balançando a mão para mudar de assunto. "Agora me conta sobre Seattle!" O brilho fraco de seus olhos se intensifica com alegria, a alegria da qual tanto senti falta.

"É legal..." Hesito, e ele franze o cenho. "Sério, é legal, sim. Muito melhor agora que o Hardin está indo me visitar mais vezes."

"Não rolou nenhum espaço entre vocês, não é?", ele brinca, tocando meu ombro com a palma da mão. "Vocês dois têm o jeito mais esquisito de terminar um relacionamento."

Reviro os olhos, concordando, mas digo: "É muito bom quando ele está lá. Continuo tão confusa quanto antes, mas Seattle se parece mais com a Seattle dos meus sonhos quando o Hardin está lá comigo".

"Fico feliz por saber disso." Landon sorri, olhando para Hardin, que se aproxima e se senta ao meu lado.

Olhando ao redor, digo aos três:

"Esse apartamento está muito melhor do que pensei que estaria."

"Nós fizemos faxina enquanto Hardin estava em Seattle", meu pai diz, e eu dou risada quando lembro das reclamações de Hardin, dizendo que eles tinham bagunçado suas coisas.

Olho para trás para a saleta bem organizada, lembrando da primeira vez que entrei pela porta com Hardin. Eu me apaixonei instantaneamente pelo charme à moda antiga do apartamento: a parede de tijolos aparentes era encantadora, e eu fiquei muito impressionada com a estante grande de livros cobrindo a parede mais distante. O chão de cimento deixava o apartamento com ainda mais personalidade, único e lindo. Eu não conseguia acreditar que Hardin tinha encontrado o lugar perfeito, adequado para nós dois de um jeito que eu não pensei que seria possível. Não era extravagante, nem um pouco, mas era lindo e muito bem planejado. Eu me lembro que ele ficou com medo de eu não gostar. Mas eu também estava nervosa. Achei que ele estava maluco por querer que eu morasse com ele com tão pouco tempo de um namoro cheio de idas e vindas — e agora sei que a minha apreensão era justificada; Hardin tinha usado esse apartamento como uma armadilha. Ele achava que eu seria forçada a ficar com ele depois que descobrisse sobre a aposta que ele tinha feito com seu grupo de amigos. De alguma maneira, deu certo, e não gosto muito dessa parte do nosso passado, mas não faria diferente.

Apesar das lembranças de nossos primeiros dias felizes aqui, por algum motivo ainda não consigo controlar a inquietação que sinto. Eu me sinto uma estranha aqui. A parede de tijolos que já foi charmosa foi manchada por punhos ensanguentados várias vezes, os livros naquelas estantes testemunharam muitas brigas aos berros, as páginas foram encharcadas com lágrimas depois de nossas discussões sem fim, e a imagem de Hardin de joelhos diante de mim é tão forte que está praticamente impressa no chão. Esse lugar não é mais o tesouro que já foi para mim, e essas paredes agora guardam lembranças de tristeza e traição, não apenas de Hardin, mas também de Steph.

"O que foi?", Hardin pergunta quando minha expressão se torna melancólica.

"Nada, estou bem", respondo. Quero afastar as lembranças desagradáveis alojadas em minha mente e aproveitar os momentos de reencontro com Landon e meu pai depois das semanas solitárias que vivi em Seattle.

"Não acredito", Hardin diz, mas deixa pra lá e entra na cozinha. Depois de um segundo, ouço sua voz na sala de estar. "Não tem comida nesse lugar?"

"Ah, lá vem. Estava tudo muito calmo e silencioso", meu pai sussurra para Landon, e eles riem. Sou muito grata por ter Landon na minha vida e por ter o que parece ser uma relação nova com meu pai, apesar de eu ter a impressão de que Hardin e Landon o conhecem melhor do que eu.

"Já volto", digo.

Quero tirar esse moletom pesado; está quente demais nesse apartamento pequeno, e sinto meus pulmões ansiando por ar fresco conforme os momentos passam. Preciso ler a carta de Hardin de novo; é a minha coisa preferida no mundo todo. É muito mais do que uma coisa para mim; ela expressa seu amor e sua paixão de um jeito que nunca consegui ouvir de sua boca. Eu já a li tantas vezes que decorei, mas preciso tocá-la de novo. Quando eu segurar as páginas amassadas e gastas entre os dedos, toda a ansiedade que estou sentindo vai ser substituída por suas palavras cuidadosas, e vou poder respirar de novo e aproveitar o fim de semana aqui.

Procuro em cima da cômoda e em cada gaveta antes de passar para a escrivaninha. Meus dedos procuram entre pilhas de clipes de papel e canetas, mas não encontro. *Mas onde mais ele pode ter guardado?*

Encontro meu *e-reader* e a pulseira em cima do meu caderno de religião, mas nada da carta. Depois de colocar a pulseira na escrivaninha, abro o armário e procuro na caixa de sapato vazia que Hardin usa para guardar seus arquivos de trabalho durante a semana. Levanto a tampa e a encontro vazia, exceto por um único pedaço de papel que, infelizmente, não é a carta. *Mas o que é isso?* A letra de Hardin cobre o papel de cima a baixo, e se eu não estivesse preocupada com a minha carta, pararia para ver o que é. É muito estranho esse papel estar aqui por acaso. Digo a mim mesma que preciso conferir o que é mais tarde, coloco a tampa de volta na caixa e a devolvo ao lugar a onde a encontrei.

Pensando que posso não ter procurado direito a carta na gaveta, volto até a cômoda. E se Hardin jogou fora?

Ele não faria isso; ele sabe o quanto essa carta significa para mim. Ele nunca faria isso. Pego meu antigo caderno de novo, viro ele de cabeça para baixo e chacoalho, esperando que a carta caia de dentro dele. Estou começando a entrar em pânico, quando vejo algo branco. É um pedaço de papel, flutuando entre meu caderno e o chão. Eu estendo a mão e o pego assim que ele pousa no chão.

Reconheço as palavras imediatamente — elas estão praticamente gravadas na minha mente. É só meia frase, quase pequena demais para ler, mas as palavras escritas a tinta estão claras na caligrafia de Hardin. Sinto um frio na barriga. Olho para o pedaço de papel e então me dou conta. Sei que ele a destruiu. Começo a chorar e deixo o pedaço de papel cair de meus dedos trêmulos, pousando no chão de novo. Meu coração se despedaça na mesma hora, e me pergunto quanto um coração consegue aguentar.

41

HARDIN

"Você já pode ir." Libero Landon de suas obrigações como babá.

"Não vou, ela acabou de chegar", ele responde, me desafiando. Acho que ele é uma das maiores razões, se não for a única, para ela querer vir para esse maldito lugar, afinal.

"Tudo bem", suspiro e falo mais baixo. "Como foram as coisas com ele enquanto eu não estava?", pergunto discretamente.

"Ele ficou bem; está menos trêmulo e não vomita desde ontem de manhã."

"Maldito viciado." Passo as mãos pelos cabelos. "Porra."

"Calma, vai dar tudo certo", meu irmão postiço diz.

Ignoro suas palavras de sabedoria e o deixo na cozinha para procurar Tessa. Quando chego à porta do quarto, ouço um soluço abafado vindo de dentro. Entro depressa e a encontro com as mãos sobre a boca, os olhos azuis avermelhados e cheios de lágrimas enquanto olha para o chão. Só mais um passo é tudo de que preciso para ver para o que ela está olhando. Porra.

Porra.

"Tess?" Eu tinha pensado em bolar um plano para resolver o problema que criei rasgando a bendita carta, mas ainda não tinha pensado em nada. Pretendia procurar os pedaços que tinham sobrado para tentar colá-los de novo... ou pelo menos contar para Tessa o que fiz antes que ela descobrisse sozinha. Tarde demais.

"Tess, me desculpa!" O pedido de desculpa sai assim que vejo lágrimas rolando por seu rosto manchado pelo choro.

"Por que você...", ela soluça, sem conseguir terminar a frase. Meu coração se contrai no peito. Por um breve momento, me convenço de que estou sentindo mais dor do que ela.

"Fiquei com tanta raiva quando você me deixou", começo a explicar, me aproximando, mas ela se afasta. E não é por menos. "Eu não estava pensando direito, e a carta estava aqui, na cama, onde você deixou."

Ela não diz nada nem desvia o olhar.

"Me desculpa, sinto muito, eu juro!", digo.

"Eu..." Ela engasga, secando as lágrimas furiosamente. "Eu... só preciso de um minuto, está bem?" Ela fecha os olhos, e mais algumas lágrimas escapam de seus cílios trêmulos.

Quero dar a ela o minuto que ela pediu, mas estou com um medo egoísta de ela ficar cada vez mais magoada conforme o tempo for passando e decidir que não quer me ver.

"Não vou sair do quarto", digo. Ela está com as duas mãos sobre os lábios, mas mesmo assim consigo ouvir seu choro abafado. É um som que me corta por dentro.

"Por favor", ela implora em meio à dor. Eu sabia que ela ia ficar arrasada quando descobrisse que eu destruí aquela carta, mas não pensei que doeria tanto em mim.

"Não, não vou sair." Eu me recuso a deixá-la sozinha para chorar por causa dos meus erros, de novo. Quantas vezes isso já aconteceu nesse apartamento?

Ela desvia o olhar e se senta na beirada da cama, com as mãos trêmulas unidas no colo, os olhos semicerrados e os lábios tremendo enquanto tenta se acalmar. Ignoro ela empurrando meu peito quando caio de joelhos na sua frente e a abraço.

Depois de alguns esforços exaustos para me afastar, ela finalmente desiste e permite que eu a conforte.

"Me desculpa, linda", repito. Não sei se algum dia já disse isso com mais sinceridade.

"Eu amava aquela carta", ela diz, chorando em meu ombro. "Ela era muito importante para mim."

"Sei disso, me desculpa." Eu nem tento me defender, porque sou um imbecil e sabia quanto aquilo significava para ela. Eu a afasto delicadamente pelos ombros e seguro seu rosto coberto de lágrimas entre minhas mãos, falando mais baixo. "Não sei o que dizer além de sinto muito."

Por fim, ela abre a boca para falar.

"Não posso dizer que está tudo bem, porque não está..." Seus olhos estão vermelhos e já inchados de tanto chorar.

"Eu sei." Abaixo a cabeça, tirando as mãos do rosto dela.

Momentos depois, sinto seus dedos pressionados embaixo de meu queixo, puxando minha cabeça para cima para olhar para ela, como eu costumo fazer.

"Estou triste... arrasada, na verdade", ela diz. "Mas não posso fazer nada em relação a isso e não quero ficar sentada aqui chorando o fim de semana todo, e certamente não quero que você fique se martirizando por isso." Ela está fazendo o melhor que pode para não parecer muito triste, fingindo que não está tão chateada quanto sei que está.

Solto um suspiro, sem perceber que estava prendendo a respiração.

"Vou compensar isso de algum jeito." Como ela não responde, eu insisto um pouco. "Está bem?"

Ela seca os olhos, com a maquiagem borrada pelos dedos. Seu silêncio está me deixando inquieto. Preferiria que ela gritasse comigo em vez de chorar desse jeito.

"Tess, por favor, fala comigo. Você quer que eu te leve de volta para Seattle?" Mesmo que ela diga sim, não vou levá-la de jeito nenhum, mas pergunto antes que consiga pensar direito.

"Não." Ela recusa balançando a cabeça. "Estou bem."

Com um suspiro, ela se levanta, desviando de meu corpo ao sair do quarto. Eu me levanto e a sigo. Ela fecha a porta do banheiro e eu vou até o quarto de novo para pegar a bolsinha dela. Conheço a Tessa — ela vai querer consertar aquela sujeira preta embaixo dos olhos.

Bato na porta do banheiro, e ela a abre apenas o suficiente para eu passar a bolsa.

"Obrigada", ela diz com a voz baixa, derrotada.

Já acabei com o fim de semana dela antes mesmo de começar.

"Minha mãe e seu pai querem que você leve a Tessa até a casa deles amanhã", Landon diz no corredor.

"E..."

"Só estou dizendo. Minha mãe está com saudade da Tessa."

"E daí? Sua mãe pode matar a saudade outra hora." E então me dou conta de que isso pode fazer Tessa parar de pensar na maldita carta. "Quer saber de uma coisa? *Beleza*", digo antes que ele possa responder. "Eu levo a Tessa lá amanhã."

Meu irmão postiço inclina a cabeça para o lado.

"Ela está chorando?"

"Ela está... Não é da sua conta, é?", respondo.

"Vocês estão aqui há menos de vinte minutos, e ela já está trancada no banheiro", ele diz, cruzando os braços.

"Agora não é a hora de começar a me encher o saco, Landon", resmungo. "Já estou a ponto de explodir; a última coisa de que preciso é você metendo seu maldito nariz onde não é chamado."

Mas ele apenas revira os olhos do jeito que Tessa faz.

"Ah, então eu só posso me intrometer quando for para fazer um favor para você?"

Qual é o problema dele e por que eu não paro de me referir a ele como meu irmão postiço?

"Vai se ferrar."

"Ela provavelmente já está esgotada, então nós dois precisamos parar com isso antes que ela saia daquele banheiro." Ele está tentando ser racional comigo.

"Ótimo, então para de me encher o saco", digo.

Antes que ele possa responder, a porta do banheiro se abre, e Tessa, parecendo controlada, mas exausta, sai no corredor, com o rosto preocupado.

"O que foi?"

"Nada. Landon vai pedir pizza e vamos passar o resto da noite como uma grande família feliz." Olho para ele. "Não é?"

"É", ele concorda... por Tessa, eu sei. Sinto saudade da época em que Landon não bancava o espertinho comigo. Faz muito tempo, mas ele tem ficado cada vez mais abusado com o passar dos meses. Ou talvez eu tenha me tornado mais fraco... Não faço ideia, mas não gosto dessa mudança.

Tessa solta um suspiro. Preciso que ela sorria, preciso saber que ela é capaz de superar isso. Então, eu digo: "Vou levar você na casa do meu pai amanhã; talvez a Karen queira te ensinar algumas receitas ou qualquer merda".

Seus olhos se iluminam e ela sorri, finalmente. "Receitas ou 'qualquer merda'?" Ela morde o canto do lábio inferior para não sorrir mais ainda. A pressão em meu peito se desfaz.

"É, ou qualquer merda." Sorrio e a levo para a sala de estar, onde teremos que passar uma noite infernal conversando com Richard e Landon.

* * *

Richard está esparramado no sofá. Landon está na poltrona. E Tessa e eu estamos sentados no chão.

"Pode me passar mais uma suprema?" Richard pede pela terceira vez desde que começamos a assistir a esse filme horroroso. Olho para Tessa e para Landon, que, claro, estão totalmente fascinados pelo caso de amor por e-mail que está rolando entre Meg Ryan e Tom Hanks. Se fosse um filme moderno, eles teriam transado depois do primeiro e-mail, e não esperado até a última cena para se beijarem. Porra, eles provavelmente estariam usando um daqueles aplicativos de encontros e talvez só se conhecessem por apelidos. Que deprimente.

"Toma", resmungo, passando a caixa de pizza para Richard. Ele já tomou o sofá inteiro, e agora ainda por cima fica me interrompendo de dez em dez minutos para pedir mais pizza.

"Essa última parte fazia sua mãe chorar sempre que ela assistia." Richard estende o braço e toca o ombro de Tessa. Eu me esforço para não me enfiar no meio deles nem dar um tapa na mão dele. Se ela fizesse ideia do que seu pai fez semana passada, se tivesse visto as drogas saírem de seu corpo em uma bagunça de vômitos e convulsões por causa da abstinência, ela afastaria a mão dele e desinfetaria o ombro.

"Sério?" Tessa olha para o pai com olhos vidrados.

"Sim. Eu ainda me lembro de vocês duas assistindo esse filme sempre que passava na tevê. Mais na época das festas, claro."

"Aquele...", começo, mas controlo minha acidez antes de continuar.

"O quê?", Tessa me pergunta.

"Aquele... hum... cachorro tinha que aparecer nessa cena?", pergunto como um tolo.

Não faz sentido, mas Tessa, como é bem a cara dela, começa a falar sem parar sobre a última cena do filme e que o cachorro, Barkley ou Brinkley, acho que ela disse um desses nomes, é essencial para o sucesso do filme.

Blá-blá-blá...

Uma batida na porta interrompe a explicação de Tessa e Landon se levanta para atender.

"Pode deixar", digo e passo por ele. Afinal de contas, esta é a minha casa, porra.

Não me dou o trabalho de olhar pelo olho mágico, mas assim que abro a porta me arrependo.

"Onde ele está?", o viciado fedorento pergunta.

Saio para o corredor e fecho a porta atrás de mim. Tessa não vai ser perturbada por esse merda.

"O que você está fazendo aqui, caralho?"

"Só vim ver meu amigo, só isso." Os dentes de Chad estão ainda mais marrons do que antes, e sua barba está grudada no rosto. Ele pode ter só trinta e poucos anos, mas tem o rosto de um homem de mais de cinquenta. O relógio que meu pai me deu está pendurado em seu braço imundo.

"Ele não vai sair, e ninguém vai te dar nada, então sugiro que você volte para o lugar de onde veio antes que eu quebre a sua cara na grade", digo de modo casual e aponto na direção da barra de metal na frente do extintor de incêndio. "E aí, enquanto você estiver sangrando, vou chamar a polícia e você vai ser preso por posse de drogas e por invasão." Sei que esse babaca tem drogas.

Ele olha para mim, e dou um passo em sua direção.

"Eu não testaria minha paciência, não hoje", aviso.

Ele abre a boca no mesmo momento em que a porta do apartamento é aberta atrás de mim. Que inferno.

"O que está acontecendo?", Tessa pergunta, colocando-se na minha frente.

Instintivamente, eu a puxo para trás, e ela pergunta de novo.

"Nada. O Chad já estava indo embora." Olho para Chad, espero que ele não...

Os olhos de Tessa se estreitam ao ver o objeto reluzente no braço fino dele.

"Esse é o seu relógio?"

"O quê? Não...", começo a mentir, mas ela já sabe. Ela não é idiota a ponto de achar que é coincidência esse viciado infeliz ter o mesmo relógio caro que eu tenho.

"Hardin...", ela olha para mim. "O que é? Você tem andado com esse cara ou algo assim?" Ela cruza os braços e aumenta a distância entre nós.

"Não!", eu quase grito. Por que essa seria a conclusão à qual ela chega ao ver essa cena?

Não sei se devo dizer a verdade sobre o pai dela e me defender, ou inventar outra mentira. "Não sou amigo dele, ele está indo embora." Lanço a Chad mais um olhar de alerta.

Dessa vez, ele entende e se afasta pelo corredor. Acho que Landon é a única pessoa que não tem mais medo de mim. Talvez eu não tenha perdido o jeito, afinal.

"Quem está aí?" Richard se junta a nós.

"Aquele homem... Chad", Tessa responde, com um tom inquisitivo.

"Ah..." Richard empalidece e olha para mim sem saber o que fazer.

"Preciso saber o que está acontecendo." Ela está ficando irritada. Eu não deveria ter deixado ela vir para cá. Vi que ia dar merda assim que ela entrou nesse maldito apartamento.

"Landon!" Tessa chama seu melhor amigo, e eu olho para o pai dela. Landon vai contar tudo; ele não vai mentir na cara dela como eu já fiz muitas vezes.

"Seu pai devia dinheiro a ele, e eu dei aquele relógio como pagamento", admito. Ela se assusta e se vira para Richard.

"Você devia dinheiro para ele por quê? O pai do Hardin deu aquele relógio para ele de presente!", ela grita.

Certo... Não era bem essa a reação que eu estava esperando. Ela está mais concentrada no maldito relógio do que no fato de o pai dela dever dinheiro àquele infeliz.

"Desculpa, Tessie. Eu não tinha dinheiro nenhum, e o Hardin..."

Quando me dou conta, ela está caminhando em direção ao elevador. *Puta que pariu!*

Entro em pânico e corro atrás dela, mas ela entra no elevador antes que eu consiga alcançá-la. Em qualquer outro momento, as portas se moveriam com a maior lerdeza do mundo, mas quando ela está escapando de mim, elas se fecham na hora.

"Merda, Tessa!" Bato o punho contra o metal. Será que nesse prédio tem escada? Quando olho para o corredor, Landon e Richard estão parados, sem ação. Valeu pela puta ajuda, cuzões.

Eu entro em ação rápido, encontro a escada e desço os degraus de dois em dois até chegar no térreo. Chego no lobby e olho ao redor à procura de Tessa. Não a vejo e começo a entrar em pânico de novo. Chad poderia estar acompanhado... Eles podem chegar perto da Tessa ou machucá-la...

O elevador se abre com um barulho, e Tessa sai de dentro dele com a cara mais determinada do mundo, então me vê.

"Você ficou maluca?", grito com ela, minha voz tomando o lobby.

"Ele vai devolver aquele bendito relógio, Hardin!", Tessa responde.

Ela parte em direção às portas de vidro, e eu a agarro pela cintura, puxando-a contra o meu peito.

"Me larga!" Ela arranha meus braços, mas eu não a solto.

"Você não pode correr atrás dele. O que está pensando?"

Ela continua lutando contra mim.

"Se você não parar de se debater, vou ter que carregar você no colo de volta para o apartamento. Escuta o que tenho para dizer", eu peço.

"Ele não pode ficar com aquele relógio, Hardin! Seu pai deu para você, e significa muito para ele e para você..."

"Aquele relógio não significava merda nenhuma para mim", digo.

"Significava, sim. Você nunca vai admitir, mas eu sei." Os olhos dela estão se enchendo de lágrimas de novo. Porra, esse fim de semana vai ser um inferno.

"Não significava..."

Significava?

Ela para de mexer as mãos e se acalma. Eu a convenço com delicadeza a voltar para o elevador, depois de abortar sua missão de sair correndo atrás do viciado, muito a contragosto.

"Não é justo com você ele levar aquele relógio por causa de uma conta pendurada em um bar pelo meu pai! Quanto álcool uma pessoa tem que consumir para acabar devendo dinheiro a alguém?" Ela está irada, e eu fico dividido entre querer rir da situação e me sentir péssimo pelo que tenho que contar a ela.

"Não era álcool, Tess." Observo quando ela inclina a cabeça para o lado, olhando para todos os lados, menos em meus olhos.

"Hardin, eu conheço meu pai e o seu alcoolismo... não invente desculpas por ele." Sua respiração está acelerada num ritmo anormal.

228

"Tessa, Tessa, você tem que se acalmar."

"Então me conta o que está acontecendo, Hardin!"

Eu não sei mais o que dizer. Sinto muito — muito — por não poder protegê-la de seu pai imbecil, assim como não pude proteger minha mãe da destruição causada pelo meu. Então faço uma coisa que não estou acostumado a fazer. Digo algo com uma sinceridade brutal. "Não é álcool. São drogas."

A reação de Tessa a princípio parece ser não reagir. Mas depois de um segundo ela balança a cabeça negando e diz: "Não, ele não... ele não usa drogas".

Depressa, ela entra no elevador e aperta o botão para o nosso andar. Eu entro logo atrás dela, mas ela só olha para o nada enquanto as portas se fecham.

42

TESSA

Quando Hardin e eu voltamos para o apartamento, parece que o ar ficou abafado e esquisito.

"Você está bem?", Landon pergunta quando Hardin fecha a porta.

"Sim", digo simplesmente, mentindo.

Estou confusa, magoada, com raiva e exausta. Faz poucas horas que chegamos e eu já estou com vontade de voltar para Seattle. Qualquer ideia que eu tinha de voltar a morar aqui desapareceu em algum ponto durante a caminhada silenciosa do elevador até a porta do apartamento.

"Tessie... Eu não queria que nada disso acontecesse", meu pai diz enquanto me segue até a cozinha. Preciso de um copo de água; minha cabeça está latejando.

"Não quero falar sobre isso." A pia range quando abro a torneira, e espero pacientemente o copo se encher.

"Acho que deveríamos pelo menos conversar..."

"Por favor..." Eu me viro para olhar para ele. Não quero conversar. Não quero ouvir a verdade horrorosa, ou uma mentira bem-intencionada. Só quero voltar para o ponto em que estava quando fiquei animada com a possibilidade de tentar ter um relacionamento com meu pai que não pude ter na infância. Sei que Hardin não tem motivos para mentir sobre os vícios do meu pai, mas talvez ele esteja enganado.

"Tessie...", meu pai implora.

"Ela disse que não quer falar sobre isso", Hardin insiste, aparecendo de repente na cozinha. Ele entra e se posiciona entre mim e meu pai. Fico feliz por ele se intrometer dessa vez, mas me preocupo um pouco com sua respiração rasa e ofegante. Eu me sinto melhor quando meu pai suspira derrotado e me deixa sozinha com Hardin.

"Obrigada." Eu me recosto na bancada e tomo mais um gole da água morna da torneira.

Hardin parece preocupado e não tenta esconder a expressão pesada. Ele leva os dedos às têmporas e se recosta na bancada do outro lado.

"Eu não deveria ter deixado você vir aqui; sabia que isso ia acontecer."

"Estou bem."

"Você sempre diz isso."

"Porque sempre tenho que ficar bem. Caso contrário, quando o próximo desastre acontecer, não estarei preparada." A adrenalina que corria por minhas veias minutos antes desapareceu, evaporou com a esperança de que pelo menos uma vez alguma coisa daria certo por um fim de semana inteiro. Não me arrependo de ter vindo, porque estava morrendo de saudade do Landon e queria pegar minha carta, meu *e-reader* e a pulseira. Ainda estou triste por causa da carta; não parece racional que um objeto tenha tanta importância para mim, mas tem. Foi a primeira vez que Hardin foi sincero de verdade comigo — sem esconder mais nada, sem segredos sobre seu passado, todas as cartas sobre a mesa — e eu não precisei forçar uma confissão. Saber que ele resolveu escrever tudo e o modo como suas mãos tremiam quando me entregou a carta são coisas de que nunca me esquecerei. Não estou chateada com ele, de verdade; gostaria que ele não a tivesse destruído, mas conheço o temperamento dele, e fui eu que a deixei aqui, sentindo de alguma forma que ele poderia destruí-la. Não vou mais ficar remoendo, apesar de ainda doer pensar no papel rasgado que sobrou; aquele pedacinho nunca conseguiria conter toda a emoção expressa nas palavras que ele escreveu na folha.

"Odeio saber que as coisas são assim para você", Hardin diz baixinho.

"Eu também." Suspiro concordando. O olhar dolorido em seu rosto me faz acrescentar: "Não é sua culpa".

"Claro que é." Ele passa os dedos pelos cabelos, nervoso. "Fui eu que rasguei aquela maldita carta, eu trouxe você aqui, e achei que poderia esconder os hábitos do seu pai de você. Pensei que aquele idiota do Chad não ia voltar aqui depois que dei a ele o relógio para pagar o que seu pai devia."

Olho para Hardin, que está sempre tão irritado, e sinto vontade de abraçá-lo. Ele abriu mão de algo que era dele; apesar de dizer que não se importava nem um pouco com o relógio, ele o entregou em uma tentativa de tirar meu pai do buraco no qual ele se afundou. Nossa, como eu amo ele.

"Sou muito grata por ter você", digo. E ele endireita os ombros e levanta a cabeça depressa para olhar para mim.

"Não sei por quê. Eu causo quase todos os desastres da sua vida."

"Não, eu tenho a mesma parcela de culpa", digo. Queria que ele se valorizasse mais; que conseguisse ver a si mesmo como eu vejo. "A indiferença do universo tem grande participação também."

"Você está mentindo", ele olha para mim com olhos ansiosos, "mas vou aceitar."

Olho para a parede em silêncio, meu cérebro fervilhando com milhares de pensamentos por minuto.

"Mas ainda estou bravo porque você correu atrás dele feito uma maluca", Hardin me repreende. Não o culpo; não foi inteligente da minha parte. Mas eu também sabia que ele ia atrás de mim na minha tentativa ridícula de perseguir o Chad e pegar o relógio de volta. O que diabos eu estava pensando?

Eu estava pensando que o relógio representava o começo de uma nova relação entre Hardin e seu pai. Hardin disse que tinha odiado o relógio e se recusava a usá-lo, dizendo que era extravagante. Ele não sabe que muitas vezes passei pelo quarto e o vi olhando para o relógio dentro da caixa. Uma vez, ele estava segurando o relógio na palma da mão, analisando de perto, como se ele pudesse queimar ou curá-lo de alguma maneira. Sua expressão era ambivalente quando ele o jogou sem cuidado dentro da caixa preta.

"Minha adrenalina me venceu." Dou de ombros, tentando esconder o leve tremor que percorre meu corpo quando penso que poderia realmente ter alcançado aquele homem horroroso.

Tive uma sensação ruim em relação a ele na primeira vez que veio buscar meu pai no apartamento, mas eu não tinha ideia de que ele poderia voltar. De todas as suspeitas que eu tinha em relação ao que estava de fato acontecendo aqui, homens maltrapilhos vendendo drogas e recebendo relógio como pagamento nunca me passou pela cabeça. Era obviamente a isso que Hardin estava se referindo quando falou de "cuidar do assunto sem eu ter que me preocupar com ele". Se eu tivesse ficado dentro do apartamento, talvez ainda estivesse alheia à toda a situação. Ainda estaria vendo meu pai como um homem decente.

"Bom, não gosto nem um pouco da sua adrenalina. Está na cara que ela corta o fluxo de oxigênio para o seu cérebro", Hardin diz, olhando para a geladeira ao meu lado.

"Vamos começar o próximo filme?" Meu pai pergunta da sala de estar. Olho em pânico para Hardin, e ele responde por mim.

"Já vamos", ele responde com um tom sério.

Hardin olha para mim, e sua altura e sua irritação me dominam.

"Você não precisa ir para a sala e se forçar a falar com eles se não quiser. Eu não vou deixar nenhum dos dois dizer nada sobre esse assunto."

A ideia de assistir a um filme com meu pai não me parece nem um pouco interessante, mas não quero que as coisas fiquem esquisitas e não quero que Landon vá embora ainda.

"Eu sei", suspiro.

"Você está em negação, e eu entendo, mas vai precisar encarar essa situação mais cedo ou mais tarde." As palavras dele são duras, mas os olhos estão calmos quando olha para mim. Sinto o calor de seus dedos descendo pelos meus dois braços.

"Vou deixar para depois... por enquanto", digo, e ele concorda. Não aprova, mas aceita minha negação. Por enquanto.

"Então vai lá. Já estou indo." Ele inclina a cabeça em direção à sala de estar.

"Certo. Pode fazer um pouco de pipoca?" Sorrio para ele, tentando convencê-lo de que meu coração não está batendo acelerado e que as palmas das minhas mãos não estão suando.

"Você está abusando..." Um sorriso brincalhão aparece em seu rosto enquanto ele me empurra para fora da cozinha. "Vai."

Quando entro na sala mal iluminada, meu pai está sentado no canto de sempre e Landon está de pé, recostado na parede de tijolos. Meu pai está com as mãos no colo, cutucando a pele dos dedos, um hábito que eu tinha na infância até minha mãe me forçar a parar. Agora sei de onde veio.

Meu pai olha para mim, e sinto um arrepio. Não sei se é a luz ou se coisa da minha cabeça, mas os olhos dele estão quase pretos, e isso me deixa enjoada. Será que ele está mesmo usando drogas? Se estiver, quanto e de qual tipo? Tudo que sei sobre drogas se resume ao que vi em alguns episódios de *Intervention* com Hardin. Eu me retraía e cobria os olhos quando os viciados injetavam a droga no corpo ou fumavam o líquido borbulhante de uma colher. Eu não aguentava ver aquelas pessoas destruindo a si mesmas e a todos ao redor, enquanto Hardin dizia que não sentia nem um pouco de pena dos "malditos viciados".

Meu pai é mesmo um deles?

"Vou entender se você quiser que eu vá embora..." A voz do meu pai não combina com o olhar em seus olhos assombrados. Está baixa, fraca e embargada. Sinto um aperto no peito.

"Não, tudo bem." Eu engulo em seco e sento no chão para esperar Hardin. Ouço os grãos de milho estourando, e o cheiro da pipoca já tomou o apartamento.

"Posso contar o que você quiser..."

"Tudo bem, de verdade", garanto ao meu pai com um sorriso. *Cadê o Hardin?*

Minha pergunta é respondida momentos depois quando ele entra na sala com um saco de pipoca em uma das mãos e meu copo de água na outra. Ele se senta ao meu lado no chão sem dizer nada e coloca o saco no meu colo.

"Está um pouco queimada, mas ainda dá para comer", Hardin comenta baixinho. Ele olha diretamente para a tela da televisão, e sei que está contendo muitos pensamentos. Aperto a mão dele para agradecer. Acho que não conseguiria enfrentar mais nada hoje.

A pipoca está deliciosa e amanteigada. Hardin resmunga quando ofereço um pouco para Landon e para meu pai. Acho que é por isso que eles não aceitam.

"Que merda vamos assistir agora?", Hardin pergunta.

"*Sintonia de amor*", respondo com um sorriso.

Ele revira os olhos.

"*Sério?* Não é tipo uma versão mais antiga do que acabamos de assistir?"

Dou risada, não consigo me controlar.

"É um filme lindo."

"Sei." Ele olha para mim, mas não mantém o olhar pelo mesmo tempo de sempre. Usa o moletom para limpar a gordura dos dedos. Eu me retraio e digo para mim mesma que tenho que deixar a blusa dele de molho por mais tempo do que o normal antes de colocar para lavar amanhã.

"O que foi? Esse filme não é ruim", sussurro. Meu pai está terminando de comer o resto da pizza, e Landon voltou a se sentar na poltrona.

"Não." Ele ainda não está olhando para mim. Não quero comentar sobre seu comportamento esquisito. Todo mundo já está no limite depois do que aconteceu hoje.

O filme me distrai de mim mesma e de minha mente perturbada por tempo suficiente para eu poder rir com Landon e meu pai. Hardin olha para a tela, com os ombros tensos de novo e a mente bem longe daqui. Quero desesperadamente perguntar a ele o que está acontecendo de errado para eu poder consertar, mas sei que é melhor esperar. Em vez disso, eu me aconchego em seu peito com as pernas encolhidas sob meu corpo e um braço ao redor dele. Ele me surpreende ao me puxar para mais perto e beijar meus cabelos.

"Eu te amo", ele sussurra. Estou quase certa de que estou ouvindo vozes, mas então vejo seus olhos verdes atentos.

"Eu te amo", respondo baixinho. Olho para ele por alguns momentos, só para admirar sua beleza. Ele me tira do sério, eu tiro ele do sério, mas ele me ama e seu comportamento calmo de hoje à noite é prova disso. Por mais forçado que seja, ele *está* tentando, e nisso eu encontro conforto, na certeza de que mesmo no meio da tempestade ele vai ser minha âncora. Antes, eu tinha medo de que ele me arrastasse para o fundo; agora, não me importo se ele fizer isso.

Uma batida forte na porta me assusta. Já estava quase dormindo, e ele se desvencilha de mim e me deita no chão para poder se levantar. Observo seu rosto, procurando raiva ou choque, mas em vez disso, vejo... preocupação?

"Não sai daqui", ele diz para mim. Concordo. Não quero ver Chad de novo.

"Devíamos chamar a polícia, caso contrário, ele não vai parar de vir aqui", resmungo, pensando em como esse apartamento mudou drasticamente nas últimas semanas. Sinto o pânico tomar meu peito de novo, e quando olho para meu pai e para Landon para ver qual é a reação deles, vejo que os dois estão dormindo. Na televisão, vejo o menu da programação do pay-per-view; acho que acabamos todos pegando no sono sem perceber.

"Não", ouço Hardin dizer. Fico de joelhos quando ele chega à porta. E se Chad não estiver sozinho? Vai tentar machucar o Hardin? Fico de pé e caminho em direção ao sofá para acordar meu pai.

Mal ouço o bater dos saltos altos pelo chão e quando viro a cabeça e vejo minha mãe, com seu vestido vermelho justo, os cabelos enrolados e o batom vermelho imponente, fico chocada. Seu rosto bonito está carrancudo quando ela olha para mim com os olhos intensos.

"O que você está...", começo. Olho para Hardin e ele está calmo... quase como se estivesse *esperando*...

Ele a deixa passar e ela vem na minha direção.

"Você *ligou* para ela?" Minha voz falha quando junto as peças. Ele desvia o olhar. Como pôde chamá-la? Ele sabe, por experiência própria, como minha mãe é; por que diabos ele a envolveria nisso tudo?

"Você tem ignorado as minhas ligações, Theresa", ela diz. "E agora descubro que seu pai está aqui! Neste apartamento, e está usando drogas!" Ela passa por mim e vai direto ao alvo. Com suas unhas de um vermelho muito vivo, ela o derruba do sofá. Ele cai atordoado.

"Levanta, Richard!", ela diz, e eu me retraio ao ouvir sua voz dura.

Meu pai senta depressa, usando as mãos para apoiar o peso do corpo, e balança a cabeça. Seus olhos quase saem das órbitas quando ele vê a mulher na frente dele. Observo enquanto ele pisca várias vezes e fica de pé.

"Carol?" Sua voz é ainda mais baixa do que a minha.

"Como você pôde?" Ela balança um dedo na frente do rosto dele, e ele se afasta, mas bate com as pernas no sofá e cai para trás. Ele parece aterrorizado, e não é pra menos.

Landon se remexe na poltrona e abre os olhos; sua expressão é parecida com a do meu pai, confusa e aterrorizada.

"Theresa, vá para o seu quarto", minha mãe ordena.

O quê?

"Não, não vou", respondo. Por que Hardin ligou para ela? Tudo ia ficar bem. Eu ia encontrar algum jeito de seguir em frente e me afastar de meu pai, provavelmente.

"Ela não é mais criança, Carol", meu pai diz.

Minha mãe bufa e seu peito infla, e sei o que vem em seguida.

"Não ouse falar dela como se a conhecesse! Como se tivesse o direito!"

"Estou tentando compensar o tempo perdido..." Meu pai até que está segurando a onda para um homem que acabou de ser acordado pela ex-mulher furiosa gritando na cara dele. Não sei o que pensar da cena que se desenrola a minha frente. Tem alguma coisa na voz de meu pai, algo em seu tom quando ele se aproxima de minha mãe, ganhando confiança, que quase parece familiar. Não consigo identificar o que é.

"Tempo perdido! Não dá para compensar o tempo perdido. E agora fico sabendo que você está usando drogas?"

"Não estou mais!", ele grita para ela. Quero me encolher atrás de Hardin, mas não sei de que lado ele está. Os olhos de Landon estão grudados em mim, e os de Hardin, nos meus pais.

"Quer sair?", Landon pergunta do outro lado da sala, sem emitir nenhum som. Balanço a cabeça para recusar, mas espero que meus olhos consigam demonstrar como me sinto grata pela sugestão.

"Não está mais? Não está mais?" Minha mãe deve ter calçado os saltos mais pesados. Começo a me perguntar se eles vão deixar marcas no chão por onde ela passa pisando com força.

"Sim, não estou mais! Olha, não sou perfeito, tá?" Ele passa as mãos pelos cabelos curtos, e eu paro. O gesto é tão familiar, chega a ser estranho.

"Não é perfeito! Rá!" Ela ri, os dentes brancos brilhando na sala mal iluminada. Quero acender uma luz, mas não consigo me mexer. Não sei o que sentir ou pensar ao ver meus pais gritando um com o outro no meio da sala de estar. Tenho certeza de que esse apartamento é amaldiçoado; só pode ser. "Não ser perfeito é aceitável; usar drogas e arrastar a filha pelo mesmo caminho é deplorável!"

"Não estou arrastando ela por caminho nenhum! Estou fazendo tudo que posso para consertar tudo que fiz a ela... e a você também!"

"Não! Não está! O fato de você voltar só vai confundir a Theresa ainda mais! Ela já estragou a vida dela o suficiente!"

"Ela não estragou a vida dela", Hardin interrompe. Minha mãe lança a ele um olhar furioso antes de voltar sua atenção para meu pai.

"Isso é culpa sua, Richard Young! Tudo isso! Se não fosse por você, Theresa não estaria nesse relacionamento tóxico com esse garoto!" Ela estende a mão na direção de Hardin. Eu sabia que seria apenas questão de tempo até ela começar a atacá-lo. "Ela nunca teve um exemplo masculino que mostrasse a ela como uma mulher deve ser tratada; é por isso que ela está enfiada aqui com ele! Não se casou, vive em pecado e só Deus sabe o que ele está fazendo! Provavelmente está usando drogas com você!"

Eu me retraio, meu sangue fervendo, e a necessidade de defender Hardin reaparece.

"Não ouse enfiar o Hardin nessa história! Ele tem tomado conta do meu pai e deu a ele um lugar para morar para ele não ter que viver nas ruas!" Odeio ver que as palavras que escolho se parecem com as da minha mãe.

Hardin atravessa a sala e fica do meu lado. Eu sei que ele vai me alertar para ficar fora disso.

"É verdade, Carol. Ele é um bom rapaz, e ama a Tessa mais do que já vi qualquer homem amar uma mulher", meu pai explica. Minha mãe cerra os punhos ao lado do corpo, e seu rosto perfeitamente corado está ficando vermelho.

"Não ouse defender esse garoto! Tudo isso", ela balança uma das mãos em punho pelo ar, "é por causa dele! Ela deveria estar em Seattle, construindo uma vida para si, procurando um homem adequado..."

Quase não consigo ouvir nada com o sangue correndo e sendo bombeado pela minha cabeça. No meio de tudo isso, me sinto péssima por Landon, que gentilmente foi para o quarto para nos deixar sozinhos, e por Hardin, que está, de novo, sendo usado como bode expiatório pela minha mãe.

"Ela *está* morando em Seattle, só está aqui visitando o pai. Eu disse isso a você no telefone", Hardin diz em meio ao caos. Ele mal consegue se conter, o que me causa um arrepio, fazendo os pelos dos meus braços se eriçarem.

"Não pense que só por que me ligou nós nos tornamos amigos de repente", ela diz. Hardin me puxa pelo braço, e eu olho para ele, confusa. Eu não tinha nem percebido que estava indo na direção dela quando ele me deteve.

"Crítica como sempre. Você nunca vai mudar, ainda é a mesma mulher que era tantos anos atrás." Meu pai balança a cabeça em reprovação. Fico contente por ele estar do lado de Hardin.

"Crítica?" Você tem noção de que esse rapaz, esse que você está defendendo, tirou a virgindade da sua filha para ganhar uma aposta que ele fez com os amigos?" A voz de minha mãe é fria... orgulhosa até.

Todo o ar deixa a sala e eu me sinto engasgar. Precisando respirar.

"Isso mesmo! E ficou se gabando pela faculdade pela conquista. Então, não venha defendê-lo para mim", ela diz. Os olhos de meu pai estão arregalados. Consigo ver a tempestade que se forma atrás de seus olhos quando ele olha para Hardin.

"O quê? Isso é verdade?" Meu pai também está tendo dificuldade para respirar.

"Não é importante! Já superamos isso", digo a ele.

"Está vendo? Ela conseguiu encontrar alguém igual a você. Vamos rezar para ele não engravidar a Theresa e a abandonar quando as coisas ficarem difíceis."

Não aguento mais ouvir. Não posso deixar Hardin ser arrastado na lama pelos meus pais. Isso é um desastre.

"E sem falar que três semanas atrás um homem a largou na minha casa, inconsciente, por causa dos... amigos dele!", ela aponta para Hardin. "Eles quase a estupraram!"

Lembrar daquela noite me dói, mas é o modo como minha mãe está culpando Hardin que me perturba mais. O que aconteceu naquela noite não foi culpa dele, e ela sabe muito bem disso.

"Seu filho da puta!" Meu pai diz entredentes.

"Não." Hardin o alerta com calma. Espero que ele ouça.

"Você me enganou! Eu aqui pensando que você só tinha fama de mau, algumas tatuagens e um péssimo humor! Eu podia lidar com isso. Sou da mesma maneira. Mas você *usou* a minha filha!" Meu pai parte na direção de Hardin, mas eu me posiciono na frente dele.

Meu cérebro não consegue acompanhar minha boca.

"Parem com isso! Vocês dois!", grito. "Se querem entrar em guerra por causa do passado, é problema de vocês, mas não envolvam o Hardin nisso! Ele ligou para você por um motivo, mãe, mas ainda assim você está aqui acabando com ele só por raiva. Essa é a casa dele, não de vocês dois. Podem sumir daqui!" Meus olhos ardem como se implorassem para eu chorar, mas eu me recuso.

Minha mãe e meu pai param, olham para mim, e então um para o outro.

"Resolvam suas merdas ou caiam fora; estaremos no quarto." Pego a mão de Hardin e tento puxá-lo comigo.

Ele hesita por um momento antes de usar suas pernas compridas para passar na minha frente e me levar pelo corredor, ainda segurando minha mão. Está segurando forte, quase dói, mas fico quieta. Ainda estou chocada com a chegada de minha mãe e com a briga toda. A pressão forte na minha mão é a última das minhas preocupações.

Fecho a porta a tempo de abafar as vozes de meus pais aos berros. De repente, volto a ter nove anos, correndo pelo quintal da casa da minha mãe até meu porto seguro, a pequena estufa. Eu sempre ouvia os gritos, por mais que Noah fizesse barulho para abafar o som desagradável.

"Queria que você não tivesse ligado para ela." Eu me desvencilho de minhas lembranças e olho para Hardin. Landon está sentado na escrivaninha, tomando o cuidado de não olhar para nós.

"Você precisava dela. Estava em negação." A voz dele é grave.

"Ela piorou as coisas; contou para ele o que você fez."

"Quando liguei, achei que fazia sentido. Eu estava tentando te ajudar." Seu olhar mostra que ele realmente pensou que pudesse dar certo.

"Eu sei", digo com um suspiro. Gostaria que ele tivesse me consultado antes, mas sei que ele estava fazendo o que achava que era certo.

"Teria sido ruim de qualquer jeito." Ele balança a cabeça e senta na cama. Olhando para mim com angústia, ele diz: "Sempre vamos lembrar daquela merda... você sabe disso, não sabe?".

Ele está se fechando. Consigo perceber isso claramente.

"Não, isso não é verdade." Há pelo menos um pouco de verdade em minhas palavras, porque quando todo mundo souber sobre a aposta, isso vai virar notícia velha. Eu estremeço ao pensar em Kimberly e Christian, mas todas as outras pessoas com quem convivemos conhecem a verdade humilhante.

"Você sabe que vai ser assim!" Hardin fala mais alto e caminha pelo quarto. "Não vai desaparecer. Sempre vai ter alguém jogando isso na sua cara, lembrando você do imbecil que eu sou!" Ele dá um murro em cima da escrivaninha antes que eu consiga impedi-lo. A madeira racha, e Landon fica de pé.

"Não faz isso! Não deixa ela te atingir, por favor!" Seguro a blusa dele, impedindo-o de atacar de novo a madeira rachada. Ele tenta se livrar, mas eu não deixo. Seguro as duas mangas dessa vez, e ele se vira, irado.

"Não está cansada dessa merda? Não está cansada de brigar o tempo todo? Se você me deixasse, sua vida ia ser muito mais fácil!"

Hardin diz gritando, e cada sílaba me fere. Ele sempre faz isso, ele sempre recorre à autodestruição. Não vou permitir que isso aconteça dessa vez.

"Para com isso! Você sabe que não quero uma vida fácil e sem amor." Seguro seu rosto e o forço a olhar para mim.

"Vocês dois, escutem uma coisa." Landon interrompe. Hardin não olha para ele; mantém o olhar furioso em mim. Meu melhor amigo, irmão postiço de Hardin, atravessa o quarto e para a pouco mais de um metro de nós.

"Vocês não podem fazer isso de novo. Hardin, você não pode deixar as pessoas te atingirem desse jeito; a opinião da Tessa é a única que importa. Deixa a opinião dela ser a única voz na sua mente", ele diz.

Parece que as olheiras de Hardin encolhem visivelmente quando ele assimila as palavras.

"E Tess...", Landon suspira. "Você não precisa se sentir culpada e tentar convencer o Hardin de que quer ficar com ele; o fato de você continuar com ele depois de tudo deveria ser prova suficiente."

Landon tem razão, mas não sei se Hardin vai conseguir enxergar isso em meio à raiva e à dor.

"A Tessa precisa de você nesse momento. Os pais dela estão gritando um com o outro na sala, então fica do lado dela em vez de fazer tudo girar em torno de você", Landon diz para Hardin. Alguma coisa em suas palavras parece fazer Hardin acordar, e ele concorda, abaixando a cabeça para pressionar a testa contra a minha, com a respiração ofegante.

"Desculpa...", ele sussurra.

"Vou para casa agora." Landon desvia o olhar de nós, parecendo constrangido por testemunhar a intimidade entre nós dois. "Vou falar para a minha mãe que vocês vão passar lá em casa."

Eu me afasto de Hardin para abraçar Landon.

"Obrigada por tudo. Que bom que você estava aqui", digo contra seu peito. Ele me abraça forte, e dessa vez, Hardin não me puxa. Quando paro de abraçar Landon, ele sai do quarto e eu olho para Hardin. Ele está examinando as mãos ensanguentadas, uma visão que tinha começado a se tornar uma lembrança distante; e agora eu a vejo de novo enquanto o sangue pinga no chão.

"Sobre o que o Landon disse", Hardin fala, secando a mão na blusa. "Quando ele disse que a sua deveria ser a única voz na minha cabeça. É o que eu quero." Quando ele olha para mim de novo, parece assustado. "Quero muito isso. Não consigo afastar os outros... Steph, Zed, agora sua mãe e seu pai."

"Vamos dar um jeito, você vai ver", prometo a ele.

"Theresa!" A voz de minha mãe ressoa do lado de fora. Eu estava envolvida demais com Hardin para perceber que o barulho na sala de estar havia acabado. "Theresa, vou entrar."

A porta se abre depois da última palavra, e eu fico atrás de Hardin. Isso já parece ter se tornado um padrão.

"Precisamos conversar sobre isso. Sobre tudo isso." Ela olha para Hardin e para mim com a mesma intensidade. Hardin se vira e olha para mim, erguendo uma sobrancelha em busca de aprovação.

"Não acho que a gente tenha nada para discutir", digo de trás do meu escudo.

"Temos muito que discutir. Sinto muito pelo meu comportamento hoje. Perdi a cabeça quando vi seu pai aqui, depois de tantos anos. Por favor, me dê um tempo para explicar. Por favor." As palavras "por favor" parecem estranhas ditas pela minha mãe.

Hardin se afasta, me deixando exposta a ela.

"Vou limpar isso." Ele levanta a mão e sai do quarto antes que eu consiga impedi-lo.

"Senta, temos muito que discutir." Minha mãe passa as mãos pela frente do vestido e ajeita os cabelos loiros e ondulados para o lado antes de sentar na beira da cama.

43

HARDIN

A água fria sai da torneira diretamente sobre minha pele ferida. Olho para a pia, observando a água vermelha descer pelo ralo.

De novo? Essa merda aconteceu de novo? Claro que sim; era só uma questão de tempo.

Deixo a porta do banheiro aberta para poder entrar correndo no quarto se ouvir gritos. Não tenho ideia do que estava pensando quando liguei para aquela vaca. Eu não deveria chamá-la assim... mas ela é... uma vaca, afinal de contas. Pelo menos não estou dizendo isso na frente de Tessa. Quando liguei para ela, só conseguia pensar na expressão inalterada de Tessa e em seus comentários ingênuos, dizendo coisas como "ele não está usando drogas" enquanto tentava se convencer de uma mentira. Eu sabia que ela ia cair na real a qualquer momento, e por alguma porra de um motivo bem idiota pensei que, se sua mãe estivesse aqui, ela poderia ajudar.

É exatamente por isso que não tento ajudar as pessoas. Não tenho experiência nisso. Sou muito bom em ferrar com tudo, mas não sei salvar.

Um movimento no espelho chama minha atenção, e quando olho, vejo o reflexo de Richard olhando para mim. Ele está recostado no batente estreito, parecendo irritado.

"O que foi? Você veio aqui para tentar me bater?", digo com seriedade.

Ele suspira e passa as mãos pelo rosto barbeado.

"Não, dessa vez, não."

Dou uma risada sarcástica, meio que querendo que ele tentasse me atacar. Estou tão irritado que bem que poderia me meter em uma briga.

"Por que vocês não me contaram?", Richard pergunta, obviamente se referindo à aposta.

Ele está falando sério?

243

"Por que eu contaria para você? E você certamente não é burro a ponto de achar que a Tessa contaria para o pai — o pai ausente — uma coisa dessas." Fecho a torneira e pego uma toalha para pressionar contra meus dedos; eles pararam de sangrar quase totalmente. Eu deveria aprender a alternar as mãos, começar a bater com a direita a partir de agora.

"Não sei... Estou confuso, pensei que vocês fossem opostos atraídos um pelo outro, mas agora..."

"Não estou pedindo sua aprovação, nem preciso dela." Passo por ele e atravesso o corredor. Pego o saco de pipoca queimada que ainda está no chão.

"Deixa a opinião dela ser a única voz na sua mente." As palavras de Landon ecoam em minha cabeça. Gostaria que fosse fácil assim, e talvez seja um dia... Espero muito que seja.

"Eu sei que você não está pedindo; só quero entender essa merda toda. Como pai dela, eu me sinto obrigado a acabar com a sua raça." Ele balança a cabeça.

"Sei", digo, querendo lembrar a ele de novo que há mais de nove anos ele não é pai dela.

"A Carol era muito parecida com a Tessa quando era jovem", ele diz, e me segue para dentro da cozinha.

Eu estremeço e o saco quase escorrega de meus dedos.

"Não era, não."

Não tem como isso ser verdade. Sinceramente, no começo eu achava que Tessa era exatamente como aquela mulher resmungona e recatada, mas agora que a conheço, sei que elas não têm nada a ver. O esforço dela para parecer perfeita certamente é resultado de ter aquela mulher como mãe, mas fora isso, Tessa não se parece nem um pouco com ela.

"É verdade. Ela não era tão bacana, mas não foi sempre..."

Ele para de falar e pega uma garrafa de água da minha geladeira.

"Uma vaca?" Termino a frase por ele, que olha para o corredor vazio como se estivesse com medo de ela aparecer e atacá-lo de novo. Eu gostaria que isso acontecesse, sinceramente...

"Ela estava sempre sorrindo... Seu sorriso era lindo. Todos os homens desejavam a Carol, mas ela era minha." Ele sorri ao se lembrar. Não era para eu me envolver nessa merda... não sou psicólogo, porra. A mãe da Tessa é muito atraente, mas parece que ela tem uma vara enfiada no traseiro que alguém precisaria tirar, ou o contrário...

"Certo..." Não sei onde ele quer chegar.

"Ela tinha muita ambição e compaixão naquela época. É muito doido, porque a avó da Tessa era igualzinha à Carol, se não pior." Ele ri, mas eu me retraio. "Os pais dela me odiavam, de verdade. Nunca esconderam isso. Queriam que ela se casasse com um corretor da bolsa, um advogado... qualquer um, menos eu. Eu também odiava os dois, que descansem em paz." Ele olha para o teto. Por mais maluco que seja dizer isso, fico feliz por não ter os avós de Tessa por perto para me julgar.

"Bom, então está na cara que vocês dois não deveriam ter se casado."

Fecho a tampa da lata de lixo, onde acabei de jogar o saco de pipoca, e apoio os cotovelos na bancada. Estou frustrado com Richard e com seus hábitos imbecis, que deixam Tessa chateada. Sinto vontade de dar uma surra nele e mandá-lo de volta para as ruas, mas é como se ele tivesse se tornado um móvel do meu apartamento. Parece um sofá velho que fede e sempre range quando alguém senta, e é muito desconfortável, mas, por algum motivo, ninguém consegue se livrar dele. Assim é o Richard.

Ele parece triste e diz baixinho.

"Nós não casamos."

Inclino a cabeça de leve, confuso. *Como é? Sei que a Tessa me disse que eles eram...*

"A Tessa não sabe. Ninguém sabe. Nunca nos casamos legalmente. Fizemos uma festa de casamento para agradar os pais dela, mas nunca assinamos a papelada. Eu não queria."

"Por quê?" Mas talvez uma pergunta mais importante seja por que estou interessado nessa merda? Há poucos minutos, eu me imaginava batendo a cabeça de Richard na parede; agora estou ouvindo essa fofoca como uma porra de uma adolescente. Eu deveria estar atento à porta do meu quarto, para ter certeza de que a mãe de Tessa não está enchendo a cabeça dela de merda para tentar tirá-la de mim.

"Porque casamento não era para mim." Ele coça a cabeça. "Ou pelo menos era o que eu achava. Nós fazíamos tudo como um casal; ela passou a usar meu sobrenome. Não sei por que ela fez isso. Acho que ela achava que, fazendo isso, eu ia finalmente concordar, mas ninguém sabe dos sacrifícios que ela fez por causa do meu egoísmo."

Tento imaginar como Tessa se sentiria ao saber disso... ela é obcecada com a ideia de se casar. Será que isso diminuiria sua obsessão ou só aumentaria?

"Com o passar dos anos, ela se cansou do meu comportamento. Brigávamos como cão e gato e, vou te dizer uma coisa: aquela mulher era incansável, mas eu tirei isso dela. Quando ela parou de brigar comigo, eu soube que era o fim. Vi o fogo se apagar lentamente dentro dela ao longo dos anos." Quando olho nos olhos dele, percebo que ele saiu da cozinha e voltou ao passado. "Todas as noites, ela me esperava para jantar, ela e a Tessie, as duas de vestido e grampo nos cabelos, e eu entrava cambaleando e reclamava das bordas queimadas da lasanha. Na metade das vezes, eu desmaiava antes de enfiar uma garfada na boca, e toda noite acabava em briga... Não me lembro de metade delas." Dá para ver que ele está arrepiado.

Pensar em Tessa bem novinha, toda arrumada à mesa, esperando animada para ver o pai depois de um longo dia, só para ele acabar fazendo ela sofrer, me dá vontade de estrangular esse cara.

"Não quero ouvir mais nenhuma palavra", digo a ele, e estou falando sério.

"Vou parar." Posso ver a vergonha estampada em seu rosto. "Só queria que você soubesse que a Carol não foi sempre assim. Eu fiz isso com ela. Eu transformei a Carol na mulher amarga e irada que ela é hoje. Você não quer que a história se repita, quer?"

44

TESSA

Minha mãe e eu ficamos sentadas em silêncio. Minha mente está girando e meu coração bate apressado enquanto ela prende os cabelos loiros atrás da orelha. Ela está calma e controlada — não estressada como eu.

"Por que você deixou seu pai vir até aqui? Depois de todo esse tempo. Entendo você querer se encontrar com ele mais vezes depois de terem se esbarrado na rua, mas não deixar ele morar aqui", ela diz por fim.

"Eu não deixei ele morar aqui; eu não moro mais aqui. O Hardin deixou ele ficar por bondade, bondade que você entendeu de uma forma completamente errada e jogou na cara dele." Não escondo meu desgosto em relação ao modo como ela o tratou.

Minha mãe — todo mundo — sempre vai interpretar mal Hardin, e o motivo de eu amá-lo. Mas não importa, porque não preciso que ninguém entenda.

"Ele ligou para você porque pensou que você ia me ajudar." Eu suspiro, tentando decidir para onde quero direcionar essa conversa antes de ela passar por cima de mim como um trator, bem ao estilo Carol Young.

Os olhos azuis de minha mãe estão sérios, voltados para o chão.

"Por que você fica contra todo mundo para defender aquele garoto depois de tudo o que ele fez com você? Ele fez você passar por muita coisa, Theresa."

"Ele merece a defesa, mãe. É por isso."

"Mas..."

"Ele merece, sim. Não vou ficar discutindo isso com você. Já disse antes, se não consegue aceitar o Hardin, então eu não posso ter um relacionamento com você. Hardin e eu somos um casal, quer você goste ou não."

"Um dia eu pensei isso em relação a seu pai."

Faço o melhor que posso para não me retrair quando ela levanta a mão para acariciar meus cabelos.

"O Hardin não tem nada a ver com o meu pai."

Ela abre um leve sorriso com os lábios pintados.

"Tem sim, ah, se tem. Ele se parece com ele sob muitos aspectos."

"Se vai dizer essas coisas, pode ir embora."

"Calma." Ela volta a acariciar meus cabelos. Eu fico dividida entre me sentir irritada com o gesto condescendente e consolada pelas boas lembranças que ele traz. "Quero te contar uma história."

Admito que fico curiosa com as palavras dela, apesar de desconfiar de suas intenções. Ela nunca me contou histórias sobre o meu pai, então isso pode ser interessante. "Nada do que você disser vai mudar o que penso sobre o Hardin", digo a ela.

Ela esboça um sorriso quando diz: "Seu pai e eu nunca nos casamos".

"O quê?" Eu me endireito na cama, cruzando as pernas. *O que ela quer dizer com isso? Como assim eles nunca casaram?* Eles casaram sim, eu vi as fotos. O vestido de renda da minha mãe era lindo, apesar de sua barriga já estar levemente inchada, e o terno do meu pai não tinha o corte certo, mais parecia um saco de batata. Eu adorava ver aqueles álbuns e ficar admirando o brilho no rosto da minha mãe enquanto meu pai olhava para ela como se ela fosse a única pessoa no mundo. Eu me lembro da cena horrorosa no dia em que minha mãe me flagrou vendo as fotos; depois desse dia, ela escondeu as fotos, e eu nunca mais as vi.

"É verdade." Ela suspira. Percebo que revelar isso é humilhante para ela. Suas mãos tremem quando ela diz: "Fizemos uma festa de casamento, mas seu pai nunca quis se casar de verdade. Eu sabia disso, sabia que se não tivesse engravidado de você, ele teria me deixado muito antes. Seus avós forçaram seu pai a casar. Sabe, seu pai e eu nunca nos demos bem, nem mesmo por um dia. Era excitante no começo, até emocionante". O azul de seus olhos se perde nas lembranças. "Mas como você vai descobrir, todo mundo tem um limite. Conforme as noites vinham e iam embora e os anos se passavam, eu rezava todas as noites, pedindo a Deus para ele mudar por mim, por você. Rezava para um dia ele entrar pela porta com um buquê de rosas na mão em vez de hálito de bebida. Ela se inclina para trás e cruza os braços na frente do peito. Pulseiras que ela não tem dinheiro para comprar adornam seus braços, prova de sua necessidade excessiva de parecer elegante.

A confissão da minha mãe me deixa em silêncio. Ela nunca foi de conversar, muito menos se o assunto fosse o meu pai. A compaixão que de repente me vejo sentindo por essa mulher fria me leva às lágrimas.

"Para com isso", ela me repreende antes de continuar. "Toda mulher espera poder consertar seu homem, mas isso não passa de falsa esperança. Não quero que você siga pelo mesmo caminho que eu. Quero mais para você." Eu me sinto enjoada. "Foi por isso que criei você para sair daquela cidade pequena e construir uma vida só sua."

"Não estou...", começo a me defender, mas ela levanta a mão para me calar.

"Nós também tivemos dias bons, Theresa. Seu pai era engraçado e charmoso", ela para e sorri, "e estava sempre se esforçando para ser o que eu precisava que ele fosse, mas o eu verdadeiro dele foi mais forte e ele foi ficando frustrado comigo e com a vida que tivemos durante todos aqueles anos. Começou a beber, e as coisas nunca mais foram as mesmas. Eu sei que você se lembra." A voz dela está perturbada e consigo ver a vulnerabilidade em seu tom, brilhando em seus olhos, mas ela se recupera depressa. Minha mãe nunca gostou muito de fraqueza.

Mais uma vez sou levada de volta aos gritos, aos pratos sendo quebrados, até mesmo à ocasional desculpa "esses hematomas nos meus braços são de cuidar do jardim", e sinto um nó no estômago.

"Você pode realmente olhar nos meus olhos e dizer que tem um futuro com esse garoto?", ela pergunta conforme o silêncio se prolonga.

Não consigo responder. Sei qual é o futuro que quero ter com Hardin. Só não sei se ele estará disposto a me dar o que quero.

"Eu não fui sempre assim, Theresa." Ela passa delicadamente os dois dedos indicadores sob os olhos. "Eu adorava a vida, estava sempre animada com o futuro... e veja onde estou agora. Você pode achar que sou uma pessoa horrorosa por querer proteger você de ter o mesmo destino que eu, mas só estou fazendo o que é necessário para que você não repita a minha história. Não quero isso para você..." Eu me esforço para imaginar uma Carol jovem, feliz e animada a cada novo dia. Consigo contar nos dedos de uma das mãos as vezes que ouvi minha mãe rir nos últimos cinco anos.

"Não é a mesma coisa, mãe", eu me forço a dizer.

"Theresa, você não pode negar as semelhanças."

"Tem algumas semelhanças, sim", admito, mais para mim mesma do que para ela, "mas me recuso a acreditar que a história esteja se repetindo. O Hardin já mudou muito."

"Se você precisa fazer ele mudar, para que se dar ao trabalho?" A voz dela está calma, e ela olha ao redor do quarto que já foi meu.

"Eu não fiz ele mudar, ele mudou sozinho. Ele ainda é o mesmo homem; tudo que eu amo nele continua lá, mas ele aprendeu a lidar com as coisas de um jeito diferente e está se tornando uma versão melhor de si mesmo."

"Eu vi a mão dele sangrando", ela diz.

Dou de ombros.

"Ele é esquentado." Muito esquentado, mas não vou aceitar que ela o diminua. Ela tem que entender que estou do lado dele, e que de agora em diante, para chegar a ele, ela tem que passar por mim.

"Seu pai também era."

Fico de pé.

"O Hardin nunca me machucaria de propósito. Ele não é perfeito, mãe, mas você também não é. Nem eu." Fico surpresa com minha segurança quando cruzo os braços e olho para ela.

"É mais do que o temperamento dele... Pensa no que ele fez com você. Ele te humilhou, você teve que se transferir para outro campus."

Não tenho energia para discutir sobre o que ela disse, principalmente porque tem uma grande parcela de verdade. Sempre quis me mudar para Seattle, mas minha experiência ruim no primeiro semestre de faculdade me deu o empurrão de que eu precisava.

"Ele tem o corpo coberto de tatuagens... apesar de pelo menos ele ter tirado aqueles piercings horrorosos." Ela faz uma careta de nojo.

"Você também não é perfeita, mãe", repito. "As pérolas em volta do seu pescoço escondem as suas cicatrizes, assim como as tatuagens de Hardin escondem as dele."

Minha mãe olha rapidamente para mim, e posso ver as palavras se repetindo claramente em sua cabeça. Finalmente aconteceu: finalmente consegui enfrentá-la.

"Sinto muito pelo que meu pai fez com você, de verdade, mas o

Hardin não é o meu pai." Eu me sento ao lado dela e ouso colocar a mão sobre as dela. Sinto sua pele fria sob a minha palma, mas, para minha surpresa, ela não se afasta. "E eu não sou você", acrescento do modo mais delicado que consigo.

"Vai ser se não se afastar dele."

Tiro a mão de cima da dela e respiro fundo para me acalmar.

"Você não tem que aprovar, mas precisa respeitar o meu relacionamento. Se não conseguir", digo, e me esforço para me manter confiante, "então *você e eu* nunca vamos conseguir ter um relacionamento."

Ela balança a cabeça lentamente de um lado para o outro. Sei que ela esperava que eu concordasse com ela, que admitisse que Hardin e eu nunca vamos dar certo. Ela se enganou.

"Você não pode me dar esse tipo de ultimato."

"Posso, sim. Preciso de muito apoio, e estou cansada de lutar contra o mundo."

"Se você tem a sensação de que está lutando sozinha, talvez esteja na hora de mudar de lado." Ela ergue uma sobrancelha de modo acusador para mim. Eu fico de pé de novo.

"Não estou lutando sozinha, para com isso. Para", digo. Estou me esforçando para ser paciente com ela, mas minha paciência está se esgotando, a noite foi muito longa.

"Nunca vou gostar dele", ela diz, e eu sei que é verdade.

"Você não precisa gostar dele, mas não pode sair falando sobre nossos assuntos para todo mundo, incluindo meu pai. Foi muito errado da sua parte contar para ele sobre a aposta, e não tinha justificativa nenhuma."

"Seu pai tinha o direito de saber o que ele fez."

Ela não entende! Ela ainda não entendeu. Minha cabeça vai explodir a qualquer momento; consigo sentir a pressão em meu pescoço.

"O Hardin está se esforçando ao máximo por mim, mas até agora ele nunca tinha tentado melhorar", digo a ela.

Ela não diz nada. Nem sequer olha para mim.

"Então é isso? Você vai escolher a segunda opção?", pergunto.

Ela olha para mim em silêncio, sua mente funcionando por trás dos olhos carregados de sombra. Está pálida, apesar do blush rosado que claramente passou no rosto antes de chegar. Por fim, ela murmura:

"Vou tentar respeitar o seu relacionamento. Vou tentar."

"Obrigada", digo, mas sinceramente não sei o que pensar dessa... trégua com minha mãe. Não sou ingênua a ponto de acreditar no que ela prometeu até que ela prove, mas ainda assim é muito bom me livrar desse peso nas minhas costas.

"O que você vai fazer em relação ao seu pai?" Nós duas estamos de pé, e ela se aproxima de mim com seus saltos de dez centímetros.

"Não sei." Estava muito envolvida na conversa sobre Hardin para pensar em meu pai.

"Você deveria mandar seu pai embora; ele não tem nada que ficar aqui atrapalhando e enchendo sua cabeça com mentiras."

"Ele não fez nada disso", rebato. Todas as vezes que acredito que fizemos algum progresso, ela volta a me chutar.

"Ele fez, sim! Ele fez desconhecidos aparecerem aqui para cobrar dinheiro que ele deve! Hardin me contou tudo."

Por que ele fez isso? Entendo sua preocupação, mas minha mãe não melhorou em nada a situação.

"Não vou colocar meu pai para fora. Essa não é a minha casa, e ele não tem para onde ir."

Minha mãe fecha os olhos e balança a cabeça para mim pela décima vez nos últimos vinte minutos.

"Você tem que parar de tentar consertar as pessoas, Theresa. Vai passar a vida toda fazendo isso, e no fim não vai sobrar nada de você, mesmo que consiga fazer as pessoas mudarem."

"Tessa?" Hardin me chama do lado de fora. Ele abre a porta antes que eu responda e observa meu rosto procurando sinais de angústia.

"Você está bem?", ele pergunta, ignorando totalmente a presença de minha mãe.

"Sim." Eu me aproximo dele, mas evito abraçá-lo, pela minha mãe. A coitada já teve que reviver vinte anos de lembranças.

"Eu já estava saindo." Minha mãe passa as mãos pelo vestido, para na barra e então repete o gesto, franzindo o cenho.

"Ótimo." Hardin comenta de modo grosseiro, para me proteger.

Olho para ele, implorando para que ele fique quieto. Ele revira os olhos, mas não diz mais nada enquanto minha mãe passa por nós e atra-

252

vessa o corredor. O irritante bater de seus saltos transforma minha dor de cabeça em uma enxaqueca.

Seguro a mão dele e sigo em silêncio. Meu pai tenta falar com minha mãe, mas ela o afasta.

"Você não trouxe casaco?", ele pergunta repentinamente para ela.

Tão confusa quanto eu, ela murmura "não" e se vira para mim.

"Ligo amanhã... Pode atender dessa vez?" É uma pergunta e não uma ordem, o que é um progresso.

"Sim", concordo.

Ela não diz tchau. Eu sabia que não diria.

"Essa mulher me deixa maluco!", meu pai grita quando a porta se fecha e levanta as mãos exasperado.

"Nós vamos dormir. Se mais alguém bater na maldita porta, não atende", Hardin diz e me leva de volta para o quarto.

Estou exausta. Mal consigo me manter de pé.

"O que ela disse?" Hardin tira o moletom e joga para mim. Percebo uma leve incerteza enquanto ele espera que eu o pegue do chão.

Apesar da manteiga da pipoca e do sangue que mancharam o tecido, eu tiro minha camisa e meu sutiã, e visto o moletom dele. Sinto o cheiro familiar, o que ajuda a acalmar meus nervos. "Mais do que ela já disse na minha vida toda", admito. Minha cabeça ainda está rodando.

"Alguma coisa do que ela disse fez você mudar de ideia?" Ele olha para mim, pânico e medo tomando seus olhos. Tenho a sensação de que meu pai deve ter tido uma conversa parecida com Hardin, e me pergunto se ele guarda as mesmas mágoas em relação a minha mãe que ela guarda em relação a ele ou se admite que é culpado pelas coisas ruins que aconteceram na vida deles.

"Não." Tiro minha calça larga e a coloco na cadeira.

"Tem certeza? Não está com medo de estarmos repetindo a...?", Hardin começa.

"Não, não estamos. Não temos nada a ver com eles." Eu o interrompo. Não quero que a opinião de ninguém mexa com a cabeça dele, não hoje.

Hardin não parece convencido, mas eu me forço a não me concentrar nisso agora.

"O que você quer que eu faça em relação ao seu pai? Quer que eu coloque ele para fora?", ele pergunta. Ele se senta na cama com as costas na cabeceira enquanto eu pego a calça jeans e as meias sujas dele do chão. Hardin levanta os braços para apoiá-los atrás da cabeça, exibindo seu corpo tatuado e malhado.

"Não, não coloca ele para fora, por favor." Eu subo na cama e ele me puxa para seu colo.

"Não vou fazer isso", ele garante. "Não hoje, pelo menos." Procuro um sorriso, mas não encontro.

"Estou muito confusa", resmungo contra o peito dele.

"Posso ajudar com isso." Ele levanta o quadril e sou forçada para a frente, usando as palmas das mãos para me firmar contra seu peito nu.

Reviro os olhos.

"Claro que pode. Todo problema parece um prego quando a primeira ferramenta que você escolhe é um martelo."

Ele sorri maliciosamente.

"Está dizendo que precisa de umas marteladas?"

Antes que eu consiga responder à piada ruim, ele segura meu queixo com os dedos compridos e machucados, e eu me pego movendo o quadril, me esfregando contra ele. Eu me lembro vagamente da minha menstruação; sei que Hardin não se importa.

"Você precisa dormir, linda; seria errado te comer agora", ele diz baixinho.

Faço um bico, contrariada.

"Não seria, não", digo e deslizo as mãos pela barriga dele.

"Nem vem..." Ele me impede.

Preciso de uma distração, e Hardin é perfeito para isso.

"Você começou", digo. Pareço desesperada, porque estou.

"Eu sei, me desculpa. Vou te pegar no carro amanhã." Seus dedos escorregam por baixo do moletom e começam a percorrer minhas costas nuas. "E se for uma boa menina, vou foder você sobre a mesa da casa do meu pai, do jeito que você gosta", ele diz na minha orelha.

Prendo a respiração e dou um tapinha nele de brincadeira, e ele ri. Sua risada me distrai quase tanto quanto sexo. Quase.

"Além disso, não queremos fazer uma sujeira aqui, sabe? Com seu pai aqui? Ele provavelmente vai ver o sangue nos lençóis e vai pensar que matei você." Ele morde o lábio.

"Não começa", aviso. As piadinhas sobre meu período menstrual não são nem um pouco bem-vindas no momento.

"Ah, linda, não faz assim." Ele belisca minha bunda, e eu grito, escorregando ainda mais em seu colo. "Segue o fluxo." Ele sorri.

"Você já usou essa antes." Retribuo o sorriso.

"Bom, desculpa por eu não ser original. Gosto de reciclar minhas piadas uma vez por mês, mais ou menos."

Resmungo e tento sair de cima dele, mas ele me impede e cheira meu pescoço.

"Você é nojento", digo.

"Sim, tão nojento quanto um pano sujo de sangue." Ele ri e pressiona os lábios contra os meus.

Reviro os olhos.

"Por falar em sangue, deixa eu ver sua mão." Levo a mão às costas e o seguro pelo pulso. O dedo do meio é o pior, com um ferimento que cobre o nó do dedo todo. "Você deveria dar uma olhada nisso, se não começar a cicatrizar amanhã."

"Estou bem."

"Esse aqui também." Passo a ponta do dedo indicador sobre a pele ferida do dedo anelar.

"Para de se preocupar, mulher, e vai dormir", ele resmunga.

Concordo e pego no sono ouvindo Hardin reclamar porque meu pai comeu o cereal dele de novo.

45

TESSA

Fico na cama por mais de duas horas, esperando pacientemente Hardin acordar, até que desisto. Quando termino de tomar banho e de me vestir, a cozinha está limpa e já tomei dois comprimidos de ibuprofeno para a cólica e a dor de cabeça. Volto para o quarto para acordá-lo.

Toco seu braço e sussurro seu nome. Não funciona.

"Hardin, acorda." Seguro o ombro dele e me retraio ao lembrar de minha mãe arrancando meu pai do sofá. Passei a manhã inteira evitando pensar em minha mãe e na triste história de vida que ela me contou ontem. Meu pai ainda está dormindo. Imagino que a breve visita dela ontem também o deixou esgotado.

"Não", ele resmunga sonolento.

"Se você não levantar, vou para a casa do seu pai sozinha", digo, calçando as alpargatas. Tenho muitas, mas acabo quase sempre usando a bege de crochê. Hardin diz que são "mocassins horrorosos", mas adoro esses sapatos confortáveis.

Ele geme e se vira de barriga para baixo, apoiando-se nos cotovelos. Seus olhos ainda estão fechados quando ele vira a cabeça para mim.

"Não vai, não."

Eu sabia que ele não ia gostar da ideia, e foi exatamente por isso que a usei para tirá-lo da cama.

"Então, levanta. Eu já tomei banho, estou pronta", resmungo.

Estou ansiosa para chegar à casa do pai de Hardin e ver Landon, Ken e Karen de novo. Parece que faz anos desde a última vez em que vi essa mulher meiga com o avental com estampa de morangos, que ela quase nunca tira.

"Droga." Hardin faz um bico, abrindo um olho. Dou risada da expressão preguiçosa que toma seu rosto. Também estou cansada, mental e fisicamente esgotada, mas a ideia de sair desse apartamento e passar o dia todo fora me animou muito.

256

"Primeiro, vem cá." Ele abre o outro olho e estende o braço. Assim que estou ao lado dele na cama, ele rola o corpo pesado por cima do meu e me envolve com seu calor. De propósito, ele esfrega seu pau duro em mim, movimentando o quadril até estar perfeitamente aninhado entre minhas coxas, sua ereção matinal me torturando.

"Bom dia." Ele está bem acordado agora, e não consigo conter a risada.

Ele movimenta o quadril em círculos de novo, e dessa vez tento me desvencilhar. Ele ri comigo, mas logo me silencia com um beijo. Ele encosta a língua na minha, acariciando, passando uma intenção totalmente oposta à do movimento de seus quadris.

"Está com absorvente interno?", ele pergunta, ainda me beijando. Suas mãos deslizaram para o meu peito, e meu coração está batendo com força, deixando sua voz sonolenta quase inaudível.

"Estou", respondo. Ele se afasta, observando meu rosto lentamente, e passa a língua pelo lábio inferior, umedecendo-o.

Ouço o barulho dos armários da cozinha sendo abertos e fechados, seguido por um grande arroto, e então panelas caindo no chão.

Hardin revira os olhos.

"Que maravilha." Ele olha para mim. "Bem, eu tinha planejado foder você antes de sairmos, mas agora que o sr. Raio de Sol acordou..."

Ele sai de cima de mim e fica de pé, levando o cobertor junto.

"Vou tomar um banho rápido", ele diz fazendo uma cara feia na direção da porta.

Ele volta menos de cinco minutos depois, quando estou terminando de arrumar a cama. Ele só está usando uma toalha branca ao redor da cintura. Forço meus olhos a se desviarem de seu corpo tatuado e lindo e se concentrarem em seu rosto enquanto ele se aproxima da cômoda e pega uma camiseta preta. Ele veste a camiseta e em seguida uma cueca samba-canção.

"Ontem à noite foi um desastre." Seus olhos estão focados na mão machucada enquanto ele abotoa a calça jeans.

"É", suspiro, tentando evitar mais conversas a respeito de meus pais.

"Vamos." Ele pega as chaves e o telefone da cômoda e os enfia nos bolsos. Afasta os cabelos molhados da testa e abre a porta do quarto. "E então...?", pergunta com impaciência quando não saio de onde estou. O que aconteceu com o Hardin brincalhão de minutos atrás? Se o humor dele continuar assim, suspeito que hoje vai ser tão ruim quanto ontem.

Sem dizer nada, eu o sigo porta afora e pelo corredor. A porta do banheiro está fechada, e o chuveiro está ligado. Não quero esperar meu pai sair do banho, mas também não quero sair sem dizer a ele aonde estamos indo e confirmar que ele não precisa de nada. *O que ele fica fazendo nesse apartamento enquanto está sozinho? Será que pensa em drogas o dia todo? Recebe visitas?*

Afasto o segundo pensamento da minha mente. Hardin descobriria se ele trouxesse amigos para cá, e meu pai com certeza não estaria aqui se esse fosse o caso.

Hardin permanece calado durante todo o trajeto até a casa de Ken e Karen. O único sinal que tenho de que hoje não vai ser um desastre é sua mão pousada em minha coxa enquanto ele se concentra no caminho.

Quando chegamos, Hardin, como sempre, não bate à porta antes de entrar. O cheiro doce de caramelo toma a casa, e seguimos o aroma até a cozinha. Karen está de pé ao lado do fogão, segurando uma espátula em uma das mãos e fazendo gestos com a outra enquanto conversa. Uma jovem desconhecida está sentada em um dos bancos da bancada. Seus cabelos castanhos e compridos são a única coisa que vejo até ela se virar quando Karen percebe nossa presença.

"Tessa, Hardin!" Karen quase dá um gritinho de alegria ao colocar a espátula com cuidado sobre o balcão e corre para me abraçar. "Quanto tempo!", ela exclama, e me afasta um pouco antes de me abraçar de novo. A recepção calorosa é exatamente o que eu precisava depois da noite de ontem.

"Só faz três semanas, Karen", Hardin comenta com grosseria.

O sorriso dela diminui um pouco, e ela prende os cabelos atrás da orelha.

Dou uma olhada ao redor para ver todas as delícias que ela preparou.

"O que você está fazendo?", pergunto para distraí-la da atitude amarga de seu enteado.

"Cookies de caramelo, cupcakes de caramelo, quadradinhos de caramelo e muffins de caramelo." Karen me puxa com delicadeza enquanto Hardin se retrai num canto, emburrado.

Eu o ignoro e olho para a garota de novo, sem saber direito como me apresentar.

"Ah!", Karen diz. "Desculpa, eu deveria ter apresentado vocês assim que chegaram." Ela faz um gesto na direção da garota. "Esta é a Sophia; os pais dela moram na nossa rua."

Sophia sorri e estende a mão para me cumprimentar.

"Prazer", ela diz sorrindo. É bonita, extremamente bonita. Seus olhos são claros e o sorriso, caloroso; é mais velha do que eu, mas não pode ter mais do que vinte e cinco anos.

"Sou Tessa, amiga do Landon", digo.

Hardin tosse atrás de mim, obviamente contrariado com as palavras que escolhi. Imagino que Sophia conheça Landon, e como Hardin e eu somos... bem, é mais fácil me apresentar assim.

"Ainda não conheci o Landon", Sophia diz. Sua voz é suave e meiga, e eu gosto dela na mesma hora.

"Não?" Pensei que ela o conhecesse, já que a família dela mora na mesma rua.

"A Sophia acabou de se formar no Culinary Institute of America em Nova York", Karen se gaba por ela, e Sophia sorri. Eu entendo; se eu tivesse acabado de me formar na melhor escola de culinária do país, deixaria as pessoas se gabarem por mim também. Isso se eu mesma não me gabasse primeiro.

"Vim visitar minha família, e encontrei Karen na rua... comprando caramelo." Ela sorri, olhando para a enorme quantidade de coisas feitas com caramelo em cima da bancada.

"Ah, este é o Hardin", digo para incluir meu homem emburrado na conversa.

Ela sorri para ele.

"Prazer."

Ele nem olha para a coitada e só diz.

"É."

Eu, por minha vez, dou de ombros e abro um sorriso simpático, e então me viro para Karen.

"Onde está o Landon?"

Ela olha rapidamente para Hardin, depois para mim e responde: "Ele está lá em cima... não está se sentindo muito bem". Sinto um aperto no estômago; tem alguma coisa acontecendo com meu melhor amigo. Eu sei que tem.

"Vou subir." Hardin se vira.

"Espera, também vou", digo. Se tem alguma coisa incomodando o Landon, a última coisa de que ele precisa é Hardin enchendo a paciência.

"Não." Hardin balança a cabeça. "*Eu* vou. Come um bolinho de caramelo ou qualquer coisa assim", ele resmunga e sobe a escada de dois em dois degraus, sem me dar chance de discutir.

Karen e Sophia observam Hardin se afastar.

"O Hardin é filho do Ken", Karen diz. Apesar do péssimo comportamento dele hoje, ela ainda sorri orgulhosa ao mencionar o nome dele.

Sophia assente.

"Ele é uma graça", ela mente, e nós três começamos a rir.

46

HARDIN

Felizmente para nós dois, Landon não está batendo uma quando abro a porta do quarto. Como era de se esperar, ele está sentado na poltrona perto da parede com um livro no colo.

"O que você está fazendo aqui?", ele pergunta com a voz rouca.

"Você sabia que viríamos." Tomo a liberdade de me sentar na beira da cama.

"Quis dizer o que está fazendo no meu quarto", ele explica.

Decido não responder; na verdade, não sei por que estou no quarto dele. Eu não queria ficar lá embaixo com três mulheres falando sem parar.

"Você está péssimo", digo.

"Valeu." Ele volta a olhar para o livro.

"O que é que está rolando? Por que você está aqui em cima com essa cara de bunda?" Dou uma olhada em seu quarto, que costuma ser organizado, e vejo que está meio bagunçado — limpo para os meus padrões, mas não para os dele e de Tessa.

"Não estou com cara de bunda."

"Se tem alguma coisa acontecendo, pode me contar. Sou muito bom em, tipo, me importar", digo, pensando que um pouco de bom humor pode ajudar.

Ele fecha o livro com força e olha para mim.

"Por que eu contaria alguma coisa para você? Para você poder rir da minha cara?"

"Não. Eu não faria isso", digo. Provavelmente faria. Eu na verdade estava esperando que ele me dissesse alguma coisa idiota, tipo que ele tirou uma nota baixa, assim eu poderia descontar minhas frustrações nele, mas agora que ele está aqui, na minha frente, com essa cara de coitado, fazer com que ele se sinta um lixo não me interessa tanto quanto antes.

"Fala logo, talvez eu possa ajudar", digo. Não faço a menor ideia de por que acabei de dizer isso. Nós dois sabemos que sou péssimo em ajudar as pessoas. O desastre da noite passada é um bom exemplo. As palavras de Richard me corroeram a manhã toda.

"Me ajudar?", Landon fica boquiaberto, obviamente surpreso com o que disse.

"Vai, não me obriga a fazer você falar na marra." Eu me deito na cama e observo as hélices do ventilador de teto, desejando que já fosse verão para eu poder aproveitar a sensação de frescor.

Ouço ele dando uma leve risada cínica e o barulho do livro sendo deixado sobre a mesa ao lado dele.

"Dakota e eu terminamos o namoro", ele admite timidamente.

Eu me sento depressa.

"*O quê?*" Essa era a última coisa que eu imaginei que ele diria.

"É, estávamos tentando fazer dar certo..." Ele franze o cenho, com os olhos marejados.

Se ele chorar, eu sumo daqui.

"Ah...", digo e desvio o olhar.

"Acho que ela já estava querendo terminar há um tempo."

Olho para ele de novo, sem querer prestar muita atenção em seu rosto triste. Ele parece mesmo um cachorrinho abandonado, principalmente agora. Mas eu não gosto de cachorrinhos, só desse, talvez... Minha repentina animosidade em relação à garota de cabelos cacheados é forte.

"Por que você acha isso?", pergunto.

Ele dá de ombros.

"Não sei. Ela não foi clara nem disse que queria terminar... É só que... ela tem andado muito ocupada ultimamente e nunca me liga de volta. Parece que quanto mais se aproximava o dia de eu ir para Nova York, mais ela se distanciava."

"Ela provavelmente está dando para outra pessoa", digo, e ele se retrai.

"Não! Ela não é assim", ele diz, saindo em defesa dela.

Eu provavelmente não deveria ter dito isso.

"Foi mal." Dou de ombros.

"Ela não é esse tipo de garota mesmo", ele diz.

Nem a Tessa, mas fiz com que ela tremesse e gemesse meu nome enquanto ainda namorava o Noah... Apesar de eu guardar essa informação para mim, pelo bem de todos.

"Certo", respondo concordando.

"Namoramos há tanto tempo que nem consigo me lembrar de como era antes dela." A voz dele é baixa e tomada de tristeza, e sinto um aperto no peito. É uma sensação estranha.

"Sei o que quer dizer", digo. A vida antes da Tessa não era nada, apenas lembranças borradas e escuridão, e seria exatamente assim depois dela também.

"É, mas pelo menos você não vai ter que descobrir como seria depois."

"Como você tem tanta certeza?", pergunto. Não que eu queira desviar o foco do término do namoro dele, mas preciso saber a resposta.

"Não consigo imaginar alguma coisa separando vocês dois... nada separou até agora." Landon diz isso como se fosse a resposta mais óbvia do mundo. Talvez seja para ele; gostaria que fosse tão óbvia para mim.

"E agora? Você ainda vai para Nova York? Você deveria ir em o quê? Duas semanas?"

"Sim, e não sei. Batalhei muito para entrar na NYU, e já me inscrevi para as aulas de verão e tudo. Parece um desperdício não ir, mas não faz sentido ir ao mesmo tempo." Ele traça círculos nas têmporas. "Não sei o que fazer."

"É melhor você não ir", digo. "Seria muito esquisito."

"É uma cidade grande, a gente nunca vai se encontrar. E, além disso, ainda somos amigos."

"Claro, o lance de 'continuar amigos'." Reviro os olhos. "Por que você não contou para Tessa o que estava rolando?" Ela vai ficar arrasada por ele.

"A Tess tem...", ele começa.

"Tess-*a*", eu o corrijo.

"... já tem coisas demais em que pensar. Não quero que ela se preocupe comigo."

"Você não quer que eu conte isso para ela, né?" Pela expressão de culpa dele, sei que ele não quer.

"Só por enquanto, até ela ter uma folga dos problemas. Ela anda estressada demais ultimamente, e tenho medo que qualquer dia desses alguma coisa faça ela perder o controle." A preocupação que ele sente pela minha garota é forte, e levemente irritante, mas decido ficar calado.

Resmungo. "Ela vai me matar quando descobrir, você sabe bem disso." Mas também não quero contar a ela. Ele tem razão: ela já está enfrentando coisas demais, e eu sou culpado por noventa por cento delas.

"Tem mais...", ele começa.

Claro que tem.

"É a minha mãe, ela..." Mas uma batida leve na porta faz ele se calar.

"Landon? Hardin?" Ouvimos a voz de Tessa pela porta.

"Entra", Landon diz, enquanto olha para mim com olhos suplicantes para reafirmar minha promessa de não falar nada sobre o fim do namoro.

"Eu sei", garanto a ele quando a porta se abre e Tessa entra trazendo uma bandeja e o cheiro de caramelo com ela.

"Karen queria que vocês experimentassem isso." Ela coloca a bandeja sobre a mesa e olha para mim, e então rapidamente se vira para Landon com um sorriso. "Experimentem os quadrados de caramelo primeiro. Sophia nos ensinou a decorá-los direito... Estão vendo as florzinhas?" Seu dedo pequeno aponta os pontinhos de cobertura sobre a casca marrom. "Ela nos ensinou a fazer isso; ela é tão legal."

"Quem?" Landon pergunta erguendo a sobrancelha.

"Sophia; ela acabou de sair para voltar para a casa dos pais aqui na rua. Sua mãe enlouqueceu aprendendo vários segredos de culinária com ela." Tessa sorri e leva um quadrado à boca. Eu sabia que ela ia gostar daquela garota. Percebi na hora que as três começaram a conversar na cozinha — é por isso que tive que sair correndo.

"Ah." Landon dá de ombros e pega um quadrado. Tessa segura apreensivamente a bandeja para mim e eu balanço a cabeça, recusando. Ela encolhe os ombros, mas não diz nada.

"Vou comer um quadrado", digo, querendo desfazer as rugas em sua testa. Fui um idiota a manhã toda. Ela se anima e me entrega um. As tais flores em cima parecem bolinhas de meleca amarela.

"Aposto que você decorou esse", eu a provoco, puxando-a pelo braço para se sentar no meu colo.

"Eu estava treinando!" Ela se defende erguendo o queixo de modo desafiador. Percebo que ela está confusa com minha mudança repentina de humor. Na verdade, eu também.

"Claro, linda." Sorrio e ela passa um pouco da cobertura na minha camiseta.

Ela faz um bico.

"Não sou chef, tá?"

Olho para Landon, que está com a boca cheia de cupcake enquanto olha para o chão. Passo o dedo na minha camiseta para tirar a cobertura, e antes que Tessa possa me impedir, passo o dedo em seu nariz, espalhando a meleca amarela nele.

"Hardin!" Ela tenta limpar, mas seguro suas mãos, e os doces caem no chão.

"Ah, por favor, gente!", Landon diz balançando a cabeça. "Meu quarto já está uma bagunça!"

Eu o ignoro e começo a lamber a cobertura do nariz enrugado de Tessa.

"Vou ajudar você a limpar!" Ela ri quando passo a língua em sua bochecha.

"Sabe, eu sinto falta dos dias em que você nem sequer segurava a mão dela na minha frente", Landon reclama. Ele se abaixa para pegar os quadrados e os cupcakes despedaçados do chão.

Eu não sinto nem um pouco de saudade daquela época, e espero que a Tessa também não.

"Você gostou dos quadrados de caramelo, Hardin?", Karen pergunta enquanto tira um presunto do forno e o coloca na tábua de corte.

"Estavam normais." Dou de ombros e me sento à mesa. Quando Tessa faz uma cara feia para mim, eu me corrijo. "Estavam bons", e ganho um sorriso da minha garota. Finalmente comecei a perceber que as coisas mais simples fazem com que ela sorria. É muito estranho, mas dá certo, então vou em frente.

Meu pai se vira para mim.

"Como está a questão da formatura?" Ele levanta o copo de água e toma um gole, parecendo bem melhor do que no dia em que o vi no escritório, semana passada.

"Tudo bem, está tudo certo. Não vou à cerimônia, lembra?" Sei que ele se lembra; só está torcendo para eu ter mudado de ideia.

"Como assim, não vai à cerimônia?", Tessa interrompe, o que faz Karen olhar para nós e parar de fatiar o presunto.

Puta que pariu.

"Não vou participar da formatura, vou receber o diploma pelo correio", respondo asperamente. Isso não vai se transformar num jogo de "vamos pressionar o Hardin para ele mudar de ideia".

"Por que não?", Tessa pergunta, o que faz meu pai parecer contente. Esse cuzão planejou isso, tenho certeza.

"Não quero." Olho para Landon em busca de apoio, mas ele está evitando meu olhar. Nosso lance de aproximação de antes já era; está na cara que ele está de novo no time de Tessa. "Não adianta me pressionar, não vou participar e não vou mudar de ideia", digo para ela, alto o bastante para todo mundo me ouvir de forma que não haja mal-entendidos acerca da minha decisão.

"Vamos falar sobre isso depois", ela ameaça com o rosto corado.

Claro, Tess, claro.

Karen se aproxima com o presunto em uma bandeja, parecendo bem orgulhosa de sua criação. Acho que ela pode se orgulhar mesmo, porque o cheiro está ótimo. Fico me perguntando se ela deu um jeito de usar caramelo no presunto também.

"Sua mãe disse que você decidiu ir para a Inglaterra", meu pai diz. Ele não parece desconfortável por tocar no assunto na frente de Karen. Acho que eles já estão juntos há tempo suficiente para o fato de ele falar sobre a minha mãe não ser uma coisa estranha.

"Sim." Respondo com uma palavra e como um pedaço de presunto para mostrar que não quero mais conversa.

"Você também vai, Tessa?", ele pergunta a ela.

"Vou, preciso finalizar o processo de emissão do passaporte, mas vou."

O sorriso que ela abre acaba com a minha irritação.

"Vai ser uma experiência incrível para você; lembro que você me disse o quanto adora a Inglaterra. Odeio ter que dizer isso, mas a Londres de hoje não é como a Londres dos seus romances." Ele sorri para ela, e ela ri.

"Obrigada por me avisar. Sei que a neblina londrina de Dickens era, na verdade, fumaça londrina."

Tessa se dá tão bem com meu pai e com a nova família dele, muito melhor do que eu. Se não fosse por ela, eu não estaria falando com nenhum deles.

"Pede para o Hardin te levar até Chawton, fica a menos de duas horas de Hampstead, onde a Trish mora", meu pai sugere.

Eu já tinha planejado levá-la lá, mesmo, obrigado.

"Seria ótimo." Tessa se vira para mim; sua mão se move embaixo da mesa, e ela aperta minha coxa. Sei que ela quer que eu leve tudo na esportiva no jantar, mas meu pai está dificultando. "Já ouvi falar muito sobre Hampstead", ela acrescenta.

"As coisas mudaram muito ao longo dos anos. Não é o vilarejo pequeno e silencioso que costumava ser quando eu vivia lá. Os preços dos imóveis subiram muito", ele conta, como se ela desse a mínima para o preço das casas na minha cidade.

"Tem muitos lugares para conhecer. Quanto tempo vocês vão ficar?', ele pergunta.

"Três dias", Tessa responde por nós dois. Eu não pretendo levá-la a lugar nenhum além de Chawton. Pretendo mantê-la trancada o fim de semana inteiro para que ele não seja arruinado por nenhum dos meus fantasmas.

"Eu estava pensando..." Meu pai passa o guardanapo de pano na boca. "Liguei para alguns lugares hoje cedo e encontrei um lugar muito bacana para o seu pai."

O garfo de Tessa cai de sua mão e bate no prato.

Landon, Karen e meu pai ficam olhando para ela, esperando ela falar.

"O quê?" Eu quebro o silêncio para que ela não precise fazer isso.

"Encontrei uma clínica muito boa para tratamento de reabilitação; eles oferecem um programa de três meses para recuperação..."

Tessa solta um gemido ao meu lado. É um som baixo, que ninguém mais ouve, mas ressoa em meu corpo todo. *Como ele ousa falar sobre isso com ela na frente das pessoas na mesa do jantar?*

"... a melhor em Washington, mas podemos procurar outras, se você quiser." A voz dele é suave, e não percebo nem um pouco de crítica nela, mas ela está vermelha de vergonha, e sinto vontade de arrancar a porra da cabeça do meu pai fora.

"Agora não é hora de tocar nesse assunto com ela", eu aviso.

Tessa se remexe discretamente com o tom áspero da minha voz.

"Tudo bem, Hardin", ela diz olhando para mim. "Só fui pega de surpresa", ela diz educadamente.

"Não, Tessa, não está bem." Eu me viro para Ken. "Como você sabia que o pai dela é drogado?"

Tessa se retrai de novo. Eu poderia quebrar todos os pratos dessa casa por ele ter tocado nesse assunto.

"Landon e eu conversamos sobre isso ontem, e pensamos que discutir com Tessa a respeito de um plano de reabilitação seria uma boa ideia. É muito difícil para os viciados largarem as drogas sozinhos", ele diz.

"E você entende bem disso, não?" Digo sem pensar direito.

Minhas palavras não tiveram o efeito que eu esperava que tivessem sobre meu pai, que simplesmente ignorou a frase com uma breve pausa. Quando olho para a mulher dele, vejo a tristeza clara em seus olhos.

"Sim, por ser um alcoólatra em recuperação, eu sei", ele responde.

"Quanto custa?", pergunto. Ganho dinheiro suficiente para sustentar a mim e a Tessa, mas reabilitação? Essa merda é cara.

"Eu poderia pagar", meu pai responde calmamente.

"Nem pensar." Tento me levantar da mesa, mas Tessa segura meu braço com força. Eu me sento de novo. "Você não vai pagar."

"Hardin, estou muito disposto a fazer isso."

"Talvez vocês dois devessem conversar sobre isso em outro lugar", Landon sugere.

O que ele está dizendo, na verdade, é para não falarmos sobre isso na frente de Tessa. Ela solta meu braço, e meu pai se levanta no mesmo instante que eu. Tessa não desvia o olhar do prato enquanto caminhamos até a sala de estar.

"Sinto muito", ouço Landon dizer antes de eu jogar meu pai contra a parede. Estou ficando irado, louco — consigo sentir a raiva me dominando.

Meu pai me empurra com mais força do que espero.

"Por que você não conversou comigo antes de jogar tudo isso na cara dela na maldita mesa do jantar? Na frente de *todo mundo*!" Grito com ele, cerrando os punhos ao lado do corpo.

"Acho que Tessa deveria opinar sobre esse assunto, e sabia que você ia recusar minha oferta para pagar." A voz dele está calma, diferente da minha. Estou irritado demais e meu sangue está fervendo. Eu me lembro das muitas vezes que saí repentinamente dos jantares em família na residência dos Scott. Poderia até se tornar uma porra de uma tradição.

"Você está certo, eu recuso. Você não precisa ficar jogando a porra do seu dinheiro em cima de nós... não precisamos dele."

"Essa não é a minha intenção. Só quero ajudar você como puder."

"E como mandar o imbecil do pai dela para a reabilitação vai me ajudar?", pergunto, apesar de saber a resposta.

Ele suspira.

"Porque se ele estiver bem, ela vai ficar bem. E ela é a única maneira de ajudar você. Eu sei disso e você também sabe."

Solto um suspiro, sem nem sequer retrucar, porque ele está certo dessa vez. Só preciso de alguns minutos para me acalmar, para voltar à razão.

47

TESSA

Fico aliviada quando Hardin e Ken voltam para a sala de jantar sem o nariz quebrado ou um olho roxo.

Quando Ken se senta e coloca o guardanapo no colo, diz: "Me desculpe por tocar nesse assunto na hora do jantar. Eu perdi totalmente a noção".

"Tudo bem, de verdade. Agradeço muito pela oferta." Forço um sorriso. Valorizo muito o que ele está tentando fazer, mas é demais para aceitar.

"Vamos falar sobre isso depois", Hardin sussurra em meu ouvido.

Concordo e Karen se levanta para tirar a mesa. Mal toquei na comida. Quando ouvi sobre meu pai... o problema dele... meu apetite foi embora.

Hardin puxa minha cadeira para mais perto dele.

"Come um pouco de sobremesa, pelo menos."

Mas estou com cólica de novo; o efeito do ibuprofeno passou, e a dor de cabeça e a cólica voltaram com toda a força.

"Vou tentar", respondo.

Karen traz para a mesa uma bandeja cheia de delícias que ela preparou com caramelo e eu pego um cupcake. Hardin pega um quadrado e observa as florzinhas de glacê perfeitas por cima.

"Fui eu que fiz esse", minto.

Ele sorri para mim, balançando a cabeça.

"Queria poder ficar aqui", digo quando ele olha para o relógio. Tento não pensar no relógio que ele deu para pagar a dívida do meu pai com o traficante. *Será que a reabilitação realmente é o melhor para o meu pai? Será que ele aceitaria a oferta?*

"Foi você que fez as malas e se mudou para Seattle", ele resmunga.

"Estou falando de ficar aqui, esta noite", explico, torcendo para que ele concorde.

"Ah, não... Não vou ficar aqui."

"Eu quero ficar...", digo fazendo um bico.

"Tessa, nós vamos para casa... Para o meu apartamento, onde seu pai está."

Fecho a cara. É exatamente por isso que não quero ir para lá. Preciso de um tempo para pensar e respirar, e essa casa parece perfeita para isso, mesmo depois de Ken ter falado da clínica de reabilitação na mesa do jantar. Sempre foi uma espécie de santuário. Amo essa casa, e ficar naquele apartamento tem sido uma tortura desde que chegamos ontem.

"Tá." Cutuco os cantos do meu cupcake.

Por fim, Hardin suspira derrotado.

"Está bem, vamos ficar."

Eu sabia que ia conseguir o que queria.

O resto de nosso tempo à mesa não é tão estranho quanto antes. Landon está calado, calado demais, e eu pretendo perguntar a ele o que está acontecendo mais tarde, depois que terminar de ajudar a Karen a limpar a cozinha.

"Senti falta de ter você por aqui." Karen fecha a lava-louças e se vira para mim, secando as mãos em um pano de prato.

"Senti muita saudade de ficar aqui." Eu me recosto na bancada.

"Que bom. Para mim, você se tornou uma filha. Quero que saiba disso." O lábio inferior de Karen treme, e seus olhos brilham sob as luzes fortes da cozinha.

"Você está bem?", pergunto e me posiciono ao lado dessa mulher de quem passei a gostar tanto.

"Estou", ela sorri. "Desculpa, mas tenho andado muito emotiva ultimamente." De repente, ela volta ao normal, abrindo um sorriso tranquilo.

"Está pronta para dormir?" Hardin entra na cozinha, pegando mais um quadrado de caramelo enquanto vem até mim. Eu sabia que ele tinha gostado do doce mais do que admitiu.

"Pode ir, só estou cansada." Karen me abraça e me dá um beijo carinhoso no rosto antes de Hardin me abraçar, praticamente me forçando a sair da cozinha.

Suspiro enquanto caminhamos em direção à escada. Tem alguma coisa errada.

"Estou preocupada com ela e com Landon", digo.

"Eles estão bem, tenho certeza", Hardin diz enquanto me leva escada acima até a porta de seu quarto. A porta do quarto de Landon está fechada, e não vejo luz por baixo dela. "Ele está dormindo."

Ao entrar no quarto de Hardin, tenho a sensação imediata de que ele me dá as boas-vindas, desde a janela ampla até a escrivaninha e a cadeira novas, que substituíram as que Hardin destruiu na última vez em que esteve aqui. Estive na casa desde então, mas não prestei muita atenção. Agora que estou aqui de novo, quero absorver cada detalhe.

"O que foi?" A voz de Hardin me assusta e me tira de meus pensamentos.

Eu olho ao redor, lembrando da primeira vez que fiquei aqui com ele.

"Só estou me lembrando de algumas coisas", digo, tirando os sapatos. Ele sorri.

"Lembrando, é?" Em um instante, ele tira a camiseta preta e a entrega para mim, e as lembranças voltam. "Quer contar?" Em seguida, Hardin tira a calça jeans; ele a puxa para baixo depressa e a joga no chão de qualquer jeito.

"Bom...", admiro seu peito tatuado enquanto ele levanta os braços, alongando o corpo comprido. "Eu estava pensando na primeira vez que fiquei aqui com você." Também foi a primeira vez que Hardin dormiu aqui.

"O que é que tem?"

"Nada demais." Dou de ombros e tiro a roupa diante de seu olhar atento. Dobro a calça jeans e a camiseta antes de vestir a camiseta preta dele.

"Tira o sutiã." Hardin ergue uma sobrancelha para mim; seu tom é sério, e seus olhos estão intensos.

Tiro o sutiã e deito na cama com ele.

"Agora me conta o que você estava pensando." Ele me puxa pela cintura e coloca a mão em meu quadril quando me deito de lado, o mais próximo que consigo de seu corpo. Seus dedos passeiam pela lateral da minha calcinha de renda, causando um arrepio que percorre minha espinha e se espalha pelo corpo todo.

"Eu estava pensando em quando Landon me ligou naquela noite."

Olho para ele para avaliar sua expressão. "Você estava quebrando tudo aqui." Meu cenho se franze quando me lembro da louça quebrada e dos pratos estilhaçados em centenas de pedaços, todos espalhados pelo chão.

"É, eu estava mesmo", ele responde baixinho. Ele levanta a mão que não está traçando círculos em minha pele e segura uma mecha de meus cabelos. Ele a gira lentamente, sem parar de olhar nos meus olhos.

"Eu fiquei com medo", admito. "Não de você, mas do que você ia dizer."

Ele franze a testa.

"Então, confirmei seu medo, né?"

"É, acho que sim", respondo. "Mas você compensou as palavras ásperas."

Ele ri, finalmente desviando os olhos dos meus.

"É, só para dizer mais um monte de merda no dia seguinte."

Sei onde ele quer chegar com isso. Eu tento me sentar, mas a palma de sua mão segura meu quadril e pressiona para baixo.

Ele fala antes de mim.

"Eu já amava você naquela época."

"Amava?"

Ele assente uma vez, e me segura com mais força.

"Sim, amava."

"Como você sabia?", pergunto baixinho. Hardin já tinha mencionado que descobriu que me amava naquela noite, mas nunca falou nada além disso. Espero que ele fale agora.

"Eu simplesmente sabia. E, por falar nisso, sei muito bem o que você está fazendo." Ele sorri.

"E o que estou fazendo?" Coloco a palma da mão na barriga dele, cobrindo o centro da mariposa desenhada ali.

"Você está sendo intrometida." Ele envolve a parte de meus cabelos com a qual está brincando e puxa de modo brincalhão.

"Pensei que eu fosse a puxadora de cabelos entre nós." Dou risada do meu comentário bobo, e ele também ri.

"Você é." Ele tira a mão dos meus cabelos, só por um momento, para poder agarrar todo o meu cabelo loiro despenteado. Ele puxa, inclinando minha cabeça para trás de modo que sou forçada a olhar para ele.

"Já faz muito tempo." Ele abaixa a cabeça, me empurra de leve para eu sentar e passa o nariz pelo meu queixo e pela linha do meu pescoço.

"Estou duro desde a sua provocaçãozinha hoje cedo", ele sussurra, pressionando a evidência entre minhas coxas. O calor de seu hálito em minha pele é quase insuportável. Eu fico animada com as coisas safadas que ele diz e com seu olhar intenso.

"Você vai cuidar disso, não vai?", ele afirma mais do que pergunta.

Ele puxa meus cabelos para baixo e para cima, me forçando delicadamente a concordar. Quero corrigi-lo e dizer que ele, na verdade, foi quem me provocou hoje cedo, mas fico calada. Gosto da direção que isso está tomando. Sem dizer nada, Hardin solta meus cabelos e meu quadril e fica de joelhos. Suas mãos estão frias quando ele puxa o tecido da camiseta para cima, expondo minha barriga e meu peito. Ele leva os dedos famintos aos meus seios e enfia a língua na minha boca. No mesmo instante, eu fico em chamas; todo o estresse das últimas vinte e quatro horas desaparece e Hardin toma todos os meus sentidos.

"Senta encostada na cabeceira", ele diz depois de tirar a camiseta. Eu obedeço, abaixando meu corpo até meus ombros ficarem apoiados na enorme cabeceira cinza. A cueca de Hardin está abaixada, e ele levanta um joelho por vez para tirá-la completamente.

"Um pouco mais baixo, linda." Eu me reposiciono, e ele aprova.

Então, ele atravessa a cama, de joelhos, e fica na minha frente. Coloco a língua para fora, louca para sentir a pele dele. Minha mandíbula relaxa, e Hardin segura seu pau duro, enquanto eu observo admirada quando o leva a meus lábios, bombeando lentamente. Abro a boca ainda mais, e o polegar de Hardin passa pelo meu lábio inferior, entrando na minha boca só um pouco antes de seu dedo ser... hum, substituído. Ele penetra minha boca lentamente, deliciando-se com a sensação de cada centímetro dele deslizando sobre minha língua.

"Porra", ele geme. Olho e vejo seus olhos nos meus; com uma das mãos, ele está segurando a parte de cima da cabeceira para se firmar enquanto continua a me penetrar.

"Mais", ele diz, e eu seguro sua bunda para puxá-lo para mais perto. Minha boca o envolve, e eu recebo seus movimentos lentos, aproveitando o momento tanto quanto ele. Ele é macio contra minha língua, e sua respiração rápida e as vezes em que fala meu nome baixinho, dizendo que sou muito boa para ele, que ama minha boca, fazem meu corpo arder de desejo.

Ele continua se mexendo, entrando e saindo, entrando e saindo.

"Que delícia. Olha para mim", ele implora.

Olho para seu rosto de novo, observando como suas sobrancelhas estão mais baixas, o modo como ele morde o lábio inferior e como seus olhos me observam. Ele bate no fundo de minha garganta várias vezes, e percebo que os músculos de sua barriga se contraem, mostrando que ele está próximo.

Como se pudesse ler minha mente, ele geme.

"Porra, vou gozar." Seus movimentos se aceleram e ele mete mais forte. Contraio as coxas para aliviar um pouco a pressão e chupo com mais força. Fico surpresa quando ele tira o pau da minha boca e goza sobre meus seios. Gemendo meu nome de novo, ele se inclina exausto, com a testa pressionada sobre a cabeceira, e espero pacientemente até ele recuperar o fôlego e sentar ao meu lado.

Ele estica o braço e, para meu horror, lentamente passa a mão em cima da bagunça que fez em minha pele. Ele observa, paralisado por um momento, e então olha em meus olhos.

"Toda minha." Ele sorri e me dá um beijo delicado.

"Eu..." Olho para o meu peito.

"Você gosta." Ele sorri, e eu não nego. "Fica bem em você." Pelo modo como ele se concentra na pele brilhante, percebo que realmente acha isso.

"Você é imundo", é só o que consigo dizer.

"Ah é? Você também." Ele inclina levemente a cabeça na direção do meu peito e me segura pelo quadril para me tirar da cama.

Eu dou um gritinho, e ele tapa minha boca com uma das mãos.

"Shhh, não queremos uma plateia agora que vou foder você em cima da mesa, certo?"

48

HARDIN

O cheiro de café entra pelas minhas narinas, e estendo o braço na direção de Tessa, sabendo que ela está perto de mim. Quando não a encontro, abro os olhos e encontro duas canecas de café na cômoda, e Tessa arrumando a bolsa.

"Que horas são?", pergunto a ela, esperando que ela diga que ainda é cedo.

"Quase meio-dia", ela diz.

Porra, dormi metade da merda do dia.

"Já arrumei tudo e tomei café da manhã. O almoço já vai ficar pronto", ela diz com um sorriso. Ela já tomou banho e se vestiu. Está usando aquela maldita calça jeans justa de novo.

Eu me forço a sair da cama e tento não reclamar por ela não ter me acordado mais cedo.

"Legal", respondo e tento pegar minha calça do chão... mas não está mais no chão.

"Toma", Tessa me entrega a calça, dobrada, claro. "Você está bem?" Ela deve estar percebendo minha hostilidade.

"Estou legal."

"Hardin", ela pressiona. Sabia que ela ia fazer isso.

"Estou bem, o fim de semana só passou depressa demais, só isso."

Seu sorriso basta para derreter o gelo que se formou dentro de mim.

"É mesmo", ela concorda.

Odeio essa coisa de vivermos separados. Odeio com todas as minhas forças.

"Só vamos ter que aguentar até quinta", ela diz, tentando fazer a distância parecer menos... distante.

"O que a Karen fez para o almoço?" Mudo de assunto. "Espero que não seja nada com caramelo."

Ela ri.

"Não, não tem nada de caramelo."

Landon está emburrado na mesa quando entramos na sala de jantar ao mesmo tempo que Karen, que está trazendo uma bandeja de sanduíches. Tessa senta ao lado de Landon, e eu observo quando ela pergunta se ele está bem.

"Estou bem, só estou me sentindo meio mal", ele diz.

Nunca pensei que chegaria o dia em que eu o veria mentindo para *ela*.

"Tem certeza? Porque você anda tão..."

"Tessa..." Ele estende o braço, e eu juro que se ele pegar a mão dela... "Estou bem." Ele sorri, abaixando a mão. Rapidamente seguro a mão dela e a coloco no meu colo, por baixo da minha.

A conversa chata na mesa vai e volta. Não participo, e em pouco tempo já está na hora de eu levar Tessa de volta para Seattle. Mais uma vez me lembro de como fui um idiota por não ter me mudado para lá com ela.

"A gente vai se ver de novo antes de você ir embora, certo?" Os olhos de Tessa ficam marejados quando Landon a abraça. Eu desvio o olhar.

"Sim, claro. Talvez eu vá visitar você quando você voltar da sua visita à rainha", ele diz, e ela sorri. Eu valorizo o esforço, principalmente porque sou eu quem vai ter que aguentar quando Tessa descobrir que ele e Dakota terminaram e eu não contei nada para ela.

Dez minutos depois, estou praticamente arrastando Tessa para fora da casa. Karen está muito mais chateada do que seria de se esperar de uma pessoa normal e diz a Tessa que a ama, o que é bem esquisito.

"Eu sou uma pessoa horrível por me sentir mais à vontade com a sua família do que com a minha?", Tessa me pergunta depois de quinze minutos em que passamos em silêncio dentro do carro.

"É." Ela olha de cara feia para mim, e reviro os olhos diante de sua raiva fingida. "Tanto a minha família quanto a sua são fodidas", eu digo, e ela faz que sim com a cabeça, voltando a ficar em silêncio.

Quanto mais nos aproximamos de Seattle, maior se torna a ansiedade dentro de meu peito. Não quero passar a semana toda longe dela. Quatro dias sem Tessa é uma vida inteira.

Assim que voltar, vou direto para a academia.

49

TESSA

Na segunda-feira de manhã, chego para meu compromisso meia hora antes e sento em uma das cadeiras azuis da sala de espera, que percebo que está quase cheia, com crianças chorosas e mulheres tossindo lotando o espaço. Tento me manter ocupada folheando uma revista, mas a única que encontro é uma revista para pais, cheia de propagandas de fraldas e dicas "revolucionárias" de amamentação.

"Young? Theresa Young?" Uma senhora chama meu nome ao olhar na prancheta. Eu me levanto depressa, desviando de uma criança pequena que está brincando no chão com um caminhãozinho. O caminhão passa por cima do meu sapato, e o garoto ri. Sorrio para ele, e ganho um adorável sorriso em resposta.

"De quantos meses você está?" Uma mulher, a mãe do menino, acredito, me pergunta. Ela olha para a minha barriga e eu instintivamente levo a mão a ela.

Um riso desconfortável escapa.

"Ah! Não estou..."

"Desculpa!" Ela fica vermelha. "Eu só pensei, você não parece... Só achei..." O fato de ela se sentir tão desconfortável quanto eu me deixa mais aliviada. Perguntar a uma mulher de quantos meses ela está nunca termina bem, principalmente quando ela não está grávida. A mulher ri. "Bem, agora você sabe, para referência futura, quando for mãe... o filtro some!"

Não me permito pensar nisso. Não tenho tempo para pensar no futuro e no fato de que, se quiser uma vida com Hardin, nunca serei mãe. Nunca terei um bebê adorável pisando em meus sapatos ou subindo no meu colo. Eu me viro para olhar para ele mais uma vez.

Sorrio educadamente e caminho até a enfermeira, que imediatamente me entrega um pequeno copo e me instrui a ir ao banheiro no fim do corredor para realizar o teste de gravidez. Apesar de minha menstruação ter vindo, fico nervosa na hora de fazer o teste. Hardin e eu temos sido muito descuidados ultimamente, e a última coisa de que precisamos é uma gravidez não planejada. Isso o deixaria maluco. Ter um bebê poderia acabar com tudo que quero fazer na vida.

Quando entrego o copo cheio de volta à enfermeira, ela me leva a uma sala vazia e envolve meu braço com a faixa do equipamento de aferir pressão.

"Descruze as pernas, querida", ela diz com doçura e faço o que ela pede. Depois de medir minha temperatura, a mulher desaparece, e alguns minutos depois, ouço uma batida na porta e um homem de meia-idade bem-arrumado, com a maior parte dos cabelos grisalhos, entra. Ele tira os óculos e estende a mão para mim.

"Dr. West. Prazer em conhecê-la, Theresa", ele se apresenta com simpatia. Pensei que seria atendida por uma médica, mas ele me parece bem bacana. Mas gostaria que ele fosse menos atraente; deixaria as coisas menos esquisitas durante essa experiência por si só desconfortável.

O dr. West faz muitas perguntas, a maioria das quais é absolutamente horrorosa. Tenho que contar que Hardin e eu fizemos sexo sem proteção — em mais de uma ocasião —, e durante o relato, me forço para manter contato visual com ele. No meio da experiência embaraçosa, a enfermeira volta e coloca uma folha de papel em cima da mesa. O dr. West olha para ela, e eu prendo a respiração até ele falar.

Ele me lança um sorriso caloroso.

"Bom, você não está grávida, então agora podemos começar."

Eu solto um suspiro de alívio.

Ele me apresenta muitas opções, algumas das quais nunca ouvi falar, antes de decidirmos pela injeção.

"Antes de eu aplicar a injeção, terei que fazer um breve exame pélvico; tudo bem?"

Concordo e engulo em seco, nervosa. Não sei por que me sinto tão desconfortável; ele é só um médico, e eu sou adulta. Deveria ter marcado essa consulta para depois da minha menstruação. Não pensei no exame em si quando marquei um horário. Só queria tirar Hardin do meu pé.

279

"Estamos quase terminando", o dr. West diz. O exame está sendo rápido e nem de longe tão constrangedor quanto pensei que seria, o que é uma bênção.

Ele aparece, franzindo o cenho.

"Você já fez exame pélvico antes?"

"Não, acho que não", respondo baixinho. Sei que nunca fiz, mas a última parte da minha resposta foi só por causa do nervoso. Eu olho para a tela na frente dele, ele move a sonda na parte inferior da minha barriga, por cima da pelve.

"Hum", ele diz a si mesmo. Minha inquietude aumenta: será que o teste estava errado e tem um bebê ali dentro? Começo a entrar em pânico. Sou muito jovem e ainda não terminei a faculdade, e Hardin e eu estamos numa situação tão delicada e...

"Estou um pouco preocupado com o tamanho do colo do seu útero", ele diz por fim. "Não é nada para se preocupar no momento, mas gostaria que você voltasse para fazer mais exames."

"'Nada para se preocupar no momento?'" Minha boca fica seca e sinto medo. As palmas das minhas mãos começam a suar. "O que isso quer dizer?"

"Por enquanto, nada... não sei ao certo", ele diz, de um jeito pouco convincente.

Eu me sento, puxando o avental para baixo. "O que *pode* ser?"

"Bem...", o dr. West sobe os óculos pela ponte do nariz. "Na pior das hipóteses, poderia significar infertilidade, mas, sem mais exames, não tenho como saber. Não vejo cistos, e isso é um ótimo sinal." Ele faz um gesto na direção da tela.

Sinto um aperto no peito.

"Quais... quais são as chances?" Não consigo ouvir minha própria voz nem meus pensamentos.

"Não posso dizer. Não é um diagnóstico, srta. Young. O que mencionei é a pior hipótese; por favor, não se preocupe com isso antes de concluirmos alguns exames. Vou aplicar a injeção hoje, colher um pouco de sangue para alguns exames e marcar o seu retorno." Depois de um instante, ele pergunta: "Tudo bem?".

Concordo, sem conseguir falar. Acabei de ouvi-lo dizer que isso não era um diagnóstico, mas é como se fosse. Senti uma onda de nervoso assim que ele mencionou que poderia haver um problema. Apenas as batidas de meu coração podem ser ouvidas na sala silenciosa. Estou fazendo cara de choro, eu sei, mas não me importo.

"Isso acontece o tempo todo; não se preocupe. Vamos esclarecer; não é nada, tenho certeza", ele diz um tanto tenso, e então sai da sala e me deixa ali para lidar com a situação cruel e difícil. Ele não tem certeza, nada é certo; parece bem blasé em relação ao assunto — então, por que não consigo me livrar da angústia que está me dominando?

A enfermeira aplica a injeção de anticoncepcional, e ela me conta sobre seus netos e o quanto eles amam seus biscoitos caseiros. Permaneço em silêncio a maior parte do tempo, e só respondo por educação. Eu me sinto nauseada.

Ela faz um resumo sobre meu novo método contraceptivo, fala sobre os prós e os contras que já ouvi o dr. West explicar. Fico feliz por saber que não vou mais menstruar, um pouco preocupada com o ganho de peso, mas concluo que é uma troca justa.

Ela me diz que, como estou menstruada no momento, a injeção fará efeito imediatamente, mas é melhor esperar três dias para fazer sexo sem proteção, só para garantir. Então, ela me lembra que não estou protegida contra as doenças sexualmente transmissíveis, apenas contra a gravidez.

Depois de marcar o terrível retorno, vou direto para o centro da cidade para tirar a foto do passaporte e finalizar a papelada, que, claro, já foi paga pelo sr. Vance. Eu estremeço ao pensar no tanto de dinheiro que todo mundo ao meu redor parece não se importar em gastar comigo.

Todas as pessoas pelas quais passo na rua parecem estar grávidas ou levando uma criança no colo. Eu não deveria ter pressionado o médico para que ele me desse mais informação. Agora, vou ficar paranoica até minha próxima consulta, que só acontecerá em três semanas. Três semanas para ficar maluca, três semanas para ficar obcecada com a possibilidade de nunca poder engravidar. Não sei por que essa possibilidade é tão dolorosa; pensei que tivesse me conformado com a ideia de não ter filhos. Ainda não posso falar sobre isso com Hardin, não enquanto não tiver certeza. Não que mude alguma coisa nos planos dele.

Mando uma mensagem de texto para Hardin quando chego ao carro, dizendo que minha consulta foi bem, e volto para a casa de Christian e Kimberly. Quando chego, já estou convencida a passar a semana evitando o assunto. Não há motivos para me preocupar se o próprio dr. West me garantiu que não há nada definitivo ainda. O vazio em meu peito indica o contrário, mas preciso ignorar e seguir em frente por enquanto. Vou para a Inglaterra. Pela primeira vez na vida, vou sair do estado de Washington, e estou muito animada. Nervosa, mas animada.

50

HARDIN

Tessa parece prestes a desmaiar a qualquer minuto. Ela coloca a caneta entre os dentes enquanto checa a lista de novo. Parece que sair do país deixa suas tendências neuróticas ainda piores.

"Tem certeza de que pegou tudo?", pergunto com sarcasmo.

"O quê? Sim", ela diz, concentrada na tarefa de conferir a bolsa pela décima vez desde que chegamos no aeroporto.

"Se não entrarmos agora, vamos perder o voo", digo a ela.

"Eu sei." Ela olha para mim, a mão ainda dentro da maldita bolsa. Ela é louca — completamente adorável, mas pirada. "Tem certeza de que vai deixar seu carro aqui?", ela pergunta.

"Sim. É para isso que serve este *estacionamento*. Para deixarmos carros." Aponto para a placa de estacionamento acima de nossas cabeças e digo: "É para carros sem problemas de comprometimento".

Tessa olha para mim sem expressão, como se eu não tivesse dito nada.

"Só me dá a bolsa", digo, puxando a coisa horrorosa do ombro dela. É muito pesada para ela carregar. Ela colocou metade das coisas só na bolsa.

"Vou puxar a mala, então." Ela leva a mão à alça da mala de rodinhas.

"Não, pode deixar. Relaxa, está bem? Vai dar tudo certo", garanto a ela.

Nunca vou me esquecer de como ela estava enlouquecida hoje cedo. Dobrando e redobrando, guardando e reguardando nossas roupas até elas caberem perfeitamente na mala. Peguei leve com ela, porque sei que essa viagem foge muito de sua rotina. Apesar de ela estar mais irritante do que o normal, eu estou animado. Animado por estar com ela em sua primeira viagem para fora do país, animado com a ideia de ver seus olhos cinza-azulados se arregalarem para as nuvens quando passarmos através delas. Me certifiquei de que ela se sentasse ao lado da janela só por esse motivo.

"Pronta?", pergunto a ela quando as portas automáticas se abrem como se nos dessem as boas-vindas.

"Não." Ela sorri com nervosismo, e eu a guio pelo aeroporto lotado.

"Você vai desmaiar em cima de mim, não vai?" Eu me inclino para a frente e sussurro para Tessa. Ela está pálida, as mãos pequenas tremem em seu colo. Eu seguro suas mãos com uma das minhas e aperto para confortá-la. Ela sorri para mim, uma mudança agradável em relação à cara fechada que ela manteve desde a hora em que fizemos o check-in.

O funcionário da companhia aérea estava paquerando Tessa; reconheci o sorrisinho idiota dele quando ela sorriu. Eu fico com o mesmo sorrisinho. Eu tinha todo o direito de mandar ele se foder, mas é claro que ela não concordou, e estava com a cara fechada desde que me arrastou para longe enquanto eu mostrava o dedo do meio para aquele imbecil.

"Ainda bem que aquele cara é míope e não enxerga bem de longe", ela disse e não parou de olhar para trás.

A atitude dela só piorou quando a pressionei para abotoar o casaco até em cima. O velho do meu lado é um maldito pervertido, e Tessa tem sorte de estar sentada ao lado da janela, porque assim posso protegê-la dos olhares dele. Como é teimosa, ela se recusou a abotoar o casaco, deixando os peitos à mostra para todo mundo ver. Tudo bem, a camiseta não é muito decotada, mas quando ela se abaixa, dá para ver dentro do decote. Ela ignorou meus pedidos e disse que não posso controlá-la. Não estou tentando controlá-la, só estou tentando impedir os homens de olhar para seu peito nada sutil.

"Não, estou bem", ela responde com hesitação. Seus olhos a entregam.

"Vamos decolar a qualquer momento." Olho para a aeromoça que está andando pelo avião para conferir os compartimentos de bagagem pela terceira vez. *Estão todos fechados, senhora; vamos logo antes que eu tenha que tirar a Tessa desse avião.* Na verdade, interromper essa viagem seria algo bom para mim.

"Última chance de sair do avião. O dinheiro das passagens não vai ser devolvido, mas tudo bem, eu acrescento à sua conta", digo, prendendo uma mecha solta de seu cabelo atrás da orelha, e ela me dá o menor sorriso que já vi. Ela ainda está brava, mas seu nervosismo está fazendo com que ela amoleça comigo.

"Hardin", ela resmunga baixinho. Encosta a cabeça contra a janela e fecha os olhos. Odeio vê-la tão nervosa; ela me deixa ansioso, e essa viagem me deixa ansioso por si só. Eu me inclino e fecho a janela dela, esperando que isso ajude.

"Quanto tempo mais?", eu impacientemente pergunto para a comissária de bordo que passa por nós.

Ela olha para Tessa e para mim, e ergue uma sobrancelha.

"Só mais alguns minutos." Ela força um sorriso para manter o emprego. O homem ao meu lado se remexe impaciente, e eu me arrependo por não ter comprado uma passagem a mais para não ter que me preocupar em me sentar tão perto de um imbecil. Ele cheira a tabaco.

"Faz mais do que alguns minutos...", começo.

Tessa segura minha mão; os olhos dela estão abertos agora, implorando para que eu não cause uma cena. Respiro fundo, fecho os olhos para aumentar o drama da situação.

"Tudo bem", digo e ignoro a comissária, que continua caminhando pelo corredor.

"Obrigada", Tessa diz. Em vez de descansar a cabeça na janela, ela a apoia em meu braço. Encosto na coxa dela e faço um sinal para que ela levante a cabeça para eu poder abraçá-la.

Ela encosta o nariz em meu pescoço e suspira contente quando eu a abraço com mais força. Adoro esse som.

O avião começa a se mover lentamente pela pista, e Tessa fecha os olhos.

Quando o avião está no ar, ela levanta a proteção da janela e seus olhos se arregalam encantados enquanto ela olha para a paisagem que vai diminuindo aos poucos.

"Que incrível." Ela sorri. Seu rosto está corado de novo. Ela está vibrando de alegria e é contagioso pra cacete. Tento não sorrir, mas é impossível, porque ela não para de falar que tudo "parece tão pequeno".

"Viu? Não foi tão ruim. Ainda não caímos", comento querendo ser engraçado.

285

Em resposta, murmúrios e tosses irritadas começam a ser ouvidas ao nosso redor, mas não estou nem aí. Tessa entende minhas piadas, pelo menos a maior parte delas, e revira os olhos e dá um tapinha no meu peito.

"Para", ela diz, e eu dou risada.

Depois de três horas, ela está inquieta. Sabia que isso aconteceria. Assistimos a uma programação de merda que os patrocinadores da companhia disponibilizam e folheamos a revista *SkyMall* duas vezes, concordando que uma gaiola de cachorro disfarçada de televisão não vale dois mil dólares.

"Serão nove longas horas", digo a ela.

"Só seis agora", ela me corrige e passa os dedos pela tatuagem de coração com o símbolo do infinito em meu pulso.

"Só seis", repito. "Tire um cochilo."

"Não consigo."

"Por que não?"

Ela olha para mim. "O que você acha que meu pai está fazendo? Sei que Landon cuidou dele da última vez que você viajou, mas vamos ficar longe três dias dessa vez."

Porra.

"Ele vai ficar bem." Ele vai ficar irritado, mas vai superar e agradecer a ela depois.

"Ainda bem que recusamos a oferta do seu pai", ela diz.

Puta que pariu.

"Por quê?", pergunto, observando o rosto dela.

"A clínica de reabilitação é cara demais."

"E?"

"Não me sinto à vontade com seu pai gastando tanto dinheiro com meu pai. Não é responsabilidade dele, e não sabemos ao certo se meu pai é mesmo..."

"Ele é viciado em drogas, Tessa." Sei que ela ainda não quer admitir, mas sabe que é verdade. "E meu pai pode pagar pelo tratamento."

Preciso ligar para Landon assim que pousarmos para descobrir como foi a "intervenção". Por mais que espere que o cretino do pai dela tenha concordado, me sinto culpado por Tessa não estar sabendo. Passei horas chutando e socando o saco de pancadas na academia, pensando nessa merda. No fim das contas, a solução foi simples. Ou Richard vai para a clínica de reabilitação com o dinheiro do meu pai, ou pode cair fora da vida da Tessa para sempre. Não quero que essa porra de vício seja um problema para ela. Eu já causo muitos problemas, e se tem alguém que vai causar estresse na vida dela, esse alguém serei eu. Mandei Landon fazer a intervenção, dizer ao camarada que ele tinha que escolher um ou outro: a reabilitação ou se afastar de Tessa. Pensei que não ia rolar violência se Landon cuidasse da situação no meu lugar. Por mais que me doa saber que meu pai é quem vai ajudar Tessa, já que é ele quem está pagando, eu não tive como recusar. Queria, mas não pude.

"Não sei." Ela suspira, olhando pela janela. "Preciso pensar nisso."

"Bom...", começo, e ela fecha a cara ao perceber o tom da minha voz.

"O que você fez?" Ela estreita os olhos e se afasta de mim. Não pode ir longe; está presa comigo aqui até aterrissarmos.

"Vamos falar sobre isso depois." Olho para o homem sentado ao meu lado.

Essas companhias aéreas realmente deveriam fazer os assentos mais largos. Se o apoio de braço entre Tessa e eu não levantasse, eu estaria sentado em cima do cara.

Ela arregala os olhos.

"Você mandou ele para a clínica, não mandou?", ela sussurra, tomando cuidado de não chamar a atenção.

"Não mandei seu pai para lugar nenhum." É verdade. Não sei se ele concordou ou não.

"Mas tentou, não tentou?"

"Talvez", admito.

Ela balança a cabeça sem acreditar e se recosta no banco, olhando para o nada.

"Você está brava?", pergunto.

Ela me ignora.

"Theresa..." Minha voz está alta demais e tem o efeito que eu pretendia que tivesse. Ela abre os olhos e se vira para mim.

"Não estou brava. Só surpresa, e tentando entender como me sinto em relação a isso, está bem?"

"Certo." Sua reação é muito melhor do que eu esperava.

"Não suporto quando você esconde coisas de mim. Você faz isso, minha mãe faz isso... Não sou criança. Sou capaz de lidar com as coisas, você não acha?"

Eu me controlo para não dizer a primeira coisa que vem a minha mente. Estou ficando cada vez melhor nisso.

"Sim", respondo com calma, "mas isso não quer dizer que não vou tentar filtrar as merdas para você."

Seu olhar fica mais suave, e ela faz que sim uma vez.

"Eu entendo, mas preciso que você pare de esconder as coisas de mim. Qualquer coisa que envolva você, Landon ou meu pai, eu preciso saber. Eu sempre acabo descobrindo, de qualquer modo. Por que prolongar o inevitável?", ela pergunta.

"Certo." Concordo sem falar mais nada. "A partir de agora, não vou esconder mais as coisas de você." O que não menciono é que nada do passado que escondi dela conta; só estou concordando que a *partir deste momento* vou tentar não esconder mais nada.

Vejo uma emoção passar por seu rosto, mas não a identifico exatamente. Chego a achar que é culpa.

"A menos que seja algo que seja melhor eu não saber", ela acrescenta delicadamente.

Certo...

"De que tipo de coisa estamos falando exatamente?", pergunto a ela.

"Uma coisa que seria melhor *você* não saber também conta. Por exemplo, o fato de meu ginecologista ser homem", ela me informa.

"*O quê?*" Nunca pensei que o médico de Tessa pudesse ser homem. Eu não sabia que médicos homens faziam isso.

"Viu? Seria melhor você não saber disso, certo?" Ela nem sequer tenta esconder o sorrisinho diante da minha irritação e do meu ciúme.

"Você vai arranjar outro médico."

Ela balança a cabeça lentamente para mim, deixando bem claro que não vai fazer isso. Eu me inclino e sussurro em seu ouvido.

"Você tem sorte de os banheiros do avião serem pequenos demais para eu foder você dentro deles." Sua respiração se acelera e imediatamente ela contrai as coxas. Adoro a reação dela às sacanagens que eu digo; é sempre instantânea. Além disso, eu precisava distraí-la e mudar de assunto, para o bem de nós dois.

"Eu pressionaria você contra a porta e foderia você contra a parede." Subo a mão por suas coxas unidas. "Cobriria sua boca com a mão para abafar seus gritos."

Ela engole em seco.

"Seria uma delícia, suas pernas envolvendo meu corpo, suas mãos puxando meus cabelos."

Os olhos dela estão arregalados, as pupilas dilatadas, e, caralho, como eu queria que os banheiros não fossem tão apertados. Literalmente, nem consigo esticar os braços no compartimento. Eu paguei mais de mil dólares por cada passagem de ida e volta, o mínimo seria que eu pudesse transar com a minha garota no maldito banheiro durante o longo voo.

"Apertar as pernas não vai fazer a vontade desaparecer", continuo sussurrando no ouvido dela. Eu abaixo a mesinha dela para poder colocar a mão na região onde suas pernas se encontram. "Só eu consigo fazer isso." Ela parece prestes a gozar só com as minhas palavras. "O resto do voo vai ser bem desconfortável para você com sua calcinha molhada." Dou um beijo abaixo de sua orelha, usando a língua para provocá-la ainda mais, e o homem ao meu lado tosse.

"Algum problema?", pergunto a ele, sem me preocupar nem um pouco com a possibilidade de ele ter ouvido o que eu disse a ela. Ele rapidamente balança a cabeça, negando, e volta a atenção para o *e-reader* em sua mão. Eu me inclino, lendo o primeiro parágrafo da página iluminada. Vejo o nome "Holden" e começo a rir. Só homens de meia-idade pretensiosos e hipsters barbados gostam de ler *O apanhador no campo de centeio*. O que tem de tão interessante em um *stalker* adolescente cheio de mordomias? Nada.

"Devo continuar?" Volto a me recostar em Tessa, que agora está ofegante.

"Não." Ela levanta a mesinha e acaba com a minha diversão.

"Só mais cinco horas." Sorrio para ela, ignorando como estou duro por saber que ela deve estar muito molhada agora.

"Você é um cretino", ela sussurra. O sorriso que eu amo aparece em seus lábios.

"E você me ama", respondo, e ela sorri ainda mais.

* * *

Andar pelo Heathrow não foi tão ruim quanto eu me lembrava. Pegamos nossas malas rápido. Tessa permaneceu em silêncio a maior parte do tempo, e o fato de ela estar de mãos dadas comigo é o único sinal de que ela não ficou muito chateada comigo por causa da história da reabilitação. O carro que aluguei estava à nossa espera, e eu observei achando graça quando Tessa caminhou em direção ao lado errado do veículo.

Quando chegamos a Hampstead, ela está dormindo. Tentou ficar acordada olhando pela janela, observando tudo, mas não conseguiu manter os olhos abertos. A cidade antiga está igual à última vez em que estive aqui. Mas é claro, por que não estaria? Só faz alguns meses. Por algum motivo, tive a impressão de que assim que passasse pela placa oficial de boas-vindas a Hampstead com Tessa no banco do passageiro a cidade se alteraria de algum modo.

Quando passo pelas casas históricas e pelas atrações turísticas, finalmente chego à parte residencial da cidade. Ao contrário do que se acredita popularmente, nem todo mundo em Hampstead mora em uma mansão histórica e está montado na grana. Isso fica bem claro quando entro na garagem de cascalho de minha mãe. A casa antiga parece prestes a desmoronar a qualquer momento, e fico feliz ao ver a placa de "Vendido" no gramado. A casa do futuro marido dela, ao lado, está em bem melhor estado do que esse buraco, e é duas vezes maior.

"Tessa", eu a tiro de seu sono profundo. Ela provavelmente já babou na janela inteira.

Minha mãe aparece na porta da frente segundos depois de os faróis iluminarem as janelas da casa. Ela empurra a porta de tela e desce correndo os pequenos degraus feito uma maluca. Tessa abre os olhos e vê minha mãe, que agora está abrindo a porta do passageiro para falar com ela. Por que todo mundo gosta tanto dela?

"Tessa! Hardin!" A voz de minha mãe está alta e muito animada enquanto Tessa solta o cinto de segurança e sai do carro. Elas se abraçam e conversam enquanto eu pego nossas coisas no porta-malas.

"Estou tão feliz por vocês dois estarem aqui." Minha mãe sorri, secando uma lágrima dos olhos. Vai ser um longo fim de semana.

"Nós também." Tessa responde por mim e deixa que minha mãe a puxe pela mão para dentro da pequena casa.

"Não gosto de chá, então não teremos as boas-vindas tipicamente inglesas aqui, mas fiz café. Sei que vocês dois adoram café", minha mãe diz.

Tessa ri e agradece. Minha mãe está mantendo distância de mim, obviamente tentando não me irritar durante o fim de semana de seu casamento. As duas entram na cozinha e eu subo a escada para o meu antigo quarto a fim de me livrar das malas. Ouço as risadas das duas tomando a casa, e tento me convencer de que nada catastrófico vai acontecer neste fim de semana. Tudo vai ficar bem.

No quarto, só minha cama de casal e uma cômoda. O papel de parede foi arrancado, deixando uma marca horrorosa de cola à vista. Está claro que minha mãe está tentando preparar a casa para o novo dono, mas ver tudo desse jeito faz com que eu me sinta um pouco estranho.

51

TESSA

"Não acredito que vocês dois vieram", Trish diz para mim. Ela me dá uma xícara de café — puro, como eu gosto —, e eu sorrio por ela ter lembrado. Ela é uma mulher bonita, com olhos claros e um sorriso iluminado — e está usando um agasalho azul.

"Estou muito feliz por termos conseguido vir", digo a ela. Olho no relógio no forno: já são dez da noite. O voo longo e o fuso horário me deixaram meio perdida.

"Eu também. Se não fosse por você, sei que ele não estaria aqui." Ela coloca a mão sobre a minha. Sem saber como responder, abro um sorriso. Ela percebe meu desconforto e muda de assunto. "Como foi o voo? O Hardin se comportou?" A risada dela é tranquila, e não tenho coragem de dizer que o filho dela foi um chato durante toda a passagem pela segurança e durante metade do voo.

"Se comportou, sim." Tomo um gole do café quente quando Hardin entra na cozinha. A casa é antiga e apertada, muitas paredes tornam o espaço restrito. A única decoração são caixas marrons de mudança empilhadas nos cantos, mas eu me sinto estranhamente à vontade e tranquila na casa onde Hardin cresceu. Percebo pela cara dele quando se abaixa para passar pela porta arqueada que leva à cozinha que ele não se sente da mesma maneira. Essas paredes guardam lembranças demais para ele, e logo minha boa impressão da casa começa a mudar.

"O que aconteceu com o papel de parede?", ele pergunta.

"Eu estava retirando tudo para pintar a casa antes de vender, mas os novos donos estão planejando derrubar a casa. Querem construir um imóvel totalmente novo no terreno", a mãe dele explica. Gosto da ideia de a casa ser demolida.

"Ótimo, a casa está um lixo mesmo", ele resmunga e pega minha xícara de café para tomar um gole. "Está cansada?" Ele pergunta para mim.

"Estou bem", digo, e é verdade. Gosto do bom humor de Trish e de sua companhia agradável. Estou cansada, mas vamos ter muito tempo para dormir. Ainda é cedo.

"Estou morando na casa do Mike, aqui do lado. Achei que você não ia querer ficar lá."

"Claro que não." Hardin responde. Pego meu café de volta, pedindo em silêncio para que ele seja educado com a mãe.

"Bom", Trish ignora a resposta grosseira dele, "tenho planos para ela amanhã, então espero que você tenha com o que se ocupar."

Demoro um pouco para perceber que ela está se referindo a mim.

"Que tipo de planos?" Hardin não parece muito satisfeito com a ideia.

"Coisas do casamento. Marquei um horário para nós em um spa no centro da cidade, e adoraria que ela fosse comigo para a última prova do meu vestido de casamento."

"Claro que vou", respondo ao mesmo tempo que Hardin pergunta: "Quanto tempo vai demorar?".

"Só a tarde, tenho certeza", Trish garante ao filho. "Isso se você quiser me acompanhar, Tessa. Não tem que ir, só pensei que seria bacana passarmos um tempo juntas enquanto você está aqui."

"Eu vou adorar." Eu sorrio para ela. Hardin não discute, o que é bom, porque ele teria perdido.

"Que bom." Ela também sorri. "Minha amiga Susan vai almoçar com a gente. Está louca para te conhecer, tem ouvido tantas coisas sobre você que não acredita que você existe. Ela..."

Hardin começa a engasgar com o café, interrompendo a mãe.

"Susan Kingsley?" Ele olha para Trish, com os ombros tensos e a voz trêmula.

"Sim... bom, o sobrenome dela não é mais Kingsley, ela se casou de novo."

Trish olha para ele de um jeito que faz com que eu tenha a impressão de que entrei em uma conversa particular na qual não sou bem-vinda. Hardin olha para a mãe e para a parede por um tempo, até que se vira e nos deixa sozinhas na cozinha.

"Vou para a casa ao lado para dormir. Se precisarem de alguma coisa, é só chamar." A alegria em sua voz desapareceu; ela parece esgotada.

293

Trish se inclina e me dá um beijo no rosto antes de abrir a porta de trás e sair.

Eu fico sozinha na cozinha por alguns minutos, terminando o café, o que não faz sentido, porque preciso dormir, mas termino de beber mesmo assim e lavo a xícara na pia antes de subir a escada para encontrar Hardin. O corredor do andar de cima está vazio. O papel de parede rasgado está pendurado em um dos lados da passagem estreita, e comparo a casa maravilhosa de Ken com esta; as diferenças são impossíveis de ignorar.

"Hardin?", eu chamo. Todas as portas estão fechadas, e não me sinto à vontade para abri-las sem saber o que vou encontrar do lado de dentro.

"Segunda porta", ele diz. Sigo a voz dele até a segunda porta no corredor e a abro. A maçaneta emperra, e tenho que usar o pé para empurrar a madeira.

Hardin está sentado na beirada da cama, com as mãos na cabeça, quando entro. Ele olha para mim, e eu me aproximo dele.

"O que foi?", pergunto, passando os dedos por seus cabelos despenteados.

"Eu não deveria ter trazido você aqui", ele diz, me pegando de surpresa.

"Por quê?" Eu me sento na cama ao lado dele, mantendo alguns centímetros entre nossos corpos.

"Porque...", ele suspira, "... eu não deveria." Ele se deita de costas no colchão e cobre o rosto com o braço, de modo que não consigo ver sua expressão.

"Hardin..."

"Estou cansado, Tessa, vai dormir." A voz dele está abafada pelo braço, mas sei que essa é sua maneira de encerrar a conversa.

"Você não vai trocar de roupa?", pressiono, sem querer dormir sem a camiseta dele.

"Não." Ele vira de bruços e estende o braço para apagar a luz.

52

TESSA

Quando meu alarme toca às nove, tenho que me forçar a levantar. Mal dormi; fiquei rolando na cama a noite toda. Da última vez que olhei, eram três da madrugada e eu não sabia se já tinha dormido ou se tinha ficado acordada o tempo todo.

Hardin está dormindo, os braços cruzados sobre o peito. Ele não me abraçou na noite passada, nem uma vez. O único contato que tivemos foi o de suas mãos me procurando enquanto ele dormia, só para ter certeza de que eu estava ali, mas ele logo voltou a se deitar de bruços. Sua mudança de humor não me surpreende totalmente. Sei que ele não queria estar aqui para o casamento, mas seu alto nível de ansiedade não faz muito sentido para mim, principalmente por que ele se recusa a discutir o assunto. Gostaria de perguntar a ele como ele pretendia lidar com minha mudança para cá se nem me quer aqui durante um fim de semana.

Passo a mão pela testa dele, afastando os cabelos, e toco a barba por fazer em seu rosto. Suas pálpebras tremem e eu rapidamente me afasto e fico de pé. Não quero acordá-lo, seu sono também não foi nem um pouco tranquilo. Queria saber o que o assombra. Queria que ele não tivesse se fechado tão abruptamente. Ele revelou tudo para mim na carta que escreveu, e depois destruiu, e apesar de a maioria das coisas ser relacionada a erros terríveis que ele havia cometido, eu já lidei com isso e segui em frente. Nada do que ele tenha feito no passado vai prejudicar nosso futuro. Ele precisa saber disso. Tem que saber, ou nunca vai dar certo.

O banheiro não é difícil de encontrar, e eu espero pacientemente a água deixar de descer marrom e voltar a correr clara. O chuveiro faz barulho e a pressão da água é muito forte, quase dolorosa, mas faz maravilhas com a tensão que acumulei nos músculos das costas e dos ombros.

Estou vestindo jeans e uma blusinha sem manga creme, mas hesito antes de vestir um casaquinho com estampa floral. Ele não tem botões, o que quer dizer que Hardin não pode mandar que eu o feche; ele tem sorte por eu não estar usando só a blusinha. Estamos na primavera e no centro de Londres o clima faz jus à estação.

Trish não me disse um horário específico para o nosso encontro hoje, então desço a escada e faço café. Uma hora depois, volto lá para cima para pegar meu *e-reader* e ler um pouco. Hardin se virou de costas, e seu rosto está fechado numa carranca. Sem perturbá-lo, saio depressa do quarto e volto para a mesa da cozinha. Duas horas se passam e fico aliviada quando Trish entra pela porta dos fundos. Os cabelos castanhos estão presos, assim como os meus, em um coque baixo, e ela está usando — surpresa — um agasalho.

"Imaginei que você estaria acordada, queria dar um tempo para você dormir até mais tarde depois do dia longo de ontem." Ela sorri. "Estou pronta quando você estiver."

Olho na direção da escada estreita uma última vez, esperando que Hardin desça com um sorriso para me dar um beijo de tchau, mas isso não acontece. Pego minha bolsa e saio com Trish pela porta dos fundos.

53

HARDIN

Quando estico o braço, Tessa não está na cama. Não sei que horas são, mas o sol está forte demais, entrando pelas janelas sem cortinas como se estivesse tentando me forçar a acordar. Dormi mal a noite toda, e Tessa não parou de se remexer enquanto dormia. Passei a maior parte da noite acordado, mantendo distância do corpo inquieto dela. Preciso me controlar antes que acabe arruinando o fim de semana todo, mas simplesmente não consigo me livrar da minha paranoia. Principalmente depois que minha mãe teve a coragem de convidar Susan Kingsley para almoçar com ela e Tessa.

Não me dou ao trabalho de trocar de roupa, só escovo os dentes e jogo um pouco de água nos cabelos. Tessa já tomou um banho; sua nécessaire está guardada no armário vazio.

Quando chego à cozinha, a cafeteira está cheia até a metade com o café ainda quente, e tem uma caneca de café lavada sobre a bancada. Tessa e minha mãe já devem ter saído; eu deveria ter me intrometido e impedido que elas fossem. Por que não fiz isso? O dia de hoje pode transcorrer de duas maneiras: Susan pode ser uma vaca e transformar o dia de Tessa num inferno, ou ela pode manter a maldita boca fechada e tudo ficará bem.

Que porra devo fazer o dia todo enquanto minha mãe passeia com Tessa pela cidade? Eu poderia procurá-las, não seria difícil, mas minha mãe provavelmente ficaria chateada e, afinal, amanhã é o dia do casamento dela. Prometi a Tessa que me comportaria da melhor maneira possível neste fim de semana, e apesar de já ter descumprido a promessa, não preciso tornar as coisas ainda piores.

54

TESSA

"Seu cabelo está lindo." Trish estica a mão de unhas recém-feitas sobre a mesa para tocar minha cabeça.

"Obrigada, estou me acostumando com ele." Sorrio, olhando para o espelho que fica logo atrás de nossa mesa. A mulher no spa ficou surpresa por eu nunca ter tingido os cabelos antes. Depois de alguns minutos tentando me convencer, eu concordei em escurecê-lo um pouco, mas só nas raízes. A cor final foi um castanho muito claro passando para meu loiro natural em direção às pontas. Quase não dá para perceber a diferença e ficou muito mais natural do que eu esperava. A cor não é permanente; só vai durar um mês. Eu não estava pronta para uma mudança definitiva, mas quanto mais me olho no espelho, mais gosto do que vejo.

A mulher fez maravilhas em minhas sobrancelhas também, desenhando-as num arco perfeito, e as unhas das minhas mãos e dos meus pés estão pintadas de vermelho. Recusei quando Trish ofereceu uma depilação completa com cera; por mais que já tenha pensado em fazer uma, seria estranho fazer com a mãe de Hardin, e por enquanto posso continuar raspando os pelos com a gilete. No caminho para o carro, Trish faz um comentário brincalhão a respeito de minhas alpargatas, igualzinho ao filho, e eu me controlo para não tirar sarro do fato de ela usar agasalhos todos os dias.

Olho pela janela durante todo o trajeto, observando todas as casas, prédios, lojas e pessoas na rua.

"É aqui", Trish diz minutos depois enquanto estaciona em um local coberto entre dois prédios pequenos. Eu a acompanho até a entrada do menor deles.

Percebo o musgo sobre toda a parede de tijolos, e ao vê-la, meu Landon interno é acionado, enquanto referências a *O hobbit* passam por minha mente. Landon pensaria exatamente a mesma coisa se estivesse aqui, e nós começaríamos a rir enquanto Hardin diria que os filmes são horríveis e que destruíram a visão de J. R. R. Tolkien. Landon retrucaria, como sempre, dizendo que secretamente Hardin adora os filmes, e Hardin mostraria o dedo do meio. De modo muito egoísta, eu imagino um lugar onde Hardin, Landon e eu pudéssemos viver próximos uns dos outros, um lugar onde Landon e Dakota pudessem morar em Seattle, talvez no mesmo prédio que Hardin e eu. Um lugar onde uma das poucas pessoas que realmente se importam comigo não se mudaria para o outro lado do país em algumas semanas.

"Está bem quente hoje; quer comer do lado de fora?", Trish pergunta, fazendo um gesto na direção das mesas de metal dispostas na varanda.

"Seria bom." Sorrio e a acompanho até uma mesa no canto.

A garçonete traz uma jarra de água até nossa mesa e coloca dois copos à nossa frente. Até a água parece mais bonita na Inglaterra; a jarra está cheia de gelo e fatias perfeitamente redondas de limão. Trish observa as calçadas.

"Mais uma pessoa vai vir almoçar conosco... Ela deve chegar a qualquer... Lá está ela!"

Eu me viro e vejo uma morena alta atravessando a rua, balançando as mãos. A saia comprida e os saltos altos a atrapalham e ela não consegue se movimentar com a rapidez que aparenta estar tentando.

"Susan!" O rosto de Trish se alegra ao ver a mulher desajeitada que está entrando.

"Trish, querida, como você está?" Susan se inclina para beijar as duas faces de Trish e se vira para mim, fazendo o mesmo. Eu me sinto estranha quando sorrio de modo meio desconfortável, sem saber ao certo se devo ou não retribuir o cumprimento.

Os olhos da mulher são de um azul profundo, um belo contraste com sua pele clara e seus cabelos escuros. Ela se afasta antes que eu consiga decidir o que fazer.

"Você deve ser a Theresa. Ouvi tantas coisas maravilhosas a seu respeito." Ela sorri e me surpreende quando segura minhas duas mãos. Ela as aperta delicadamente e abre um largo sorriso antes de puxar a cadeira ao meu lado e sentar.

"Prazer." Sorrio para ela. Não faço ideia do que pensar sobre essa mulher. Sei que não gosto do modo como Hardin se alterou quando ouviu o nome dela ontem à noite, mas ela parece tão legal, então fico confusa.

"Vocês estão esperando há muito tempo?", ela pergunta e se vira para pendurar a bolsa nas costas da cadeira.

"Não, acabamos de chegar. Passamos a manhã em um spa." Trish joga os cabelos castanhos e brilhantes para trás dos ombros.

"Estou vendo; vocês duas estão cheirando como dois buquês de flores." Susan ri, enchendo seu copo com água. Seu sotaque é elegante e muito mais acentuado do que o de Hardin ou o de Trish.

Apesar da mudança de humor de Hardin ontem à noite, estou apaixonada pela Inglaterra, principalmente por essa região. Fiz uma pesquisa antes de chegarmos, mas as fotos na internet não fazem jus à beleza antiga da área. Fico encantada ao olhar ao redor, e me pergunto como algo simples como uma rua de paralelepípedos pontuada por pequenos cafés e lojas pode ser tão charmosa, tão interessante.

"Está pronta para a última prova hoje?", Susan pergunta a Trish. Eu continuo observando o ambiente, ouvindo vagamente a conversa das duas. Minha atenção se concentra na casa antiga do outro lado da rua que abriga a biblioteca. Fico imaginando a coleção de livros lá dentro.

"Sim, estou, e se não servir dessa vez, acho que vou ter que processar o dono da loja." Trish ri. Eu olho para as duas e me forço a parar de observar a arquitetura até conseguir fazer com que Hardin me leve para conhecer os pontos turísticos direito.

"Bom, já que *eu* sou a dona, posso ter um problema." A risada de Susan é baixa e muito charmosa. Preciso me lembrar de ter cuidado com ela.

Minha imaginação começa a vagar enquanto olho para a bela mulher. Será que Hardin já se envolveu intimamente com ela? Ele me disse que transou com mulheres mais velhas — várias —, mas nunca deixei que ele desse mais detalhes. Será que Susan, com seus grandes olhos azuis e longos cabelos castanhos, foi uma delas? Estremeço com esse pensamento. Certamente espero que não.

Ignoro a onda de ciúmes que vem com esse pensamento e me forço a saborear o sanduíche delicioso que a garçonete acabou de colocar na minha frente.

"Então, Theresa, fale sobre você." Susan garfa uma folha de alface e a leva aos lábios pintados.

"Pode me chamar de Tessa", começo com nervosismo. "Estou terminando meu primeiro ano na WCU e acabei de me mudar para Seattle." Olho para Trish, que, por algum motivo, está franzindo a testa. Hardin não deve ter contado sobre a minha mudança, ou talvez tenha contado e ela esteja chateada porque ele não foi comigo.

"Soube que Seattle é uma cidade muito agradável. Nunca fui aos Estados Unidos", Susan enruga o nariz, "mas meu marido prometeu que vai me levar neste verão."

"Você precisa ir... é bacana", digo como uma tola.

Estou sentada em uma cidade de sonho e estou dizendo que os Estados Unidos são um lugar bacana. Susan provavelmente detestaria os Estados Unidos. Estou nervosa agora e minhas mãos tremem levemente quando pego o celular na bolsa para mandar uma mensagem de texto para Hardin. Só um simples **Estou com saudade**.

O restante do almoço é ocupado com conversas sobre o casamento, e descubro que não consigo não gostar de Susan. Ela se casou com o segundo marido no verão passado; ela planejou o próprio casamento, e não tem filhos, só um sobrinho e uma sobrinha. Tem uma loja de noivas na qual Trish comprou seu vestido; é uma das cinco na região central de Londres. Seu marido é dono e gerencia três dos pubs mais famosos da região, os três a cinco quilômetros um do outro.

A loja de noivas de Susan fica a apenas alguns quarteirões do restaurante, então decidimos ir andando. O dia está quente, e o sol brilha forte; até o ar parece mais fresco do que em Washington. Hardin ainda não respondeu à minha mensagem, mas de algum modo eu sabia que ele não ia responder.

"Champanhe?", Susan oferece assim que entramos na pequena loja. O espaço é mínimo, mas é perfeitamente decorado, num estilo antigo e charmoso, com preto e branco cobrindo cada centímetro.

"Ah, não, obrigada", sorrio.

Trish aceita e promete que só vai beber uma taça. Quase digo para ela beber quantas quiser, para se divertir, mas não acho que consigo dirigir na Inglaterra; andar no banco do passageiro já é bem estranho.

Enquanto observo Trish rir e brincar com Susan, fico pensando em como Trish e Hardin são diferentes. Ela é tão alegre e cheia de vida e Hardin é tão... bem, Hardin. Sei que eles não têm um relacionamento próximo, mas gostaria de pensar que essa visita pode mudar as coisas. Não totalmente — seria pedir demais —, mas espero que Hardin pelo menos trate bem a mãe no dia de seu casamento.

"Volto já, você pode ficar à vontade", Trish diz para mim antes de fechar a cortina do provador. Eu me sento no sofá branco e macio e dou risada quando ouço os palavrões que Trish diz para Susan por beliscar sua pele ao subir o zíper. Talvez ela e Hardin sejam mais parecidos do que pensei.

"Com licença." Uma voz de mulher interrompe meus pensamentos, e eu olho para cima e vejo os olhos azuis de uma jovem grávida.

"Por favor, você viu a Susan?", ela pergunta, observando o espaço.

"Ela está lá dentro." Aponto para a cortina do provador dentro do qual Trish entrou com o vestido de noiva minutos antes.

"Obrigada." Ela sorri, suspirando aliviada. "Se ela perguntar, cheguei exatamente às duas", a garota diz para mim e sorri. Ela deve trabalhar aqui. Olho para o crachá preso a sua camisa branca de mangas compridas. Está escrito "Natalie".

Olho no relógio. São duas e cinco.

"Seu segredo está seguro comigo", digo a ela.

A cortina se abre e Trish aparece vestida de noiva. É lindo — ela está absolutamente linda com o vestido simples de manga curta.

"Uau", Natalie e eu dizemos juntas.

Trish sai do provador, olhando seu reflexo no espelho de corpo inteiro, e seca as lágrimas dos olhos.

"Ela faz isso em todas as provas; esta é a terceira", Natalie observa com um sorriso. Eu percebo as lágrimas se acumulando nos olhos dela e sei que os meus estão iguais. Ela pressiona a mão na barriga.

"Ela é linda. O Mike é um cara de sorte." Sorrio para a mãe de Hardin. Ela ainda está olhando para o vestido no espelho, e não teria como ser diferente.

"Você conhece a Trish?", a jovem pergunta educadamente.

"Conheço." Eu me viro para ela. "Eu sou..." Hardin e eu vamos ter que conversar sobre como fazer as apresentações aqui. "Estou com o filho dela", digo, e seus olhos se arregalam.

"Natalie." A voz de Susan ecoa na pequena loja. Trish está pálida, olhando para Natalie e para mim. Tenho a sensação de que estou perdendo alguma coisa. Quando olho de novo para Natalie, observo seus olhos azuis, os cabelos castanhos e a pele clara. *Susan...* eu penso. A Susan é mãe dessa Natalie? *Natalie...*

Merda. Natalie. *A* Natalie. A Natalie que assombrava a consciência de Hardin, o pouco que ele tem. Natalie que Hardin mastigou e cuspiu de volta no prato.

"Você é a Natalie", digo, percebendo.

Ela faz que sim, olhando para mim enquanto Trish se aproxima.

"Sim, sou." Percebo por sua expressão que ela não tem certeza do quanto eu sei sobre ela, e sabe menos ainda o que dizer em relação a isso. "Você é a... você é a Tessa", ela diz. Percebo que em sua cabeça as peças estão se encaixando.

"Sou..." Engasgo. Não faço a menor ideia do que dizer. O Hardin me contou que ela estava feliz agora, que ela o perdoou e construiu uma vida nova. A empatia que sinto por ela é profunda. "Sinto muito...", acabo dizendo.

"Vou pegar mais champanhe. Trish, vem comigo." Susan agarra Trish pelo braço e a leva dali com delicadeza. Trish vira a cabeça, observando Natalie e eu até desaparecer por uma porta, de vestido e tudo.

"Sente muito pelo quê?" Os olhos de Natalie brilham sob as luzes fortes.

Não consigo imaginar essa menina que está na minha frente com o meu Hardin. Ela é tão simples e linda, tão diferente das meninas do passado dele que já conheci.

Dou uma risada nervosa.

"Não sei..." Por que exatamente estou me desculpando? "Pe-pelo que ele fez... com você."

"Você *sabe*?" Percebo a surpresa em sua voz enquanto ela continua me olhando, tentando sacar qual é a minha.

"Sei", digo, repentinamente envergonhada e sentindo a necessidade de me explicar.

303

"E o Hardin... ele está diferente agora. Ele se arrepende profundamente do que fez com você", digo a ela. Não vai compensar o passado, mas ela tem que saber que o Hardin que conheço não é o Hardin que ela conheceu.

"Eu me encontrei com ele recentemente", ela diz. "Ele estava... não sei... vazio quando eu o vi na rua. Ele está melhor agora?" Procuro um sinal de crítica em seus olhos azuis, mas não encontro nada.

"Sim, ele está", digo, tentando não olhar para sua barriga. Ela levanta uma mão e eu vejo uma aliança de ouro em seu dedo anelar. Fico muito feliz por ver que ela conseguiu transformar sua vida.

"Ele fez coisas terríveis, e eu sei que estou indo longe demais ao dizer isso", hesito, tentando não perder a confiança, "mas foi muito importante para ele saber que você o perdoou. Significou muito... Obrigada por encontrar forças para fazer isso."

Para dizer a verdade, não acho que Hardin se arrependeu do que fez com ela tanto quanto deveria, mas o perdão dela derrubou alguns blocos do muro que Hardin tinha levantado ao longo dos anos entre ele e o resto do mundo, e sei que deu a ele um pouco de paz.

"Você deve amar o Hardin de verdade", ela diz suavemente depois de um longo silêncio.

"Amo, amo demais." Olho nos olhos dela. Estamos ligadas, essa mulher que Hardin feriu demais e eu, de algum modo estranho, e eu sinto a força dessa ligação. Não consigo nem imaginar como ela se sentiu, a profundidade da humilhação e da dor que ele causou. Ela foi abandonada não só por Hardin, mas pela família dela. No começo, eu era como ela, uma brincadeira para ele, até ele se apaixonar por mim. É essa a diferença entre essa linda mulher grávida e eu. Ele me ama, e não foi capaz de amá-la.

Não consigo evitar o pensamento nojento que passa pela minha mente, o pensamento de que se ele a tivesse amado, eu não o teria agora, e fico feliz por ele não ter se importado com ela como se importa comigo.

"Ele trata você bem?" Ele pergunta para minha surpresa.

"Na maior parte do tempo..." Não consigo deixar de sorrir com essa resposta horrível. "Ele está aprendendo." Termino com incerteza.

"Bem, espero que sim." Ela sorri para mim.

"Como assim?"

"Rezei muito para que Hardin encontrasse sua salvação, e acho que finalmente aconteceu." Ela sorri ainda mais, e leva a mão à barriga de novo. "Todo mundo merece uma segunda chance, até mesmo os piores pecadores, você não acha?"

Estou surpresa com ela. Não posso dizer que se Hardin tivesse feito comigo o que fez com ela, sem nem se desculpar, eu estaria mandando pensamentos positivos para ele como ela faz. Eu provavelmente estaria torcendo para ele se dar mal, mas ainda assim aqui está ela, uma mulher cheia de compaixão, desejando o melhor para ele.

"Acho." Concordo com ela apesar de não conseguir entender como ela pode ter sido tão generosa.

"Sei que você me acha maluca", ela ri baixinho, "mas se não fosse pelo Hardin, eu não teria conhecido meu Elijah, e não estaria a poucos dias de dar à luz nosso primeiro filho."

Sinto um arrepio na espinha com o pensamento que me ocorre. Hardin foi um degrau na vida de Natalie — na verdade, foi um grande obstáculo no caminho para a vida que ela merece. Não quero que Hardin seja um obstáculo na minha vida, uma lembrança dolorosa, alguém que eu seria forçada a perdoar e aceitar. Quero que Hardin seja meu Elijah, meu final feliz.

A tristeza supera meu medo quando ela coloca a minha mão em sua barriga, protuberante de um jeito que a minha provavelmente nunca ficará, e vejo a aliança dourada em seu dedo, algo que provavelmente nunca terei. Eu me assusto com o movimento sob a minha mão, e Natalie ri.

"O mocinho está ocupado aqui dentro. Queria que ele resolvesse sair logo."

Ela volta a rir, e eu coloco a mão de novo para sentir o movimento mais uma vez. O bebê em sua barriga chuta minha mão mais uma vez, e eu compartilho da felicidade dela. Não dá para evitar, é contagioso.

"Quando vai nascer?", pergunto, ainda encantada com o movimento sob a minha mão.

"Completei quarenta semanas há dois dias. Esse menino é um teimoso. Voltei ao trabalho para ficar de pé na esperança de que ele resolva vir."

Ela fala de modo tão amoroso a respeito do filho que ainda não nasceu. Será que um dia terei isso? Será que um dia terei esse brilho no

305

rosto e a ternura em minha voz? Será que algum dia vou sentir os chutes do meu bebê dentro da minha barriga? Eu me forço a afastar a autopiedade. Nada é certo ainda.

Nada é certo no que diz respeito ao diagnóstico do dr. West, mas você pode ter certeza de que Hardin nunca vai querer ser pai dos seus filhos, uma voz dentro de mim diz.

"Você está bem?" A voz de Natalie me tira de meus pensamentos.

"Estou, desculpa. Eu estava só sonhando acordada." Minto e tiro a mão da barriga dela.

"Fico muito feliz por ter conhecido você enquanto está na cidade", ela diz quando Trish e Susan aparecem, vindas da sala no fundo, com um buquê de flores e um véu nas mãos de Susan. Olho para o relógio; são duas e meia. Fiquei conversando com Natalie por tempo suficiente para Trish ficar corada e sua taça ficar vazia.

"Me dá cinco minutos e eu vou estar pronta; talvez você precise dirigir!", Trish ri. Eu estremeço ao pensar nisso, mas quando considero a outra opção — telefonar para Hardin —, dirigir não me parece tão ruim.

"Cuide-se e parabéns de novo", digo a Natalie enquanto saio da loja. O vestido de Trish está em meus braços, e ela está alguns metros atrás de mim.

"Você também, Tessa." Natalie sorri quando a porta se fecha.

"Posso carregar, se estiver muito pesado", Trish diz quando estamos na calçada. "Posso dirigir. Só tomei uma taça, então posso dirigir numa boa."

"Tudo bem, de verdade", digo, apesar de estar morrendo de medo de dirigir o carro dela.

"Não, é sério", ela insiste e pega as chaves no bolso da frente da jaqueta. "Posso dirigir."

55

HARDIN

Já andei pela casa toda mais de cem vezes, já andei por essa vizinhança de merda duas vezes, até liguei para Landon. Estou ficando maluco, e Tessa não atendeu nenhuma das minhas ligações. *Onde elas se meteram, porra?*

Olho para meu telefone; já passa das três. Até que horas vai essa merda de spa?

A adrenalina está correndo pelas minhas veias quando ouço um carro chegando na entrada da garagem. Vou até uma das janelas da frente e vejo que é o carro da minha mãe. Tessa sai primeiro e caminha até a parte de trás da casa, levando uma sacola branca enorme. Tem alguma coisa diferente nela.

"Está comigo!", ela diz para a minha mãe quando abro a porta de tela. Desço os degraus depressa e pego a merda do vestido das mãos dela.

O cabelo... o que ela fez no cabelo?

"Vou na casa ao lado chamar o Mike!", minha mãe grita para nós.

"Que porra é essa que você fez com seu cabelo?", repito o que pensei em voz alta. Tessa franze o cenho, e vejo o brilho em seus olhos diminuir muito.

Merda.

"Só estou perguntando... está bonito", digo e olho de novo. Está bonito, mesmo. Ela sempre fica linda.

"Eu tingi... você não gostou?" Ela me segue para dentro da casa. Jogo a sacola no sofá. "Cuidado! É o vestido de noiva de sua mãe!", ela grita, levantando a parte de baixo da sacola do chão. Seus cabelos estão mais brilhantes do que o normal também, e as sobrancelhas estão diferentes. As mulheres fazem muitas coisas para impressionar os homens, que mal notam a diferença.

"Não tenho problema nenhum com os seus cabelos, só fiquei surpreso." Digo a ela com sinceridade. Não está muito diferente de como estava quando ela saiu de casa... Está só um pouco mais escuro em cima, mas basicamente está igual.

"Ótimo, porque é meu cabelo e eu vou usar como quiser."

Ela cruza os braços diante do peito, e eu dou risada.

"O que foi?", ela pergunta. Está séria.

"Nada. Só estou achando sua atitude de supermulher toda poderosa engraçada, só isso." Continuo rindo.

"Bom, que bom que você acha graça, porque é assim que as coisas são", ela me desafia.

"Tudo bem." Seguro a manga de seu casaco para puxá-la para mim, ignorando o decote. Percebo que não é um bom momento para fazer comentários sobre ele.

"Estou falando sério, chega dessa atitude de homem das cavernas", ela diz, sorrindo um pouco para suavizar a cara feia, e empurra meu peito.

"Tudo bem, calma. O que diabos a minha mãe fez com você?" Eu contraio os lábios contra a testa dela, e o alívio toma conta de mim porque ela não falou de Susan nem de Natalie. Prefiro mil vezes que ela me xingue por causa de seu cabelo tingido do que por causa do meu passado.

"Nada; você foi grosseiro quando falou do meu cabelo e achei que seria um bom momento para alertar você de que as coisas estão mudando aqui." Ela morde a bochecha para esconder um sorriso. Está me provocando e me testando, e é bonitinho demais.

"Certo, certo, chega de homem das cavernas." Reviro os olhos, e ela se afasta. "Estou falando sério, eu entendi." Eu a puxo de volta para mim.

"Senti saudade hoje." Ela sussurra em meu peito, e eu volto a abraçá-la.

"Sentiu?", pergunto, querendo que ela confirme. Ela não encontrou meu passado, afinal. Está tudo bem. Esse fim de semana vai ser bom.

"Sim, principalmente enquanto recebia uma massagem. As mãos de Eduardo eram ainda maiores do que as suas." Tessa ri. Suas risadas se transformam em gritinhos quando a jogo por cima do ombro e subo a escada com ela. Tenho certeza de que ela não foi massageada por um homem; se tivesse sido, certamente não me contaria isso e começaria a rir.

Está vendo? Consigo parar com o lance de homem das cavernas. A menos, claro, que exista uma ameaça real. Na verdade não tem "a menos"; estou falando de Tessa, e sempre tem alguém querendo tirá-la de mim.

A porta dos fundos se abre com um barulho, e minha mãe nos chama quando estou no meio da escada. Resmungo, Tessa ri, implorando para que eu a coloque no chão. Faço o que ela quer, mas só porque senti muita saudade o dia todo e minha mãe vai ser ainda mais chata se eu der alguma demonstração de afeto por Tessa na frente dela e do vizinho.

"Estamos indo!", Tessa responde quando eu a coloco no chão.

"Não estamos, não." Beijo o canto de seus lábios e ela sorri.

"*Você* não está." Ela ergue as sobrancelhas novas, eu dou um tapa em sua bunda quando ela desce a escada correndo.

A maior parte do peso em meu peito sumiu. Eu me comportei como um imbecil ontem à noite sem motivo. Minha mãe não deixaria Tessa chegar perto de Natalie de propósito; por que eu estava tão preocupado?

"O que vocês querem fazer em relação ao jantar? Pensei em irmos ao Zara, nós quatro." Minha mãe se vira para seu futuro marido assim que entramos na sala de estar. Tessa concorda, apesar de não fazer ideia do que é o Zara.

"Odeio o Zara. É muito cheio, e a Tessa não vai gostar de nada lá", resmungo. Tessa comeria qualquer coisa para manter a paz, mas eu sei que ela não ia gostar de comer fígado ou cordeiro moído pela primeira vez em uma situação na qual se sentisse obrigada a sorrir e fingir que é o melhor prato do mundo.

"No Blues Kitchen, então?", Mike sugere. Sinceramente, não quero ir a porra de lugar nenhum.

"Muito barulho." Apoio os cotovelos na bancada e passo a mão na fórmica rachada.

"Bem, então decide e me avisa", minha mãe diz exasperada. Sei que está ficando impaciente comigo, mas estou aqui, não estou?

Olhando para o relógio, concordo. São só cinco horas; não precisamos sair antes das seis.

"Vou lá para cima", digo a eles.

"Precisamos sair em dez minutos. Você sabe como é estacionar por aqui", minha mãe diz.

Ótimo. Saio apressado da sala de estar. Ouço Tessa me seguindo.

"Ei." Ela agarra a manga da minha camiseta quando eu chego ao corredor. Eu me viro para ela.

"O que foi?", pergunto, tentando manter o tom calmo, apesar de minha irritação.

"O que está acontecendo com você? Se tem alguma coisa te incomodando, me fala para podermos resolver", ela diz com um sorriso nervoso.

"Como foi o almoço hoje?" Ela não comentou nada, mas eu preciso saber.

"Ah..." Ela olha para o chão, e eu pressiono o polegar embaixo de seu queixo para que olhe para mim. "Foi legal."

"Sobre o que vocês conversaram?", pergunto. Obviamente não foi tão ruim quanto eu pensei que seria, mas sei que ela está hesitante para falar sobre o assunto.

"Eu conheci a... Natalie. Nós nos encontramos."

Meu sangue gela. Eu flexiono os joelhos de leve para olhar para o rosto dela.

"E?"

"Ela é bacana", Tessa diz. Espero que ela feche a cara ou que seus olhos entreguem a raiva que ela sente, mas nada acontece.

"Ela é 'bacana'?", repito, completamente confuso com a resposta.

"Sim, ela foi muito gentil... e está muito grávida", Tessa sorri.

"E a Susan?", pergunto com hesitação.

"A Susan também foi muito bacana e divertida."

Mas... mas a Susan me odiou pelo que fiz com sua sobrinha.

"Então, foi tudo bem?"

"Foi, Hardin. Meu dia foi bom. Senti saudade, mas meu dia foi bom." Ela estica o braço para segurar minha camiseta e me puxar para mais perto dela. Está tão linda sob a luz fraca do corredor. "Está tudo bem, não se preocupe", ela diz.

Minha cabeça repousa na dela, e ela me abraça forte pela cintura.

Ela está me confortando? Tessa está me confortando, garantindo que tudo vai ficar bem, depois de ficar cara a cara com a garota que eu quase destruí. Ela diz que vai ficar tudo bem... *Será?*

"Nunca está tudo bem", sussurro, quase esperando que ela não ouça minhas palavras. Se ela as ouve, escolhe não responder.

"Não quero jantar com eles", eu admito, rompendo o silêncio entre nós. Só quero levar Tessa para o andar de cima e me perder nela, esquecer toda a merda que tem torturado a minha mente o dia todo, afastar todos os fantasmas e lembranças e me concentrar nela. Quero que ela seja a única voz na minha mente, e se eu me enterrar nela nesse momento, vou conseguir isso.

"Temos que ir. É o fim de semana do casamento da sua mãe. Não precisamos ficar muito tempo." Ela se estica para beijar meu rosto, e então seus lábios descem pelo meu queixo.

"Eu não poderia estar mais animado", digo com sarcasmo.

"Vamos." Tessa me leva de volta para a sala de estar, segurando a minha mão, mas assim que nos aproximamos de minha mãe e de Mike, eu solto a mão dela.

Dou um suspiro.

"Bom, vamos comer."

O jantar é tão tedioso quanto eu esperava. Minha mãe mantém Tessa ocupada, falando sem parar sobre o casamento e sobre a pequena lista de convidados. Ela fala sobre os membros da família que estarão presentes, que não são muitos do lado da minha mãe; só uma prima distante vai ao casamento, já que os pais de minha mãe morreram há alguns anos. Mike permanece em silêncio durante a refeição, como eu, mas não parece estar tão entediado quanto eu. Está observando a minha mãe com uma expressão que me dá vontade de bater na cabeça dele. Dá nojo, mas de certo modo é reconfortante. Está claro que ele a ama, então acho que ele não é tão ruim.

"Você é minha única esperança de ter netos, Tessa", minha mãe provoca enquanto Mike paga a conta. Tessa engasga com a água, e eu dou um tapa em suas costas. Ela tosse algumas vezes antes de se desculpar, mas quando se recupera, seus olhos estão arregalados e ela parece envergonhada. Está exagerando na reação, mas tenho certeza de que ela foi pega desprevenida pela falta de noção da minha mãe.

Ao ver minha raiva, minha mãe diz: "Só estou brincando. Sei que vocês ainda são jovens", e mostra a língua para mim de forma infantil.

Jovens? A nossa idade não importa, ela não precisa ficar colocando essa merda na cabeça da Tessa. Já concordamos: sem filhos. Minha mãe fazendo Tessa se sentir culpada e pressionada não vai ajudar em nada... só vai servir para causar outra briga. A maioria de nossas brigas tem sido sobre filhos e casamento. Não quero nenhum dos dois, e nunca vou querer. Quero Tessa, todos os dias para sempre, mas não vou me casar com ela. O alerta de Richard se insinua em minha mente, mas eu afasto o pensamento.

Depois do jantar, minha mãe se despede de Mike com um beijo e ele vai para a casa dele. Ela está seguindo aquela maldita tradição idiota de que o noivo não pode ver a noiva na noite antes do dia do casamento. Acho que ela se esqueceu de que não é seu primeiro casamento; essas superstições idiotas não se aplicam à segunda vez.

Por mais que esteja louco para comer Tessa na minha antiga cama, não posso fazer isso com minha mãe na casa. Essa merda de lugar não tem isolamento acústico, nada. Consigo literalmente ouvir minha mãe rolando no colchão no quarto ao lado.

"Eu deveria ter reservado um quarto de hotel", resmungo enquanto Tessa tira a roupa. Queria que ela dormisse de sobretudo para eu não ser atormentado a noite toda por seu corpo seminu. Ela veste minha camiseta, e eu não consigo não olhar para a curva de seus seios embaixo do tecido, a curva de seu quadril e o modo como suas coxas voluptuosas quase enchem a barra da minha camiseta, que fica grudada em sua pele. Que bom que a camiseta não fica muito larga nela; não ficaria tão gostosa. Não me deixaria tão duro e certamente não tornaria essa noite tão longa.

"Vem cá, linda." Abro os braços para ela, que deita a cabeça em meu peito. Quero dizer como é importante para mim que ela tenha lidado tão bem com a situação com Natalie, mas não consigo encontrar as palavras certas. Acho que ela sabe; deve saber como eu estava aterrorizado pensando no que poderia se colocar entre nós.

Poucos minutos depois, ela está dormindo, agarrada a mim, e as palavras fluem livremente enquanto passo meus dedos por seus cabelos.

"Você é tudo para mim", digo.

Acordo suando. Tessa ainda está agarrada a mim, e eu mal consigo respirar. Está quente demais nessa casa. Minha mãe deve ter ligado o maldito aquecedor. Estamos na primavera; não tem necessidade. Tiro o braço de Tessa de cima do meu corpo e afasto seus cabelos molhados de suor da testa antes de descer para checar o termostato.

Estou meio sonolento quando entro na cozinha, mas o que vejo em seguida me faz parar. Esfrego os olhos e até pisco para clarear a imagem distorcida que se formou diante de mim. Mas ela continua ali... *eles* ainda estão ali, por mais que eu pisque.

Minha mãe está em cima da bancada com as pernas abertas. Um homem está de pé entre elas, passando os braços por sua cintura. As mãos dela estão enterradas nos cabelos loiros dele. Ele a beija, ela o beija — sei lá, porra —, só sei que esse homem não é o Mike.

É o porra do Christian Vance.

56

HARDIN

O quê? O que está acontecendo? Em uma das poucas vezes na minha vida, eu me pego sem palavras. As mãos de minha mãe passam dos cabelos de Vance para seu rosto, e ela o beija com intensidade.

Eu devo ter feito algum barulho — provavelmente de susto, sei lá —, porque minha mãe abre os olhos e imediatamente empurra Vance pelo ombro. Ele logo se vira para mim, com os olhos arregalados, e se afasta da bancada. Como eles podem não ter me ouvido descer a escada? Por que ele está aqui, nesta cozinha?

O que está acontecendo, caralho?

"Hardin!", minha mãe diz, a voz tomada pelo pânico quando desce da bancada da cozinha.

"Hardin, eu posso...", Vance começa. Levanto a mão para silenciar os dois enquanto minha boca e meu cérebro trabalham juntos, tentando dar algum sentido à visão maluca diante de mim.

"Como...", eu começo, e as palavras embaralhadas passam por minha mente sem conexão. "Como...", repito, meus pés começando a andar para trás. Quero fugir deles o mais depressa que puder, mas ao mesmo tempo preciso de uma explicação.

Olho de novo para os dois, tentando conciliar as duas pessoas na minha frente com aquelas que pensei que fossem. Mas não consigo, nada faz sentido.

Meus calcanhares batem na escada, e minha mãe dá um passo na minha direção.

"Não é...", ela começa.

Fico aliviado ao sentir o calor familiar da ira começar a substituir o choque, tomando meu corpo e afastando qualquer vulnerabilidade que estava presente segundos antes. Consigo lidar com a ira — bem até demais; quanto ao choque e ao silêncio, nem tanto.

Estou caminhando na direção deles de novo quando percebo o que estou fazendo. Minha mãe dá um passo para trás, distanciando-se de mim, e Vance fica na frente dela. O quê?

"Qual é a porra do seu problema?", eu a interrompo, ignorando as lágrimas egoístas em seus olhos. "Você vai se casar amanhã! E você", digo a meu antigo chefe, "você é noivo, caralho, e está aqui prestes a foder minha mãe na porra da bancada da cozinha!" Abaixo a mão e dou um soco da bancada já estragada. O barulho da madeira se quebrando me excita, faz com que eu queira mais.

"Hardin!", minha mãe grita.

"Não grita comigo, porra!", quase grito. Ouço os passos apressados no andar de cima, um sinal de que nossas vozes acordaram Tessa, e sei que ela está vindo me encontrar.

"Não fala com sua mãe desse jeito." A voz de Vance não está alta, mas a ameaça fica clara em seu tom.

"Você não pode me dizer o que fazer, caralho! Você não é ninguém... quem é você, porra?" Cerro os punhos e sinto as unhas cravadas nas palmas, e minha raiva aumenta, transformando-se em uma massa enorme, pronta para explodir.

"Eu...", ele começa, mas minha mãe apoia a mão em seu ombro e o puxa para trás.

"Christian, não", ela implora a ele.

"Hardin?" Tessa chama da escada, e entra na cozinha segundos depois. Ela olha ao redor, para o visitante inesperado primeiro, e então para mim quando para ao meu lado. "Está tudo bem?", ela quase sussurra, segurando meu braço.

"Está tudo ótimo. Perfeito, na verdade!" Afasto meu braço e o balanço a minha frente. "Mas talvez você queira avisar a sua amiga Kimberly que seu amado noivo está comendo a minha mãe."

Os olhos de Tessa quase saltam das órbitas com o que digo, mas ela fica em silêncio. Queria que ela tivesse ficado lá em cima, mas sei que, se eu fosse ela, também não teria ficado.

"Onde está a sua amada Kimberly? Num hotel próximo daqui com seu filho?", pergunto a Vance, e o sarcasmo fica claro em minhas palavras. Não gosto de Kimberly, ela é intrometida e chata, mas ela ama

Vance, e eu tinha a impressão de que ele a amava da mesma maneira. Obviamente, eu estava errado. Ele não dá a mínima para ela nem para o casamento deles. Se desse, isso não estaria acontecendo.

"Hardin, todo mundo precisa se acalmar." Minha mãe tenta apaziguar a situação. Ela tirou a mão do ombro de Vance.

"Acalmar?", pergunto. Ela é inacreditável. "Você vai se casar amanhã e eu encontro você aqui, de madrugada, em cima da bancada da cozinha como uma puta."

Assim que digo isso, Vance vem pra cima de mim. Seu corpo se choca com o meu, e minha cabeça bate no piso frio da cozinha quando ele me prende no chão.

"Christian!" Ouço minha mãe gritar. Ele usa o peso de seu corpo para me manter ali, mas eu consigo livrar minhas mãos. No momento em que seu punho golpeia meu nariz, a adrenalina toma conta de mim, me domina, e só vejo sangue.

57

TESSA

Estou sonhando? Por favor, que isso seja um pesadelo... O que está acontecendo não pode ser real.

Christian está em cima do Hardin. Quando ele soca seu nariz ouço um barulho horroroso. O barulho arde em meus ouvidos, e meu coração se acelera. Hardin passa o braço entre eles, acertando um soco com a mesma força na mandíbula de Christian, que acaba diminuindo a pressão dele sobre Hardin.

Em segundos, Hardin sai de debaixo dele e acerta seus ombros, empurrando-o de volta no chão. Perco a conta de quantos socos eles trocam, e não sei quem está vencendo.

"Faça eles pararem!", grito para Trish. Quero me colocar entre eles, sabendo que se Hardin me vir, ele vai parar imediatamente, mas tenho medo de que ele esteja irado demais, descontrolado demais, e acidentalmente faça algo que o deixaria cheio de culpa mais tarde.

"Hardin!" Trish segura Hardin pelo ombro em uma tentativa de acabar com a violência, mas nenhum dos dois dá atenção a ela.

Para aumentar o caos, a porta de trás se abre, revelando um Mike em pânico. Ai, meu Deus.

"Trish? O que está..." Ele pisca os olhos embaixo dos óculos de aros grossos ao ver o que está acontecendo.

Menos de um segundo depois, ele se envolve na briga, ficando atrás de Hardin e segurando seus dois braços. Como é um homem grande, Mike levanta Hardin sem esforço e o empurra em direção à parede. Christian fica de pé, e Trish o empurra para a outra parede. Hardin está tremendo, irado, respirando de modo tão ofegante que fico com medo de ele machucar seus pulmões. Corro até ele, sem saber o que fazer, mas preciso estar perto dele.

"O que diabos está acontecendo?" A voz de Mike chama atenção, exige atenção.

Tudo está acontecendo muito depressa: o terror nos olhos castanhos de Trish, os hematomas no rosto de Christian, o fio de sangue vermelho que desce do nariz de Hardin até sua boca... é demais.

"Pergunta para *eles*!", Hardin grita, gotículas de sangue espirrando em seu peito. Ele aponta para Trish, assustada, e Christian, irado.

"Hardin", eu digo baixinho. "Vamos subir." Seguro a mão dele, tentando manter minhas emoções sob controle. Estou tremendo e sinto as lágrimas quentes em minhas bochechas, mas não tenho nada a ver com isso.

"Não!" Ele se afasta de mim. "Falem para ele! Falem o que vocês dois estavam fazendo, porra!" Hardin tenta atacar Christian de novo, mas Mike rapidamente se coloca entre eles. Fecho os olhos por um momento, rezando para que Hardin não o ataque também.

Estou no meu quarto no campus de novo, Hardin e Noah, um de cada lado, enquanto Hardin me força a confessar minha infidelidade para o garoto com quem passei metade da vida. A tristeza no rosto de Noah não chegava nem perto da tristeza que vejo no momento. A expressão de Mike é uma mistura de compreensão, confusão e dor.

"Hardin, por favor, não faça isso", imploro. "Hardin", repito, implorando para que ele não envergonhe esse homem. A Trish precisa contar para ele do jeito dela, não na frente de uma plateia. Isso não é certo.

"Que se foda! Fodam-se todos vocês!", Hardin grita e dá outro soco na bancada da cozinha, que se parte em duas.

"Tenho certeza de que Mike não vai se importar se vocês dois usarem as coisas amanhã." A voz de Hardin fica mais baixa; cada palavra é dita com cuidado e crueldade. "Tenho certeza de que ele não ia se importar, já que ele provavelmente gastou um monte de dinheiro nessa piada de casamento." Ele ri.

Sinto um arrepio percorrer minha espinha e olho para o chão.

Não tem como detê-lo quando ele está assim; ninguém tenta. Todo mundo permanece em silêncio enquanto ele continua.

"Que belo casal, vocês dois. A ex-mulher comprometida de um bêbado e o melhor amigo leal dele", ele diz com sarcasmo. "Sinto muito, Mike, mas você chegou cinco minutos atrasado para o espetáculo. Você perdeu a parte em que sua noiva estava enfiando a língua na boca dele."

Christian tenta agarrar Hardin de novo, mas Trish pula na frente dele. Hardin e Christian se entreolham como duas feras.

Estou vendo um lado totalmente novo de Christian. Ele não está brincando nem sorrindo; a ira emana dele em ondas fortes. O Christian que abraça Kimberly pela cintura e diz que ela é linda não está aqui.

"Você é mesmo um moleque desrespeitoso...", Christian diz entre-dentes.

"*Eu* sou desrespeitoso? É você que não para de me falar sobre as glórias do casamento enquanto está tendo um caso com a minha mãe!"

Não consigo entender isso. Christian e Trish? Trish e Christian? Não faz sentido. Sei que eles são amigos há muitos anos, e Hardin me contou que Christian acolheu Trish e ele, cuidou deles depois que Ken foi embora. Mas um caso?

Nunca pensei que Trish fosse o tipo de pessoa que faria isso, e Christian sempre me pareceu muito apaixonado por Kimberly. Kimberly... Sinto um aperto no peito por ela; ela o ama muito. Está planejando o casamento de seus sonhos com o homem de seus sonhos, e agora está bem claro que ela não o conhece. Ela vai ficar arrasada. Construiu uma vida com Christian e com o filho dele. Independentemente do que eu faça, não vou permitir que Hardin conte para ela. Não vou permitir que ele a humilhe e ridicularize como acabou de fazer com Mike.

"Não é nada disso!" Christian está tão irritado quanto Hardin. Seus olhos verdes estão irados, ardendo de ódio, e eu sei que ele quer esganar Hardin mais que tudo.

Mike fica em silêncio, olhando fixamente para sua noiva e para seu rosto molhado de lágrimas.

"Desculpa. Não era para isso ter acontecido. Não sei..." Trish começa a soluçar, e eu desvio o olhar.

Mike balança a cabeça, claramente rejeitando o pedido de desculpas, e permanece em silêncio enquanto atravessa a pequena cozinha e sai, batendo a porta. Trish cai de joelhos, cobrindo o rosto com as mãos para abafar os gritos.

Christian relaxa os ombros, sua raiva é momentaneamente substi-tuída por preocupação enquanto ele se ajoelha ao lado dela, puxando-a para seus braços. Ao meu lado, a respiração de Hardin se acelera de novo, ele cerra os punhos, e eu paro na frente dele, levando as mãos ao seu rosto. Meu estômago se revira ao ver o sangue, que agora chegou ao queixo dele. Seus lábios estão vermelhos de sangue... muito sangue.

"Não", ele me alerta, afastando minhas mãos. Está olhando além de mim, para a mãe, envolvida nos braços de Christian. Os dois parecem ter esquecido que estamos aqui, ou isso ou eles não se importam. Estou muito confusa.

"Hardin, por favor." Choro e levo as mãos trêmulas ao rosto dele de novo.

Ele finalmente olha para mim e vejo a culpa surgindo em seus olhos.

"Por favor, vamos subir", imploro. Ele continua olhando em meu rosto, e eu me forço a não desviar o olhar enquanto sua raiva vai passando lentamente.

"Me tira de perto deles", ele gagueja. "Me tira daqui."

Abaixo as mãos e seguro seu braço com uma delas, levando-o com delicadeza para fora da cozinha. Quando chegamos à escada, Hardin para.

"Não... quero sair dessa casa", ele diz.

"Tudo bem", concordo depressa. Também quero sair dessa casa. "Vou pegar nossas malas. Você vai para o carro", sugiro.

"Não, se eu voltar lá..." Ele não precisa terminar a frase. Sei exatamente o que vai acontecer se ele ficar sozinho com sua mãe e Christian.

"Vamos subir... não vai demorar muito." Prometo a ele. Estou fazendo o máximo que posso para me manter calma, para ser forte por ele, e até agora, está dando certo.

Ele me deixa ir na frente e sobe a escada comigo, atravessando o corredor até o pequeno quarto. Rapidamente enfio as nossas coisas nas malas, sem me preocupar em guardá-las direito. Eu me sobressalto e reprimo um grito quando Hardin derruba a cômoda, e o móvel pesado cai no chão fazendo barulho.

Hardin se ajoelha e puxa a primeira gaveta vazia. Ele a joga para o lado e pega a outra. Vai destruir tudo neste quarto se eu não tirá-lo daqui.

Quando ele joga a última gaveta contra a parede, eu envolvo seu peito com meus braços.

"Vem até o banheiro comigo." Eu o guio pelo corredor e fecho a porta quando entramos. Pego uma toalha e abro a torneira, dizendo a

Hardin para se sentar em cima da tampa da privada. O silêncio dele me dá medo, mas não quero pressioná-lo.

Ele não diz nada, nem se retrai, quando levo a toalha quente a seu rosto, limpando o sangue acumulado embaixo de seu nariz, seus lábios e seu queixo.

"Não está quebrado", digo baixinho depois de examinar o nariz dele. Seu lábio inferior já está inchado, mas não sangra mais. Minha mente ainda está girando com as imagens dos dois homens se atacando.

Ele não reage.

Depois que limpo a maior parte do sangue, enxaguo a toalha molhada e a deixo na pia.

"Vou pegar nossas malas. Fica aqui", digo, esperando que ele me obedeça.

Tento me apressar para pegar nossas bolsas e abrir o zíper da mala. Hardin está sem camisa e descalço, usando apenas um short, e eu estou vestindo só a camiseta dele. Não tive tempo de pensar em me vestir, nem mesmo de me sentir envergonhada por ter descido seminua quando ouvi os gritos. Eu não sabia o que ia encontrar quando desci a escada, mas Christian e Trish transando não era uma cena que eu poderia ter imaginado.

Hardin permanece calado quando passo uma camiseta limpa pela cabeça dele e visto meias em seus pés. Eu me visto com um moletom e jeans, sem me importar com minha aparência. Lavo as mãos de novo no banheiro, tentando tirar o sangue das unhas.

O silêncio se estende entre nós quando chegamos à escada, e Hardin pega as duas bolsas das minhas mãos. Ele geme de dor quando coloca a alça da minha bolsa em seu ombro, e eu me retraio ao imaginar o hematoma por baixo da camiseta.

Ouço os soluços de Trish e a voz baixa de Christian consolando-a quando saímos da casa. Quando chegamos ao carro alugado, Hardin se vira para olhar para a casa de novo, e eu percebo um arrepio percorrer seus ombros.

"Posso dirigir." Pego as chaves, mas ele logo as tira de mim.

"Não, eu dirijo", ele diz, finalmente. Não discuto. Quero perguntar para onde estamos indo, mas decido não questioná-lo no momento; ele não parece coerente e eu preciso ir com calma. Coloco a mão sobre a dele, e fico aliviada quando ele não foge do contato.

Minutos parecem horas enquanto atravessamos o vilarejo em silêncio, cada quilômetro aumentando a tensão. Olho pela janela e reconheço a rua familiar onde estive hoje à tarde quando passamos pela loja de Susan. Lembrar de Trish secando as lágrimas, olhando para si mesma no espelho enquanto experimentava o vestido deixa meus olhos marejados. Como ela pôde fazer isso? Ela vai se casar amanhã, por que faria uma coisa dessas?

A voz de Hardin me traz de volta ao presente.

"Que situação fodida."

"Não entendo", digo, apertando delicadamente a mão dele.

"Tudo e todos na minha vida são fodidos", ele diz sem emoção na voz.

"Eu sei." Concordo com ele; apesar de eu não concordar, agora não é hora de corrigi-lo.

Hardin diminui a velocidade quando entra no estacionamento de um pequeno hotel.

"Vamos ficar aqui esta noite e vamos embora de manhã", ele diz, olhando pelo para-brisa. "Não sei o que dizer a respeito do seu trabalho e sobre onde você vai morar quando voltarmos para os Estados Unidos", ele continua, e sai do carro.

Eu fiquei tão preocupada com Hardin e a cena violenta na cozinha que me esqueci de que o homem rolando no chão com Hardin não só é meu chefe, mas o homem que está me recebendo em sua casa.

"Você vem?", Hardin pergunta.

Em vez de responder, saio do carro e o sigo para dentro do hotel em silêncio.

58

TESSA

O atendente atrás do balcão da recepção entrega a Hardin a chave do nosso quarto com um sorriso que Hardin não retribui. Faço o melhor que posso para compensar, mas meu sorriso sai forçado e esquisito, e o atendente desvia o olhar depressa.

Em silêncio, caminhamos pelo lobby para encontrar o quarto. O corredor é comprido e estreito; quadros religiosos se estendem pelas paredes creme, com um anjo bonito ajoelhado diante de uma donzela em um deles, dois amantes abraçados em outro. Eu estremeço quando olho para o último quadro e vejo os olhos escuros de Lúcifer do lado de fora do nosso quarto. Estou parada olhando para os olhos vazios quando me apresso atrás de Hardin para dentro do quarto e acendo a luz, iluminando o espaço escuro. Ele joga minha bolsa em uma poltrona num canto e deixa a mala perto da porta, perto de onde estou.

"Vou tomar um banho", ele diz baixinho. Sem olhar para trás, ele entra no banheiro e fecha a porta.

Quero ir atrás dele, mas estou em conflito. Não quero forçar nada nem pressioná-lo mais do que ele já está sendo pressionado, mas ao mesmo tempo, quero ter certeza de que ele está bem e não quero que fique remoendo o que aconteceu — pelo menos, não sozinho.

Tiro os sapatos, a calça jeans e a camiseta de Hardin, e entro com ele no pequeno banheiro, totalmente nua. Quando abro a porta, ele não se vira. O vapor já começou a tomar conta do pequeno banheiro, envolvendo o corpo de Hardin em uma nuvem de vapor. Suas tatuagens se destacam, e posso ver a tinta escura em meio ao vapor, o que me puxa na direção dele.

Eu passo por cima do monte de roupas jogadas no chão e fico em pé atrás dele, mantendo alguma distância entre nós.

"Não preciso que você...", Hardin começa a dizer com a voz séria.

"Eu sei", eu o interrompo. Sei que ele está com raiva, ferido, e está começando a se fechar atrás do muro que eu lutei tanto para derrubar. Ele tem controlado a raiva tão bem que eu poderia matar Trish e Christian por terem feito ele se descontrolar.

Surpresa com a direção negativa de meus pensamentos, eu os afasto.

Sem dizer mais nada, ele abre a cortina do chuveiro e entra embaixo da água. Respiro fundo, reunindo toda a confiança que consigo, e entro com ele. A água está escaldante, quase impossível de aguentar, e eu fico atrás de Hardin para evitá-la. Ele deve ter notado meu desconforto, porque ajusta a temperatura da água.

Pego o pequeno frasco de sabonete líquido e coloco um pouco em uma toalha, que cuidadosamente levo às costas de Hardin. Ele se retrai e tenta ir para a frente, mas eu o acompanho e me aproximo.

"Você não precisa conversar comigo, mas sei que precisa de mim aqui agora." Minha voz é quase um sussurro, perdida entre a respiração profunda de Hardin e a água abundante.

Calado, ele não se move enquanto passo o pano pelas letras marcadas em sua pele. Minha tatuagem.

Hardin se vira para mim, permitindo que eu lave seu peito, observando cada passada da toalha. Sinto a raiva emanando dele, misturando-se com as nuvens de vapor, e seus olhos estão fixos em mim. Parece que ele vai explodir. Antes que eu possa piscar, ele leva as duas mãos ao meu rosto, segurando meu pescoço dos dois lados. Sua boca encontra a minha desesperadamente, e meus lábios se abrem involuntariamente sob o contato. Não há nada de delicado, nada de suave em seu toque. Minha língua encontra a dele, e eu mordo seu lábio inferior, puxando devagar, evitando seu machucado. Ele geme e me pressiona contra o azulejo molhado.

Solto um gemido quando ele afasta os lábios dos meus, mas ele logo restabelece o contato e beija meu pescoço e meu peito, segura meus seios, passando as mãos feridas sobre eles enquanto os acaricia com beijos, lambidas, chupadas, mordidas. Eu jogo a cabeça para trás e agarro seus cabelos, puxando do jeito que sei que ele adora.

Sem que eu espere, ele abaixa o corpo ainda mais, ficando ajoelhado sob a água que jorra, e por um breve momento, lembro vagamente de algo. Mas então, ele me toca de novo e não consigo me lembrar o que era.

59

HARDIN

Os dedos de Tessa passam pelos meus cabelos, levando meus lábios a sua pele já vermelha e inchada. Tocá-la, sentir seu gosto desse modo faz com que tudo desapareça da minha mente atormentada.

Ela geme quando minha língua a envolve, e puxa meus cabelos com força. Ela desencosta o quadril da parede, ao encontro da minha boca, desesperada por mais.

Em pouco tempo, eu fico de pé e levanto uma de suas pernas, colocando-a em volta da minha cintura, e faço a mesma coisa com a outra. Ela geme enquanto eu a levanto e a penetro lentamente.

"Caraaalho...", digo, minha voz é quase um sussurro quando sou tomado pelo calor, pela umidade e pela sensação de entrar nela sem a barreira de uma camisinha entre nós.

Ela revira os olhos enquanto continuo, saindo e entrando de novo. Controlo a vontade de ir mais rápido, de meter com tanta força que eu me esqueça de tudo ao nosso redor. Em vez disso, eu me movimento lentamente, permitindo que minha boca e meus lábios sejam agressivos em seu corpo. Ela me abraça na altura dos ombros e meus lábios tocam a pele acima da curva de seu seio. Posso sentir o gosto de sangue na superfície sob minha língua, e me afasto para ver a leve marca rosada que deixei.

Ela olha para baixo, examinando a marca. Não me repreende nem franze o cenho por causa do que fiz com meus lábios; ela apenas morde o lábio, olhando para a marca quase com adoração. Tessa desce as unhas pelas minhas costas, e eu a pressiono com mais força contra a parede de azulejos. Meus dedos apertam suas coxas, marcando sua pele, enquanto eu a penetro, repetindo seu nome sem parar.

Suas pernas se contraem ao redor da minha cintura, e eu entro e saio, nos deixando bem perto de gozar.

"Hardin", ela geme baixinho, a respiração errática enquanto goza. Perceber que posso gozar dentro dela sem me preocupar me leva ao limite e eu não consigo mais me controlar. Gozo dentro dela gritando seu nome.

"Eu te amo", pressiono os lábios em sua testa antes de encostar a minha cabeça na dela para recuperar o fôlego.

"Eu te amo", ela diz com os olhos fechados. Permaneço dentro dela, apenas sentindo a sensação de pele com pele.

Nas minhas costas, sinto a água esfriando. Não temos mais do que dez minutos de água quente. Pensar em um banho frio no meio da noite faz com que eu cuidadosamente a ajude a ficar de pé. Quando me afasto dela, observo a evidência de meu orgasmo escorrer por entre suas pernas. Porra, só essa imagem vale a pena sete meses de espera.

Sinto vontade de agradecer, de dizer que a amo e que ela me tirou da escuridão, não só hoje, mas desde o dia em que me pegou desprevenido e me beijou em meu antigo quarto na fraternidade, mas não consigo encontrar as palavras.

Abro a água quente e olho para a parede. Suspiro aliviado quando sinto a toalha macia em minhas costas, continuando o que ela começou minutos antes.

Eu me viro para olhar para ela, e quando ela leva a toalha ao meu pescoço, fico calado. Minha raiva ainda está por perto, espreitando e fervendo sob a superfície, mas ela me fez passar por isso de um jeito que só ela consegue.

60

TESSA

"Minha mãe é louca", Hardin finalmente diz depois de dez longos minutos de silêncio. Levanto a mão com o barulho repentino, mas logo me recupero e volto a limpá-la enquanto ele continua. "Sei lá, parece uma das merdas saída de um livro de Tolstói."

Penso na obra de Tolstói até chegar a *A sonata a Kreutzer*. Estremeço apesar do calor da água.

"*Kreutzer?*", pergunto, torcendo para eu estar confundindo as coisas ou para ele e eu termos interpretado a sombria história de modos diferentes.

"Sim, claro." Ele está se tornando frio de novo, se escondendo atrás do maldito muro.

"Não sei se compararia essa... situação com algo tão sombrio", digo com calma. Aquela história é cheia de sangue, ciúme e ira, e eu quero pensar que essa história da vida real vai ter um final melhor.

"Não totalmente, mas sim", ele responde como se pudesse ler minha mente.

Repasso a história na minha cabeça, tentando ver alguma conexão com o caso da mãe de Hardin, mas só consigo pensar no próprio Hardin e em suas crenças a respeito do casamento. Isso faz com que eu estremeça de novo.

"Eu planejei nunca me casar e continuo não querendo, então não, isso não muda nada", ele diz com frieza.

Ignoro a dor em meu peito e me concentro nele.

"Certo." Passo a toalha em um dos braços, depois no outro, e quando olho para cima, seus olhos estão fechados.

"Qual você acha que vai ser a nossa história?", ele pergunta, pegando a toalha da minha mão.

"Não sei", respondo com sinceridade. Adoraria saber a resposta para essa pergunta.

"Nem eu." Ele espalha mais sabonete líquido no pano e o passa pelo meu peito.

"Não podemos criar nossa própria história?" Olho em seus olhos perturbados.

"Acho que não. Você sabe que isso só pode acabar de dois jeitos", ele diz, dando de ombros.

Sei que ele está magoado e com raiva, mas não quero que os erros de Trish afetem nosso relacionamento e posso ver Hardin fazendo comparações em silêncio.

Tento levar a conversa por outro caminho.

"O que mais incomoda você nisso tudo? É o fato de o casamento ser amanhã... bem, hoje", eu me corrijo. São quase quatro da manhã e o casamento é ou era para começar às duas da tarde. O que aconteceu depois que saímos da casa? Mike voltou para falar com Trish ou Christian e Trish terminaram o que começaram?

"Não sei." Ele suspira, passando a toalha pela minha barriga e pelo meu quadril. "Não estou nem aí para esse casamento. Só acho que eles são dois malditos mentirosos."

"Sinto muito", digo a ele.

"Minha mãe é quem vai sentir muito. Foi ela quem vendeu a merda da casa e traiu o noivo um dia antes do maldito casamento."

O toque dele se torna mais pesado conforme sua raiva aumenta.

Fico quieta, mas tiro a toalha das mãos dele e a penduro na barra atrás de mim.

"E o Vance? Que tipo de imbecil do caralho tem um caso com a ex-mulher do melhor amigo? Meu pai e Christian Vance se conhecem desde que eram crianças." O tom de Hardin é amargo, ameaçador até. "Eu deveria ligar para o meu pai para ver se ele sabe a vadia sem-vergonha..."

Estendo o braço e cubro os lábios dele com a mão antes que ele possa concluir as palavras grosseiras.

"Ela continua sendo sua mãe", eu faço ele se lembrar. Sei que está com raiva, mas não é certo xingá-la.

Tiro a mão de seus lábios para que ele possa falar.

"Não estou nem aí que ela é minha mãe, e não estou nem aí para o Vance. E é ele que vai se dar mal, porque quando eu contar para a Kimberly sobre eles e você pedir demissão, ele vai se foder", Hardin declara com orgulho, como se essa fosse a melhor forma de vingança.

"Você não vai contar para a Kimberly." Olho nos olhos dele, pedindo. "Se o Christian não contar para ela, eu vou contar, mas você não vai humilhar nem hostilizar a Kimberly com isso. Entendo que você esteja bravo com sua mãe e com o Christian, mas ela é inocente nessa história, e não quero que ela fique magoada", digo com firmeza.

"Tudo bem, mas você *vai* pedir demissão", ele diz virando o corpo para enxaguar a espuma de xampu de seus cabelos.

Suspirando, tento pegar o frasco de xampu da mão de Hardin, mas ele o afasta.

"Estou falando sério, você não vai mais trabalhar para ele."

Compreendo a raiva dele, mas não é o momento de discutirmos meu emprego.

"A gente conversa sobre isso depois", digo e finalmente pego o frasco de suas mãos. A água está ficando cada vez mais fria, e eu quero lavar o cabelo.

"Não!" Ele o pega de volta. Estou tentando ficar calma e ser bem delicada com Hardin, mas ele está dificultando as coisas.

"Não posso simplesmente largar meu estágio. Não é tão simples. Eu teria que informar a universidade, preencher uma papelada e dar uma boa justificativa. Então, eu teria que acrescentar aulas ao meu currículo no meio do semestre para compensar os créditos que estava recebendo por trabalhar na Vance Publishing, e, como o prazo para bolsas já passou, eu teria que pagar do meu bolso. Não posso simplesmente pedir demissão. Vou pensar em uma solução, mas preciso de um pouco de tempo, por favor." Desisto de lavar meus cabelos.

"Tessa, eu não estou nem aí se você vai ter que preencher uma papelada; é a minha família", ele diz, e eu me sinto culpada no mesmo instante.

Ele tem razão, não tem? Sinceramente, não sei, mas seu lábio cortado e o nariz machucado me dão essa impressão. "Eu sei, sinto muito. Só preciso encontrar outro estágio antes, é só o que estou pedindo." Por que estou pedindo? "Quer dizer... o que estou *dizendo* é que preciso de um tempo. Já vou ter que me mudar para um hotel depois de tudo que aconteceu..." A

329

ansiedade que sinto com a perspectiva de ficar sem casa, sem emprego e mais uma vez sem amigos começa a tomar conta de mim.

"Você não vai conseguir encontrar outro estágio, não um remunerado", ele me lembra de modo frio. Eu já sabia disso, mas estava tentando me forçar a acreditar que tinha uma chance.

"Não sei o que vou fazer, mas preciso de um tempo. Está tudo muito confuso." Saio do chuveiro e pego uma toalha.

"Bom, você não tem muito tempo para resolver. Deveria voltar a morar comigo na Washington Central." As palavras dele me fazem parar.

"Voltar para *lá*?" Só de pensar nisso já fico enjoada. "Não vou voltar para lá, e depois do último fim de semana, não quero nem mais visitar aquele lugar, muito menos me mudar para lá. Isso está fora de cogitação." Enrolo a toalha em meu corpo molhado e saio do banheiro.

Pego meu telefone e entro em pânico quando vejo cinco ligações perdidas e duas mensagens de texto. Todas de Christian. As duas mensagens de texto são pedidos para fazer Hardin ligar para ele imediatamente.

"Hardin", eu o chamo.

"O que foi?", ele responde irritado. Reviro os olhos e engulo minha irritação.

"O Christian ligou várias vezes."

Ele sai do banheiro com uma toalha enrolada na cintura.

"E?"

"E se aconteceu alguma coisa com a sua mãe? Não quer ligar para ter certeza de que ela está bem? Ou eu..."

"Não, quero que eles se fodam. Não liga para eles."

"Hardin, eu acho..."

"Não", ele diz me interrompendo.

"Já mandei uma mensagem de texto para ele, só para ter certeza de que sua mãe está bem", admito.

Ele faz uma cara feia.

"Mas é claro que você ia fazer isso."

"Sei que você está chateado, mas, por favor, para de descontar em mim. Estou tentando ficar do seu lado, mas você precisa parar de ser grosso comigo. Não tenho culpa."

"Desculpa." Ele passa as mãos pelos cabelos molhados. "Vamos desligar nossos celulares e dormir." A voz dele se acalmou, seus olhos estão bem mais suaves. "Minha camiseta está manchada", ele diz, arrastando a peça ensanguentada pelo chão, "e não sei onde está a outra."

"Vou pegar na mala."

"Obrigado." Ele sussurra. O fato de ele se sentir confortado ao me ver usando as roupas dele me deixa feliz, mesmo no meio dessa noite desastrosa. Pego a camiseta que ele estava usando antes e entrego a ele uma cueca limpa antes de voltar a dobrar as peças na bolsa.

"Vou mudar nosso voo quando acordar. Não consigo me concentrar agora." Ele se senta na beira da cama por um momento antes de se deitar.

"Eu posso fazer isso", ofereço, pegando o laptop dele na bolsa.

"Obrigado", ele murmura, já quase dormindo. Segundos depois, ele diz: "Queria poder levar você para longe, bem longe". Minhas mãos ainda estão sobre o teclado e espero que ele diga mais alguma coisa, mas ele começa a roncar.

Quando entro no site da companhia aérea, meu telefone vibra na mesa. O nome de Christian aparece na tela. Ignoro a chamada, mas quando ele liga de novo, pego a chave do quarto e saio em silêncio para o corredor para atender.

Tento sussurrar.

"Alô."

"Tessa, como ele está?", ele pergunta, em pânico.

"Ele está... bem. O nariz está machucado e inchado, o lábio está cortado, e ele tem alguns hematomas e cortes pelo corpo." Não escondo a hostilidade de minha voz.

"Merda", ele diz. "Sinto muito que as coisas tenham chegado a esse ponto."

"Eu também", digo irritada para o meu chefe e tento ignorar o quadro horroroso a minha frente.

"Preciso conversar com ele. Sei que ele está confuso e com raiva, mas preciso explicar algumas coisas."

"Ele não quer falar com você, e sinceramente, por que deveria? Ele confiava em você, e você sabe que a confiança dele não é algo fácil de conquistar." Falo mais baixo. "Você está noivo de uma mulher maravilhosa e Trish ia se casar amanhã."

"Ela ainda vai se casar", ele diz do outro lado da linha.

"O quê?" Eu caminho no corredor. Paro na frente do quadro do anjo ajoelhado, mas quanto mais observo, mais sombrio ele se torna. Atrás do anjo, há outro; o corpo desse é quase transparente, e ele está segurando uma adaga de dois gumes. A donzela de cabelos castanhos o observa com um sorriso sinistro no rosto enquanto parece esperar o ataque ao anjo ajoelhado. A expressão do segundo anjo está contorcida, seu corpo todo está preparado para esfaquear o primeiro anjo. Desvio o olhar e me concentro na voz do outro lado da linha.

"O casamento não foi cancelado. O Mike ama a Trish, e ela o ama; eles ainda vão se casar amanhã, apesar do meu erro."

Ele parece ter dificuldades para dizer isso.

Tem tantas coisas que eu queria perguntar a ele, mas não posso. Ele é meu chefe e o problema dele é com a mãe de Hardin; não tenho nada a ver com isso.

"Sei o que você deve estar pensando de mim, Tessa, mas se eu puder me explicar, talvez vocês dois entendam."

"O Hardin quer que eu mude nosso voo para irmos embora amanhã", digo a ele.

"Ele não pode ir embora sem se despedir da mãe. Isso vai acabar com ela."

"Acho que não vai ser bom para ninguém deixar ele ficar no mesmo ambiente que ela", alerto e volto para o quarto, parando diante da porta.

"Entendo sua necessidade de proteger o Hardin, e fico feliz por ver como você é leal a ele. Mas a Trish teve uma vida bem difícil, e está na hora de ela ter um pouco de felicidade. Não espero que ele apareça no casamento, mas, por favor, faça o que puder para convencer o Hardin a pelo menos se despedir dela. Só Deus sabe quando ele vai voltar para a Inglaterra." Christian sussurra.

"Não sei." Passo meus dedos pela moldura de bronze do quadro de Lúcifer. "Vou ver o que posso fazer, mas não prometo nada. Não vou forçar a barra."

"Eu entendo. Obrigado." O alívio na voz dele está claro.

"Christian?", digo antes de desligar.

"Sim, Tessa?"

"Você vai contar para a Kimberly?" Prendo a respiração enquanto espero pela resposta a minha pergunta totalmente inadequada.

"Claro que sim", ele responde com calma, o sotaque forte e fluido. "Eu a amo mais do que..."

"Certo." Estou tentando entender, mas a única imagem que me vem à mente é Kimberly sorrindo na cozinha, jogando a cabeça para trás enquanto ri e Christian com os olhos brilhando enquanto a observa surpreso, como se ela fosse a única mulher de seu mundo. Será que ele vê Trish desse modo?

"Obrigado. Me avise se precisarem de alguma coisa. Mais uma vez, peço desculpas pelo que você viu mais cedo, e espero que sua opinião a meu respeito não tenha sido totalmente destruída", ele diz e desliga o telefone.

Dou mais uma olhada para o monstro horroroso da parede e volto para o quarto do hotel.

61

HARDIN

"Onde você está?" A voz irada dele ressoa pelo corredor, entrando na cozinha. A porta da frente bate, e eu pulo da cadeira da cozinha, pegando meu livro. Meu ombro bate na garrafa sobre a mesa, e ela cai, espatifando-se no chão em milhares de pedacinhos. O líquido marrom cobre o chão, e eu corro para escondê-la antes que ele me encontre e veja o que fiz.

"Trish! Sei que você está aí!", ele grita de novo. Sua voz está mais próxima agora. Minhas mãos pequenas puxam a toalha do fogão e a jogam no chão para cobrir a bagunça que fiz.

"Onde está a sua mãe?"

Eu me sobressalto ao ouvir sua voz.

"Ela... não está aqui", digo, ficando de pé.

"Que merda você fez?", ele grita, passando por mim e vendo a sujeira que fiz. Eu não fiz de propósito. Sabia que ele ia ficar bravo.

"Essa garrafa de uísque era mais velha do que você", ele diz. Olho para seu rosto vermelho e ele começa cambalear. "Você quebrou a porra da minha garrafa." A voz de meu pai é arrastada. Sempre está assim quando ele volta pra casa, ultimamente.

Eu me afasto com passos pequenos. Se eu conseguir chegar à escada, posso fugir. Ele está bêbado demais para me seguir. E caiu da escada da última vez.

"O que é isso?" Os olhos irados dele se concentram no meu livro.

Eu o agarro com mais força contra o peito. Não. Este, não.

"Vem cá, menino." Ele me rodeia.

"Por favor, não", imploro quando o homem arranca meu livro preferido de minhas mãos. A professora Johnson disse que sou um bom leitor, melhor do que todos os outros alunos do quinto ano.

"Você destruiu a minha garrafa, então tenho o direito de destruir alguma coisa sua." Ele sorri. Eu me afasto enquanto ele rasga o livro na metade e arranca as páginas. Cubro minhas orelhas e vejo Gatsby e Daisy voarem pela cozinha em uma tempestade branca. Ele pega algumas das páginas no ar e as rasga em pedacinhos.

Não posso ser um bebê, não posso chorar. É só um livro. É só um livro. Meus olhos ardem, mas não sou um bebê, então não posso chorar.

"Você é igualzinho a ele, sabia? Com seus malditos livros idiotas", ele diz.

Igualzinho a quem? Jay Gatsby? Ele não lê tanto quanto eu.

"Ela acha que sou burro, mas não sou." Ele segura as costas da cadeira para não cair. "Eu sei o que ela fez." De repente, ele para, e eu acho que meu pai vai chorar.

"Limpa essa merda", ele resmunga e me deixa sozinho na cozinha, chutando as folhas do livro ao sair.

"Hardin! Hardin, acorda!", alguém me chama da cozinha da minha mãe. "Hardin, é só um sonho. Por favor, acorda."

Quando abro meus olhos, vejo olhos preocupados e um teto que não reconheço. Preciso de um momento para perceber que não estou na cozinha de minha mãe. Não tem uísque esparramado nem livro rasgado.

"Desculpa por eu ter deixado você aqui sozinho. Só fui comprar café da manhã. Não pensei..." Ela começa a chorar, e passa os braços pelas minhas costas cobertas de suor.

"Shhhh..." Eu aliso seus cabelos. "Estou bem." Pisco algumas vezes.

"Você quer falar sobre isso?", ela pergunta baixinho.

"Não, nem consigo me lembrar, na verdade", digo a ela. O sonho se tornou um borrão e vai desaparecendo a cada movimento das mãos dela em minhas costas.

Deixo que ela me abrace por alguns minutos e então me afasto.

"Trouxe café da manhã para você", ela diz, limpando o nariz na manga da minha camiseta que ela está vestindo. "Desculpa." Ela sorri com timidez, mostrando a manga cheia de meleca.

Dou risada, esquecendo o pesadelo.

"Já passamos coisas piores na minha camiseta", eu digo a ela, tentando fazer com que ela dê risada. Meus pensamentos voltam para o dia em que ela me masturbou no apartamento enquanto eu usava a mesma camiseta, e fizemos uma baita sujeira.

Ela fica vermelha e eu pego a bandeja de comida ao lado dela.

Ela a encheu com vários tipos de pão, frutas, queijo e até uma caixa pequena de cereal.

"Tive que brigar com uma senhorinha para conseguir esse cereal."
Ela sorri, inclinando a cabeça em direção ao cereal.

"Até parece", eu a provoco enquanto ela leva uma uva à boca.

"Eu brigaria se realmente fosse necessário", ela insiste.

O clima mudou drasticamente desde que chegamos de madrugada.

"Você mudou o nosso voo?", pergunto a ela enquanto abro a caixinha de cereal, sem me importar em despejá-lo na tigela que ela colocou na bandeja.

"Queria conversar sobre isso com você." Ela fala mais baixo. Não mudou o voo. Suspiro e espero ela terminar. "Conversei com o Christian ontem à noite... bom, hoje cedo."

"*O quê? Por quê?* Eu falei..." Fico de pé, largando a caixa de cereal na bandeja.

"Sei que você falou, mas me escuta", ela implora.

"Beleza." Eu sento na cama e espero a explicação.

"Ele pediu desculpas e disse que precisa explicar tudo que aconteceu para você. Entendo se você não quiser ouvir. Se não quiser conversar com nenhum deles, nem com o Christian nem com a sua mãe, eu entro na internet agora e mudo o voo. Só queria te dar a opção primeiro. Sei que você gosta dele..." Os olhos dela começam a lacrimejar de novo.

"Não gosto", digo.

"Quer que eu mude as passagens?", ela pergunta.

"Quero." Ela franze o cenho e se inclina para a frente para pegar meu laptop na mesinha de cabeceira. "O que mais ele disse?", pergunto de modo hesitante. Não estou nem aí, só estou curioso.

"Que o casamento ainda vai acontecer", ela diz.

Que porra é essa?

"E ele disse que vai contar tudo para a Kimberly e que ele a ama mais do que a própria vida." O lábio inferior de Tessa começa a tremer quando ela fala da amiga traída.

"Então, o Mike é um imbecil... Talvez ele mereça a minha mãe, mesmo."

"Não sei como ele conseguiu perdoar a sua mãe tão depressa, mas ele perdoou." Tessa para e olha para mim como se tentasse avaliar meu humor. "O Christian pediu para eu convencer você a pelo menos se despedir da sua mãe antes de irmos. Ele sabe que você não vai ao casamento, mas quer que você diga tchau." Ela fala depressa.

"De jeito nenhum. Nem fodendo. Vou me vestir e vamos cair fora desse buraco." Balanço a mão indicando o quarto exageradamente caro.

"Está bem", ela concorda.

Isso foi fácil. Fácil até demais.

"Como assim, *está bem*?", pergunto.

"Nada, só quis dizer que está tudo bem. Entendo se você não quiser se despedir da sua mãe." Ela dá de ombros e prende os cabelos despenteados atrás das orelhas.

"Entende?"

"Sim." Ela sorri meio desanimada. "Sei que sou dura com você às vezes, mas vou ficar do seu lado dessa vez. Você tem toda razão nesse caso."

"Certo", digo, bem aliviado. Pensei que ela ia brigar comigo e até tentar me forçar a ir ao casamento. "Mal posso esperar para voltar." Passo os dedos pelas têmporas.

"Eu também", Tessa responde com a voz baixa.

Onde ela vai morar? Depois do que aconteceu aqui, não posso deixar ela voltar para a casa do Vance, mas ela também não quer voltar para o meu apartamento. Não sei o que ela vai fazer, mas sei que quero arrancar a cabeça do Vance por fazer com que ela volte para os Estados Unidos nessa situação complicada.

Queria conseguir um emprego para ela na Bolthouse, mas é impossível. Ela não está nem no segundo ano da faculdade, e estágios remunerados em editoras não aparecem todos os dias, nem mesmo para quem já está formado. Ela não vai encontrar outro, nem mesmo em Seattle, não enquanto não tiver avançado mais no curso ou até se formado.

Pego o laptop das mãos dela para concluir a tarefa de mudar nosso voo. Eu não deveria ter concordado em vir para a Inglaterra, para começo de conversa. Vance me convenceu a trazer a Tessa, mas acabou ele mesmo arruinando a viagem.

"Só preciso pegar as coisas que estão no banheiro e podemos ir para o aeroporto", Tessa diz, enfiando minhas roupas sujas no bolso de cima da mala. Ela está com uma expressão derrotada e suas sobrancelhas estão unidas. Quero afastar a preocupação de seu rosto. Odeio ver como ela

337

está tensa, e sei que é por causa do peso dos meus problemas. Amo Tessa e sua compaixão; só gostaria que ela não carregasse meus problemas também, além dos dela. Eu posso carregar meus problemas sozinho.

"Você está bem?", pergunto a ela. Ela olha para mim com o sorriso mais forçado que já vi.

"Estou, e você?", ela pergunta, mostrando mais preocupação.

"Não se você não estiver, Tessa. Não se preocupa comigo."

"Não estou preocupada", ela mente.

"Tess..." Atravesso o quarto e paro na frente dela, tirando de suas mãos a camiseta que a vi dobrar pelo menos dez vezes nos últimos dois minutos. "Estou bem, tá? Ainda estou com raiva, mas sei que você está com medo de eu perder o controle. Não vai acontecer." Olho para minhas mãos feridas. "Bom, pelo menos não de novo", eu me corrijo rindo.

"Eu sei. É só que você tem controlado sua raiva muito bem, e não quero que nada estrague seu progresso."

"Eu sei." Passo a mão pelos cabelos e tento pensar com clareza sem sentir raiva.

"Já estou bem orgulhosa de você, de como lidou com a situação. Foi o Christian que atacou você", ela diz.

"Vem cá." Eu estico os braços, e ela se aconchega neles, encostando o rosto em meu peito. "Mesmo que ele não tivesse me atacado, a briga ainda teria acontecido. Sei que eu teria partido para cima dele se ele não tivesse vindo para cima de mim", digo a ela. Minhas mãos passam por baixo da barra de sua blusa, e ela se retrai ao sentir a frieza de meu toque contra a pele quente de suas costas.

"Eu sei", ela concorda.

"Já que você está livre até quarta-feira, vamos ficar na casa do meu pai até você..." O celular dela vibrando me interrompe. Nós dois olhamos para a mesa.

"Não vou atender", ela diz.

Eu pego o telefone. Olhando para a tela, respiro fundo antes de atender. "Para de perturbar a Tessa; se quiser conversar comigo, liga para mim. Não mete ela no meio dessa merda", digo antes que ele possa dizer alô.

"Eu liguei para você. Você desligou o telefone", Christian diz.

"E por que você acha que eu fiz isso?", pergunto. "Se eu quisesse falar com você, eu teria falado, mas como não quero, para de me encher o saco."

"Hardin, sei que você está com raiva, mas precisamos conversar sobre isso."

"Não temos nada para conversar!", grito. Tessa observa com olhos preocupados enquanto tento controlar minha raiva.

"Sim, temos. Temos muito que conversar. Só estou pedindo quinze minutos." Ele diz.

"Por que eu deveria falar com você?"

"Porque eu sei que você está se sentindo traído e quero me explicar. Você é importante para mim, e para a sua mãe", ele diz.

"Então agora vocês dois estão se juntando contra mim? Vão se foder." Minhas mãos tremem.

"Você pode agir como se não se importasse com nenhum de nós, mas sua raiva mostra que você se importa."

Afasto o telefone da minha orelha e tenho que me controlar para não esmigalhá-lo na parede.

"Quinze minutos", ele repete. "O casamento só começa daqui a algumas horas. Todos os homens vão se encontrar para almoçar no bar Gabriel's. Você pode me encontrar lá."

Levo o telefone a minha orelha de novo.

"Você quer que eu me encontre com você em um bar? Está de brincadeira?" Seria bom beber agora... o ardor do uísque em minha língua...

"Não para beber, só para conversar. Um lugar público seria o melhor lugar para nos encontrarmos, por motivos óbvios." Ele suspira. "Podemos nos encontrar em outro lugar, se você quiser."

"Não, pode ser no Gabriel's", concordo. Os olhos de Tessa se arregalam, e ela inclina a cabeça um pouco, obviamente confusa com a minha mudança de planos. Não é a afeição que me faz querer ouvi-lo; é apenas curiosidade. Ele diz que tem uma explicação para tudo isso, e eu quero ouvir. Caso contrário, meu relacionamento quase inexistente com minha mãe vai deixar de existir.

"Certo..." Percebo que ele não esperava que eu concordasse. "É meio-dia agora, encontro você lá à uma."

339

"Claro", respondo irritado. Não sei como essa pequena reunião pode não acabar em socos.

"Você deveria levar a Tessa ao Heath... A Kim e o Smith estarão lá. Fica a apenas alguns quilômetros do Gabriel's, e Kimberly precisa de uma amiga agora." Sinto vontade de rir da vergonha em sua voz. Babaca.

"A Tessa vai comigo", digo a ele.

"Você quer mesmo envolver ela em uma situação que tem tudo para ficar violenta... de novo?", ele pergunta.

Sim. Sim, tenho. Não, não tenho. Não quero ficar longe dela, mas ela já viu bastante violência da minha parte, o suficiente para uma vida toda.

"Você só está dizendo isso porque quer que ela console a sua noiva depois que você colocou uma porra de um par de chifres nela", digo.

"Não." Vance faz uma pausa. "Só quero falar com você a sós, e acho que não seria muito inteligente da nossa parte que elas estivessem presentes."

"Tudo bem. Encontro você em uma hora." Desligo e me viro para a Tessa. "Ele quer que você fique com a Kim enquanto conversamos."

"Ela sabe?", ela pergunta baixinho.

"Parece que sim."

"Tem certeza de que quer encontrar o Christian? Não quero que se sinta obrigado."

"Você acha que eu deveria ir?", pergunto a ela.

Depois de um momento, ela faz que sim com a cabeça.

"Sim, acho."

"Então, eu vou." Começo a caminhar pelo quarto.

Tessa se levanta da cama e passa as mãos pela minha cintura.

"Eu te amo muito", ela diz contra meu peito nu.

"Eu te amo." Nunca vou me cansar de ouvi-la dizer essas palavras.

Quando ela sai do banheiro, quase engasgo.

"Caralho." Atravesso o quarto em três passos.

"Está bom?", ela pergunta, dando uma voltinha devagar.

"Hã... está." Quase engasgo de novo. Se está *bom*? Ela está maluca?

O vestido branco que ela usou no casamento do meu pai está ainda melhor nela agora do que antes.

"Não consegui subir o zíper." Ela sorri, envergonhada. Ela se vira e puxa os cabelos para deixar as costas livres. "Pode subir o resto?"

Adoro o fato de já ter visto seu corpo inteiro centenas de vezes, mas mesmo assim ela ainda ficar vermelha e ainda manter um pouco de inocência. Eu ainda não a comprometi completamente.

"Você mudou de ideia? Não quero que se sinta desconfortável."

A voz de Tessa é suave.

"Não mudei de ideia. Só vou dar quinze minutos para ouvir o monte de merda que ele tiver para dizer." Suspiro. Eu só queria ir para o aeroporto, mas depois de ver a cara dela enquanto refazia a mala, senti que tinha que fazer isso — não apenas por ela, mas também por mim.

"Eu estou parecendo um mendigo do seu lado", digo a ela, e ela sorri, passando os olhos pelo meu rosto e pelo meu corpo.

"É nada!" Ela ri. Olho para a minha camiseta preta e para o jeans rasgado. "Mas você poderia ter feito a barba", ela comenta com um sorriso.

Percebo que ela está nervosa e está tentando melhorar meu humor. Não estou nem um pouco nervoso... só quero acabar logo com isso.

"Você gosta disso." Pego a mão dela e a passo em meu rosto. "Principalmente entre as suas pernas." Levo a mão dela à minha boca e beijo as pontas de seus dedos. Ela puxa a mão quando chupo seu dedo indicador e dá um empurrão em meu peito.

"Você nunca para", ela me repreende de modo brincalhão, e por um momento, eu me esqueço de toda a merda que está acontecendo.

"Não, e nunca vou parar." Eu aperto sua bunda com as duas mãos, e ela grita.

O trajeto até Hampstead Heath, onde Kimberly e Smith estão, e até o parque onde vamos encontrá-los é tenso. Tessa cutuca as unhas pintadas no banco do passageiro e olha pela janela.

"E se ele não contou? Devo contar?", ela diz quando passo pelo portão. Apesar de sua preocupação, observo que ela admira a linda paisagem do parque. "Nossa!", ela diz, parecendo muito mais jovem do que é.

"Sabia que você ia gostar do Heath", digo.

"É lindo. Como um lugar desse pode existir no meio de Londres?" Ela observa a paisagem ao redor, um dos poucos lugares na cidade que não foram poluídos pela fumaça e pelos prédios comerciais.

"Ali está ela..." Dirijo lentamente em direção à loira sentada em um banco. Smith está sentado em outro banco a cerca de seis metros com um pedaço de um trenzinho no colo. Esse menino é muito esquisito.

"Se precisar de alguma coisa, por favor, me liga. Dou um jeito de chegar até você", Tessa promete antes de sair do carro.

"A mesma coisa vale para você." Eu a puxo com delicadeza para beijá-la. "Estou falando sério. Se qualquer coisa der errado, pode me ligar na hora", digo.

"Estou mais preocupada com você", ela sussurra contra meus lábios.

"Vou ficar bem. Agora vai dizer para a sua amiga como o noivo dela é um merda." Eu a beijo de novo.

Ela franze o cenho, mas fica quieta, sai do carro e caminha pelo gramado para encontrar Kimberly.

62

TESSA

Tento organizar meus pensamentos enquanto atravesso o gramado para encontrar Kimberly. Não sei o que dizer, e estou morrendo de medo de ela não saber o que aconteceu ontem à noite. Não quero ser a pessoa a contar —isso é responsabilidade do Christian —, mas não acho que vou conseguir agir como se nada tivesse acontecido se ela não souber.

Minha pergunta é respondida imediatamente quando ela se vira para mim. Seus olhos, apesar de carregados de sombra, estão inchados e tristes.

"Sinto muito", digo. Eu me sento ao lado dela no banco, e ela me abraça.

"Eu choraria, mas acho que já sequei por dentro." Ela tenta forçar um sorriso que não é nada convincente.

"Não sei o que dizer", admito, olhando para Smith, que, felizmente, está longe e não pode nos ouvir.

"Bem, você pode começar me ajudando a planejar um duplo assassinato."

Kimberly puxa para um lado os cabelos que descem até os ombros.

"Posso fazer isso." Dou uma meia risada. Gostaria de ter metade da força de Kimberly.

"Ótimo." Ela sorri e aperta minha mão. "Você está muito gata hoje", ela diz para mim.

"Obrigada. Você está linda", digo. A luz do sol que passa pelas nuvens faz seu vestido azul-claro brilhar.

"Você vai ao casamento?", ela pergunta.

"Não. Só queria parecer melhor do que estou me sentindo", respondo. "Você vai ao casamento?"

"Vou." Ela sussurra. "Não sei o que vou fazer depois, mas não quero confundir o Smith. Ele é um menino esperto, e não quero que ele perceba que tem alguma coisa acontecendo." Ela olha para o pequeno cientista com o trenzinho.

"Além disso, a vaca da Sasha está aqui com o Max, e eu não vou dar a ela o gostinho de ter uma fofoca para espalhar."

"A Sasha veio com o Max? E a Denise e a Lillian?" A sem-vergonhice de Max não tem limites.

"Exatamente o que eu disse! Ela não tem vergonha na cara por vir até a Inglaterra para ir a um casamento com um homem casado. Eu deveria dar uma surra nela para extravasar um pouco da minha raiva." Kimberly está tão tensa que posso praticamente sentir isso emanando dela. Não consigo imaginar a dor que ela deve estar sentindo agora, e admiro o modo como está se controlando.

"Você... Não quero me meter, mas..."

"Tessa, eu me intrometo o tempo todo. Você também pode", ela diz com um sorriso simpático.

"Você vai ficar com ele? Se não quiser falar sobre isso, tudo bem."

"Eu quero falar sobre isso. Preciso falar sobre isso, porque se não falar, então acho que não vou conseguir continuar sentindo a raiva que estou sentindo." Ela range os dentes. "Não sei se vou ficar com ele. Eu amo o Christian, Tessa." Ela olha para Smith de novo. "E amo esse menininho, apesar de ele só falar comigo uma vez por semana." Ela dá uma risadinha. "Queria poder dizer que estou surpresa com o que aconteceu, mas, sinceramente, não estou."

"Por quê?", pergunto sem pensar.

"Eles têm um passado, uma história longa e profunda com a qual não sei se posso competir." A dor toma sua voz, e eu tento controlar minhas lágrimas.

"Passado?"

"Sim. Vou contar uma coisa que o Christian me disse para não contar para você até ele poder contar para o Hardin, mas acho que você deveria saber..."

63

HARDIN

O Gabriel's é um bar pretensioso que fica na área mais rica de Hampstead. É claro que ele escolheria esse lugar para me encontrar. Deixo o carro no estacionamento e caminho em direção à porta. Quando entro no lugar abafado, meus olhos observam o salão. Sentados em uma mesa redonda no canto do bar estão Vance, Mike, Max e aquela loira. Por que ela está aqui, porra? E mais importante, por que Mike está sentado ao lado do Vance como se ele não tivesse quase fodido sua noiva menos de doze horas atrás?

Todo mundo está usando uma merda de uma gravata, menos eu. Espero que tenha deixado um rastro de terra dentro do bar quando entrei. Uma atendente tenta falar comigo quando passo por ela, mas eu a afasto.

"Hardin, que bom ver você." Max fica de pé e estende a mão para me cumprimentar. Eu o ignoro.

"Você queria conversar... vamos conversar", digo para Vance quando chego à mesa. Ele leva o copo cheio de bebida até a borda à boca, e toma um gole antes de se levantar.

Os olhos de Mike ficam grudados na mesa e preciso reunir todas as minhas forças para não dizer como ele é trouxa. Ele sempre foi um cara calado, o vizinho solícito a quem minha mãe sempre recorria para conseguir leite ou ovos quando os dela acabavam.

"Como está sendo sua viagem?", Sasha pergunta com sua voz estridente.

Olho para ela, surpreso por ela ter a coragem de falar comigo agora.

"Onde está sua mulher?" Olho para Max de cara feia. Ao lado dele, o sorriso da loira desaparece de seu rosto exageradamente maquiado e ela começa a girar o copo vazio de martíni.

"Hardin...", Vance diz, para que eu me cale.

345

"Vá à merda", digo a ele, que se levanta. "Tenho certeza de que a mulher e a filha sentem falta dele enquanto ele está aqui desfilando com essa pu..."

"Chega", ele diz e segura meu braço com gentileza em uma tentativa de me afastar da mesa.

Puxo meu braço para me livrar dele.

"Não encosta em mim, porra."

Stephanie grita "Ei!", o que aumenta minha raiva. "Isso não é jeito de tratar seu pai, não acha?"

Como ela pode ser tão burra? Meu pai está em Washington.

"O quê?"

Seu sorriso aumenta.

"Você me ouviu. Você deveria tratar seu velho com mais respeito."

"Sasha!" Max segura o braço fino dela com violência, quase arrancando ela do lugar.

"Ops, eu falei alguma coisa que não devia?" Sua risada se espalha pelo bar. Ela é uma imbecil de merda.

Confuso, olho para Mike, cujo rosto redondo está pálido. Parece que ele vai desmaiar a qualquer momento. Minha mente começa a trabalhar, e eu olho para Vance, que está igualmente pálido e se apoia em um pé e depois no outro.

Por que eles estão sendo tão dramáticos com o comentário imbecil de uma mulher burra?

"Cala a boca." Max tira a mulher da mesa e praticamente a arrasta pelo bar.

"Não era para ela...", Vance passa as mãos pelos cabelos. "Eu ia..." Ele cerra os punhos nas laterais do corpo.

Não era para ela fazer o quê? Comentários idiotas sobre Vance ser meu pai quando está claro que meu pai é...

Olho para o homem em pânico na minha frente, os olhos irados, passando os dedos sem parar pelos cabelos...

Preciso de um tempo para perceber que minhas mãos estão fazendo exatamente a mesma coisa.

346

Agradecimentos

Não acredito que já estou escrevendo os agradecimentos do quarto volume! O tempo voou, com asas e tudo, para longe de mim, e sou extremamente grata por essa viagem maluca. Tenho muitas pessoas na vida a quem quero agradecer, e vou tentar mencionar o máximo delas aqui.

Primeiro, meus leitores e leais Afternators. Vocês sempre me surpreendem com seu apoio e seu amor. Vocês aparecem aos montes em todos os eventos dos quais participo, me enviam tweets para falar de seu dia, perguntar sobre o meu, e são sempre ajudantes virtuais aonde quer que eu vá. Sinto que temos uma ligação que vai além da relação leitor/escritor, que somos mais do que isso, mais do que amigos, até. Somos uma família, e eu nunca vou conseguir agradecer o suficiente por vocês estarem sempre do meu lado e do lado uns dos outros. Temos mais um livro na série, e espero que vocês sintam o mesmo orgulho e a mesma ligação de sempre com ele. Amo muito vocês, e vocês significam muito para mim.

Adam Wilson, meu editor super-herói na Gallery. Já trabalhamos muito juntos e temos sido como um trem a vapor na tarefa de completar os livros a toda velocidade, com você tornado as coisas "fáceis" para mim. Você me ensina a ser uma escritora melhor com seus comentários e piadas e entende meu senso de humor. No começo, eu tinha medo de ter um "editor carrasco", mas você tem sido tudo o que eu poderia esperar. Obrigada!

Ashleigh Gardner, você se tornou uma amiga muito próxima para mim. Já disse isso antes, mas, sinceramente, você é o tipo de mulher que eu admiro. Você é forte e intensa, mas ao mesmo tempo tão delicada e descontraída. Sempre tem ótimas recomendações de livros, me leva a lugares com comidas esquisitas e não faz com que eu me sinta uma tonta quando preciso de garfo para comer ceviche ou quando não compreendo alguma coisa (mesmo quando não tem a ver com comida, haha).

Eu admiro muito você, estou muito feliz por seu novo casamento e quero agradecer por tudo.

Candice Faktor, desde que nos conhecemos, temos tanta coisa em comum que chega a ser esquisito. Eu soube instantaneamente que você e Amy eram o tipo de pessoa de que gosto, e fiquei muito aliviada quando se revelaram incríveis. Adoro como você fala sobre tudo de modo tão intenso — somos parecidas nisso também. Você é sempre tão verdadeira e tão orgânica que me sinto muito grata por trabalhar com você e por considerá-la uma amiga.

Nazia Khan, obrigada por me ajudar a aprender a falar em público e a passar por uma entrevista sem transformar tudo num desastre total. Você sempre torna as coisas divertidas e só fica um pouco brava comigo quando dou meu e-mail para as pessoas sem falar com você primeiro (haha). Você é uma boa amiga também, e estamos nos preparando para ir ao AMA (na vida real, não quando você estiver lendo isto), e estou muito feliz porque é você que está indo comigo! Obrigada por tudo!

Caitlin, Zoe, Nick, Danielle, Kevin (os dois), Tarun, Rich, todo mundo do Wattpad — vocês são, sem dúvida, a melhor equipe imaginável. Sei que nenhum de vocês entrou no Wattpad pensando que teria que fazer tanto pela série *After* e por mim, e quero agradecer por me receberem bem na família e por me ajudarem com tudo que está relacionado a *After* e com algumas coisas que não estão também. Mal posso esperar para ver o que o futuro reserva para todos nós! Vocês são o grupo mais criativo, ousado e divertido, e eu adoro todos vocês. Obrigada por todas as risadas, pelas fotos que Nick tira, pelo vinho que bebemos, pelo acampamento com chuva, mas incrível, e pelas enormes quantidades de comida que sempre servem quando os visito.

Allen e Ivan, sem o Wattpad, eu não teria me encontrado, então, obrigada por criarem uma das coisas mais importantes de minha vida. Sei que outras pessoas pensam do mesmo modo.

Kristin Dwyer, obrigada por me fazer rir e por me chamar de "cara" o tempo todo. Sou muito feliz por trabalhar com você e valorizo todas as horas de trabalho que você dedica a mim. Amo muito você e seu humor, seu foco no trabalho, o modo como sempre me faz lembrar que o bem sempre supera o mal, e todo o resto que faz por mim!

Todo mundo que me recebeu na Gallery, eu, a autora inexperiente, fã exagerada e esquisita que na maior parte do tempo não tem ideia do que está fazendo, mas adora! Valorizo todo o trabalho que todos vocês empregam nesse projeto, desde a equipe de vendas até a equipe de produção. Jen Bergstrom e Louise Burke, obrigada por deixarem Adam me contratar. Martin Karlow, sei que você se empenhou muito nisso, e sou grata por isso! Steve Breslin, como Adam diz, "Você mantém esse trem nos trilhos!".

Christina e Lo, vocês têm sido grandes mentoras e amigas para mim, e amo as duas!

Todas as Tessas e todos os Hardins do mundo que amam com intensidade e que erram ao longo do caminho.

Todos os meus amigos e familiares que me apoiaram desde que contei que por acaso eu tinha escrito cinco livros sem que eles soubessem. Amo todos vocês.

E por último, mas não menos importante, meu Jordan. Você é tudo para mim, e não tenho como agradecer o suficiente por ter sido minha rocha no último ano e nos muitos anos antes. Temos muita sorte por termos nos encontrado tão cedo na vida, e crescer com você tem sido a melhor das aventuras. Você me faz rir e me faz querer te matar (não de verdade, porque eu meio que ia sentir saudade de vez em quando). Te amo.

Conecte-se com Anna Todd no Wattpad

Anna Todd, a autora deste livro, começou sua carreira sendo uma leitora, assim como você. Ela entrou no Wattpad para ler histórias como esta e para se conectar com as pessoas que as criaram.

Faça hoje mesmo o download do Wattpad para se conectar com a Anna:
[W] imaginator1D

 www.wattpad.com

TIPOGRAFIA Adriane por Marconi Lima
DIAGRAMAÇÃO Osmane Garcia Filho
PAPEL Pólen Soft, Suzano S.A.
IMPRESSÃO Gráfica Bartira, outubro de 2020

A marca FSC® é a garantia de que a madeira utilizada na fabricação do papel deste livro provém de florestas que foram gerenciadas de maneira ambientalmente correta, socialmente justa e economicamente viável, além de outras fontes de origem controlada.